BIBLIOTHÈQUE ILLUSTRÉE

DE LA JEUNESSE CHRÉTIENNE,

APPROUVÉE

PAR MONSEIGNEUR L'ÉVÊQUE DE LIMOGES.

1227

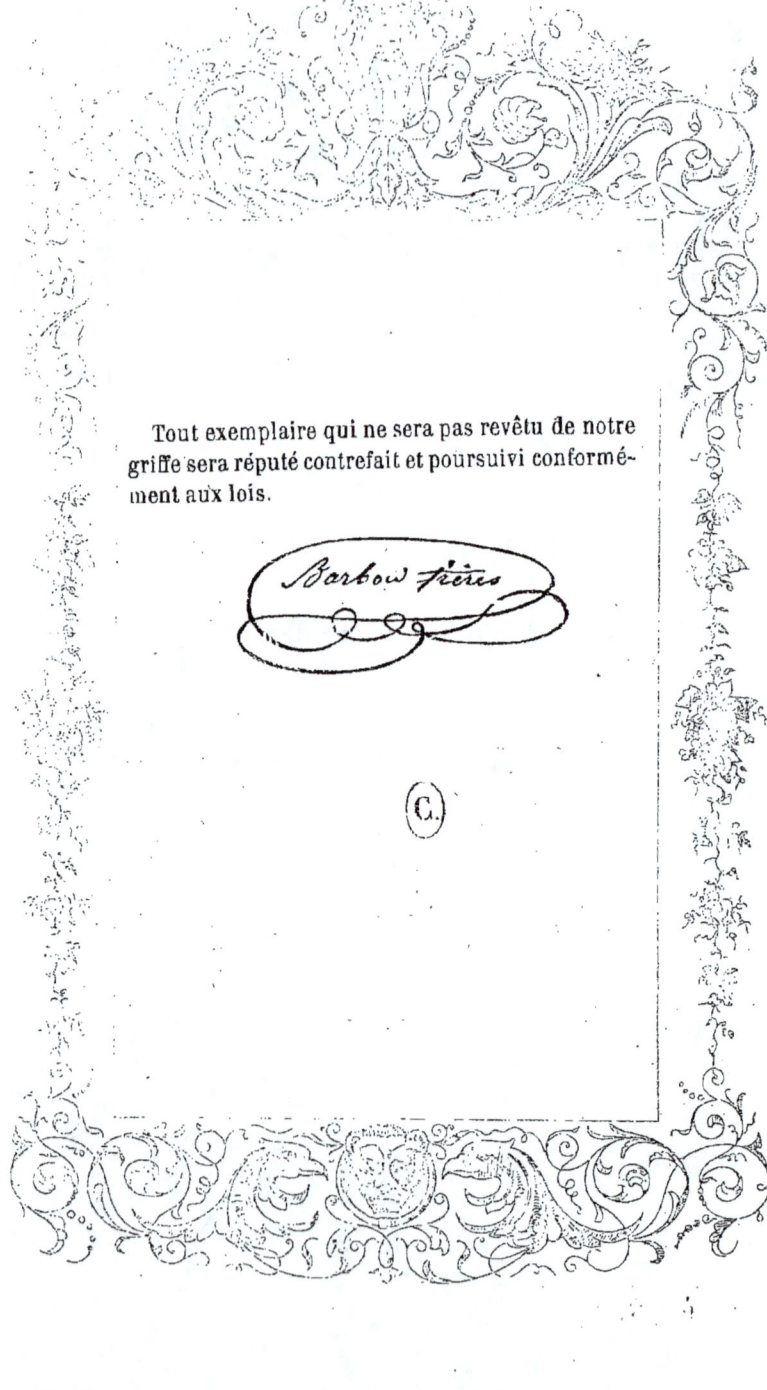

AMÉRIA

ou

LE SCEPTRE DE FER.

Arméria, sentant ses bras meurtris par les geoliers, perdit
connaissance.

AMÉRIA

OU

LE SCEPTRE DE FER,

PAR

M. A. DE VIGNOLLES.

LIMOGES.

BARBOU FRÈRES, IMPRIMEURS-LIBRAIRES.

1859

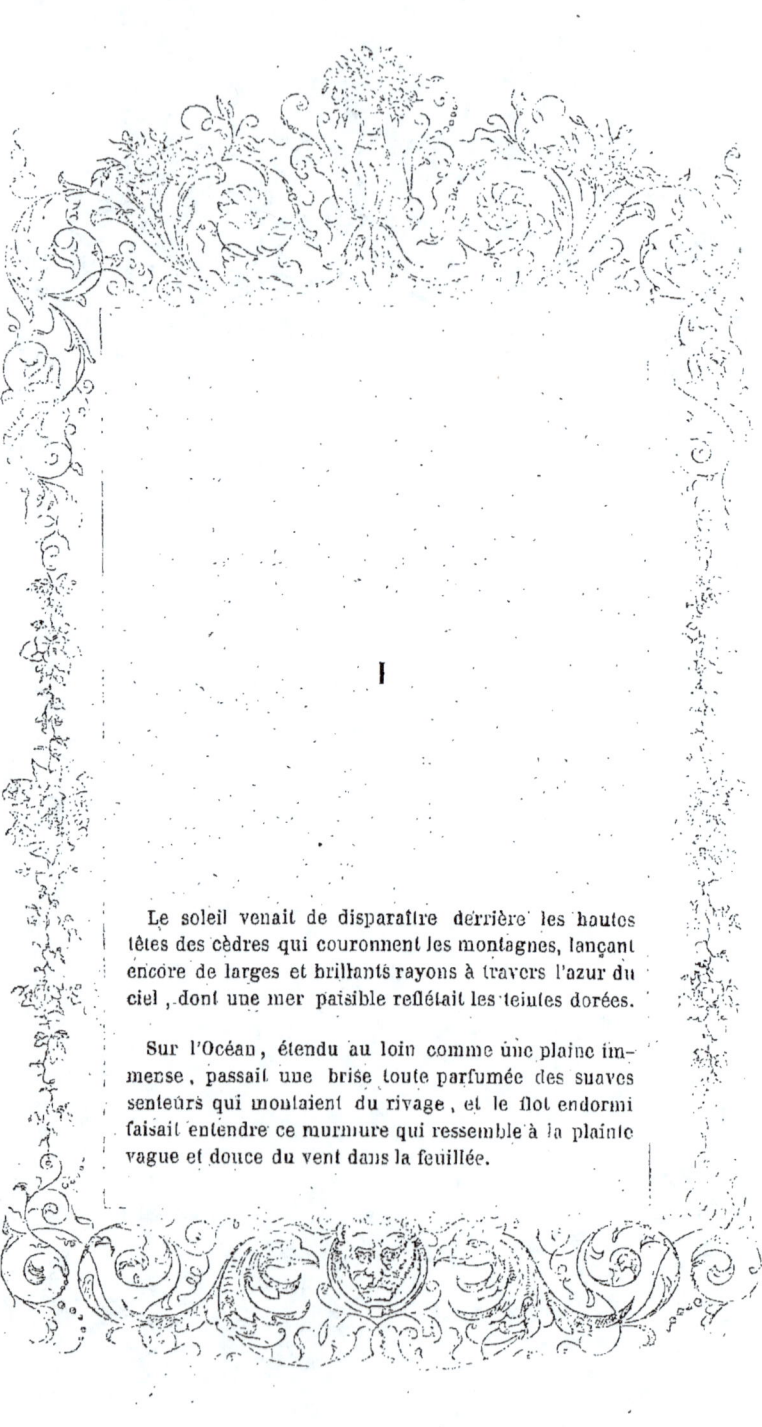

I

Le soleil venait de disparaître derrière les hautes
têtes des cèdres qui couronnent les montagnes, lançant
encore de larges et brillants rayons à travers l'azur du
ciel, dont une mer paisible reflétait les teintes dorées.

Sur l'Océan, étendu au loin comme une plaine immense, passait une brise toute parfumée des suaves
senteurs qui montaient du rivage, et le flot endormi
faisait entendre ce murmure qui ressemble à la plainte
vague et douce du vent dans la feuillée.

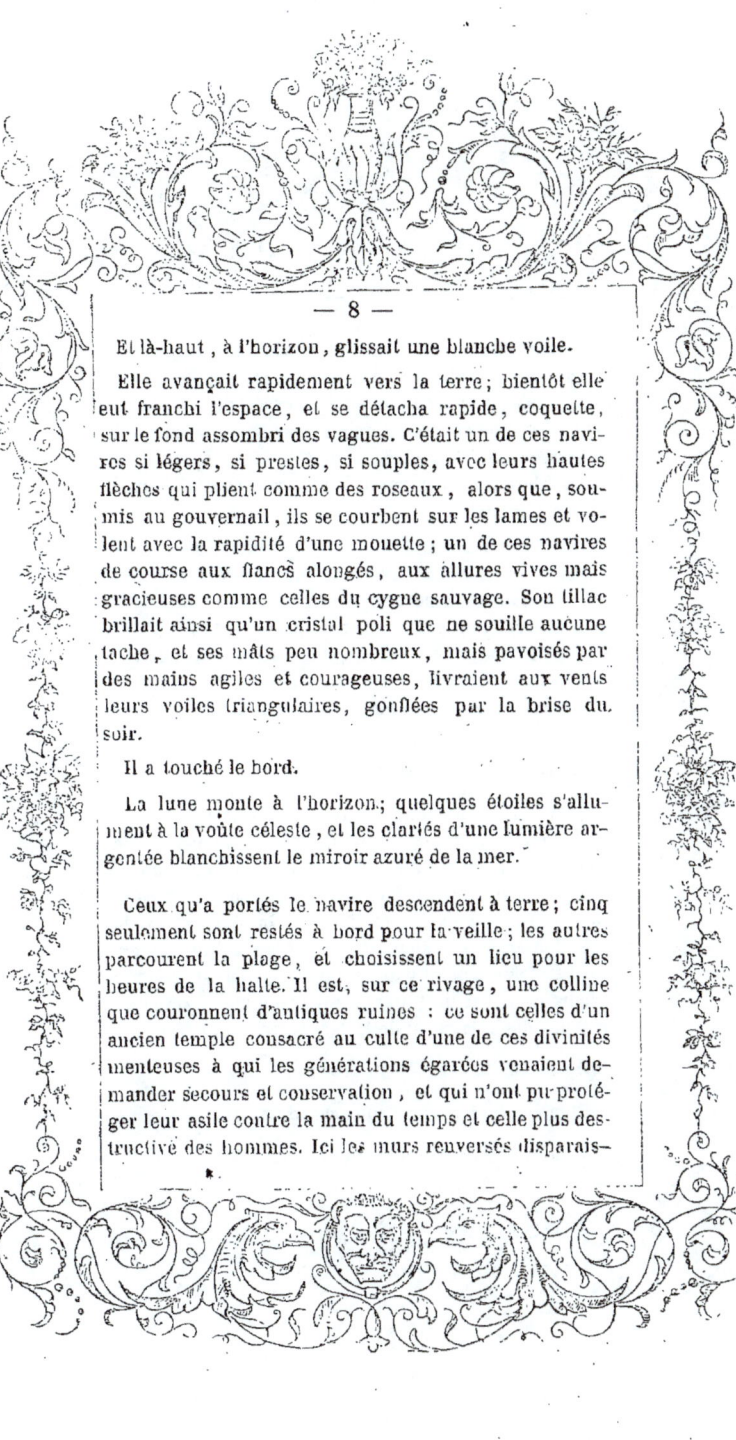

Et là-haut, à l'horizon, glissait une blanche voile.

Elle avançait rapidement vers la terre; bientôt elle eut franchi l'espace, et se détacha rapide, coquette, sur le fond assombri des vagues. C'était un de ces navires si légers, si prestes, si souples, avec leurs hautes flèches qui plient comme des roseaux, alors que, soumis au gouvernail, ils se courbent sur les lames et volent avec la rapidité d'une mouette; un de ces navires de course aux flancs alongés, aux allures vives mais gracieuses comme celles du cygne sauvage. Son tillac brillait ainsi qu'un cristal poli que ne souille aucune tache, et ses mâts peu nombreux, mais pavoisés par des mains agiles et courageuses, livraient aux vents leurs voiles triangulaires, gonflées par la brise du soir.

Il a touché le bord.

La lune monte à l'horizon; quelques étoiles s'allument à la voûte céleste, et les clartés d'une lumière argentée blanchissent le miroir azuré de la mer.

Ceux qu'a portés le navire descendent à terre; cinq seulement sont restés à bord pour la veille; les autres parcourent la plage, et choisissent un lieu pour les heures de la halte. Il est, sur ce rivage, une colline que couronnent d'antiques ruines : ce sont celles d'un ancien temple consacré au culte d'une de ces divinités menteuses à qui les générations égarées venaient demander secours et conservation, et qui n'ont pu protéger leur asile contre la main du temps et celle plus destructive des hommes. Ici les murs renversés disparaissent sous l'herbe; les colonnes sont étendues mutilées au milieu de vulgaires débris entassés sur leur tête, que le ciseau du sculpteur avait ornée de fleurs et de symboles; une encore est debout sur le sol désolé; elle se dresse solitaire et blanche sous le ciel, comme une de ces vierges que le peintre nous représente pleurant sur un tombeau.

C'est ici qu'ils s'arrêtent. Bientôt la hache a frappé le palmier qui croît sur ces bords; un grand feu est allumé! la flamme s'élève vive et pétillante. Alors, pendant que ceux préposés à ce soin préparent le repas du soir à la troupe voyageuse, les autres, rangeant en cercle des troncs de colonnes brisées, des restes de statues renversées, prennent place autour de l'ardent foyer.

Le repas fut court, silencieux.

Quel est cet homme que tous considèrent avec respect? Son front est couronné de cheveux blancs; mais, sous cette neige de l'âge, on peut voir, à l'éclat du regard, aux contours fermes, arrêtés, d'une bouche sérieuse, à la pose grave et digne de la tête, qu'en lui s'est conservée une âme ardente et fière, et que sa main, qui ne réclame point d'appui pour soutenir ses pas, sait encore décocher un trait et, sans trembler, supporter le poids de la dague et de la lance.

Il se lève; tous se lèvent avec lui.

Et le vieillard portant son regard en haut :

— Grâces à vous, seigneur! dit-il.

» Devant vous nul n'est proscrit, et votre oreille, inclinée sur la terre, écoute la voix qui s'élève vers votre trône. Couvrez de votre protection cette troupe fidèle ; elle ne fuit pas seulement la colère des puissants qui poursuivent contre elle la vengeance d'une offense que d'autres ont faite. Vous qui envoyâtes l'étoile pour guider les rois vers le berceau du Rédempteur, soyez notre guide , et protégez nos pas.

— Grâces à vous ; seigneur! répétèrent toutes les bouches.

Ils s'étaient assis.

A côté du vieillard vint prendre place un jeune homme dont l'aspect apportait à l'âme ce trouble involontaire, inquiet, qui s'empare d'elle alors qu'au fond de la conscience une voix instinctive nous avertit qu'auprès de nous est une existence mystérieuse, un être à part, qui ne s'est point traîné dans la voie des destinées vulgaires.

Sa taille était frêle; on eût dit que la nature, en lui ôtant l'ampleur et la sévérité des formes qui constituent la force, avait voulu , en échange , lui départir la légèreté souple et gracieuse, apanage d'un autre sexe. Le soleil de ces climats n'avait point altéré la délicatesse des teintes de son visage pâle, sur lequel de légères nuances rosées passaient par intervalles. Ce n'était point l'incarnat indice de la santé et du bonheur, mais bien l'expression de soucis secrets dont le sentiment trop vif, pour être tout entier contenu dans cette poitrine, se trahissait un moment. Ses yeux , sur lesquels

retombaient de longues paupières noires, ne s'élevaient
que pour chercher dans ceux du vieillard, où ils semblaient lire, un de ces sentiments profonds qui n'ont
pas de traduction dans notre langue. Pourtant on y re-
marquait plus de fierté que de tristesse, et l'on pressentait qu'en lui l'âme ne partageait point la faiblesse
du corps.

— La traversée a été longue, dit le vieillard.

— Oui, bien longue ! répéta le jeune homme.

— Il faut demander des forces nouvelles au sommeil ;
le vieil Hémiar veillera.

Ce disant, une peau de tigre fut jetée sur le sol ; le
jeune homme s'étendit sur cette couche, et s'endormit
vite, enveloppé des plis d'une large casaque, la tête
posée sur le manteau du vieillard, roulé comme un
chevet.

Cependant le silence continuait à régner au milieu
de ces hommes, dont les clartés flottantes de la flamme
éclairaient les visages sérieux ; il était facile de voir
qu'en eux vivait une pensée commune, et que ces
âmes, livrées à un même souvenir, à un même regret,
n'avaient pas besoin d'avoir recours aux paroles pour
puiser une consolation dans de sympathiques témoignages : c'était une société de frères, où tout était
partagé, la joie et la douleur ; et, dans cette heure de
tristesse amère, entre eux s'établissait une communion
intime, silencieuse, dont seuls le front et le regard
étaient les interprètes.

Or voilà que celui qui paraissait être le chef, après être resté long-temps recueilli en lui-même, leva les yeux sur ses compagnons, et d'une voix grave et douce :

— Vous êtes tristes, amis, l'amertume remplit votre cœur : eh ! oui, le jour où Dieu dispersa les légions armées dans lesquelles son peuple égaré avait mis sa force ; quand l'Assyrien vainqueur emmena les tribus captives, elles s'assirent sur les bords du fleuve et pleurèrent la patrie absente. Exilés comme elles, vous regrettez les joies du foyer. Frères, cette douleur est sainte ; mais il vous reste une suprême espérance, et la pensée que ce ne sont point vos crimes qui ont fait descendre le malheur sur vos têtes. Vous fuyez devant les tortures et la mort que des mains impies préparaient : souvenez-vous qu'il est des peines que la terre irrite, auxquelles le ciel ne doit point de consolations ; car elles sont nées du mal. Celui qu'elles frappent doit se courber sous le châtiment ; pour lui les jours, remplis d'amertume et de larmes, s'écoulent sans que la foi en un meilleur avenir germe dans son sein et le fortifie.

Ces paroles avaient captivé l'attention de tous ; les regards se fixèrent avides sur le vieillard, et chaque visage exprima une curiosité inquiète ; le silence venait de se faire solennel, profond, sur cette plage où l'on entendait seulement la voix mélancolique de la mer, le pétillement de la flamme, qui s'élançait vive, brillante, mêlant aux parfums de ces climats les parfums du cèdre embrasé.

Hémiar reprit :

— Aujourd'hui est un anniversaire marqué en chiffres de sang dans l'histoire de la Perse. En ce temps, sous les pieds d'un grand nombre s'ouvrit un abîme ; y-avez vous songé, frères ? avez-vous demandé à Dieu de faire descendre le pardon ? La prière est la plus douce fleur de miséricorde que notre main puisse semer sur la terre où dorment les coupables.

— Nous avons prié, répondirent-ils, et notre mémoire n'a point mis en oubli ces malheurs ; car l'exilé toujours se souvient de la patrie, pleurant l'heure désolée où son regard vit disparaître les dômes de la ville et ses grèves aimées.

— Je ne puis bannir ce souvenir ; il est amer et doux à mon cœur, dit Hémiar ; et souvent, durant les longueurs de notre éternel voyage, je l'ai rappelé à mon esprit.

C'était par une nuit d'automne : l'Araxe déroulait ses ondes au travers des vallées d'Arménie ; rien ne troublait son cours, qui paraissait immobile et s'écoulait cependant peu à peu, semblable aux heures que Dieu nous a comptées. Dans son flot, étendu limpide et pur comme un cristal, brillait, mêlé au doux éclat des astres, le reflet des armures et des fers de lances. Deux ennemis campaient sur ses bords, et seul le fleuve séparait ces hommes qui, le cœur rempli par l'attente, conduisaient une veille, la dernière pour un grand nombre ; car le jour qui va venir éclairera une lutte ardente. Dans les deux camps sont debout les deux armées : l'une victorieuse , pleine de l'espérance de voir bientôt fuir devant ses aigles les bataillons qui déjà ont plié sous l'effort ; l'autre vaincue, mais gardant profonde la pensée de la défaite, et brûlant de couvrir la honte d'hier sous les gloires de demain. Ici les joyeuses fanfares des cors, les éclats des clairons, saluant les bannières glorieuses ; là le silence morne qui médite la vengeance. Tout se fortifiait , tout prenait un formidable aspect : à droite , à gauche, les hauteurs se couronnaient de lances et d'étendards, et sur les bords avancés du fleuve s'échelonnaient de courageux vétérans.

Les tentes des deux chefs étaient dressées sur le rivage.

C'était Romanus , à qui l'empereur Maurice disait en le ceignant de l'épée :

— Les provinces éloignées de l'empire sont envahies ; allez à la tête de nos légions, et que Dieu protége nos armes levées contre les barbares persécuteurs de son culte. Et Romanus deux fois a vu fuir les cavaliers persans.

C'était Varame.

Le général d'Hormisdas avait cueilli des palmes sur bien des champs de bataille. Par lui la Perse agrandie venait de punir l'audace des peuplades qui campaient sur les rivages des mers de l'Asie, et, jetant son épée dans la balance, de rendre leur orgueil tributaire.

Romanus veillait, entouré de ses centurions.

Varame veillait aussi, mais seul et recueilli.

Des pensées bien différentes agitaient leurs cœurs. Le général romain se promenait sous la tente, confiant dans sa fortune et plein des rêves de la victoire. Son rival, sombre dans la défaite, se tenait immobile, le front dans sa main, mûrissant un projet de haine qui ne devait pas seulement éclater sur l'ennemi qu'il s'apprêtait à combattre, car sur son front était descendu un cruel outrage.

Varame cherche en vain à maîtriser l'orage qui vient de se lever dans son âme, le calme le fuit; ou, si parfois paraît s'endormir la plaie que son orgueil irrite, soudain il la ressent plus âpre, plus brûlante; les veines de son front battent douloureusement, et sa cotte-de-mailles pèse comme un plomb sur son cœur. Pourquoi le sommeil le fuit-il? Ce n'est pas la crainte du danger qui l'exile de sa tente solitaire : son âme est inaccessible à la peur, et plus d'une fois il a dormi, quoiqu'il fût en face de l'ennemi, étendu tout armé, sans couche, ni pavillon même, sur une terre plus rude et sous un ciel moins pur.

Livré à de cruelles étreintes, les heures s'écoulent tardives et odieuses; il ne peut attendre ici le jour; il sort, il va parcourir le camp.

Mais le calme de la nuit ne pénétra point son âme; une pure rosée verse en vain la fraîcheur sur son front: il ne cesse de le sentir brûlant sous sa main. Soudain les bannières ont frémi autour des lances qu'elles entouraient de leurs plis longs et tombans; un vent qui

se lève impétueux a passé sur l'Araxe, agitant la feuillée des arbres de la rive, et là-bas, à l'horizon, où se
déroule un large nuage, l'éclair a brillé.

Bientôt les astres se voilent; les roulements lointains
du tonnerre se prolongent. A l'aspect de la tempête du
ciel, Varame a compris son sein s'ouvrir à une sensa-
tion âpre et violente; l'écho éveillé par la tourmente et
une voix qui parle à la pensée qui s'agite en lui, et cet
horizon menaçant et sombre est en harmonie avec son
âme.

L'orage grandissait; bientôt ses lourdes nuées pesè-
rent sur les deux armées, et les ténèbres s'épaissirent,
et la foudre redoubla ses coups; horrible était le spectacle lorsque, des flancs de la nue déchirée, l'éclair
laissait voir aux yeux éblouis la plaine au loin couverte
de soldats, dont les armes, reflétant ses lueurs blafar-
des, lançaient de longs jets de lumière.

Lui, debout sur la hauteur, écoutait mugir la tempête, et les échos du fleuve retentissant au fracas du
tonnerre qui bondissait de rocher en rocher, et la voix
de l'aquilon qui pliait et faisait crier la crête des arbres; il écoutait; un sourire étrange plissait sa lèvre.
Insensé, pourquoi cette joie sauvage et impie en face
des convulsions de la nature? prends garde que sur ta
vie ne gronde désormais un orage qui ne s'éteindra pas
comme celui qui s'éloigne et dont ton oreille écoute les
derniers éclats.

Cependant Varame reprit le chemin de sa tente. Ses
yeux brillaient d'un éclair sinistre, son front était haut

et fier. Les soldats qui, le voyant passer, interrogèrent son visage n'y retrouvèrent plus les rides profondes qui le plissaient douloureusement lorsqu'il était sorti : tout dans cet homme respirait l'audace. Que s'était-il passé dans son âme alors que, debout sur la colline, il avait élevé sa tête sous la nue embrasée, présentant sa poitrine aux carreaux de la foudre? La vengeance qu'il méditait avait-elle enfin trouvé où frapper son ennemi? et sa haine, émue d'une espérance coupable, se livrait-elle à cette joie mauvaise qui fait frémir le vautour quand, les ailes ouvertes, il plane un moment sur la proie qu'il va déchirer? D'un pas rapide il traversa les rangs de l'armée, et bientôt leurs yeux le perdirent : les draperies de la tente étaient retombées derrière lui.

Soudain le cri de la trompette se fait entendre; son éclat roule de rocher en rocher, appelant les chefs au conseil.

Ils étaient tous à leur poste, attendant le jour et la bataille. Au bruit du clairon, ils revêtent leurs têtes du casque doré, jettent sur leurs épaules de larges manteaux de guerre, et se hâtent de marcher vers la tente du général : c'étaient Biaxare, Hiscariar, vieux guerriers formés aux combats à côté de Chosroës; c'étaient Abdus, Mardoès et Nizas; c'étaient deux frères : Adelstan et Adormane, dès long-temps attachés à la fortune de Varame; ensemble ils avaient fait leur première campagne, ils avaient grandi en gloire, en honneurs; ils s'étaient partagé les mêmes périls et les mêmes palmes.

Les sept capitaines entrèrent silencieux et graves, et se rangèrent en cercle, debout, la main appuyée sur la garde de leur épée. Ici tout était richesse et splendeur : des paillettes d'or brillaient sur les tentures bleues aux longs plis tombants et soyeux ; des trophées de lances et de boucliers, les armes de la Perse en broderies d'argent surmontées d'un soleil éclatant d'opales et de rubis, étincelaient à la clarté des candélabres d'airain dressés aux quatre angles de l'enceinte.

Au milieu, Varame immobile, jouant avec la chaînette de son poignard, dont la riche monture se perdait dans les replis d'une écharpe aux couleurs de feu.

A l'aspect des chefs, il s'avança vers eux, et présentant la main à tous :

— J'ai voulu m'entourer une dernière fois de votre sagesse. C'est dans les jours mauvais qu'il convient de ne rien faire sans l'aveu de vieux amis ; et je vous ai tous mandés, car je ne compte ici que des frères, je pense.

Les guerriers s'inclinèrent en posant la main sur leurs cœurs. Varame les remercia du geste, puis, leur faisant signe de s'asseoir sur les sièges préparés tout autour, lui-même il marcha vers le sien, et prit place. Le silence se fit absolu ; le seul bruit qui tomba au milieu de ce recueillement fut le pas mesuré de la sentinelle veillant sur le seuil. Enfin le général se leva, et, parcourant du regard l'assemblée attentive, il parla ainsi :

— Courageux vétérans, frères d'armes, s'il est dans la vie de l'homme qui a dévoué son sang à la patrie un jour d'amers désenchantements ; si celui dont les mâles transports de la gloire ont fait battre la poitrine pouvait en lui-même sentir le regret de s'être serré autour du drapeau, c'est assurément le jour où, ces services mis en oubli, il voit encore son front dépouillé de sa couronne militaire ; car l'honneur est le premier, le seul bien du soldat ; et quand l'affront monte jusqu'à lui, il ne reste plus qu'à mourir.

A ces paroles les visages s'assombrirent ; dans tous les yeux un éclair s'alluma. Il semblait que sur les âmes ces accens eussent passé comme sur le lac passe le souffle de l'orage.

— Qui d'entre nous, poursuivit-il, aime assez la vie pour la porter dégradée et flétrie ? qui trouve qu'à sa main soit trop lourde la lame d'une épée et se laisserait dépouiller de cette arme glorieuse ?

— Personne, Varame ! personne ! clamèrent les chefs.

— Brisez donc votre épée, mes vétérans, car votre roi, en échange de vos services, vous envoie pour présent des habits de femme.

— Des habits de femme à nous ! crièrent les sept voix.

Pour réponse, Varame appuya son glaive sur le genou, le rompit dans un effort de colère, et jeta les débris à leurs pieds. Les tronçons, en tombant, rendirent un son bref, strident, comme le cri étouffé de la haine, et ce bruit éveilla un écho dans les cœurs.

— Voudrait-on nous punir d'avoir été malheureux? s'écria avec un accent terrible le vieil Hiscariar; et la mémoire du maître ne sait-elle se souvenir que des succès?

— Regardez, fit le général : et son doit indiquait à ses frères d'armes une table sur laquelle étaient étalées de larges tuniques blanches, semblables à celles dont se revêtaient les jeunes filles. De subites rougeurs passèrent sur les fronts ainsi qu'une flamme; il y eut des bruits étranges, pareils à ceux d'un grincement de dents.

— Oh ! la honte ! dit en frissonnant Biaxare.

— Ce n'étaient pas de vieux soldats, interrompit Mardoès, qui firent leurs preuves sur vingt champs de bataille, qu'il convenait de flétrir par un reproche de lâcheté. J'en crois ces trophées suspendus à ces tentures, sans doute pour nous faire souvenir que notre tête rayonne de quelque gloire; à leur vue tout ce qui m'est resté de vieux sang dans les veines a reflué au cœur, et j'ai songé que, le jour où l'outrage est préparé au guerrier, sa colère ne doit point jeter à terre l'arme qui brille dans sa main, mais la tourner contre l'ennemi et le punir.

Varame sentit son sein rempli d'une audacieuse espérance en écoutant ce discours ; il l'enferma pourtant

dans son âme , et , se couvrant du manteau d'une prudence menteuse , il répondit :

— Merci, frères ; vos paroles sont bonnes à mon
cœur ; elles sont tombées sur ma colère semblables au
baume souverain qui calme les ardeurs d'une plaie brûlante ; car une noble nature les a inspirées. Pourtant
qu'un juste ressentiment n'égare pas nos esprits ; avant
de frapper , écoutons les conseils du devoir. Mes courageux capitaines, vous couverts des gloires militaires,
peut-être une fière indignation a-t-elle trop vite livré
vos âmes à des pensées de haine ; la prudence est le
propre de la force ; soyons justes d'abord, et que la réparation se mesure à l'offense.

J'ai voulu que le message du roi fût ouvert devant
vous ; que devant vous encore son envoyé fût interrogé.

Voyez ; jugez après.

Sur un signe de Varame, quatre gardes quittèrent la
tente. Quelques instants s'écoulèrent. Au sein de l'assemblée régnait un silence inquiet, semblable au calme
menaçant qui se fait sur la mer avant l'orage : c'est
qu'au milieu de ces hommes allait éclater une tempête
qui devait fondre sur la Perse, terrible et sans pitié.
Dieu avait ses desseins pour le vouloir ainsi.

Les gardes reparurent enfin : au milieu d'eux marchait un seigneur persan vêtu d'habits magnifiques ; il
avait nom Bergoas ; sur lui étaient descendues les faveurs les plus signalées du trône ; digne favori d'un

prince impie et cruel, il avait passé par la patrie, et, en passant, il l'avait foulée comme un pays de conquête, et ses mains s'étaient remplies de trésors arrachés aux épargnes du pauvre, pour aller s'engloutir dans le gouffre ouvert par une cour qu'avaient gâtée toutes les corruptions.

Tel était le messager d'Hormisdas. Sa présence évoquait de sombres souvenirs; ses paroles allaient faire gronder toutes les colères amassées au fond des âmes. Il s'avança la tête haute, et vint se placer en face de Varame.

— Seigneur! lui dit celui-ci, rendez compte aux chefs de l'armée du message de votre maître.

— C'est à Varame seul, répondit l'envoyé, que je dois transmettre les ordres du roi.

— Nous sommes ici tous frères, tous solidaires du même honneur. Parlez.

Bergoas gardait un silence plein de fierté.

— Le général ordonne que la dépêche soit ouverte, dit Adormane.

— Il n'y a plus ici de général. Il y a un ordre émané du trône, répliqua le favori avec feu, il y a un ministre de cet ordre: il sera exécuté.

— Vous l'avez entendu, s'écria Varame, l'ordre sera exécuté; donc nous irons désormais sans grade, sans honneur, désireux de l'oubli et subissant une amère célébrité, traîner dans d'obscurs hameaux une vie honteuse ; dépouillés de l'armure du soldat, trop pesante pour nos poitrines, nous jetterons sur nos épaules courbées le vêtement des femmes, et les petits enfants viendront rire de ces lâches, indignes d'être des hommes, parce que, dans un jour de bataille, couverts de sang et de poudre, ils auront vu leur courage trahi et leurs efforts malheureux.

L'ironie âpre et dentesque du guerrier pénétra les sept chefs comme des pointes acérées. Ils se levèrent protestant contre la honte, et faisant briller la lame de leurs poignards. Le plus jeune, Mardoès, s'élança vers Bergoas, et, lui pressant le bras dans sa main convulsive, il le somma d'obéir aux ordres de Varame et du conseil. Bergoas répondit en mettant la main sur la garde de son épée :

— Des menaces ! fit l'impétueux jeune homme, qui, se rejetant en arrière, bondit et se précipita au devant de son ennemi, terrible, le glaive au poing.

Les deux fers croisés sifflèrent l'un contre l'autre en jetant des éclairs. Mais on se mit entre ces deux hommes, et Varame, certain désormais du succès, se hâta d'ordonner à ses gardes d'emmener l'audacieux Persan. Il sortit de la tente en laissant à tous ce funèbre adieu dont les paroles pour lui allaient vite s'accomplir.

— Ici s'allume une colère qui ne s'éteindra que dans le sang.

Or la révolte s'empare de tous les esprits. Que tarde-t-on ? il faut lever le camp, marcher sur la cité royale : c'est là qu'est Hormisdas ; c'est là qu'est la vengeance. Attendrait-on que le tyran livrât au fer des bourreaux, aux tourments des tortures, des hommes qui jusqu'à ce jour avaient prodigué leur vie pour sa gloire !

— Amis, j'aime vos transports, s'écria Varame. Au milieu de ces cris de haine, j'aime vos fronts cicatrisés, que ne couronnent plus que des souvenirs, mais que l'ennemi rencontre hauts et fiers dans la bataille, semblables à ces rochers dont la tête, sillonnée par la foudre, se lève encore, sous la tempête, superbe et menaçante. L'affront ne saurait monter jusqu'à vous ; car des gens de cœur ne laissent pas de leurs mains tomber l'épée, instrument de leur courage. Que la mémoire des rois est ingrate ! Au milieu de leurs palais, plongés dans les délices d'une vie sans valeur, ils n'expérimentent pas nos durs travaux, nos longues veilles sous les armes, nos courses sous un soleil ardent. Ils n'ont point avec nous traversé l'aride désert, combattu la dague au poing et les pieds dans le sang ; ils savent sur leur front dérouler les boucles d'une chevelure parfumée, jamais ils ne l'ont exposé aux fers des lances, aux sabres des sauvages envahisseurs de nos provinces ; ils drapent leurs épaules dans les plis d'un manteau de pourpre aux franges d'or, ils ne savent plus les couvrir de la cuirasse et du carquois. Allons, qu'ils prennent place au splendide banquet ; que leur coupe, jusqu'au bord, soit remplie des vins enivrans, leur veille bercée

au son d'une molle harmonie ; que , laissant à d'autres
la rude gloire d'exposer leur poitrine comme un rempart vivant pour protéger leur vie indolente et volup-
tueuse, ils savourent les fruits dorés , ils s'enveloppent
dans une facile majesté. Elus du bonheur, que tous
leurs soleils brillent sans tonnerre : mais qu'ils ne sortent pas de leur repos pour outrager des vétérans dont
chaque veine a pour eux payé sa part de sang. C'est
assez de faire peser sur nos provinces le joug d'une
tyrannie sans entrailles, d'arracher aux sueurs du pauvre d'odieux tributs, de livrer de nobles têtes aux bourreaux ; il ne fallait pas mêler l'insulte à cela. Ecoutez :
quel cri monte de toutes les parties de la Perse opprimée ? C'est une voix qui souffre et attend sa délivrance.
Vous souvient-il du frère de Bestamius errant d'exil en
exil, menacé , dépouillé , pauvre jusqu'à avoir faim des
journées entières, acceptant comme une bonne fortune
la mort qui vint le trouver au milieu des peuplades barbares où sa misère cherchait un refuge ?

Ici Varame s'arrêta un moment , puis , indiquant de
la main ces vêtements de femme que son maître avait
envoyés comme une punition du vaincu, il poursuivit
les lèvres serrées :

— Un jour que, triomphant des ennemis de la Perse,
appuyé sur mon épée , j'écoutais au pieds d'un chêne
les derniers bruits de la fuite des barbares, vous vous
en souvenez , amis : un vieillard s'avança vers nous ; à
ses côtés marchait une jeune fille ; elle était pâle et
tremblait comme tremble la tourterelle à peine échappée aux serres du milan. « Que le ciel bénisse l'heure

« où ton pied a touché notre terre, s'écria le vieillard
» tombant à genoux ; que le ciel vous protége tous,
» courageux guerriers, car votre venue parmi nous a
» été le lever d'un astre heureux, car votre épée a
» vaincu et chassé nos ennemis, et vous avez sauvé le
» père de la mort et la fille de la honte. » Et le vieillard et l'enfant nous bénissaient en nous prédisant la
gloire. Nous relevâmes ces deux victimes que notre
courage venait de sauver, et nous courûmes à de nouveaux combats. Bon vieillard ! ses vœux parurent nous
porter bonheur : les bandes barbares qui venaient de
s'abattre sur ces contrées s'enfuirent au bruit de nos
armes ou périrent dans la bataille ; l'Hircanie et la Mar-
giane s'inclinèrent devant nos drapeaux ; les déserts de
la Barcanie ne furent point un asile où pût s'abriter
notre ennemi dans sa fuite, et, sur les rives de l'Oxus,
nos pieds victorieux éveillèrent en passant l'écho jadis
ému au bruit de la marche d'Alexandre. Mais pourquoi
rappeler des souvenirs qui, hier encore, faisaient battre nos cœurs d'un noble orgueil ? ils ne sont plus
qu'une amère ironie, aujourd'hui que sur nos fronts est
descendu l'opprobre. Ah ! je cherche en vain à me réfugier dans la pensée de nos jours d'autrefois : les palmes
cueillies ensemble viennent de se flétrir, et nul rayon
désormais n'éclairera le front d'hommes qu'on a crus
assez lâches pour leur jeter des habits de femme.

Deux larmes jaillirent de la paupière du soldat indigné, et roulèrent lentement sur ses joues pâlies. Les
sept chefs, dont l'âme, livrée aux plus violents transports, s'était vouée à la fière et implacable colère de

leur général, sentaient toutes les fureurs de la haine
gronder dans leurs poitrines, et de leurs lèvres, agitées
par la menace, s'échappa un cri, cri terrible : il devait
retentir jusqu'aux extrémités d'un empire que s'apprê-
taient à déchirer des ambitions rivales et jalouses.

— A Ctésisphon ! à Ctésisphon ! disaient-ils.

— C'est au cœur qu'il faut frapper notre ennemi.

— Marchons !

— Mort à Hormisdas et malheur sur sa race !

— L'épée est tirée ; que le sort s'accomplisse.

— J'obéirai à votre voix, interrompit Varame : l'insulte est commune à tous, que la punition soit l'œuvre
de tous aussi ; que, dès cette heure, un lien indissoluble nous unisse ; soyons frères pour une juste réparation, comme nous sommes frères pour les dangers et
les gloires de la guerre, et que ces glaives qui étincel-
lent dans vos mains ne rentrent dans le fourreau qu'a-
près avoir puni l'outrage. Je dévoue mon sang, ma vie ;
mais, avant, songeons que nous sommes Persans, et
que la cause de la patrie parle plus haut que notre querelle. Ici, à quelques pas de nos tentes, sur l'autre rive
de l'Araxe, campent les soldats de Romanus ; que ces
légions, en face de qui le tyran nous accuse de trembler, reculent devant notre audace. Allons, frères, de
ce jour faisons un jour de victoire ; demain nous nous
souviendrons de notre offense.

Ces dernières paroles furent recueillies avec transport ; ces fiers vétérans sentaient en eux s'allumer tout
le sang généreux que leurs larges et profondes blessures
leur avaient laissé, et la voix qui leur parlait de victoire fut écoutée comme une voix prophétique et sacrée : c'est que Dieu, qui a semé la vie d'épreuves rudes et constantes, a placé dans notre sein de nobles fibres que nul ne touche en vain, de glorieux élants qui
élèvent le cœur et la pensée : préservatifs sublimes contre les instincts mauvais d'une nature tombée. Pourtant
ce n'était pas dans ce but que Varame les invoquait.
Cet homme, à l'ambition ardente, à la haine profonde,
ne voulait pas sauver la Perse des Romains pour que
la Perse fût heureuse et puissante ; à celui qui rêvait
déjà le trône il importait d'ouvrir les voies qui y menaient, et, n'osant pas espérer d'être secondé dans sa
trahison par un général de Maurice, il lui fallait une
bataille pour éloigner cet ennemi.

Il la livrera, il la gagnera, et, tournant son épée
contre son roi, il mettra vite la main sur ce diadème
dont l'éclat déjà a fasciné ses yeux, et quand, debout
sur ce trône tant convoité, il se croira dans sa puissance, alors, que la main qui l'a élevé se retire, et
celui qui se disait fort sera brisé : ce sera le rameau
tombé que le pied de l'enfant des chaumières rompt en
passant sur la lisière de la forêt.

Les sept chefs sortirent de la tente et parcoururent
le camp donnant les ordres pour la bataille ; et voilà
qu'après cette nuit d'orage, lorsque le soleil, perçant
les nues, éclaira la plaine de ses rayons, il fit étinceler

les armures de ces légions déjà debout et prêtes au combat. Soudain l'air est traversé par des sons guerriers, Varame vient de paraître monté sur une cavale blanche dont la pâle crinière ruisselle à longs flots sur son cou nerveux, et les fanfares donnent le salut de guerre. Il s'avance haut et fier; dans son regard brille l'audace; et, de même que l'éclair qui luit à l'orient sillonne l'horizon et s'éteint à l'occident rapide comme la pensée, ainsi la parole échappée de ses lèvres parcourt les lignes militaires et arrive aux derniers rangs, portant partout le courage et l'ordre. Mille bruits divers montent au dessus de ces cohortes qui prennent leurs places de bataille; la trompette éclate; les chevaux hennissent et frappent le sol de leur sabot sonore; dans chaque main brille la lance ou la flèche acérée; à chaque arçon pend la hache qui bientôt va ruisseler de sang : puis tout se tait : un solennel silence s'étend sur les rivages de ce fleuve dont les eaux calmes passent silencieuses aussi.

Varame était prêt.

Romanus l'était. Par ses ordres un pont venait d'être jeté sur le fleuve avec cette promptitude, cette audace, qui font les Romains les premiers soldats du monde; ses centurions se montraient à la tête des légions serrées autour des aigles, et leurs colonnes immobiles apparaissaient semblables à des murailles de fer.

Soudain le clairon et le cor remplirent l'air de leurs sons belliqueux; tout s'émut, tout frémit, tout s'agita,

tous les glaives brillèrent ; puis ces bruits se perdirent
dans un bruit prolongé, horrible : ces masses armées
venaient de s'ébranler. Les soldats de Romanus, couverts de leurs casques d'acier, le glaive au poing, marchent vers le pont, le franchissent au pas de course ; et
se forment en lignes menaçantes sur la rive où campe
Varame, tandis qu'à droite et à gauche, les cavaliers
entrent dans le fleuve et le traversent sous une pluie de
flèches et de traits. Le général persan pouvait disputer
le passage du pont, il aima mieux laisser son ennemi
venir à lui ; puis, étendant son armée comme deux
bras qui s'ouvrent pour étreindre leur proie, il resserra
soudain ces longues colonnes, enfermant l'ennemi dans
leurs murailles vivantes, hérissées de lances et d'épées.

Et voilà que le sol avait tremblé sous l'ardent galop
des chevaux, et sur les cuirasses résonnaient les coups
de la hache et de la dague. Déjà les combattans se pressent les pieds dans le sang ; la lutte est ardente, les cadavres jonchent la terre. A qui la palme de cette journée ? Une même pensée anime ces deux armées : elles
s'enlacent de leurs mille bras, s'étreignent dans un duel
sans merci, et leurs pas retentissent comme les bords
du rocher précipité de la crête de la montagne. Le soleil déjà inclinait à l'horizon ; la victoire incertaine ne
couronnait point de vainqueur. La mêlée était ardente,
horrible ; des morts partout, des chevaux couverts de
sang et d'écume, des tronçons d'armes brisées, des
chars en pièces. Tel était l'état de la bataille quand Romanus, que son courage impatient avait poussé aux
premières lignes, tomba blessé au milieu de ses centu-

rions. Alors les Romains, qui ne voyaient plus leur général et le crurent mort, sentirent faiblir leur audace ; les Perses redoublèrent leurs efforts. Varame, l'épée à la main, se précipite à la tête de ses vétérans, et leur bras de fer décime l'ennemi, qui se resserre et marche en colonne. Mais les cavaliers persans s'élancent contre ces masses vivantes, les font enfin plier et les renversent.

Au milieu de ces débris, une nouvelle lutte s'engage. Trois fois les rangs enfoncés, brisés, se reforment ; trois fois encore les soldats de Varame les heurtent, les rompent avec une fureur toujours croissante. Romanus, deux fois blessé, est emporté au travers de ses légions mutilées et sanglantes ; il quitte, en versant des pleurs de rage, ce champ de bataille où douze mille Romains sont tombés.

Le lieutenant de Maurice est battu. Sa retraite sera imposante comme sa valeur a été héroïque dans le combat ; les débris de ses bataillons se rangent sur ce sol jonché de morts ; et, menaçante même en reculant, l'armée repasse le pont qu'elle dédaigne de détruire. Elle se replia lentement sous les remparts de Naxuana.

On dit que Varame, voyant les Romains repasser l'Araxe et quitter ces rivages pour eux désormais célèbres par un souvenir de défaite, suivit long-temps des yeux cette armée vaincue, et lorsque, les bras croisés sur sa poitrine, où battait tant de haine et d'ambition, il comprit mourir au loin les derniers bruits de la retraite , son front s'illumina d'une pensée qui le rougit comme une flamme ; de ses lèvres tombèrent ces mots.

— A moi l'avenir à présent!

Non, Varame, non, l'avenir n'est pas à vous ; l'avenir est à Dieu ; seul , il sait ce que les nuages qui s'amassent au ciel porteront à la terre d'orage ou de pluie bienfaisante ; seul , dans sa main il tient les mondes et le cœur de l'homme ; en vain l'orgueil inquiet s'agite , une Providence préside aux destinées des générations , préparant , guidant , développant l'œuvre générale où s'effacent les individualités , et ne laissant à l'homme , emporté par cette action souveraine , que le choix des moyens ; car il lui montre une couronne pour prix de ses efforts , et lui donne la liberté pour la mériter. Vous êtes vainqueur, Varame; de ce champ de bataille où votre taille a grandi , votre œil mesure la distance qui vous sépare d'un trône ; votre main presse l'épée qui doit briser la barrière opposée par un ennemi ; dans votre sein est la force, vous croyez en vous. Et vraiment l'espace sera franchi , la barrière détruite , devant vous, demain , vont s'incliner des fronts , se ployer des genoux. Insensé , le sort des empires n'est point livré aux étreintes de l'ambitieux : il y a des crimes à expier; il y a du sang qui crie ; il y a des cités mûres pour le châtiment; et vous êtes la verge dont la main divine s'est armée pour frapper.

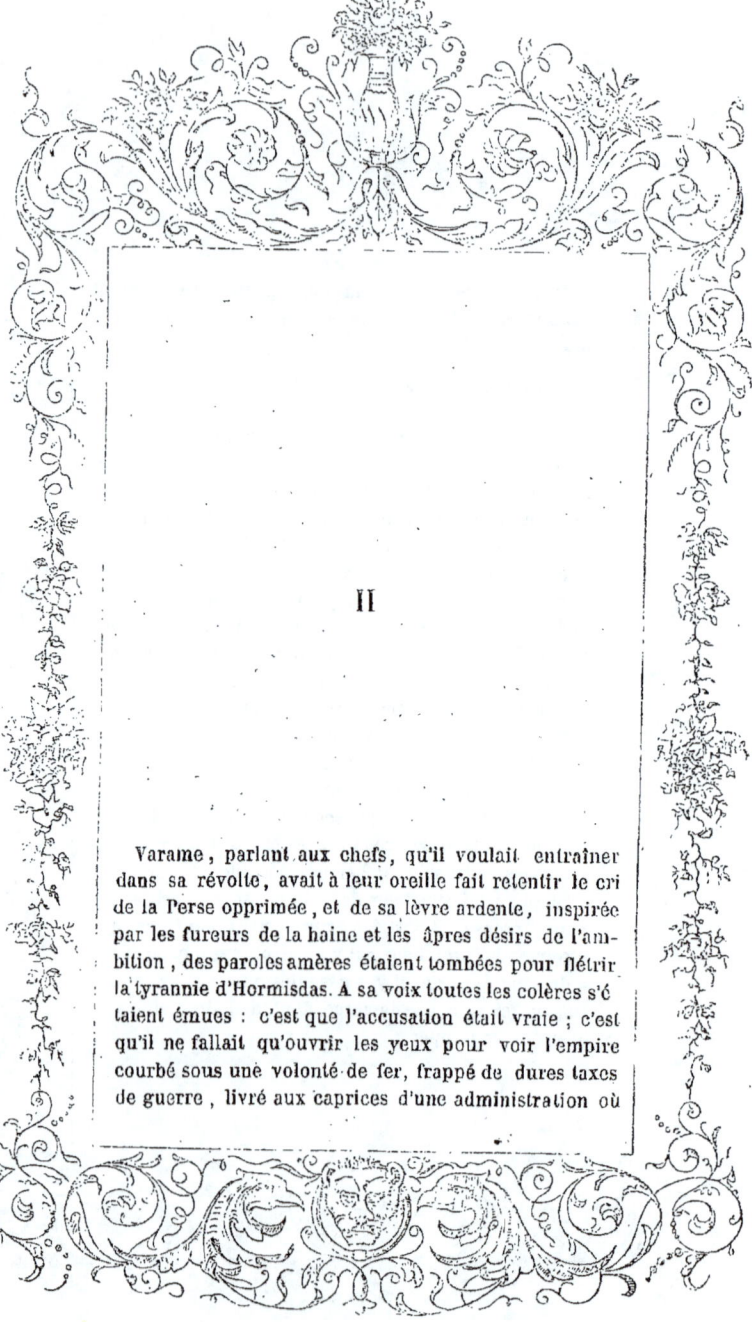

II

Varame, parlant aux chefs, qu'il voulait entraîner dans sa révolte, avait à leur oreille fait retentir le cri de la Perse opprimée, et de sa lèvre ardente, inspirée par les fureurs de la haine et les âpres désirs de l'ambition, des paroles amères étaient tombées pour flétrir la tyrannie d'Hormisdas. A sa voix toutes les colères s'étaient émues : c'est que l'accusation était vraie ; c'est qu'il ne fallait qu'ouvrir les yeux pour voir l'empire courbé sous une volonté de fer, frappé de dures taxes de guerre, livré aux caprices d'une administration où nulle autre règle que les désirs du maître ne faisait loi, s'appauvrir chaque jour de trésor et de gloire. Dans la perte de ses priviléges et de sa liberté, le pays n'osait pas se réfugier dans les souvenirs ; car le passé accusait trop le présent pour que sur tous les fronts ne montât pas la honte.

Cependant la cour du roi était splendide : c'étaient des fêtes, des banquets ; c'était ce luxe oriental étalé dans toute sa riche et opulente profusion. Autour du trône, couverte de longs manteaux aux franges d'or, se groupait une jeunesse brillante, ouvrant son cœur aux émotions mauvaises, trempant ses lèvres à la coupe de l'orgie, prêtant l'oreille à toutes les paroles, à toutes les harmonies. Et le peuple souffrait ; des prisons se refermaient sur des malheureux ; des échafauds se dressaient sur les places, et, comme on avait gardé mémoire des traditions apportées de Rome, dont les troupes de Sapor et de Chosroës avaient plusieurs fois pris le chemin, un cirque se peuplait de lions, de tigres, de taureaux sauvages. Sur cette arène impie devaient être dévorés des femmes et des vieillards.

Double tableau que l'œil de Dieu regardait ; terrible contraste qu'une terrible vengeance allait punir.

Vous le savez, frères, depuis quatre siècles, l'Evangile était prêché à la Perse ; depuis quatre siècles, il avait eu sur cette terre ses apôtres et ses martyrs. Ardent, plein de courage, car il a pour guide la charité, pour espérance l'avenir, le Christianisme passait au milieu des villes et des populations, semant la parole, apportant la promesse et le pacte de l'alliance : mais toujours contre lui s'étaient dressés les rois : leur main n'avait pas quitté le glaive de la persécution ; et, fidèle à la haine sauvage de ses pères, Hormisdas frappait de ses décrets de mort toute tête inclinée au nom de Jésus Christ.

Or, il y avait ce soir-là fête au palais. Les salles étaient resplendissantes de clarté ; une foule jeune, belle, parée de fleurs et de perles au jet de flamme, se pressait sous le toit royal, se répandait dans les jardins magnifiques. Ici les plantes, les arbres fleuris, livraient leurs parfums d'Orient suaves, pénétrants ; ils passaient par l'air apportés sur une brise si légère qu'à peine faisait-elle trembler doucement la feuillée.

Le roi était là, au milieu des seigneurs dont il aimait à s'entourer. Assis les jambes en croix sur des coussins moelleux, il écoutait les saillies vives et joyeuses, recevait les flatteries, les caresses, et laissait aller son âme à ces paroles, comme l'enfant s'endort au chant de la jeune femme qui dit le refrain du berceau.

Et voilà soudain que chacun s'écarte : un homme s'avance en habits superbes ; il tient dans la main un message : c'est le ministre, c'est Rizaël.

Que veut-on ? dit Hormisdas d'une voix brève. Déjà il avait lu sur le front de son serviteur qu'un puissant intérêt était en cause, et il n'aimait pas que les devoirs du trône vinssent ainsi le chercher au sein d'une fête.

— Lisez, seigneur, répondit le nouveau venu, pliant les deux genoux et tendant le message à son maître.

— Il sera plus court de me rendre compte, répliqua celui-ci après avoir déroulé la dépêche et s'être aperçu qu'elle était longue.

— Seigneur, il est bon que seul vous soyez instruit de cela.

Sur un signe, tous s'éloignèrent à l'extrémité de la salle.

— Parlez, ordonne le roi ; personne n'entend.

— On n'entend pas, mais on voit, objecta le ministre, qui aimait le prince malgré sa tyrannie, qui souvent avait voulu lui faire connaître la vérité, que ne savent jamais les rois, et dont la prudence, à cette heure, était une preuve nouvelle de dévouement.

— C'est donc grave ?

— Très-grave.

— Mais dites alors, s'il s'agissait de la perte de ma couronne, que feriez-vous de plus ?

Pour réponse, Rizaël montra les seigneurs debout au fond de la salle et qui, silencieux, l'œil avide, observaient le groupe royal.

Hormisdas jeta sur cet homme un regard plein de soupçon et d'inquiétude, se leva, passa devant les gens de sa cour, sans daigner rendre un salut à ses sujets qui se courbaient jusqu'à terre, et, suivi du ministre, il entra dans ses appartements privés.

Il fit quelques pas vers un lit de repos dressé en face de la porte d'entrée, puis se retournant brusquement.

— Hé bien ! qu'y a-t-il ? Est-ce que vous ne comprenez pas que j'attends ? fit-il d'une voix dure, impatiente.

— Voyez ; et Rizaël indiquait de nouveau le message que le prince avait froissé dans sa main.

— Je croyais vous avoir dit de me rendre compte ; puisque vous l'avez oublié, je vous l'ordonne, répliqua Hormisdas, accompagnant ces mots d'un geste bref et impérieux.

Le Persan croisa les bras sur sa poitrine, baissa la tête, et d'une voix émue il satisfit ainsi la volonté du maître.

— Seigneur, Bergoas est mort, Varame en révolte : les sept chefs de l'armée et l'armée entière prennent part à son crime. Le gouverneur de Nisibe met à vos pieds l'hommage de sa fidélité ; mais il avertit que des émissaires du rebelle ont pénétré dans le camp établi sous la ville, qu'une insurrection va s'y allumer, et que, prisonnier au milieu des soldats que vous lui donnâtes à commander, il a fallu user de ruse et braver les plus grands obstacles pour vous faire parvenir ce message.

Hormisdas devint pâle de colère ; ses doigts crispés lacérèrent la dépêche fatale, et, sans répondre un seul mot, il se prit à parcourir l'appartement à grands pas. Rizaël comprit qu'une redoutable colère s'allumait dans l'âme du roi. Il avait froidement envisagé les événements, et, malgré leur gravité, son courage et sa sagesse ne le délaissaient point dans cette crise suprême : un plan vainqueur venait de jaillir tout armé de sa tête ; comme chez tous les hommes d'action et d'intelligence, la pensée de salut s'était faite spontanée, complète, pleine de vigueur et de hardiesse.

Il fallait envoyer une armée contre Varame : mettre à la tête des légions un fils du roi, Chosroës, qui par sa présence rallierait tous les dévouements incertains ; il fallait publier des décrets pour la diminution des taxes ; ouvrir les cachots à de nombreuses victimes, qui y pleuraient le foyer de famille et la liberté ; ouvrir sa main pleine, afin que quelques bienfaits en tombassent sur les misères du peuple : oublier beaucoup, pardonner beaucoup, et faire appel non pas à la terreur, mais à l'affection des Persans.

Pour le malheur d'Hormisdas, cette pensée ne devait point prévaloir dans ses conseils ; il ne s'inspirait que de la haine ; et quand l'exaltation de sa fureur eut permis au ministre de parler au roi, il était trop tard : le prince venait d'arrêter sa vengeance.

Il continuait à se promener ; tout signe extérieur d'agitation s'était effacé ; il était recueilli et semblait entièrement livré au soin d'écouter Rizaël ; tout-à-coup des éclats de rire et des chants se firent entendre.

— Que signifie cela ? fit Hormisdas avec dépit ; qui donc ose se réjouir ici quand le maître est dans la tristesse ?

—Seigneur, c'est le bruit de la fête par vous donnée ce soir dans votre palais, répondit le ministre.

— Qu'on aille vers ces gens, et qu'on les chasse.

— Permettez-moi de vous rappeler que la nouvelle doit rester secrète ; la prudence le veut ainsi ; un ordre de se retirer émané de vous éveillerait des soupçons, peut-être.

—Suis-je donc accoutumé à ces lâches précautions ? et ma volonté royale a-t-elle besoin de se plier à des craintes vulgaires ? Allez, Rizaël.

— Seigneur !

—Soit ! dit le roi avec rudesse, puis un sourire d'amère ironie passa sur ses lèvres, qu'ils se livrent aux fêtes, aux plaisir de la nuit ; je saurai les atteindre; et, pour être différé de quelques heures, le coup de tonnerre n'en sera pas moins terrible.

Il y avait dans ces mots un tel accent de brutale joie, un tel accent de menace froide, mais impitoyable, que Rizaël, qui savait à quelle vengeance pouvait se livrer le tyran, qui se souvenait aussi des plaintes et des amers mécontentements que sa cruauté excitait, sentit un frisson glacial parcourir ses membres ; et voyant, comme dans un rapide éclair, un abîme immense, profond, s'entr'ouvrir sous les pas d'Hormisdas, il tomba à ses pieds, et embrassant ses genoux :

— O mon royal maître ! cria-t-il, fermez votre âme à la colère, car c'est une conseillère imprudente et mauvaise ; écoutez la voix de la miséricorde : vous le voyez, la terreur use son menaçant prestige ; celui que long-temps on a courbé en esclave sous la verge se relève tôt ou tard en ennemi ; la vengeance sème les haines et marche entourée d'embûches et de poignards aiguisés dans l'ombre. Seigneur, croyez-en un vieux serviteur bien fidèle, bien dévoué, qui vous aime assez pour vous dire la vérité : l'indulgence pourra ne pas vous sauver, mais très-certainement vos rigueurs vous perdront.

Le prince exaspéré fixait sur son ministre des regards étincelants. Comme cette prière était sombre ! comme ce cri échappé à sa poitrine était rempli de sinistres pressentiments ! N'était-ce pas la voix prophétique éclatant sur la tête du coupable endormi dans une menteuse sécurité ? C'est ce qu'Hormisdas ne comprit point : des paroles inspirées par un cœur loyal lui parurent un piége ; il crut surprendre une trahison, et son regard s'alluma, ses traits contractés laissèrent voir au passage une de ces affreuses résolutions, comme on en trouve parfois sur quelques visages. Rizaël recula épouvanté, il crut entendre un bruit pareil à un griacement de dents ; il lui sembla encore voir la main convulsive du tyran saisir la poignée de sa dague, et comme un éclair jaillir de la lame à demi-tirée ; alors, saisi de crainte, mais résigné, il baissa la tête et laissa échapper un soupir.

Un rire étrange fit résonner les voûtes de l'appartement royal.

Cinq minutes passèrent.

Quand le ministre se releva, il n'entendit pas le plus léger bruit ; il regarda autour de lui, il était seul.

— Allons ! dit-il après un long silence, je ne sais qui pousse cet homme ; il ne va pas à l'abîme, il y court.

Où donc était Hormisdas ?

Il est au fond du palais un lieu solitaire, éloigné de tous les bruits, de toutes les distractions qui entourent le séjour des hommes ; nul autre que le roi n'entre dans ce sanctuaire de recueillement, où n'a point d'accès même la lumière du soleil ; une lampe, suspendue à la voûte, y répand ses clartés mystérieuses, laissant toute chose effacée à demi sous ses reflets pâles ; ici tout est silence ; l'âme isolée peut s'y replier sur elle-même, sonder les profondeurs de sa pensée et, dans ce calme solennel, n'écoutant que la raison et la justice, compren-

dre les grands intérêts des peuples, mûrir les vastes et
nobles projets. C'était là que Chosroës-le-Grand avait
médité les entreprises qui illustrèrent son règne d'une
gloire que n'ont pu obscurcir ses derniers malheurs ;
c'était là qu'écoutant des pensées de paix, lorsque la
mort l'avait surpris, il préparait un traité avec les Romains, résolu à leur rendre Dara, ce boulevard de leur
empire et sa plus belle conquête, recouvrant en échange la Persarménie et l'Ibérie, magnifiques provinces
détachées de son empire comme l'eussent été deux fleu-
rons de sa couronne d'or.

C'est là que vint Hormisdas.

Un homme l'y attendait, debout, accoudé sur le socle
d'une statue de vieillard, seul ornement de cette enceinte,
Plusieurs d'entre vous ont vu celui qui était là ; ils se
souviennent de ce front pâle, de cet œil impénétrable,
de ce geste rare et caractéristique, de cette souveraine
et tranquille assurance, de ce patient dédain dans la
parole qui le rendait imposant, malgré le peu d'estime
que fait naître ce qu'on pouvait savoir de sa vie. Que
d'autres pensent que le gouvernement d'un peuple ne doit
être que l'application la plus complète possible des
grandes lois de la justice éternelle ; que le but de tous
ses efforts est le nivellement graduel et régulier des iné-
galités sociales ; qu'il faut faire une place au soleil à la
multitude qui gémit sous le poids de durs travaux, et
préparer l'avènement de cette sublime fraternité humaine à la base de laquelle l'Evangile a placé la charité :
ceux-là écoutent la voix qui parle à une âme honnête ;
mais ce n'était pas ce que voulait le conseiller secret du

roi des Perses. Dans le cœur de Sarbar n'habitait aucun sentiment d'équité vivace et impatient : gouverner, c'était dominer, c'était briser toutes les volontés sous la sienne ; les masses lui apparaissaient comme une force brutale, menaçante, qu'il fallait sans cesse tenir le front courbé ; et jamais la verge du châtiment ne devait quitter la main du maître.

De ces principes à une impitoyable tyrannie il n'y avait qu'un pas, et la Perse le savait bien.

— Varame est en révolte ! dit le roi abordant cet homme.

— Et sans doute l'armée a suivi sa rébellion, répondit celui-ci avec calme et impassibilité, comme si cette nouvelle eût été un de ces faits inévitables et dès longtemps prévus, dont l'annonce glisse sur l'esprit sans y laisser la moindre émotion.

— Au milieu de ces traîtres, pas une voix n'a protesté contre le crime, poursuivit le prince ; ils ont assassiné Bergoas, et le gouverneur de Nisibe craint une sédition dans son camp.

— Rizaël sans doute connaît les événements? demanda le seigneur persan.

— Il vient de me les transmettre.

— Alors quelle est sa pensée ?

— Sa pensée, répliqua vivement Hormisdas, c'est celle d'un cœur faible et sans courage.

— Aurait-il peur ? fit le favori d'un accent étrange.

— Il voudrait que, se réfugiant dans une lâche clémence, on vît le roi de Perse tendre une main amie et miséricordieuse à un rebelle qui reçut pour juste châtiment des habits de femme, et que, s'humiliant devant celui qu'il a voulu châtier hier, il descendît à d'indignes moyens pour calmer le mécontentement du peuple.

— Ah ! le dévoué Rizaël se fait le confident des plaintes de ces misérables !

— Mais qui donc souffre autour de moi ? poursuivit le monarque : n'ai-je pas voulu le bien de l'empire ? et, si le sceptre ne tremble pas dans ma main vigoureuse, il n'y a que mes ennemis qui puissent s'en offenser. Non, je ne céderai pas à ces conseils ; l'orgueil de Varame et des siens était monté trop haut ; nos faveurs ont trop vite exalté son ambition : je tiens le serpent sous le pied, je lui écraserai la tête.

— Et ce sera justice, seigneur ; mais je crains que tous les traîtres ne soient pas à Nisibe, ou sur les rivages de l'Araxe.

— Auriez-vous surpris quelque complot ? parlez, ami ; l'orage est levé ; que je les frappe tous du même coup de foudre.

— Les mécontents n'ont pas mon oreille, seigneur ; je ne vois autour de moi que de l'amour et du respect pour votre majesté sacrée. Sans doute on sait que je vous aime trop, ou plutôt on ignore votre bienveillance pour moi ; car je la garde comme un trésor dans mon âme, et dès-lors nul ne songe à un serviteur obscur ; mais vous avez un ministre, interrogez ; il doit savoir, il vous instruira.

Ces paroles perfides pénétrèrent le roi comme une pointe acérée ; la pensée que Rizaël le trahissait s'offrit de nouveau à son esprit, et il eut repentir de ne pas avoir suivi sa colère lorsqu'il avait osé lui prédire sa ruine ; une agitation violente se fit en lui ; pourtant il se contint. et prenant la main de son confident :

— Je te crois, ami, car tu m'es dévoué.

— Tous mes services vous sont acquis, répliqua celui-ci ; mais c'est le devoir de tout sujet loyal.

— Devoir bien oublié, et du plus grand nombre, interrompit le roi en hochant la tête. Tu ne feras jamais pacte avec des traîtres, toi.

— Plutôt la mort !

— Hé bien ! si tu connais ceux qui me trompent et se cachent dans les ténèbres, parle, et mes faveurs n'auront plus de bornes. Déjà tu possèdes une partie de mes secrets ; tu les sonderas jusqu'au fond ; je jetterai sur tes épaules le riche manteau de Rizaël ; à ton côté je suspendrai un glaive d'honneur par un ceinturon d'or.

le premier après moi, tu seras salué des hommages de tous ; car il convient que la Perse entière glorifie le serviteur que je veux honorer.

Le favori avait écouté le roi avec tressaillement de cœur, devant ses yeux éblouis venait de passer rapide, mais étincelant, le prestige des grandeurs si long-temps convoitées : il ne recula plus, et, placé entre la perte d'un juste et la puissance, il marcha vite vers le crime et la faveur.

— Ce n'est pas l'ambition qui me guide, c'est mon zèle pour mon roi qui s'inquiète et s'alarme. Sans doute Rizaël a écouté des paroles mauvaises ; il a servi d'écho à d'injustes plaintes ; pourtant Rizaël est un serviteur fidèle et qui, depuis cinq années, assiste aux conseils de la couronne.

— Voilà pourquoi sans doute une force ennemie a neutralisé tous mes efforts, m'a empêché de poursuivre les avantages que mes armées avaient remportés à Martyropolis et sous les murs de Nisibe, s'est constamment placée entre ceux qui offensent ma personne royale et une juste vengeance, répondit le roi avec ironie.

— Il est vrai que votre ministre n'était pas favorable à la guerre contre les Grecs.

— Le misérable ! il semblait prendre plaisir à me tourmenter par la nouvelle de notre désastre et celle de la révolte de ce Varame.

— C'est que Rizaël pense que les événements lui donnent raison.

— Et faudra-t-il que les événements donnent encore raison à ce qu'il n'a pas craint de me dire tantôt ? répliqua Hormisdas avec amertume.

— Aurait-il oublié ce qu'il doit à la majesté du roi ?

— Il veut que je pardonne à la révolte.

— A la révolte armée ! fit le Persan.

— Et menace de ruine si je n'ai pas le cœur assez bas pour avoir peur.

— Seigneur, souvenez-vous que Rizaël est l'ami des chrétiens, et que ces gens-là enseignent la clémence universelle.

L'ironie de ces paroles fut un coup de poignard pour Hormisdas ; il avait hérité de la folle haine des rois de Perse pour le culte du Christ, et regardait ses disciples comme de mortels ennemis. De ce moment la perte du ministre fut résolue ; mais il avait une famille assez puissante pour qu'il ne parût pas sans danger de le sacrifier à d'injustes préventions ; aussi le tyran, à qui son austère franchise pesait semblabe à un fardeau, dont le cœur, livré à tous les instincts pervers, s'indignait de la résistance que ce courageux serviteur apportait à ses volontés, fut charmé de l'envelopper dans une accusation de trahison envers l'État et le prince, de le présenter à la Perse comme un homme livré aux sourdes et criminelles menées des chrétiens. Qui oserait prendre cause pour celui qui désertait à la fois la religion de son pays, la fidélité à son roi, le respect sacré des traditions de ses pères ? Toutes ces pensées traversèrent vite son esprit, dont l'œil en avait suivi le passage sur le front du monarque, ressentit quelque chose de cette joie qui fait battre la poitrine du bandit, alors qu'embusqué au carrefour de la forêt, il entend le pas tranquille du voyageur dont la bourse va devenir sa proie. Pour lui la réponse d'Hormisdas était certaine ; son coupable espoir ne fut point trompé.

— C'est juste, dit le prince : pourtant j'avais pensé que le meilleur gage de fidélité qu'on pût offrir à son roi était de prendre la moitié de ses haines et de ses amours ; que la querelle du maître devenait celle du serviteur, et que celui qui mettait une réserve en ceci était bien près de devenir un traître.

— Je n'accuse point Rizaël de trahison, objecta hypocritement Saarbar ; chacun, dans ses projets, paie son tribut à l'erreur, et votre ministre a pu se tromper.

— Oui, se tromper durant cinq années, n'est-ce pas ? et rien n'a pu dessiller ses regards obscurcis. Mon ami, ne défendez plus Rizaël, car sa conduite entière l'accuse.

— Seigneur, songez qu'aux premiers jours de votre règne, c'est lui qui découvrit une conjuration tramée contre votre vie, et que la confiance dont vous l'honorâtes depuis en est une récompense.

— Songez vous-même qu'il ne fit usage de sa faveur nouvelle que pour accorder grâce entière aux coupables ; il disait que le pardon était la vertu des âmes fortes, et, sous prétexte de faire de la grandeur, il a encouragé toutes les tentatives coupables.

— Il est vrai, dit le courtisan avec un accent profond de conviction, le respect ne vit chez les peuples que par la sévère répression des crimes ; la clémence est presque toujours une faiblesse aux yeux de la multitude, qui pense qu'on la redoute.

— Je ne serai pas faible cette fois. Ah ! seigneurs orgueilleux, il vous faut des dignités ; votre front se dresse à l'égal de celui des rois ; très-bien : je faucherai ces têtes superbes ; imprudents qui jouez avec ma colère, elle vous dévorera.

Hormisdas prit une tablette, tira de sa ceinture aux plis de soie un riche poignard à la gaîne d'or, et, se servant de la pointe de cette lame comme d'un stylet, il écrivit quelques lignes, puis se recueillit un instant pour se souvenir, traça quelques mots encore, et tendit la tablette et le poignard au favori.

— Voyez, dit-il, est-ce complet ? Ajoutez si j'ai oublié, ou si je ne sais pas.

Celui-ci reçut l'écrit, le parcourut en silence ; il ne contenait que des noms : c'était une liste de proscription dressée contre les principaux seigneurs. Rizaël était le premier, puis Abdula et Miroës, soupçonnés d'être les amis de Varame ; la mère de ce dernier et sa sœur Améria, pauvre enfant de seize ans, pour qui la vie allait se montrer menaçante et sombre, dans un âge qui pour toutes les jeunes filles est la saison des fleurs et des gais soleils ; venaient après autres noms, tous nobles, tous glorieux, mais flétris aux yeux du prince pour avoir, dans ses conseils, montré quelque pitié pour les misères du peuple, et s'être souvenus qu'après tout, les chrétiens étaient des hommes dont le sang devait être épargné.

— L'héritier de la dépouille de Rizaël ajouta deux noms à cette liste de mort, et voulut la rendre au roi.

— Non, répondit celui-ci : n'êtes-vous pas désormais mon seul confident, le seul ministre de mes volontés ? Gardez cette tablette ; à vous je confie le soin de ma vengeance et le châtiment de mes ennemis

Le favori s'inclina, et, mettant un genou en terre, baisa respectueusement la main de son maître. Hormisdas lui jeta un long regard, et, s'enveloppant dans son manteau royal, il sortit à pas lents et silencieux.

— A moi les trésors ! à moi les hommages ! se dit à lui-même le nouveau ministre, après que le roi se fut

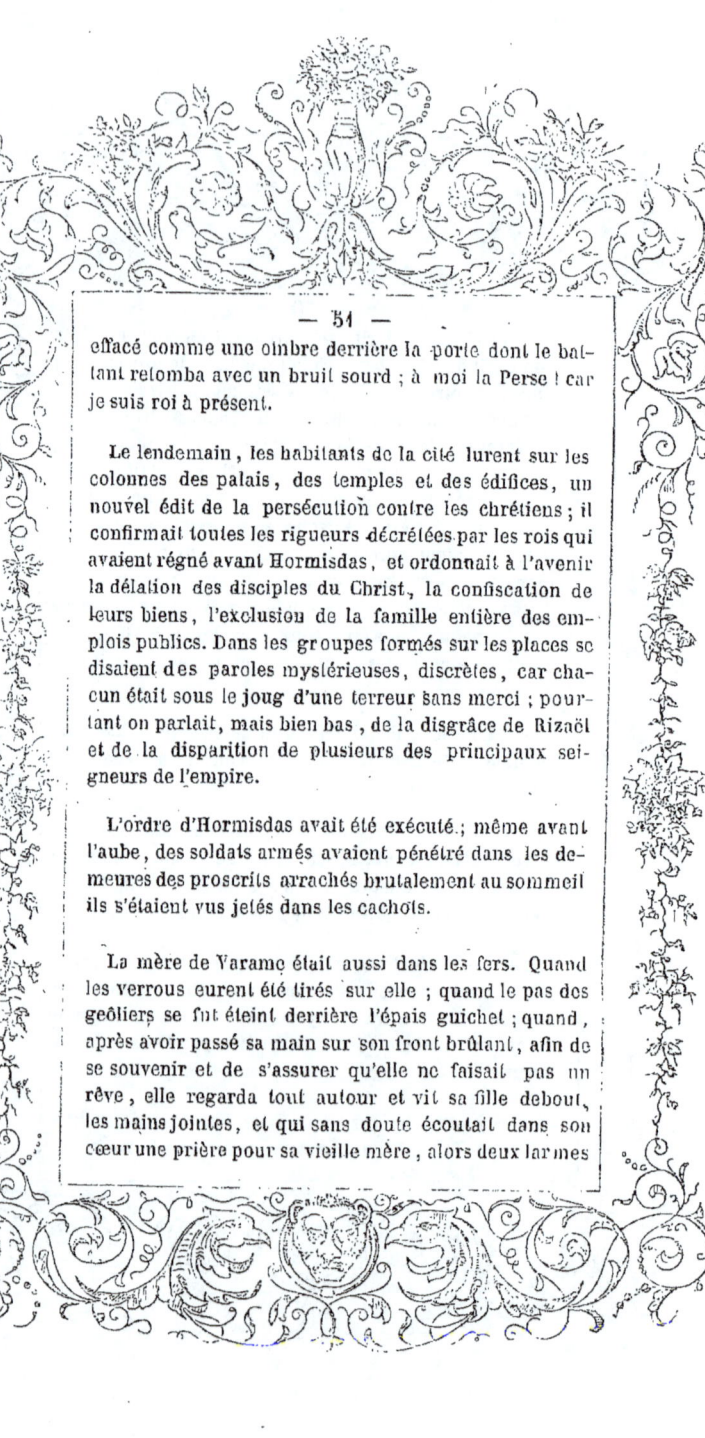

effacé comme une ombre derrière la porte dont le battant retomba avec un bruit sourd ; à moi la Perse ! car je suis roi à présent.

Le lendemain, les habitants de la cité lurent sur les colonnes des palais, des temples et des édifices, un nouvel édit de la persécution contre les chrétiens ; il confirmait toutes les rigueurs décrétées par les rois qui avaient régné avant Hormisdas, et ordonnait à l'avenir la délation des disciples du Christ, la confiscation de leurs biens, l'exclusion de la famille entière des emplois publics. Dans les groupes formés sur les places se disaient des paroles mystérieuses, discrètes, car chacun était sous le joug d'une terreur sans merci ; pourtant on parlait, mais bien bas, de la disgrâce de Rizaël et de la disparition de plusieurs des principaux seigneurs de l'empire.

L'ordre d'Hormisdas avait été exécuté.; même avant l'aube, des soldats armés avaient pénétré dans les demeures des proscrits arrachés brutalement au sommeil ils s'étaient vus jetés dans les cachots.

La mère de Varamç était aussi dans les fers. Quand les verrous eurent été tirés sur elle ; quand le pas des geôliers se fut éteint derrière l'épais guichet ; quand, après avoir passé sa main sur son front brûlant, afin de se souvenir et de s'assurer qu'elle ne faisait pas un rêve, elle regarda tout autour et vit sa fille debout, les mains jointes, et qui sans doute écoutait dans son cœur une prière pour sa vieille mère, alors deux larmes tombèrent des yeux de la femme désolée, une immense armertume remplit son sein.

Sa fille était donc aussi menacée.

Améria , bonne et suave nature en qui résidait un mystère d'ineffable tristesse ; sous sa longue paupière on sentait une force attirante et douce ; elle avait des alternatives subites et singulières de gaîté sans cause et d'abattement plein de mélancolie : c'étaient des rêves d'enfant ; puis soudain on voyait ses yeux perdre l'éclat de leurs belles moires bleues : une ombre glissait sur son front, ses joues se décoloraient : c'était un être tout entier affaissé sous un poids invisible. Comme elle ressemblait alors à un palmier du désert, dont les feuilles droites et fières s'inclinent tout-à-coup, et s'abaissent tristement sous le souffle du Simoun qui passe! Rien n'avait été faussé dans cette âme : les idées, les sentiments, ne s'étaient point flétris au contact de l'expérience ; elle était à la fois enthousiaste et sensée , naïve et forte ; en elle brillaient des clartés merveilleuses ; toutes les espérances y pouvaient vivre, tous les dévouements devaient s'y trouver à l'aise. Admirable et sublime enfant, capable de comprendre la lumière, et vers qui Dieu allait l'envoyer.

Hormisdas avait bien dit : c'était un coup de tonnerre que sa vengeance venait de frapper. Une attente inquiète remplissait les âmes, et , sur la ville, la terreur secouait ses ailes sombres et glacées. Pourtant il était un ennemi que le roi avait oublié, et que le favori n'avait point écrit sur les tablettes fatales, ou plutôt que le

— 53 —

roi et le favori n'avaient pas osé proscrire : cet ennemi
s'appelait Bindoës ; Rizaël était son frère, et Chosroës-
le-Grand n'avait pas cru devoir refuser l'alliance de ce
puissant seigneur, en lui donnant pour femme une
princesse du sang royal. Les grands de l'empire ava ict
battu des mains au spectacle de ces faveurs ; il semblait
que sur tous tombât une part de l'éclat versé sur lui ;
on l'aimait, on l'entourait de respects, comme le représentant des intérêts et de la gloire de cette caste fière
et jalouse. Toucher à cet homme était dangereux : la
vengeance recula devant la peur. Or celui qui a mis le
pied sur la route du crime glisse dans cette voie comme
sur un plan incliné ; malheur sur lui ! car au bout l'attend la malédiction de la terre et du ciel, et, s'il veut
se retenir sur la pente rapide, ses pas presque toujours
défaillent, il tombe et se perd. Ainsi devait faire Hormisdas : le nom de ce prince allait être laissé aux hommes comme une de ces leçons terribles que la Providence écrit dans l'histoire des puissants et des empires

Bindoës ne s'abusa point sur des apparences de sécurité ; les faits pour lui furent un enseignement : et certain que désormais il était pour le prince et son ministre un ennemi qu'il fallait entourer d'égards ; endormir pour le suprendre après : comprenant que les piè-
ges et les trahisons allaient être semés autour de lui, et
que, dans cette lutte occulte, incessante, il serait
promptement enveloppé dans la commune ruine, il
préféra une franche haine. Le cœur plein de fiel, l'esprit, de projets de révolte, quand vint la nuit, le noble

seigneur quitta sa maison, quitta la cité et se mit en marche vers le camp de Varame.

On dit qu'après une heure de course à travers la campagne, parvenu sur une hauteur qui dominait au loin l'horizon, Bindoës s'arrêta, et, se retournant vers la ville qu'il venait de fuir et sur laquelle peut-être sa colère allait appeler la ruine et l'incendie, il croisa les bras sur sa poitrine, et, plein de cette pensée de la patrie qui ne déserte jamais le cœur de l'homme, plein des souvenirs du foyer où veillaient sans doute sa femme et son fils, l'âme vibrante encore des paroles de l'adieu, il enveloppa d'un regard cette cité : ses édifices se détachaient comme un feston sur le ciel blanchi par les clartés de la lune, dont le disque élargi venait de paraître par-derrière et montait doucement dans l'espace.

— Palais où je suis né, dit-il, domaine de mes aïeux ; ville royale où si long-temps pour moi brillèrent des jours honorés, splendides, je vous fuis.

» La tyrannie s'est assise sur le trône de Sapor et de Chosroës ; devant elle chaque front s'incline ; et, si, au sein de cette servitude, un citoyen de cœur, se souvenant de leur vieille gloire, élève la voix pour se plaindre, le maître le traite en rebelle, et des décrets de mort frappent sa tête. Demain j'aurais été proscrit ; pourtant ce n'est pas la peur qui hâte ma fuite : de rudes épreuves ont retrempé mon courage, et mes ennemis seuls craignent la lutte.

» Je ne te dis pas adieu, cité que j'aime, car je reviendrai bientôt pour t'affranchir et te venger. Dans tes murs j'ai laissé les seules affections qui soient encore

chères à mon cœur usé par les âpres et mortelles leçons
de l'expérience, mon fils et la mère de mon fils, ma
Zoora. Elle est belle : de longs cheveux noirs couronnent son front haut et fier comme celui d'une reine ; sa
main est douce, et sa voix a de suaves harmonies.
Mon fils est beau aussi : il a de grands yeux bleus
pleins de douceurs infinies, et ses doigts joyeux aiment
à jouer avec le gland d'or de ma ceinture ou la chaînette de mon poignard.

« Je les quitte sans crainte ; car Zoora est une femme
dont le cœur ne tremble pas, et la grande ombre de Chosroës la protégera : quelle main oserait se lever sur la
fille des rois ? »

Et Bindoës reprit sa marche, descendit rapidement
les revers de la colline, et s'enfonça derrière les massifs
d'arbres qui peuplent la vallée. Sa course dura huit
jours à travers la Perse. Il évitait les sentiers battus,
afin que nul ne pût suivre les traces de ses pas, enfin
devant lui parurent des lignes de l'armée révoltée : il
se dirigea vers le camp et demanda Varame. Un soldat
le conduisit.

— C'est là, dit-il en s'arrêtant devant une tente
magnifique, autour de laquelle veillaient douze vétérans.

La démarche et le regard du seigneur persan étaient
empreints de tant de noblesse et d'autorité, son front se
dressait si haut, si fier, que les gardes s'inclinèrent
devant lui dans un respect silencieux ; et l'un deux,
écartant les draperies de l'entrée, indiqua par un geste
qu'il pouvait approcher.

Varame était seul. Debout et appuyé sur son glaive, la tête baissée dans l'attitude de la méditation, il préparait sans doute sa marche sur Ctésiphon et les moyens d'y prendre cette couronne désormais seul but de ses ambitieux désirs. Au bruit des pas de Bindoës, il se dressa vivement, et, reconnaissant le noble visiteur, il fit un brusque mouvement de surprise.

— Vous ici ! cria-t-il.

— Moi-même, répondit froidement Bindoës.

Varame hésitait : jusqu'à ce jour il avait compté l'époux de Zoora parmi les défenseurs du trône contre lequel il tirait son épée ; souvent, dans les conseils du prince, auxquels tous deux étaient mandés, les paroles du noble Persan avaient révélé de mystérieuses intrigues, flétri de coupables ambitions, et toutes les mémoires étaient pleines encore d'un souvenir qui ne permettait pas le plus léger soupçon sur le dévouement de cet homme. C'était dans les premiers temps du règne d'Hormisdas : des esprits inquiets, que la prudente mais ferme sagesse de Chosroës avait contenus, espérant un succès que les incertitudes, les hésitations inséparables de l'avènement d'un nouveau pilote au vaisseau de l'Etat semblaient encourager, ourdirent une trame : ils firent, dans l'ombre, briller de l'or aux regards avides, des honneurs aux regards ambitieux, et deux mille vétérans mirent leurs épées au service de la conspiration. Le roi avait quitté sa capitale pour faire un voyage dans les provinces conquises par son père : surpris en chemin par une lettre qui dénonçait la trahison, il se retourna vers Bindoës :

— Lisez, dit-il ; et ; voyant sur le front du serviteur se peindre, durant cette lecture, l'indignation et la colère, il ajouta ; Partez : notre cause royale ne saurait avoir de meilleur soutien ; que par vous soient arrêtés et punis les coupables.

Le Persan s'inclina et partit ; il précipita son retour, et, au moment où la révolte allait éclater, le redoutable seigneur parut seul dans la salle où délibéraient les factieux. Sa vue glaça les cœurs et fit tomber les glaives. Un soudain silence s'était fait ; pourtant quelques vétérans disaient à voix mi-basse :

— L'occasion est belle.

D'autres :

— Il s'est jeté dans l'antre des ours.

D'autres :

— Qu'on l'assassine, le succès est à nous.

Ils pouvaient l'assassiner en effet ; Bindoës avait témérairement devancé un corps de troupes dévouées. Déjà ces rares murmures commençaient à trouver des échos, le premier respect diminuait, il ne fallait qu'une main levée pour que toutes les mains se levassent. Soudain les clairons résonnèrent, les portes furent ouvertes, la salle ceinte d'une triple ligne de soldats : les rebelles étaient enveloppés.

— Il n'y a que des maîtres ici : que le châtiment tombe sur eux ! cria-t-il d'une voix terrible.

Et son épée brilla hors du fourreau ; les soldats fidèles entrèrent dans la salle le sabre nu. — Un mois après, le corps entier de ces vétérans fut chassé des camps, l'exil bientôt les arracha à leurs foyers : ils mouraient sur les grands chemins, ou sur les rivages des mers qui bordent la Circassie.

Varame se souvenait de ce terrible épisode de la vie de Bindoës ; trop fort pour craindre, assez généreux encore pour reconnaître et respecter la vertu dans un ennemi, il gardait le silence, et son regard seul interrogeait le nouveau venu. Bindoës comprit.

— Ma présence au milieu d'un camp révolté vous étonne ; cela vous semble un démenti donné à ma vie passée ?

Varame hocha la tête ; il poursuivit :

— Savez-vous que votre rébellion n'est plus un mystère pour le roi ? Déjà sa colère est descendue sur ceux que l'on soupçonne d'être vos amis, les prisons se sont fermées sur eux.

— J'arriverai assez vite pour les rouvrir, dit le général faisant un pas vers l'entrée de sa tente.

Bindoës sourit.

— Oui, si la hache ne s'est pas déjà levée en haine de celui qui, hier, fut meurtrier de Bergoas,

— Je ne sais pas , répliqua Varame avec hauteur ; je sais seulement qu'en face d'un ennemi que l'on doit redouter , la plus vulgaire sagesse conseille de se faire des ôtages.

— Et Hormisdas n'a pas manqué à cette prudence : il en a pris de tels qu'il n'en pourrait avoir de plus précieux.

Varame avait pâli ; la parole froide et brève de Bindoës venait de faire courir un frisson dans tous ses membres. Sous la cotte-de-mailles du soldat était resté un cœur soumis à toutes les tendresses de la famille : l'image de sa mère , pour lui restée sur la terre comme une chose sainte qu'il entourait d'un culte , l'image de sa sœur , cette frêle et gracieuse Améria , qu'il aimait ainsi qu'on aime la première fleur du printemps et le sourire d'un ami , s'offrirent à sa pensée ; il crut les voir chargées de chaines, jetées sous les massifs arceaux d'une prison ; il crut voir briller le regard d'Hormisdas enveloppant ces captives dans un éclair de sanglante joie : une horrible crainte étreignit son sein , et d'une voix dont l'effort cachait mal l'inquiète émotion :

— Et ces ôtages !... fit-il.

— Sont votre mère , sont votre sœur, répondit Bindoës, l'œil fixé immobile et scrutateur sur le malheureux dont les sourcils se plissèrent , dont tous les muscles frémirent d'un tressaillement douloureux.

— Mes pressentiments ne m'avaient pas trompé ! et les bras tombants, les lèvres blanches , le fier général, frappé dans les seules amours que l'ambition n'avait pas étouffées en lui, demeurait là, semblable à l'homme aux côtés de qui la foudre est tombée. L'époux de Zoora respecta cette douleur ; il savait que l'ardente nature du guerrier, un moment affaissée par l'orage, allait vite se relever pour se précipiter vers la vengeance la plus implacable.

Voilà que Varame se mit à parcourir la tente à pas pressés ; sa poitrine haletait comme après une longue et rapide course ; ses mains s'égaraient dans des gestes brusques, désordonnés, et de sa bouche s'échappaient des paroles comme celles-ci :

— Ma mère, ma sœur, prisonnières d'Hormisdas !... Ce n'était pas assez d'avoir frappé le soldat dans son honneur, de l'avoir avili aux yeux des peuples et de ses frères d'armes, il fallait aussi frapper l'homme dans les affections que le cœur garde les plus vives, les plus profondes. Allez ; le roi est vengé ; il peut oublier ma révolte : cette amertume est assez grande pour tout expier ; cela meurtrit l'âme plus qu'une verge ne meurtrit le corps. J'ai vu les horreurs de la mêlée ; à mes côtés sont tombés mes frères, et j'ai passé au milieu de leurs cadavres ; j'ai entendu le cri des mères condamnées à voir leurs enfants égorgés sur les débris de leur ville dévorée par l'incendie, et mes yeux sont restés secs, et j'ai étouffé la nature... Aujourd'hui je suis sans force contre l'horrible crainte qui pèse sur moi. Il est des malheurs qui brisent l'orgueil, qui brisent la volonté : regardez, je pleure ; et ces larmes, je m'efforce

en vain de les dévorer, car ce n'est pas la colère qui
les répand, c'est la pitié, c'est la souffrance. Si mon ennemi les voyait, il rirait, agitant ces habits de femme
qu'il croirait cette fois justement infligés à l'homme
qui, sous les menaces du sort, laisse faiblir son courage
assez pour pleurer.

—Vos pleurs ne sont que la douleur, interrompit Bindoës; mais il est des colères qui s'appellent une lâcheté alors qu'elles éclatent sur des êtres sans défense, sur
de faibles femmes.

Varame s'arrêta; ses yeux s'attachèrent à ceux du Persan, qui poursuivit :

— De pareilles haines déshonorent devant les hommes,
devant le ciel; et votre ennemi ne se hâtera pas de perdre des victimes que protégent des droits sacrés et ses
propres intérêts. Moi aussi, j'ai laissé des êtres qui me
sont chers au milieu de cette cité sur laquelle plane la
terreur; pourtant mon cœur ne tremble pas.

— Et comment venez-vous à moi ? demanda le général.

—Non pas en allié de votre ambition, mais en vengeur de la tyrannie d'Hormisdas.

— Les rigueurs du prince ne pèsent pas sur vous,
objecta Varame avec l'accent vague de l'hésitation et
de la défiance. Pour votre famille le pouvoir est un
grand et bel arbre qui vous paie le tribut de son ombre
et de ses fruits.

— Oui, répliqua Bindoës les lèvres tirées par l'ironie, l'arbre du désert maudit : sous sa feuillée le sang se glace, et ses pommes vermeilles et dorées ne contiennent qu'une cendre noire et fétide.

Varame regardait sans comprendre. Bindoës fit quelques pas, et, venant s'asseoir sur un escabeau recouvert d'une peau de tigre d'Arménie, il continua d'une voix lente et grave :

— Nous étions trois frères : l'aîné et moi avions été dotés de membres robustes et vigoureux ; de bonne heure, laissant les simples joies de l'adolescent, nous ouvrîmes nos âmes à des émotions plus mâles : il nous fallait la chasse du tigre ou du lion dans les antres et à travers des savanes sur une cavale sauvage et par l'ardent soleil ; ou de nos bras jeunes encore, mais pleins de nerfs et de force, fendre les flots, et passer à la nage le fleuve large et le torrent rapide. C'était à cette lutte contre la nature, contre les bêtes de la forêt, que nous demandions le secret d'une lutte que bientôt nous allions ouvrir : celle contre les hommes. Malheur ! de hautes murailles, des fossés profonds, des rangs de soldats couverts d'acier, n'étaient pas les résistances les plus terribles que nous devions rencontrer : des haines hypocrites, de sombres passions, allaient se dresser contre lesquelles nos inhabiles courages devaient être brisés. —Notre mère nous aimait : souvent elle écoutait pour entendre, au retour, nos pas résonner sur la dalle des galeries ; souvent elle demeurait sur le seuil afin de nous suivre encore du regard lorsque vous quittions le toit de famille pour nos courses aventureuses ;

mais alors son âme s'attristait, en songeant aux dangers que l'avenir réservait à notre audace, et ses yeux, où brillait une larme, s'abaissaient doux et mélancoliques sur notre jeune frère, qu'elle gardait auprès d'elle comme un gage qui porte bonheur. Eh ! vraiment, c'était beau et touchant à voir que cet enfant, alors âgé de huit années à peine, aimer à passer ses mains blanches dans ces cheveux argentés de notre père. Il était pâle ; sa chevelure blonde ruisselait en flots abondants sur ses épaules, et ses yeux bleus, sur lesquels tombaient de longs cils veloutés, avaient l'expression sereine et douce d'un regard de femme. A nous avaient été données la force et la haute stature ; à lui, la grâce et la douceur : c'était une plante frêle, délicate, à qui le soleil fait besoin, et qu'une nuit de froid tuerait. Lorsque notre jour fut venu, nous jetâmes sur nos épaules le carquois et l'arbalète ; nous suspendîmes la hache à l'arçon de notre selle, et nous partîmes pour la guerre avec le roi Chosroës. Après dix années de combats heureux, nous revîmes le foyer ; un de ses hôtes le plus vénéré, le plus auguste, l'avait quitté : notre père était mort, léguant à ma mère le soin de nous bénir. Nous inclinâmes nos fronts devant l'urne qui renfermait ses cendres, puis, tournant nos regards tout autour, nous aperçûmes à genoux et pleurant notre mère, qui ouvrait ses bras ; notre frère aussi se tenait là, tendant une main amie aux deux soldats. Il était resté faible et pâle ; nous craignîmes un moment pour lui ; mais, en reconnaissant bientôt qu'il était devenu un homme par la pensée, nous ne songeâmes plus qu'à l'aimer ; à l'aimer, car la compagne que le vieillard

avait laissée en mourant pencha vite vers la tombe ;
semblable à l'arbre dont une dent cachée dévore les
racines, elle se flétrit chaque jour davantage. — Elle
nous quitta ; mais, avant de mourir, elle avait dit :
Enfants, soyez unis ; que votre main toujours s'ouvre pour celui qui demande ; et vous, à qui la force a
été donnée, protégez votre jeune frère : il vous rendra,
par sa prudence et la sagesse de ses conseils, tout ce
que vous aurez pu dépenser pour lui de courage et
d'ardente affection. — Nous jurâmes de prendre ces
paroles dernières pour règle de notre vie, et les mains
de notre mère se glacèrent sur notre tête. — Un an
après, l'aîné de nous tombait frappé d'un coup de
lance, au siége de Dara. Je restai seul dépositaire de
ce testament suprême et sacré ; mais la parole de notre
mère avait été prophétique : Rizaël, connu de tous
par sa magnifique intelligence, venait d'être appelé
aux conseils du prince ; il marcha rapidement dans
cette carrière du pouvoir. Hormisdas le fit son ministre.
Je crus désormais ma protection inutile.

— Chosroës vous avait donné pour femme une princesse du sang royal ; son fils a fait votre frère le premier
en puissance après lui-même, interrompit Varame avec
amertume : d'en haut sur vous ne sont descendues que
des faveurs.

— Et des trahisons, continua le seigneur persan.
Rizaël, ce ministre envié, dont la vie entière était
dévouée à son maître et au pays ; ce puissant qui ne
se souvenait du pouvoir que pour abriter le faible ;
cette âme royale qui ne mentit jamais à la vérité ; ce

frère que j'ai juré d'aimer et de défendre, Rizaël est proscrit. Les massives portes d'une prison viennent de
s'abattre sur lui, et le prince qui, hier encore, lui dut
le salut de sa couronne et de sa tête, oublieux de ses
fidèles services, oublieux de cette existence dont chaque journée fut consacrée à le sauver d'une honte, ou
à lui donner une gloire, le prince, dont un misérable
a l'oreille et le cœur, l'a livré à de sourdes, à d'implacables haines : il veut aujourd'hui le punir d'avoir été
assez vigilant pour découvrir la vérité, assez courageux
pour la révéler.

— Ah ! s'écria Varame avec un rire étrange, ma cause est gagnée : en proscrivant Rizaël, Hormisdas a perdu le seul appui qui pouvait empêcher sa ruine. La colonne qui soutenait la voûte vient d'être brisée ; demain
l'édifice, qui se dressait orgueilleux et dominateur,
jonchera le sol de ses débris.

— Et ceux que le maître tient captifs sous ses ténébreux arceaux seront écrasés avec lui, dit Bindoës.

Cette parole rappela brusquement Varame au souvenir de sa mère et de sa sœur : il vit Hormisdas, pressé
par lui, se retourner vers ses victimes, les détruire avec
la férocité du vaincu : semblable au lion blessé qui se
roule sur l'ennemi dont la main l'a frappé et meurt en
le déchirant. Il bondit comme un taureau sauvage
qu'un dard a touché ; de sa poitrine s'échappa un cri :

— Périsse ma vengeance, mais que ma mère, mais
que ma sœur soient sauvées ! Croit-on que mon cœur
est de marbre, ou que j'ai bu le lait des tigresses d'Ar-

même ? Et toi, qui me parles d'un frère à protéger,
d'un tyran à punir, comment éviteras-tu que le trait
lancé contre la poitrine de ton ennemi n'atteigne celle de
Rizaël, s'il plaît au maître de s'en couvrir comme d'un
bouclier ?

— La colère vous exalte, et la douleur vous égare,
Varame, répondit froidement Bindoës : ce sont des
conseillères aveugles auxquelles celui qui veut réussir
doit fermer son âme.

— Hé bien ! si votre sagesse vous inspire mieux, vous
êtes venu vers moi sans doute pour chercher un complice.

— Un complice, non pas.

— Peu importe ; nous voulons une même chose :
châtier l'offense reçue. Nous avons des malheurs semblables à prévenir : double but auquel un seul chemin
doit conduire ; mais comment s'ouvrir cette voie, alors
qu'entre elle et nous se place un abîme ? A vous, que
la colère n'exalte pas, que la douleur n'égare pas, la
solution du problème est facile. Pourquoi gardez-vous
ainsi votre conseil plus caché, plus mystérieux que ne
l'est un trésor sur lequel veille un avare ?

— Afin que vous sachiez que je ne viens pas à vous
en séditieux vulgaire, répondit Bindoës sans paraître
prendre garde à l'ironie qui débordait de la lèvre du général : ce ne sont pas d'égoïstes désirs, c'est le châtiment qui marche avec moi.

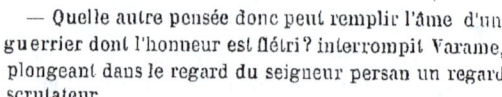

— Quelle autre pensée donc peut remplir l'âme d'un guerrier dont l'honneur est flétri ? interrompit Varame, plongeant dans le regard du seigneur persan un regard scrutateur.

— Pas de mystère ici, répliqua à voix mi-basse l'époux de Zoora faisant un pas vers le révolté et lui saisissant le bras, jouons à découvert : ce n'est pas le trône, c'est la tyrannie que je veux détruire ; ce n'est pas une race royale que je veux éteindre, c'est un homme cruel et implacable que je veux châtier : il me faut le salut de mon frère, il me faut la ruine d'un orgueilleux favori. Et maintenant je ne vous demande pas votre pensée secrète ; gardez-la : pour que nos efforts soient unis, il me suffit d'avoir montré le but où ils tendent. Je vous apporte un contrat ; sur ce terrain-là soyons frères, si vous acceptez ce traité.

— J'accepte.

— Votre main alors.

Ces deux hommes enlacèrent leurs mains.

— Et qu'il vous souvienne, continua Bindoës, que, cette œuvre de châtiment accomplie, l'alliance est brisée.

— J'ai compris, et je m'en souviendrai, répondit Varame d'une voix brève.

— Vous disiez vrai tantôt : nous avons un double but à toucher, et, pour l'atteindre, un seul chemin est praticable et sûr, dit le Persan, dont l'attitude calme et grave prit soudain un air dégagé, et dont le visage s'ouvrit comme un éventail.

— Quel est-il ? demanda le général.

— La ruse en tient la clef. Ce n'est pas en menaçant, en frappant d'estoc et de taille, que nous vaincrons : la force ouverte, qui souvent décide une querelle, perdrait celle-ci. Attaquons Hormisdas par ses armes : semblables au mineur habile et patient qui s'ouvre une route ténébreuse et ignorée sous les murailles dont il veut la ruine, glissons vers notre ennemi, au lieu de courir sur lui le cimeterre et le front levés. La lutte corps à corps et en plein soleil aura son jour ; sachons l'attendre et le préparer.

— Qu'un envoyé parte du camp pour Ctésiphon ; qu'il porte aux pieds du trône un message de repentir et de soumission.

— Et le roi, qui n'aura pas oublié le nom et le sort de Bergoas, déchirera la dépêche sans l'ouvrir, et livrera le porteur au bourreau, murmura Varame.

— Oui, si la dépêche arrivait après une défaite du révolté, si le porteur était un officier de votre armée ; mais c'est un général victorieux qui demandera grâce pour un malheur qu'il a réparé ; ce sera un homme que son caractère religieux rend sacré, un mage, qui présentera cet appel au pardon et à la clémence : Hormisdas n'est pas assez puissant pour mettre à mort un

pareil émissaire, n'est pas assez vain pour mépriser la révolte d'une armée.

— Qu'il se laisse fléchir, et ses lettres de grâce font
tomber de nos mains les armes qu'aiguise notre vengeance.

— J'espère bien qu'il n'en signera pas.

— Mais...

Il délibèrera avec lui-même, il consultera son favori.
Sa raison lui dira de pardonner, l'orgueil et le courtisan parleront de châtiment et de colère ; et, comme il
arrive toujours quand la prudence et la vanité sont aux
prises, la vanité fera prévaloir ses inspirations. Mais,
durant la lutte, nous avancerons ; le temps, cet élé-
ment qui entre dans tout, aura laissé grandir nos forces l'ennemi aura été endormi par le silence de notre
route, et, quand il se réveillera, ce sera au bruit de son
palais en ruine.

Soudain un éclat de trompette résonna aux portes de
la tente : il fut répété, comme un bruit qui roule d'é-
chos en échos, sur toutes les lignes militaires ; un cliquetis d'armes se fit entendre.

— C'est l'heure du repos, dit Varame ; je vais parcourir le camp et visiter les postes établis pour les rondes
de nuit. — J'adopte votre pensée ; elle est sage et doit
guider nos pas vers un succès prompt et certain ; nos
efforts sont unis ; que le ciel décide. — A bientôt ; — si

dans ma course je rencontre quelque chef, j'annoncerai un nouvel allié.

— Dites qu'Hormisdas a un ennemi de plus.

— Cela nous suffit. Et le général attacha avec une agrafe d'or son cimeterre à la ceinture de sa cotte-de-mailles, essuya son front pâle où les émotions tour à tour âpres et orageuses de la douleur et de la colère avaient fait monter la sueur semblable à des perles de rosée sur les feuilles du cactus ; puis il marcha vers l'entrée, dont les draperies se soulevèrent, laissant voir un magnifique cheval numide qu'un esclave tenait en main. Varame s'élança dessus rapide, léger, et les tentures bleues, semées d'étoiles d'or et d'argent, retombèrent, dérobant aux regards de Bindoës Varame et le camp, où tous les bruits semblèrent s'éteindre avec celui du cavalier qui s'éloignait.

Quelques minutes après, quatre hommes vêtus de longues robes, dont les plis larges et flottants étaient relevés à la hauteur du genou et soutenus par un anneau d'argent, entrèrent portant une torche ; ils allumèrent les candélabres, et l'enceinte rayonna comme si mille étincelles de flamme se fussent attachées aux paillettes d'or des tentures. Ils déroulèrent à terre une natte tressée de feuilles de palmier, jetèrent dessus des coussins étendus en forme de couche : c'était le lit de repos du général. Un lit pareil fut disposé en face, à l'autre extrémité de la tente ; puis ces hommes prirent dans un coffret d'argent ciselé de petites amphores de porphyre, et tout autour répandirent ces précieux parfums d'Orient dont les senteurs suaves et pénétrantes

réjouissent l'âme et la raniment , ainsi que la brise ra-
fraîchie du soir relève sur sa tige la plante que les ardeurs du jour avaient penchée. Cela fait , ils sortirent ;
pas un mot n'avait été prononcé par eux.

En suivant du regard ces préparatifs silencieux qui
annonçaient la nuit, Bindoës comprit son cœur se remplir de cette vague inquiétude, de ces pensées si peu
distinctes , mais empreintes de tant de mélancolie , qui
s'emparent de l'âme alors qu'aux rouges clartés du soleil qui s'en va succèdent les blanches et mystérieuses
lueurs des étoiles. Il songea aux paisibles heures du
foyer de famille, à Zoora ; qui , elle aussi , songeait à
lui ; à son fils, qu'il croyait voir sur les genoux de l'é-
pouse, lui souriant avec sa grâce naïve , lui parlant
avec sa voix d'enfant, cette voix aux notes fraîches, argen-
tines, qui éveillent un si doux échos dans le cœur d'une
mère.

Et puis il sentit naître en lui cette émotion qui serre
la poitrine en présence des incertitudes de l'entreprise,
et qui ressemble à de la terreur ; son esprit passait vite
sur tous les jours de sa vie écoulée. Il entrevit, comme
dans un éclair, ses courtes joies envolées , ses espérances tombées une à une , comme les feuilles de la fleur
quand souffle le vent d'automne : espérances et joies em-
portées dans ce tourbillon où le temps roule les hommes
et les choses, pressant d'un pas égal et toujours hâté les
destinées vulgaires de l'individu et celles des peuples et
des royaumes. Il vit cette foule de faits accomplis dans
la faiblesse et l'ignorance des hommes, pareils à la semence jetée en terre par le laboureur, et d'où naîtra
une moisson, produire les effets les plus inattendus , les

plus puissants : fruits tour à tour bons et amers, que nulle main mortelle n'a développés ; résultats tour à tour heureux et terribles, qui brillent comme un tiède rayon de soleil, ou crèvent comme la nuée qui porte le tonnerre, et que la prudence des vieillards n'a point prévus, que le pouvoir des forts n'a point arrêtés. Sa poitrine était oppressée au souvenir de Zoora et de son enfant. Cette inquiète émotion venait-elle des regrets de l'adieu, ou bien était-ce la voix du pressentiment qui s'alarme la veille d'un malheur ? Quelle serait la fin de la révolte de Varame ? Que sortirait-il de cette alliance par lui frappée avec un ambitieux hardi, dont chaque pas allait être un ébranlement pour la patrie ? A cette heure, le plan que sa vengeance avait médité, et qu'il avait cru sage, infaillible, lui semblait presque le rêve d'une pensée malade ; il se demandait quelles seraient ses chances de succès en présence de ce mouvement irrésistible qui entraînait le monde vers un but inconnu ; et ce problème, toujours agité, jamais résolu, ce spectre masqué que nul regard ne devine et qu'on nomme demain, se dressait devant lui dans tout son vague effrayant. Qui donc avait le secret de cette marche ? Par quelle main conduits s'en allaient ainsi les faits, semblables à des flots qui se pressent, s'accumulent, se roulent les uns les autres, et forment une vaste mer au sein de laquelle tout s'efface ? Que naîtrait-il de ces germes de colère que la haine venait semer aujourd'hui ? Ténèbres que nul rayon n'éclaire ; mystère dont on cherche en vain quelques signes révélateurs et dans les mille figures de la terre et dans les immenses profondeurs du ciel !

— L'esprit de l'homme se perdit, sa vue se troubla, son front appesanti tomba dans sa main ; debout sur le seuil de cet impénétrable avenir, il venait de trouver... Dieu.

Lorsque Bindoës sortit de cette méditation où son âme s'était plongée, il se retrouva en face de Varame. Le général, assis à quelques pas de lui, ouvrait les plis d'un message qu'un courrier, debout et couvert de poussière, venait de lui remettre. Depuis quand ces deux hommes se trouvaient-ils là ? que venait-il de se passer ? Le noble seigneur n'avait rien vu, rien entendu. Tous ses sens s'étaient comme perdus dans l'extase de sa pensée ; il lui sembla qu'il sortait d'un sommeil, cependant Varame se tournait de son côté, et montrant la dépêche déroulée :

— Ce sont des nouvelles de Nisibe, disait-il.

— Des nouvelles de Nisibe! répéta Bindoës arrêtant son regard sur le général et le messager, et portant la main au front.

— Là-bas encore on se révolte, continua Varame ; le gouverneur est entre les mains des soldats, qui viennent de briser les statues d'Hormisdas, de brûler ses drapeaux : ce sont des frères qui se retournent vers nous, et demandent un chef pour guider leur courage.

Bindoës réfléchit un moment. Soudain son visage s'anima, son œil s'alluma, sa tête se dressa : le seigneur hautain et blessé reprenait la place du penseur.

— C'est juste, dit-il ; c'est ici que doit être le foyer d'où la flamme va s'étendre pour dévorer notre ennemi. Il faut de l'unité à notre œuvre, et que la même main tienne les rênes pour cette course hasardeuse, risquée sur un terrain difficile et glissant. Nisibe est révoltée, Nisibe sera un sûr abri s'il vient un revers : les soldats campés sous ses murs deviennent l'avant-garde de notre armée. Mais qui donc envoyer vers ces nouveaux frères ?

— Un homme de cœur, un homme dont la sagesse soit éprouvée.

— Songez-y.

— Mon choix est fait.

— Quel est-il ?

— Un noble seigneur n'a-t-il pas été frappé dans ce que son âme a de précieuse affection ? n'a-t-il pas vu la cité royale courbée sous une menaçante terreur ? n'est-il pas venu ici après une course faite par les sentiers perdus et durant la nuit, comme celle d'un malheureux fuyant devant la proscription ? ne parlait-il pas d'une vengeance à accomplir, d'un frère à sauver ?

— C'est donc moi que vous avez choisi ? interrompit Bindoës.

— Et depuis que ce noble seigneur est dans mon camp, n'a-t-il pas une nouvelle injure à punir ? poursuivit le général : l'injure de ses amis emprisonnés, dépouillés de leurs biens, que des commissaires royaux ont saisis, ensuite exposés sur les marchés de la ville comme une chose à vendre ? Voyez ; et, tirant de sa ceinture une lettre, il la jeta sur les genoux de Bindoës.

Celui-ci la prit d'une main agitée par la colère ; elle ne contenait que ces mots :

« Hier, à la nuit, des soldats ont pénétré dans la
« demeure de Rizaël ; son secrétaire et les gens de sa
« maison ont été mis aux fers, et ce matin exposés sur
« la place pour être vendus comme esclaves. La
« colère du roi gronde sur bien des têtes ; un prompt
« secours viendra-t-il à l'aide de ces existences mena-
« cées ? »

Vous voyez que j'ai aussi mes courriers, dit Varame, suivant sur le front de Bindoës l'impression de cette rapide lecture.

— C'est bien, répondit celui-ci. Des armes, un cheval, un guide.

— Pourquoi cela ? demanda Varame.

— Ne m'avez-vous pas choisi pour chef des révoltés de Nisibe ? Je pars à l'heure même pour mon poste.

— Demain il sera temps, répondit le général congédiant de la main l'envoyé auquel il venait de remettre une dépêche. Deux minutes après on entendit le galop rapide d'un cheval qui s'éloignait.

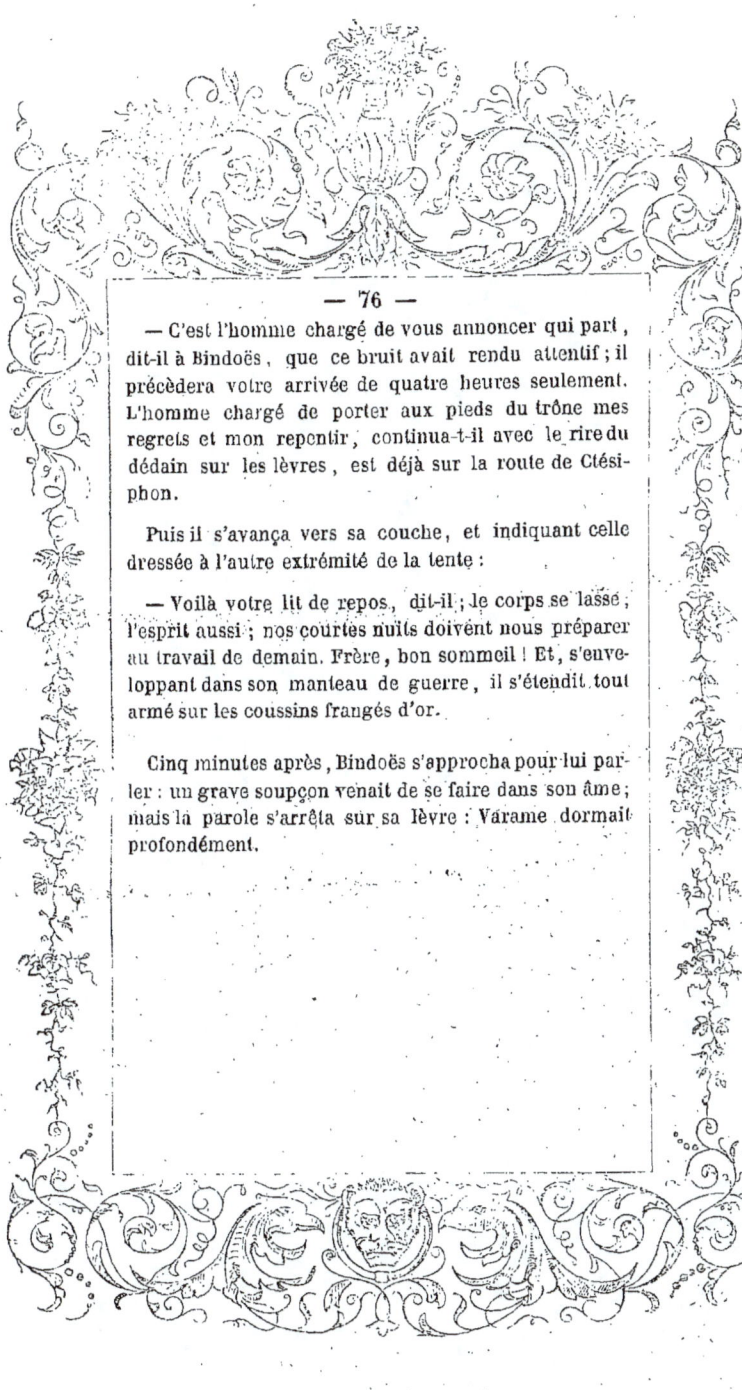

— C'est l'homme chargé de vous annoncer qui part, dit-il à Bindoës, que ce bruit avait rendu attentif ; il précèdera votre arrivée de quatre heures seulement. L'homme chargé de porter aux pieds du trône mes regrets et mon repentir, continua-t-il avec le rire du dédain sur les lèvres, est déjà sur la route de Ctésiphon.

Puis il s'avança vers sa couche, et indiquant celle dressée à l'autre extrémité de la tente :

— Voilà votre lit de repos, dit-il ; le corps se lasse ; l'esprit aussi ; nos courtes nuits doivent nous préparer au travail de demain. Frère, bon sommeil ! Et, s'enveloppant dans son manteau de guerre, il s'étendit tout armé sur les coussins frangés d'or.

Cinq minutes après, Bindoës s'approcha pour lui parler : un grave soupçon venait de se faire dans son âme ; mais la parole s'arrêta sur sa lèvre : Varame dormait profondément.

Mon Dieu murmurait la victime, invocation suprême

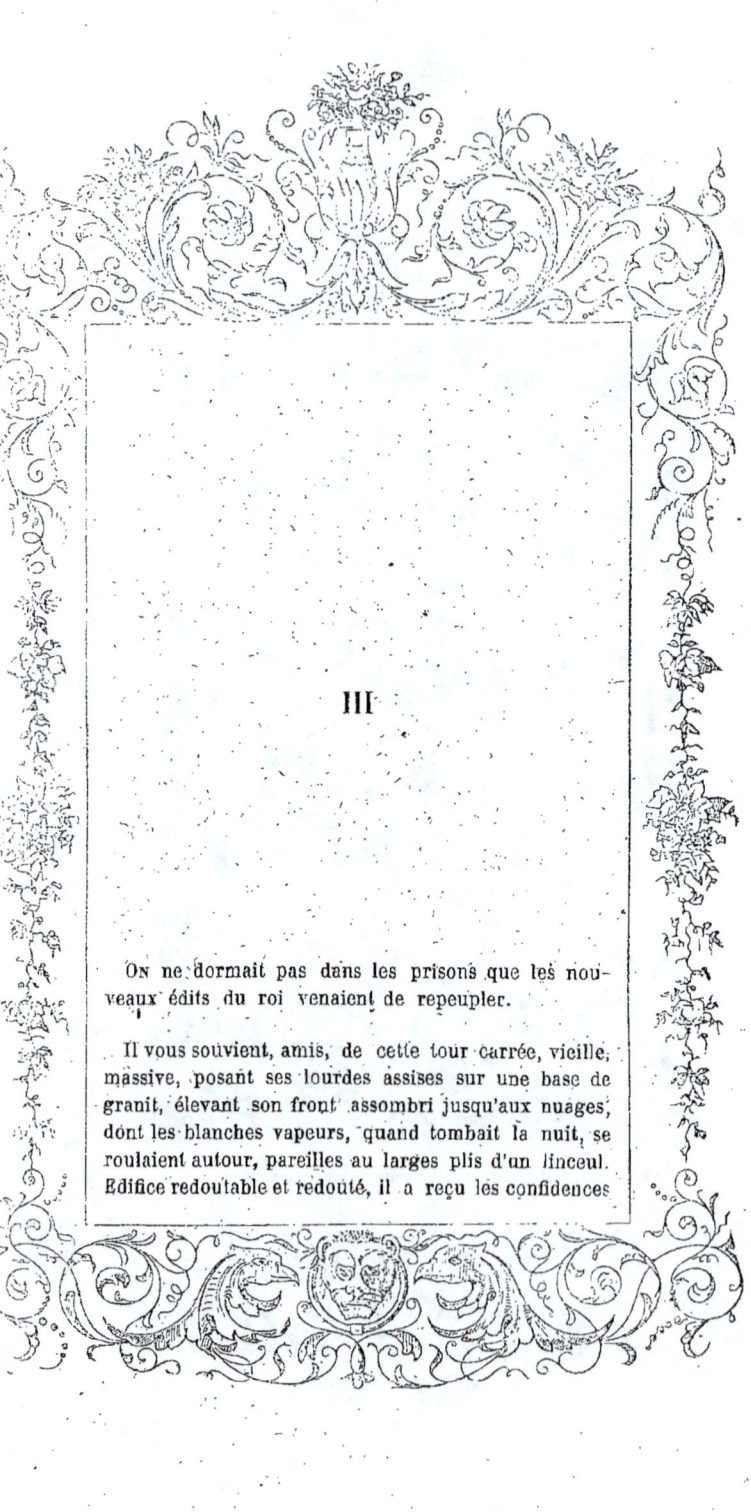

III

On ne dormait pas dans les prisons que les nouveaux édits du roi venaient de repeupler.

Il vous souvient, amis, de cette tour carrée, vieille, massive, posant ses lourdes assises sur une base de granit, élevant son front assombri jusqu'aux nuages, dont les blanches vapeurs, quand tombait la nuit, se roulaient autour, pareilles au larges plis d'un linceul. Édifice redoutable et redouté, il a reçu les confidences de la douleur, entendu les soupirs du regret, les gémissements du captif, trop souvent l'agonie du condamné qu'une main homicide étouffait dans l'ombre. Ici les victimes du tyran ont pleuré, et le tyran, à son heure, est venu pleurer et mourir. Nul désormais ne la verra, n'interrogera ses murs, ses galeries, ou l'écho de ses vastes salles, de ses souterrains profonds, pour y dérober les mystères que des siècles y ont cachés ; car ses créaux sont renversés, on s'est hâté de briser la terrible tour comme un monument dépositaire des secrets qu'aucune main ne doit fouiller : il y avait des hontes et des crimes à ensevelir avec ses débris.

C'est là qu'Hormisdas retenait captives la mère et la sœur de Varame, Roxane et Améria. — Quatre gardes silencieux leur avaient fait traverser des cours intérieures privées de soleil et d'air, cernées par les hautes et tristes murailles du donjon ; puis des corridors sombres, dont les parois, frappés par le fer des dagues, rendaient un son lugubre et bref comme une plainte comprimée, puis il avait fallu monter les cent vingt degrés de pierre de l'escalier tournant, franchir une salle ronde, immense et éclairée par plusieurs orifices pratiqués dans le dôme qui la couronnait ; autour apparaissait, encadrés dans l'épaisse muraille, soixante portes-basses, revêtues de larges bandes de fer avec leurs clous à tête carrée. Une de ces portes s'ouvrit ; les gardes poussèrent les malheureuses, et l'épais battant se referma en roulant sur ses gonds avec un bruit sourd. On venait de les jeter dans un espace qu'un homme eût mesuré avec six pas, sous une voûte surbaissée, où de faibles rayons se glissaient furtifs et pâ-

les, à travers une ouverture longue, étroite, semblable
à celle que l'architecte de guerre pratique dans les
murs d'un fort et d'où vole la flèche de l'archer. — Il y
avait là-dedans quelques planches reliées ensemble par
deux transversales ; dessus, une natte de joncs : c'était
la couche. Il y avait une escabelle que le temps avait
noircie, et que le passage non interrompu sur ce siége
de nouveaux malheureux avait faite polie et reluisante.
Il y avait au fond d'une niche creusée dans l'épaisseur
du mur, à côté du lit, une cruche pleine, un pain de
maïs. Telle fut la demeure donnée à deux nobles femmes arrachées la veille d'un palais splendide. — Chaque matin un esclave à mine sinistre apportait le pain
du jour et renouvelait l'eau ; chaque soir, il venait encore allumer une lampe suspendue aux arceaux : triste
clarté qui jetait quelques heures à peine ses rouges
lueurs, et mourait en laissant les prisonnières au milieu
des ténèbres : ténèbres froides du cachot, peuplées de
spectres et de fantômes, durant lesquelles le silence
parle, et qui glacent l'âme avec le sang. Plusieurs fois
Roxane a voulu dire une parole à cet homme ; il est
resté silencieux ; et la prière même n'a point ému ses
traits, qui gardent l'immobilité d'un visage de pierre.

Onze jours ont passé.

Cette nuit-là, une sombre inquiétude serrait le cœur
des captives ; le sommeil, douce absence de la vie pour
l'infortuné, bain qui rafraîchit toujours le front brûlant, fuyait leurs paupières rougies par la veille et les
pleurs ; et la crainte, assise sur le seuil de la prison,
leur montrait un avenir plus terrible, plus menaçant :

c'est que, vers le soir, des rumeurs étranges étaient montées jusqu'à elles ; la vieille tour s'était émue, elles avaient cru la sentir frissonner depuis la base jusqu'au faîte, comme un être vivant. On eût dit des voix lugubres sortir de ses vastes salles, de ses galeries profondes ; on eût dit un cliquetis de chaînes mêlé au bruit que font des glaives qui sortent du fourreau, et le vent qui passait à travers l'étroite fenêtre, semblait leur apporter un gémissement étouffé. Sons divers, terribles, qui s'élevaient distincts et tranchés sur un autre son confus, monotone, semblable au lointain roulement du tonnerre. Tout cela s'était reproduit en douloureux échos jusque dans les entrailles des prisonnières. Qu'allait-il se passer ? Quel épisode nouveau survenait dans le drame commencé la veille ? ou plutôt le drame se précipitait-il vers une fin sanglante ? Préparait-on quelqu'une de ces exécutions mystérieusement atroces alors fort du goût d'Hormisdas ? car toutes ses victimes ne périssaient pas au soleil, sur un échafaud : elles disparaissaient. Un homme tout-à-coup manquait dans une famille ; quelques-uns, hier, l'avaient vu, seul, à la nuit se promener vers l'entrée de sa demeure ou dans un lieu écarté ; le lendemain, on le cherchait vainement : qu'était-il devenu ? Les puits, les gouffres du Tigre, les oubliettes le savaient. — Sous l'empire de ces pensées, la femme et l'enfant, tristes, muettes, plongeaient dans l'âme l'une de l'autre ce regard qui cherche une consolation, une espérance, ne donne et ne reçoit que la douleur inquiète et sans foi.

La femme veuve et mère, pour qui tout avait passé, époux, jeunesse, fortune. Le temps restait debout sur des ruines ; et les deux affections vivantes dans ce cœur qui n'avait pas vieilli, devenaient une source de larmes, un fils jouant sa tête dans une lutte audacieuse et téméraire ; une fille sur qui le glaive tiré contre le fils était déjà levé.

L'enfant prisonnière à seize ans, cette saison des fleurs et des innocentes joies ; sœur désolée du frère qui la perdait en se perdant, déjà privée d'un père, protection sainte à l'ombre de laquelle s'abrite si bien la vie ; à qui demain peut-être allait manquer une mère, cette autre providence que le ciel ici-bas place à côté de nous, gardien béni qui souriait à ses sourires, la regardait, la veillait, l'aimait, la réchauffait sur son sein.

Et voilà que deux larmes silencieuses se formaient sous les paupières rougies de Roxane. Elles grossirent lentement, puis se détachèrent, semblables à deux perles d'argent, et roulèrent le long des joues flétries.

— Ma mère ! soupira Améria.

— Ma fille ! répondit la pauvre femme, l'attirant sur son cœur et l'y pressant avec transport ; puis elle lui prit la tête dans ses mains. La malheureuse regardait l'enfant et disait : Est-ce que nous allons être séparées ? — Améria, as-tu compris ces bruits montés jusqu'à ce cachot ? que veut-on ? — Le sais-tu, toi, ce qu'ils vont faire ?.. Ils disent que ton frère s'est révolté ; qu'une conspiration est tramée contre l'État. Vraiment ! que pouvons-nous à cela, moi, vieille mère, toi, faible enfant ? — C'était grande honte d'envoyer des habits de

femme à ce vieux soldat ! Le roi pense-t-il qu'on humilie sans péril les âmes les plus fières de l'empire ? —
Ils nous ont fermées dans cette tour ; qu'ils ne viennent
pas, au moins, te prendre dans mes bras. — Peuvent-
ils croire que deux ennemis de notre sorte soient redoutables ? Allons ! ce serait à en rire si la chose n'était
pas affreuse. — Mais c'est un acte impie d'arracher une
fille à sa mère ! — Est-ce donc que je pourrais vivre,
moi, dans leur prison, si tu n'étais pas là, si mes yeux
ne rencontraient pas tes yeux, si je ne pouvais pas te
prendre ainsi, près, bien près, entre mes genoux, et
passer mes doigts dans tes longs cheveux ? — Vois-tu,
mon Améria, ton père disait que tu me ressembles ; tu
es belle avec ton front pâle, éclairé comme par un reflet
de lune, avec ton œil profond, ta bouche sérieuse. Je
suis fière de ma fille, et je ne sais quelle douce et fraîche harmonie chante en moi-même quand je me vois
revivre en elle.

Durant ces paroles, Améria tenait attaché sur sa mère
un regard d'amour ; elle écoutait penchée, penchée sur
sa main, le bras accoudé sur un genou, elle avait ré-
pandu quelques larmes ; enfin, elle releva la tête, et ses
grands yeux humides jetèrent un rayon qui pénétra jusqu'au fond de l'âme de Roxane ; mais sur sa lèvre ne
vint aucune réponse ; de son cœur plein ne sortirent
que des soupirs. C'est qu'il est des douleurs muettes où
l'âme semble se plonger sans réserve ; et ces amères ex-
tases n'ont pas de traduction dans notre langue ; l'œil
les surprend dans l'œil, dans les plis mobiles du front,
pages vivantes où elles s'impriment, mais on ne les dit

pas. — Soudain Roxane tressaillit; elle jeta brusquement ses bras autour de sa fille.

— N'as-tu pas entendu? fit-elle, l'oreille aux aguets,
le cou tendu, l'œil immobile.

— Eh! quoi, mère ?

— Ecoute.

Il y eut un silence.

— Ils s'éloignent... Chacun des pas que j'entends
derrière cette porte retentit dans mes entrailles... Tu me
regardes... Tu ne comprends pas; mais je me souviens,
Améria, et j'ai bien peur. — C'était six mois après ta
naissance : j'étais assise sur le seuil de notre porte;
alors ton père était pauvre et ton frère n'avait pas relevé
la fortune de sa maison. Tu jouais sur mes genoux
avec tes mains joyeuses qui cherchaient mes mains, tes
petits pieds rosés qui s'agitaient au soleil. Soudain, à
l'angle de notre demeure, une femme se montra grande,
vieille, amaigrie; elle t'aperçut, et ses yeux gris s'attachèrent sur nous, avides et jaloux; long-temps elle te
contempla; je me sentais mal à l'aise, inquiète sous le
poids de ce regard ; enfin elle partit, mais en passant
elle disait : — Prends garde! l'heure où une mère est
séparée de son enfant est une heure maudite. Depuis ce
jour, quinze années se sont écoulées; j'ai vu la richesse
et la gloire entrer sous mon toit; tu as grandi belle,
enviée; bien des événements ont disparu de ma mémoire, bien des souvenirs sont morts dans mon sein;
mais je n'ai pu oublier cette femme. Souvent à mes rê-

ves de mère et d'épouse elle est venue mêler sa fatale image, et tantôt ses paroles me sont revenues plus présentes, plus lugubres. Tiens, Améria, il m'a semblé la voir durant les ténèbres, debout, là, dans cet angle du cachot, qui me regardait.

— Ma mère, loin de nous s'en aillent ces craintes qui tourmentent votre cœur ! répondit Ameria. Le roi ne saurait nous haïr, nous, faibles femmes qui ne l'avons point offensé, et la haine seule pourrait conseiller une barbarie inutile.

— Tu crois !

— Cette dure captivité doit leur suffire.

— Je voudrais le penser ; pourtant je lutte en vain contre moi-même pour rappeler tout mon courage ; un affreux pressentiment me poursuit et me parle d'un malheur plus grand levé sur ma tête.

— Oh ! espérons, s'écria la jeune fille joignant les mains.

La mère la regarda tristement, comme l'incrédule qui ne veut pas briser la dernière confiance où se réfugie une pauvre âme ; elle sourit de ce sourire qui ressemble aux pâles rayons qui percent la nue avant l'orage et ne font que rendre plus sombres les profondeurs de l'horizon ; puis, laissant aller ses bras, elle inclina la tête sur son sein : il s'en échappait des mots inachevés, qu'Ameria ne comprit point.

Et l'enfant enveloppa dans un douloureux regard cette femme que le désespoir pliait ainsi. La malheu-

reuse était assise sur la misérable couche de la prison,
les jambes en croix, les épaules voûtées, les bras tombants, à demi-cachée dans les plis d'un long voile noir.
A la voir immobile et muette sous la chétive clarté de
la lampe qui vacillait près de s'éteindre, on l'eût prise
pour une de ces œuvres que le sculpteur taille à grands
traits, et qu'il jette comme une borne aux côtés d'un
palais ou d'un temple. A cet aspect, la jeune fille posa
la main sur sa poitrine pour y contenir une douleur prête à déborder, puis elle porta ses regards vers
le ciel, seul et suprême appui qui reste encore au malheur autour duquel défaillent les protections humaines,
vers le ciel, où monte la prière et d'où descend tout secours. En s'élevant, son regard rencontra, profondément
tracée dans la muraille, une croix ; au-dessous étaient
écrits ces mots :

« Je suis la voie, la vérité et la vie.

» Bienheureux ceux qui pleurent ; car ils seront con-
solés.

» Bienheureux ceux qui souffrent persécution pour
la justice ; car le royaume des ' cieux est à eux. »

La main qui avait tracé ces lignes était sans doute
glacée maintenant. Pourtant l'empreinte laissée par elle
sur cette muraille apparaissait fraîche encore. Il s'était
donc écoulé bien peu de jours depuis qu'un être dé-
laissé comme elle, comme elle aux prises avec les amertumes de la captivité, les angoisses du désespoir, avait
gémi et pleuré à genoux sur les dalles de la prison.

Aucun signe ne révélait le rang ou le nom de la victime ; mais cette croix, placée au-dessus des versets sacrés comme le symbole à côté de la loi, disait que celui qui avait souffert là, attendant la mort, était un chrétien ; elle disait que durant les âpres douleurs de l'âme, mille fois plus cruelles pour le condamné que celle qui commence et finit avec le supplice du corps, l'héroïque martyr ne s'était pas retourné vers ses persécuteurs pour les maudire ; contre les défaillances de la nature, il n'avait invoqué que le ciel. Il avait prié, il avait fortifié son cœur par des espérances divines. En face d'un monde qui le laissait, il s'était souvenu d'une autre patrie, plus belle, plus radieuse, et son âme avait courageusement pris son essor vers le Dieu qui la conviait en lui disant : Je suis la voie, la vérité et la vie. Les larmes versées ici-bas dans la détresse et le malheur que ne console point la foi, retombent sur le cœur et le brûlent ; elles y font germer la haine, la vengeance, l'imprécation ; celles échappées aux yeux du chrétien n'avaient point eu ces fruits amers : c'est que, pour lui, auprès de la douleur était venue se placer une céleste promesse ; la terre n'apparaissait pas un champ fertile où l'unique but consiste à se faire la meilleure place au soleil, mais l'arène où se livre un éternel combat, où la tente dressée le matin doit être enlevée le soir, et la vie ressemblait à la dure et pénible route où loin du foyer se meurtrissent les pieds de l'exilé.

Cette croix qu'Améria rencontrait sous les voûtes du cachot, elle avait pu la voir pressée avec amour sur la poitrine d'hommes dont l'existence s'était écoulée pure,

belle de justice, et qui allaient mourir en la proclamant;
elle avait pu la voir dans les mains de jeunes filles qui
puisaient dans cette divine contemplation la force de
vaincre les tortures, en confessant qu'il n'y avait au ciel
d'autre Dieu que celui du Calvaire. Elle savait que,
dans le cirque, aux jours où les disciples du Christ
étaient livrés aux bêtes, la foule accourue pour ce spectacle barbare avait plus d'une fois sur le front des malheureux que déchiraient la dent du lion ou les ongles du
tigre surpris un rayon d'ineffable joie; elle savait que
ces hommes persécutés appelaient leurs bourreaux des
frères, et que nul ne s'était rencontré, ayant faim, ayant
froid, qui n'eût sous leur toit reçu hospitalité et secours.
Souvent aussi, la jeune fille s'était attristée aux récits
des tourments dont on les poursuivait, et l'héroïsme
des victimes, cette vertu qui se communique et semble
se respirer avec l'air pour les nobles âmes, avait pénétré
son cœur d'un respect qui, Dieu le savait, allait devenir de la foi.

Elle lut, relut encore les trois lignes laissées sur cette
muraille comme le testament suprême du chrétien qui
montait à Dieu au chrétien qui viendrait là subir après
lui l'épreuve dernière ; et déjà l'influence de la seule parole qui ne revient jamais vide vers celui d'où elle est
descendue se faisait sentir à son âme vierge et neuve,
sur laquelle aucun vent n'avait passé. Il lui semblait
qu'une clarté soudaine s'était faite en elle ; que son
cœur, tout-à-l'heure oppressé par la crainte, mordu par
le désespoir, comprenait un calme soudain se répandre
en lui, pareil à la fraîche rosée sur la pauvre fleur que

brûlait le simoun du désert; et la paix, cette volupté
nouvelle et sereine, apportée au monde par le Christ,
semblait vers elle descendre de cette croix, comme un
rayon de douce lumière descend de l'étoile aimée. Ainsi
la vérité se révélait à cette jeune fille, que le ciel avait
élue ; remplie des paroles qu'elle venait de lire, elle les
gardait au fond de son âme, demandant à ce Dieu nouveau, venu la visiter derrière les portes d'une prison,
le secret de ses inspirations intérieures, qui la portait
vers des pensées jusqu'à cette heure ignorées, la con-
solait par la vue de ses malheurs mêmes, annonçaient
des joies radieuses dans une autre patrie, en échange
des larmes versées, des persécutions d'ici-bas.

Cependant la lampe du cachot s'éteignit. Ce moment
n'arrivait jamais sans apporter ici une impression affreuse, les ténèbres rendaient plus longues les longues
heures de la captivité, et les terreurs qui assiégeaient
l'esprit de Roxane faisaient alors passer devant elle des
images plus lugubres : on eût dit que la barrière qui la
séparait du monde fût infranchissable, son abandon
plus complet, et que le silence de cette étroite enceinte,
dont les murs glaçaient la main qui les touchait, eût
pris quelque chose du calme effrayant de la tombe.
Aussi les prisonnières se serrèrent l'une contre l'autre
sur leur unique et dure couche : Améria laissa tomber
sa tête sur l'épaule de sa mère ; elle priait dans son cœur
le Dieu des chrétiens de se faire connaître à elles et de
les sauver. Roxane enlaça de nouveau ses bras autour
de son enfant, afin de la sentir près d'elle toujours,
comme un avare ferait d'un trésor, et la tint renver-
sée à demi sur sa poitrine.

Un quart-d'heure s'écoula.

Soudain un cliquetis d'armes résonna sous les voûtes de la vaste salle qui précédait la prison ; quelques voix se firent entendre , Roxane tressaillit :

— Ce sont eux , dit-elle.

En effet la porte , brusquement ouverte , alla battre les parois de pierre avec un bruit terrible , comme si la force d'un géant l'eût lancée, et l'intérieur se montra illuminé par les vives clartés des flambeaux qui brillaient dans la main des gardes.

— Que va-t-il se passer? firent à la fois les deux femmes , échangeant un regard d'angoisse et d'effroi.

Six hommes parurent sur le seuil ; le gouverneur de la tour marchait à leur tête Au signal qu'il donna , trois geôliers s'avancèrent, firent descendre les captives du lit de planches où elles se tenaient embrassées, pâles et tremblantes. Ils leur passèrent une chaîne autour de la ceinture et se dirigèrent pour sortir , les tirant après eux ainsi qu'un chien que l'on mène en laisse. Et comme les malheureuses , étourdies par la douleur et la brusque apparition de ces soldats et de ces fers, se laissaient traîner mais ne marchaient pas, deux soldats passèrent derrière et les poussèrent par les épaules. Tout cela s'était fait prestement , froidement , sans répondre un mot aux questions suppliantes de Roxane , sans un signe de pitié pour les terreurs de cette mère tombée à genoux, et qui implorait la grâce de ne pas être séparée de sa fille.

Parvenues à l'extrémité de la salle opposée à leur prison, les victimes virent devant elles s'étendre deux longs corridors : l'un tournait à droite, l'autre à gauche. Nul ne passait en vain sous les voûtes de cette double galerie, partie de points différents et venant aboutir à un centre commun, peuplée de prisonniers et de sbires : espèce de réservoir de colère, où la tyrannie gardait ses ennemis, ses suspects, ses condamnés, afin de les avoir sous la main, de les prendre à l'heure dite, un à un, deux à deux, au caprice du maître, pour les livrer au bourreau ou les jeter au gouffre, suivant qu'il convenait de faire de la prudence ou de la force. À l'entrée se tenaient debout, la dague nue, six vétérans de la garde d'Hormisdas. L'aspect des lieux, et mieux encore l'aspect de ces hommes armés, révéla à Roxame que ses terreurs n'étaient que trop fondées. N'écoutant alors que les élans de cet instinct de mère qui rend menaçante encore l'agonie de la lionne blessée, mourant, la griffe ouverte, sur le seuil de l'antre où s'abritent ses lionceaux, elle se dresse l'œil en flamme, la lèvre crispée, écarta de ses bras brusques et raides les gardiens qui la menaient, et courut sur Améria, qui s'élançait vers elle.

— Ma fille !

— Ma mère ! criait-elle.

Mais les soldats se placèrent entre la mère et l'en-

fant, proférant d'ignobles menaces, et levant sur
des femmes une épée qui n'aurait dû se lever que sur
l'ennemi.

— Le roi le veut, fit le gouverneur.

Et l'on entraîna les captives, qu'un ordre impie séparait ; et l'écho de la tour répéta deux cris déchirants,
mêlés à des rires sauvages. Il est donc des natures sans
pitié, même pour les plus nobles douleurs.

Pourquoi le roi voulait-il cette brutale séparation ?
N'était-elle, ainsi que l'avait appelée Améria, qu'une
barbarie inutile ? ou plutôt derrière se cachait-il une
pensée secrète, comme il en germe au fond de l'âme
des tyrans ? De l'homme cruel ou du politique, qui
l'avait dictée ?

L'un et l'autre. Voici les faits :

Hormisdas volontiers buvait un verre de sang ; mais
il aimait que ses cruautés favorisassent ses projets ; et
le bourreau pour lui n'était pas seulement un abatteur
de têtes ; c'était une machine de gouvernement. Placé
entre la révolte de Varamne, la haine de ses peuples,
des seigneurs surtout, qui n'attendaient qu'un chef
pour se lever et secouer un joug, il pensa qu'il fallait
se hâter de détruire le rebelle : une armée venait de
partir sous la conduite d'un officier du palais, frère
de Bergoas. Il pensa qu'il importait de comprimer les
mécontents, d'étouffer les murmures : la proscription
venait de dresser ses listes : Rizaël allait être la pre-

mière victime. Or ne frappait pas un pareil accusé ainsi
qu'un coupable vulgaire ; la Perse tenait les yeux ouverts sur cet homme, qui hier présidait à ses destinées,
qu'une disgrâce imprévue proscrivait aujourd'hui, et
la sentence qui devait appeler sur lui la réparation ou
le châtiment ne pouvait être laissée au bon plaisir
royal : il fallait un procès, il fallait des juges. Parmi
les dignitaires de la couronne, on prit neuf Persans,
dont Saarbar dicta les noms pour former un tribunal,
et le troisième jour fut fixé pour l'ouverture de ces redoutables assises. Mais avant, le roi, que son favori
avait conseillé, voulant paraître céder à une inspiration de clémence, ordonna que Rizaël lui fût présenté
afin d'être interrogé par lui.

Donc la salle des audiences avait ouvert ses portes,
et le palais s'était peuplé de soldats comme une forteresse : précautions hypocrites, étalées pour tromper
les regards et faire croire à de la justice, quand, seuls,
d'indignes intérêts, de sombres passions faisaient leur
œuvre. Les gardes étaient venus chercher au fond de sa
prison le ministre dont le dévouement n'avait pas reculé devant la disgrâce, et l'avaient conduit aux pieds
du trône, à la droite duquel siégeait l'héritier de sa dépouille. Le juste s'était avancé calme et le front serein;
la vue de son ennemi n'avait point fait monter de colère sur son visage, et la terreur qui entourait le maître
ne l'avait point fait pâlir.

— J'ai voulu vous sauver, Rizaël, dit le prince d'une
voix qu'il cherchait à rendre douce ; car on ne voit pas
sans regret se perdre un serviteur que l'on aimait ; et

qui depuis des années avait notre oreille et notre confiance. J'ai d'abord refusé de croire à l'accusation portée contre vous ; quand les preuves m'ont été fournies, j'aurais souhaité de pouvoir les rejeter; mais la trahison est certaine , elle est notoire. Pourtant la miséricorde arrête encore ma justice : nous vous avons mandé en notre présence royale afin que vous vous excusiez , s'il est possible ; parlez , c'est encore votre roi qui vous écoute ; demain ce seront vos juges.

— Ma justification n'est pas ailleurs que dans ma vie, répondit Rizaël : seigneur , toutes mes heures , toutes mes pensées , ont été pour vous et le bien de l'empire. Interrogez ce que j'ai fait : jugez après.

— Vous oubliez que des preuves sont dans mes mains, je vous en avertis encore.

Des preuves , ô roi ! il en existe en effet de manifestes , d'éclatantes : les coffres de l'État pleins d'argent et d'or, les eaux du Tigre distribuée en nombreux canaux allant porter la fertilité et la richesse dans des plaines jadis arides et infécondes , trois palais construits , les domaines royaux agrandis , les Turcs rendus tributaires , deux conjurations découvertes et éteintes, sont des témoignages qui parlent de votre serviteur ; mais ceux-là proclament son dévouement et la constance de ses travaux. Si , dans le mystère, une voix s'est élevée contre lui , je ne connais pas ses paroles ; si , dans le mystère , une accusation s'est formée , je ne connais pas ses charges. Celui que protége son innocence peut quelquefois être réduit à ne pouvoir pas faire preuve qu'il n'a point failli, car l'injustice et le crime peuplent la terre, et l'œil et la main des hommes s'égarent ; mais l'accusateur doit fournir témoignage qu'il dit la vérité. Si quelqu'un ici pense que Rizaël est un traître, qu'il le dise ; si quelqu'un ici pense que Rizaël a voulu le mal du pays et de son seigneur, qu'il le justifie, et ma tête lui appartient. Mais si nul dans son cœur ne croit à cette trahison ; si l'éclat de la fortune, le prestige du pouvoir, ont seuls inspiré le dénonciateur (on peut être, à certaines heures, entraîné par des désirs ardents ; le mal conçu, préparé même, n'est pas encore un crime) ; que celui-là garde le silence, et que tout soit oublié, comme j'oublie la persécution et les grandeurs auxquelles j'ai renoncé sans regret.

Ces paroles respiraient une telle loyauté ; elles étaient empreintes de tant de noblesse ; elles frappaient si droit au but, et révélaient si bien que le persécuté savait où se tenait le persécuteur, que Saarbar sentit un frisson passer dans sa chair ; le sentiment de la justice que l'on brave, mais que l'on n'étouffe jamais, pesait de tout son poids sur la conscience du coupable, et si le roi l'eût regardé alors, il aurait pu lire sur ce front qui se baissait la calomnie de l'accusateur, l'innocence de l'accusé. Dieu ne permit pas que cette manifestation s'accomplît, et Hormisdas laissait courir sur ses lèvres le sourire amer de l'ironie :

— Voilà de belles paroles, dit-il, et votre éloquence est digne d'une meilleure cause. Mais ce n'est pas un défi à notre sagesse que nous sommes venu chercher ici : la certitude de la trahison est faite pour nous, elle doit l'être pour votre conscience; je pourrais donc clore le débat et vous livrer aux juges. Pourtant il est des faits qui changent le caractère d'un crime, et je veux vous laisser ouvertes toutes les voies de salut.

— Rizaël, êtes vous chrétien ?

— Je le suis, seigneur, répondit le ministre posant une main sur son cœur, élevant les yeux vers le ciel comme pour prendre à témoin de la vérité de sa parole le Dieu qu'il venait de confesser. Pas un signe de terreur ne passa sur son visage, pas la moindre altération ne fut comprise dans sa voix, et cependant il venait de se perdre sans retour : son aveu, c'était le renoncement à toutes les protections qui auraient pu se serrer encore autour de lui, c'était la mort. Hormisdas le savait bien ; aussi le masque d'hypocrite bienveillance dont il s'était couvert tomba tout-à-coup, et ses traits, où son âme se révéla entière, laissèrent voir une de ses odieuses joies qui font peur, et que la haine seule peut donner.

— Ah ! s'écria-t-il avec l'accent de la colère, tu as renié le culte de ton père, celui de la nation, celui de ton roi; tu as fait pacte avec les ennemis que mes justes décrets ont proscrits ; tu as partagé leurs espérances et marché dans leurs voies : que réclames-tu le témoignage de ta trahison ? ne viens-tu pas d'en fournir un qui les réunit tous ? tu es chrétien !

— Et c'est pour cela que je vous ai servi jusqu'à la mort, mon royal maître.

— C'est pour cela que tu mourras... Vraiment, je comprends ta mansuétude pour les conspirateurs et les félons, ta longanimité pour les misérables que ma colère trop long-temps provoquée voulait punir : c'étaient des adeptes, des frères, que tu sauvais. Et Varame sans doute est un instrument dans vos mains. Va, je le briserai, lui, et le dernier de sa race : sa mère, sa sœur, sont en mon pouvoir, malheur sur elles ! Je faucherai l'épi si près de la racine que nul après ne pourra dire où la faux a passé.

Ces dernières paroles firent sur Rizaël une impression terrible. La vengeance qui ne menaçait que sa tête n'avait point troublé ce calme serein gardé par lui en paraissant devant le roi ; mais, au nom de Roxane et d'Améria, le front du courageux Persan devint pâle ; une sorte de stupeur éteignit l'éclat de son regard ; il sembla que la vie fût arrêtée en lui.

— J'ai frappé juste, n'est-ce pas ? continua Hormisdas à la vue de ce trouble soudain ; je suis bien informé. Que dis-tu de mes preuves à présent ? Mais, en vérité, c'est perdre peine que de réciter ainsi de vieilles choses que tu sais mieux que moi, quand j'ai des nouvelles d'aujourd'hui même que tu ignores et qui, je pense, te feront plaisir : tu as un frère, Rizaël ; un homme puissant entre les seigneurs de notre royaume ; eh bien ! il a quitté notre ville royale ; pareil à celui qui se cache, il a couru, la nuit, par des sentiers perdus, se jeter dans le camp de Varame. Tu vois, la trame ourdie par toi vient de gagner un allié de plus. Mais l'imprudent a laissé ici et sa femme et son fils.

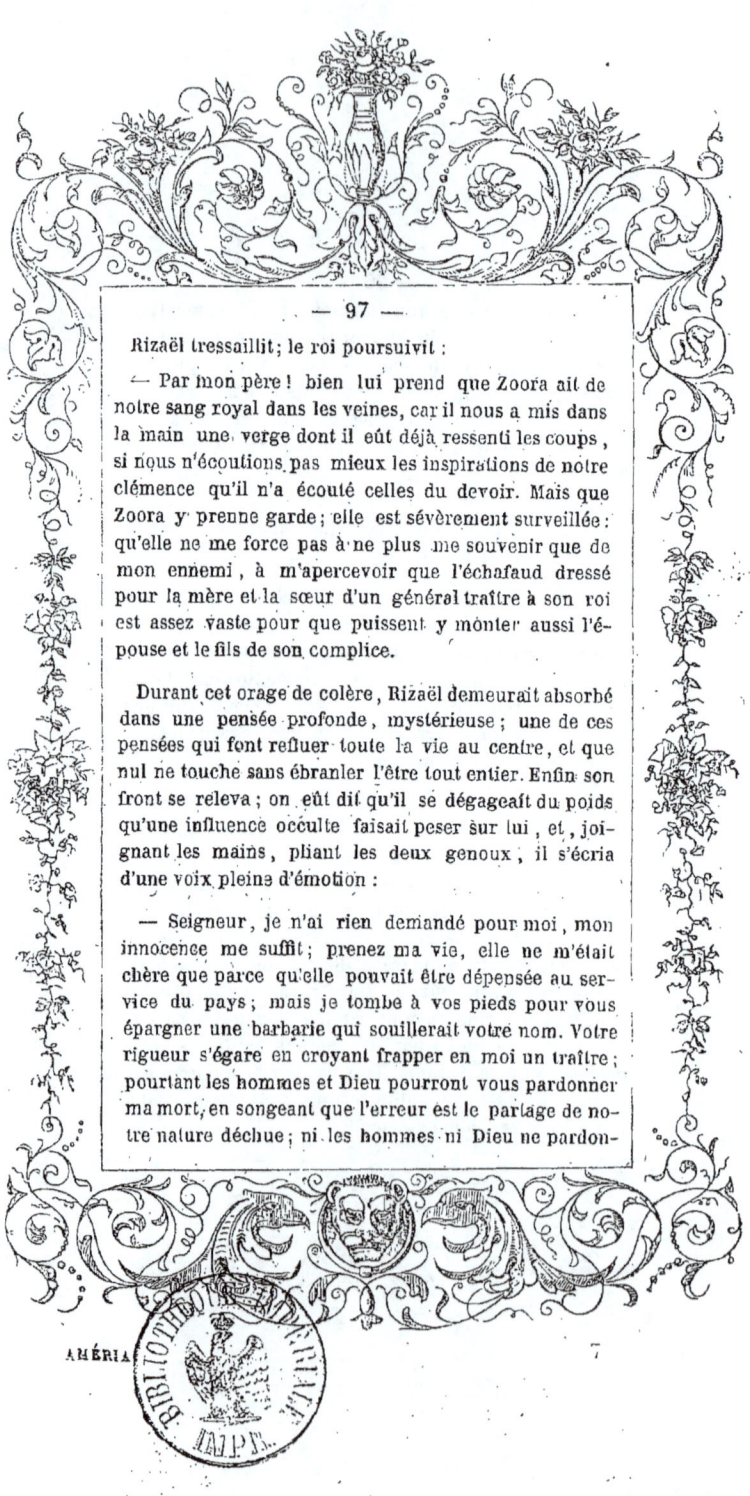

Rizaël tressaillit; le roi poursuivit :

— Par mon père ! bien lui prend que Zoora ait de notre sang royal dans les veines, car il nous a mis dans la main une verge dont il eût déjà ressenti les coups, si nous n'écoutions pas mieux les inspirations de notre clémence qu'il n'a écouté celles du devoir. Mais que Zoora y prenne garde; elle est sévèrement surveillée : qu'elle ne me force pas à ne plus me souvenir que de mon ennemi, à m'apercevoir que l'échafaud dressé pour la mère et la sœur d'un général traître à son roi est assez vaste pour que puissent y monter aussi l'épouse et le fils de son complice.

Durant cet orage de colère, Rizaël demeurait absorbé dans une pensée profonde, mystérieuse; une de ces pensées qui font refluer toute la vie au centre, et que nul ne touche sans ébranler l'être tout entier. Enfin son front se releva; on eût dit qu'il se dégageait du poids qu'une influence occulte faisait peser sur lui, et, joignant les mains, pliant les deux genoux, il s'écria d'une voix pleine d'émotion :

— Seigneur, je n'ai rien demandé pour moi, mon innocence me suffit; prenez ma vie, elle ne m'était chère que parce qu'elle pouvait être dépensée au service du pays; mais je tombe à vos pieds pour vous épargner une barbarie qui souillerait votre nom. Votre rigueur s'égare en croyant frapper en moi un traître; pourtant les hommes et Dieu pourront vous pardonner ma mort, en songeant que l'erreur est le partage de notre nature déchue; ni les hommes ni Dieu ne pardonneraient le supplice de deux faibles femmes : Roxane, cette vieille mère, qui ne vit que dans sa fille ; Améria, cette enfant, ignorante encore de la vie ; étrangères toutes deux aux ambitions rivales, aux haines ardentes qui désolent la patrie ; ces ennemis là ne peuvent rien. Punissez le soldat armé contre vous : il est fort, votre colère tombera sur un digne adversaire. Votre victoire sera sainte, car la fidélité et le dévouement sont la loi du monde, car votre couronne et la Perse le demandent ; mais des êtres que protège leur seul abandon, qui ne vous ont point nui, qui ne peuvent vous nuire, épargnez-les, seigneur, comme vous épargnerez Zoora et le fils de Zoora, qui sont votre sang.

— Voilà un intérêt bien vif, pensa le tyran, un intérêt puissant, assez pour égarer cette nature d'ordinaire si prudente, et ne pas lui faire comprendre que dans sa bouche la prière vaut une sentence de mort ; nous y songerons.

Après un moment de silence, il s'accouda sur le bras de son siége, et faisant signe à Rizaël de se relever :

— Roxane et Améria seraient-elles aussi des chrétiennes ? dit-il.

— Elles n'ont pas encore ce bonheur.

— Vous espériez donc qu'elles l'auraient bientôt.

— Je l'avais demandé à Dieu.

— C'est bien ; allez encore lui demander qu'il vous délivre de mes fers et de ma vengeance ; ce sera une double faveur que je vous souhaite sans l'espérer , répliqua le roi avec un accent d'impitoyable raillerie.

— On le défiait aussi sur le Calvaire , et le Galiléen a vaincu le monde, répondit Rizaël, que les gardes entraînèrent.

Le roi et le favori se regardèrent.— Il est dans l'ordre physique des affinités qui tendent à unir les substances; il est dans l'ordre moral des affinités aussi qui tendent à unir les âmes : loi mystérieuse, certaine, toujours active, qui explique la fusion éternelle des éléments et des forces dans la nature, donne le secret de ces alliances sublimes, de ces accouplements monstrueux que l'histoire des générations nous a transmis. Hormisdas et Saabar se complétaient l'un par l'autre; tous les deux étaient cruels, tous les deux étaient perfides ; mais celui-ci, accoutumé à la tyrannie, se précipitait dans ces excès avec une violence hardie, spontanée; celui-là, obligé de compter avec les hommes et les choses , avait appris à plier ses volontés et ses désirs. Le maître se ruait sur son adversaire brusquement, sauvagement; le serviteur se glissait jusqu'à lui, tâtait long-temps avant de le saisir , et l'étouffait ensuite froidement. Pour le premier, le cadavre d'un ennemi sentait toujours bon, et la vengeance avait un parfum qu'il aimait à savourer ; le second, au contraire, se hâtait d'enlever l'échafaud et de laver le pavé. Hormisdas , laissé à lui-même , était un tyran dangereux à la

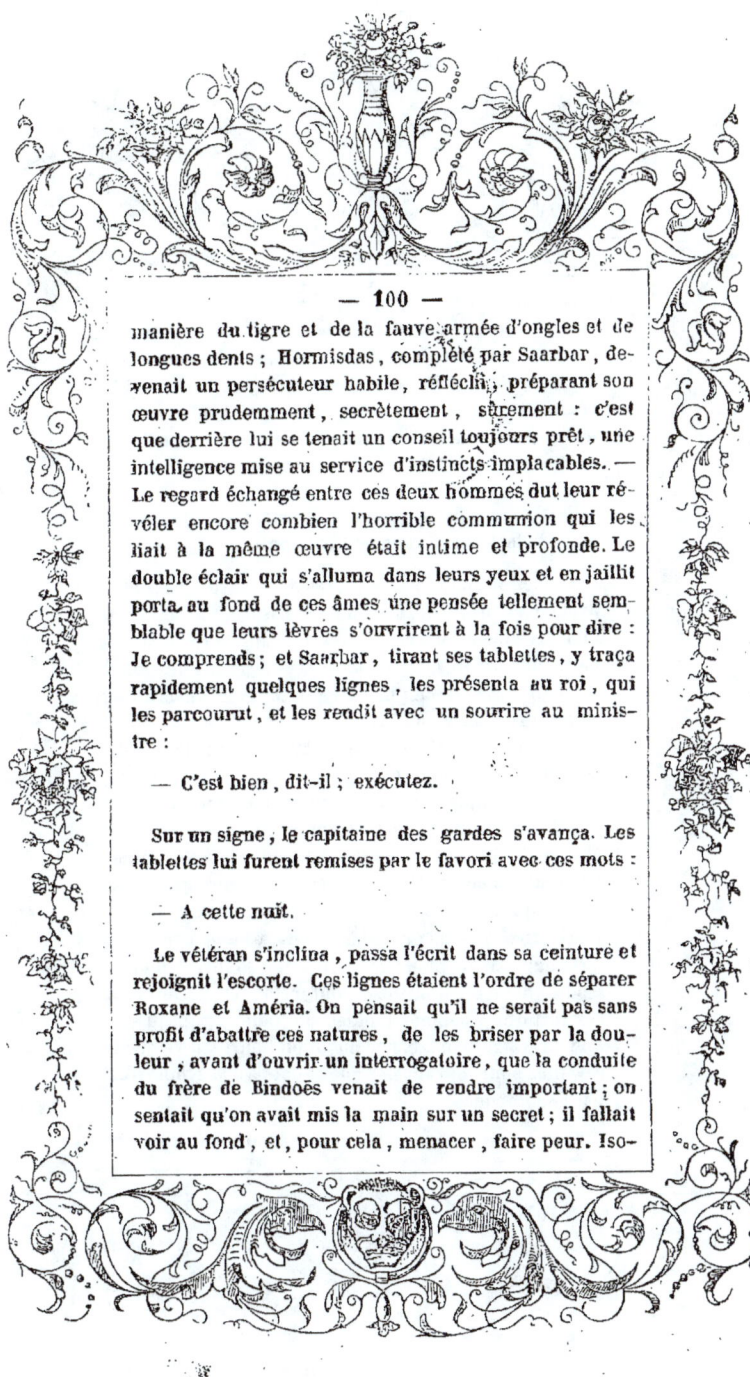

manière du tigre et de la fauve armée d'ongles et de longues dents ; Hormisdas, complété par Saarbar, devenait un persécuteur habile, réfléchi, préparant son œuvre prudemment, secrètement, sûrement : c'est que derrière lui se tenait un conseil toujours prêt, une intelligence mise au service d'instincts implacables. — Le regard échangé entre ces deux hommes dut leur révéler encore combien l'horrible communion qui les liait à la même œuvre était intime et profonde. Le double éclair qui s'alluma dans leurs yeux et en jaillit porta au fond de ces âmes une pensée tellement semblable que leurs lèvres s'ouvrirent à la fois pour dire : Je comprends ; et Saarbar, tirant ses tablettes, y traça rapidement quelques lignes, les présenta au roi, qui les parcourut, et les rendit avec un sourire au ministre :

— C'est bien, dit-il ; exécutez.

Sur un signe, le capitaine des gardes s'avança. Les tablettes lui furent remises par le favori avec ces mots :

— A cette nuit.

Le vétéran s'inclina, passa l'écrit dans sa ceinture et rejoignit l'escorte. Ces lignes étaient l'ordre de séparer Roxane et Améria. On pensait qu'il ne serait pas sans profit d'abattre ces natures, de les briser par la douleur, avant d'ouvrir un interrogatoire, que la conduite du frère de Bindoës venait de rendre important ; on sentait qu'on avait mis la main sur un secret ; il fallait voir au fond, et, pour cela, menacer, faire peur. Iso-

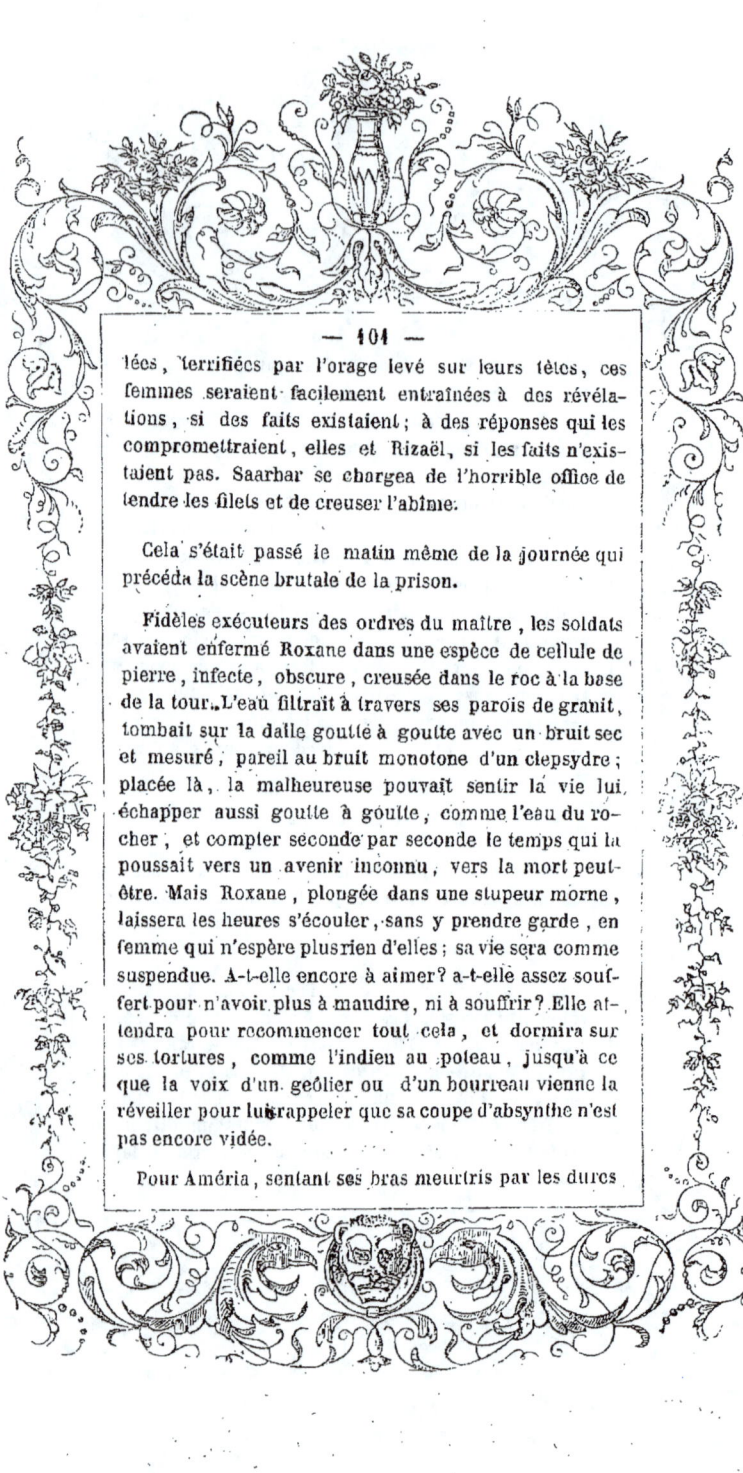

lées, terrifiées par l'orage levé sur leurs têtes, ces femmes seraient facilement entraînées à des révélations, si des faits existaient; à des réponses qui les compromettraient, elles et Rizaël, si les faits n'existaient pas. Saarbar se chargea de l'horrible office de tendre les filets et de creuser l'abîme.

Cela s'était passé le matin même de la journée qui précéda la scène brutale de la prison.

Fidèles exécuteurs des ordres du maître, les soldats avaient enfermé Roxane dans une espèce de cellule de pierre, infecte, obscure, creusée dans le roc à la base de la tour. L'eau filtrait à travers ses parois de granit, tombait sur la dalle goutte à goutte avec un bruit sec et mesuré, pareil au bruit monotone d'un clepsydre; placée là, la malheureuse pouvait sentir la vie lui échapper aussi goutte à goutte, comme l'eau du rocher, et compter seconde par seconde le temps qui la poussait vers un avenir inconnu, vers la mort peut-être. Mais Roxane, plongée dans une stupeur morne, laissera les heures s'écouler, sans y prendre garde, en femme qui n'espère plus rien d'elles; sa vie sera comme suspendue. A-t-elle encore à aimer? a-t-elle assez souffert pour n'avoir plus à maudire, ni à souffrir? Elle attendra pour recommencer tout cela, et dormira sur ses tortures, comme l'indien au poteau, jusqu'à ce que la voix d'un geôlier ou d'un bourreau vienne la réveiller pour lui rappeler que sa coupe d'absynthe n'est pas encore vidée.

Pour Améria, sentant ses bras meurtris par les dures

mains des geôliers, voyant sur sa tête briller les épées
nues, elle avait caché son visage et perdu le sentiment
de ce qui se faisait. Lorsque la jeune fille sortit de cet
état, elle était assise sur un banc, au sein d'une salle
immense. En promenant ses regards autour d'elle, il
lui sembla que ses noires murailles s'éloignaient effacées à demi derrière un voile de vapeurs, comme les
formes de l'horizon quand, à la nuit, monte le brouil-
lard des lacs. L'air épais, que la poitrine respirait mal,
était traversé par les rouges lueurs d'une torche fu-
meuse placée au milieu d'une double rangée de bancs
semblables au sien. Devant, une vingtaine d'hommes
à droite; quelques femmes voilées, à gauche. Tous
étaient à genoux ; et les clartés indécises, tombant sur
ces fronts inclinés, donnaient à ce spectacle un caractère étrange, inouï. Améria crut rêver. Soudain, à
l'une des extrémités, une voix s'éleva : c'était une parole grave et douce dont l'écho allait se perdre, en notes solennelles, sous les voûtes et dans les angles de la
vaste enceinte.

Elle disait :

« Inclinez votre oreille, Seigneur; que notre voix
» s'élève jusqu'à vous ; sauvez-nous au jour du dan-
» ger. Que la droite du Très-Haut s'étende et couvre
» son peuple, Israël garde son espérance en lui; car il
» est grand, il opère des prodiges, et seul il est Dieu.

» Voilà que les superbes se sont levés, et l'assemblée
» des forts a conjuré notre perte.

» Les nations ont frémi ; les rois de la terre ont armé leurs mains contre le Seigneur et contre son Christ.

» Ils se sont écriés :

» Brisons le joug et le rejetons loin de nous ; frappons le serviteur avec le fouet et le bâton , et que nos glaives soient tirés du fourreau.

» Mais celui qui habite dans les cieux se rira de leurs pensées ; il leur parlera dans sa colère et confondra ces efforts impies.

» Car le Seigneur a dit : Tu es mon fils , je t'ai engendré d'aujourd'hui ; les nations seront ton héritage, la terre sera ton empire ; tu les briseras avec un sceptre de fer, tu les réduiras en poussière comme un vase d'argile.

» C'est pour cela , mon Dieu , que votre peuple n'a pas craint la menace des puissants, ni les embûches que ses ennemis lui tendaient durant les ténèbres.

» Mais il a élevé ses mains et son cœur vers vous, et une voix sortant de la montagne a fortifié son espérance.

» Elle disait :

» Mes yeux sont ouverts sur ceux qui me craignent, sur ceux qui mettent leur foi dans ma justice, et se confient en ma miséricorde. Voilà que je me suis levé dans ma force, et je les délivrerai de la mort.

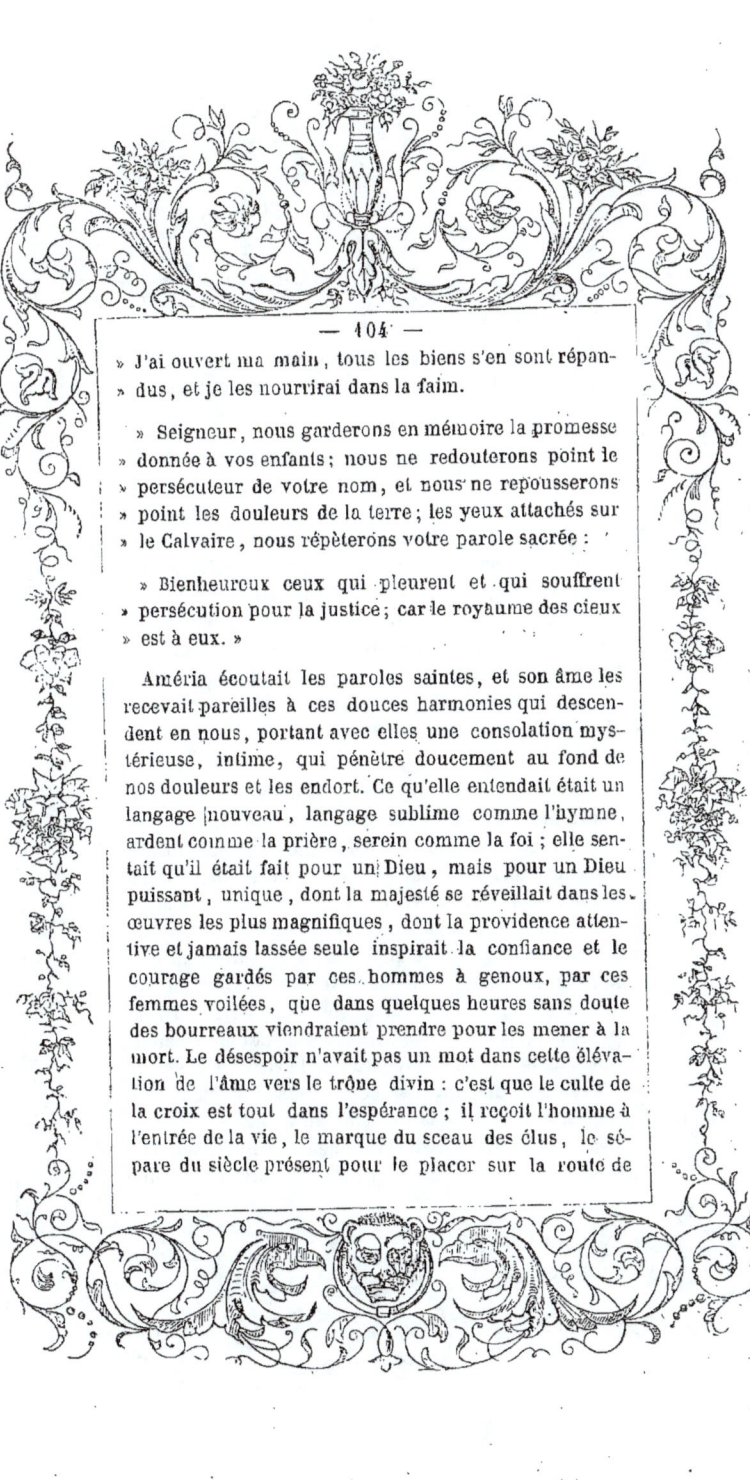

» J'ai ouvert ma main, tous les biens s'en sont répan-
» dus, et je les nourrirai dans la faim.

» Seigneur, nous garderons en mémoire la promesse
» donnée à vos enfants; nous ne redouterons point le
» persécuteur de votre nom, et nous ne repousserons
» point les douleurs de la terre; les yeux attachés sur
» le Calvaire, nous répèterons votre parole sacrée :

» Bienheureux ceux qui pleurent et qui souffrent
» persécution pour la justice; car le royaume des cieux
» est à eux. »

Améria écoutait les paroles saintes, et son âme les
recevait pareilles à ces douces harmonies qui descendent en nous, portant avec elles une consolation mystérieuse, intime, qui pénètre doucement au fond de
nos douleurs et les endort. Ce qu'elle entendait était un
langage nouveau, langage sublime comme l'hymne,
ardent comme la prière, serein comme la foi ; elle sentait qu'il était fait pour un Dieu, mais pour un Dieu
puissant, unique, dont la majesté se réveillait dans les
œuvres les plus magnifiques, dont la providence attentive et jamais lassée seule inspirait la confiance et le
courage gardés par ces hommes à genoux, par ces
femmes voilées, que dans quelques heures sans doute
des bourreaux viendraient prendre pour les mener à la
mort. Le désespoir n'avait pas un mot dans cette éléva-
tion de l'âme vers le trône divin : c'est que le culte de
la croix est tout dans l'espérance ; il reçoit l'homme à
l'entrée de la vie, le marque du sceau des élus, le sépare du siècle présent pour le placer sur la route de

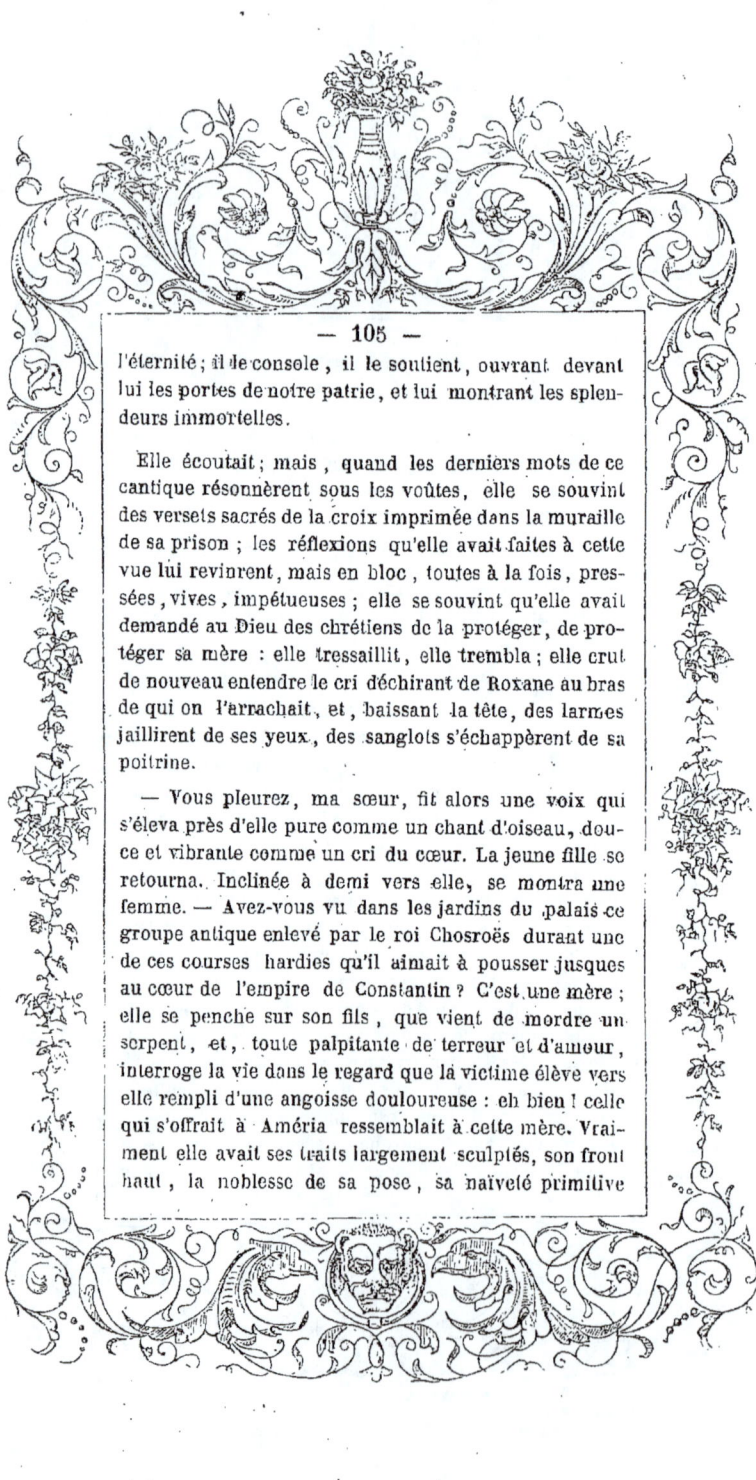

l'éternité ; il le console , il le soutient, ouvrant devant
lui les portes de notre patrie, et lui montrant les splendeurs immortelles.

Elle écoutait ; mais , quand les derniers mots de ce
cantique résonnèrent sous les voûtes, elle se souvint
des versets sacrés de la croix imprimée dans la muraille
de sa prison ; les réflexions qu'elle avait faites à cette
vue lui revinrent, mais en bloc , toutes à la fois, pressées , vives, impétueuses ; elle se souvint qu'elle avait
demandé au Dieu des chrétiens de la protéger, de protéger sa mère : elle tressaillit, elle trembla ; elle crut
de nouveau entendre le cri déchirant de Roxane au bras
de qui on l'arrachait, et , baissant la tête, des larmes
jaillirent de ses yeux , des sanglots s'échappèrent de sa
poitrine.

— Vous pleurez, ma sœur, fit alors une voix qui
s'éleva près d'elle pure comme un chant d'oiseau, douce et vibrante comme un cri du cœur. La jeune fille se
retourna. Inclinée à demi vers elle, se montra une
femme. — Avez-vous vu dans les jardins du palais ce
groupe antique enlevé par le roi Chosroës durant une
de ces courses hardies qu'il aimait à pousser jusques
au cœur de l'empire de Constantin ? C'est une mère ;
elle se penche sur son fils , que vient de mordre un
serpent, et , toute palpitante de terreur et d'amour,
interroge la vie dans le regard que la victime élève vers
elle rempli d'une angoisse douloureuse : eh bien ! celle
qui s'offrait à Améria ressemblait à cette mère. Vraiment elle avait ses traits largement sculptés, son front
haut, la noblesse de sa pose, sa naïveté primitive

d'expression ; et n'eût été le jour céleste que le regard des yeux bleus répandait comme un rayon sur les contours du visage, n'eussent été de longs cils noirs attachés aux paupières, ainsi qu'une frange de soie, surtout cette transparence indescriptible du teint, que seule peut donner la vie et que le statuaire ne reproduira jamais, s'appelât-il Praxitèle ou Phidias, on l'eût prise pour l'image de marbre, tant les lignes étaient pures, tant les tons étaient blancs.

La captive regardait ; ses lèvres restaient muettes, ses yeux immobiles, ses bras tombants. Quelle était cette vision radieuse, apparue au milieu de ces ténèbres ? Était-ce une voix de la terre qui avait parlé ? faisait-elle un rêve depuis deux heures ? Elle leva une main et la porta à son front.

— Ma sœur, répéta la même voix, toujours douce, toujours pénétrante. Ce nom fit tressaillir la jeune fille. Son cœur respira moins oppressé. Ma sœur ! cela ne voulait-il pas dire qu'elle n'était pas seule ici pour souffrir ; qu'il y avait des cœurs pour comprendre son cœur ? Elle, qui s'était crue pour jamais orpheline, retrouvait donc une famille, puisque son oreille entendait un nom si cher, si doux. Ne renferme-t-il pas en effet tout un poème de tendresse dévouée, de soins ardents, de consolations pures et sereines ? et l'être à qui nous le donnons n'est-il pas convié au partage de notre amour et de notre vie ?

— Qui m'appelle ainsi ? fit Améria ; qui veut aimer l'enfant arraché des bras de sa mère ?

— C'est moi qui suis votre sœur; et ces femmes aussi sont vos sœurs, et ces hommes sont vos frères, dit l'inconnue, désignant à droite et à gauche l'assemblée à genoux. N'êtes-vous pas proscrite, malheureuse? et, puisque l'on n'enferme ici que des chrétiens, ne sommes-nous pas unies par la même foi, la même communion?

— Oui, proscrite; oui, malheureuse; mais chrétienne... La jeune fille s'arrêta : un sanglot souleva sa poitrine.

— Vous souffrez!

— Je ne le suis pas, continua-t-elle avec effort.

Une impression de surprise passa comme un voile sur le front de la femme. Son regard rencontra les bracelets d'or que portait Améria.

— Mais pourquoi votre captivité alors? le monde n'a que des fleurs pour celles qui, riches et belles, marchent dans ses voies, et la main des puissants ne se lève point contre elles.

— La main des puissants se lève contre les familles dont le chef est coupable envers eux, répondit la fille de Roxane.

— Qui donc êtes-vous?

— Améria, et Varame est mon frère.

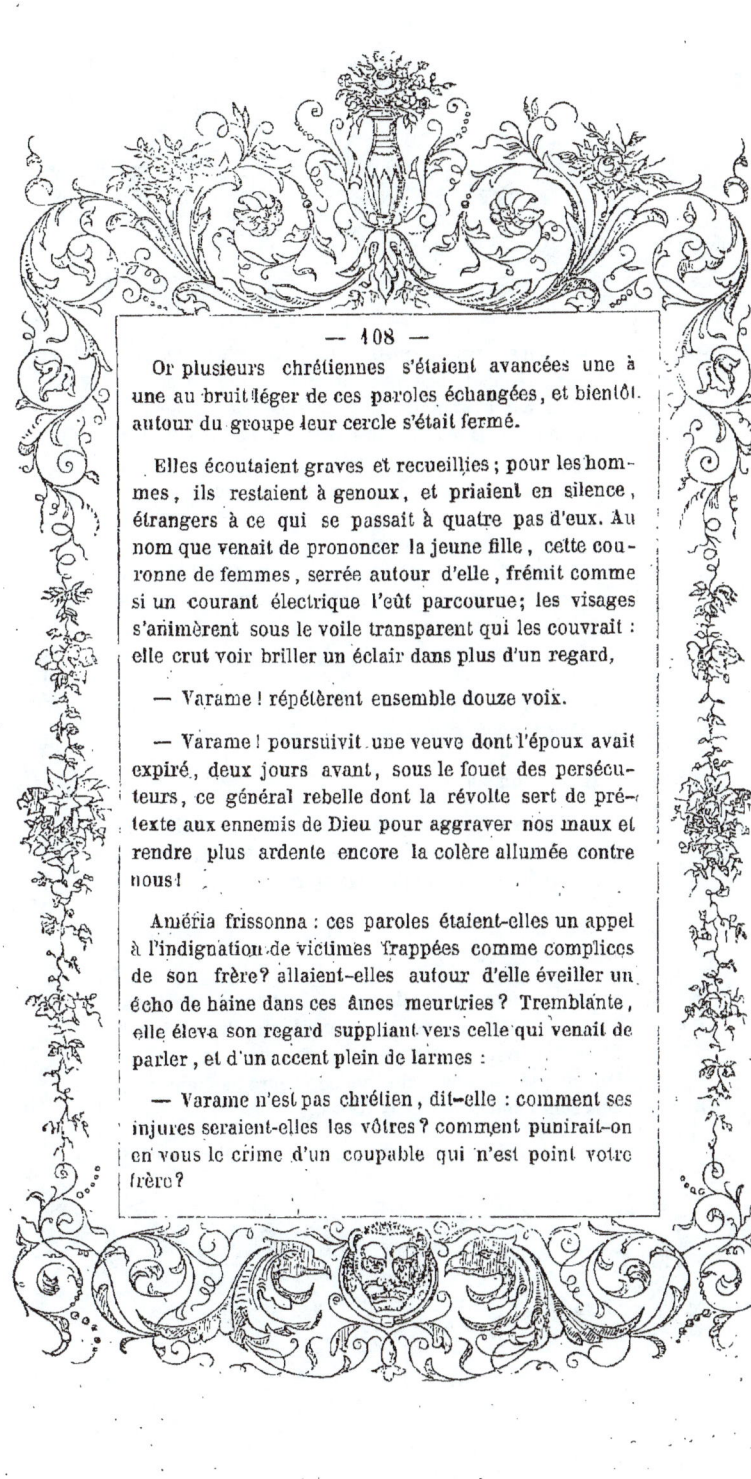

Or plusieurs chrétiennes s'étaient avancées une à une au bruit léger de ces paroles échangées, et bientôt autour du groupe leur cercle s'était fermé.

Elles écoutaient graves et recueillies ; pour les hommes, ils restaient à genoux, et priaient en silence, étrangers à ce qui se passait à quatre pas d'eux. Au nom que venait de prononcer la jeune fille, cette couronne de femmes, serrée autour d'elle, frémit comme si un courant électrique l'eût parcourue ; les visages s'animèrent sous le voile transparent qui les couvrait : elle crut voir briller un éclair dans plus d'un regard.

— Varame ! répétèrent ensemble douze voix.

— Varame ! poursuivit une veuve dont l'époux avait expiré, deux jours avant, sous le fouet des persécuteurs, ce général rebelle dont la révolte sert de prétexte aux ennemis de Dieu pour aggraver nos maux et rendre plus ardente encore la colère allumée contre nous !

Améria frissonna : ces paroles étaient-elles un appel à l'indignation de victimes frappées comme complices de son frère ? allaient-elles autour d'elle éveiller un écho de haine dans ces âmes meurtries ? Tremblante, elle éleva son regard suppliant vers celle qui venait de parler, et d'un accent plein de larmes :

— Varame n'est pas chrétien, dit-elle : comment ses injures seraient-elles les vôtres ? comment punirait-on en vous le crime d'un coupable qui n'est point votre frère ?

— Ce n'est pas la justice que recherchent les mé-
chants, répondit une autre femme vieillie au service
du Seigneur et remplie de la science que donnent les
longs jours : ils ont fait du Christ un homme de douleurs, et pourtant ils n'avaient pu le convaincre d'a-
voir pratiqué le mal. Mais ne craignez point, nul ici
n'oubliera le titre que vous a donné une de nos compagnes; car nos peines ne sont pas comme celles qui
n'ont point d'espoir, et les disciples du Crucifié igno-
rent la vengeance. Soit loué le Seigneur! soit béni le
jour où il nous envoie un malheur à consoler! oui,
Améria, soyez notre sœur.

— Soyez notre sœur, répéta la veuve, et toutes les
bouches le répétèrent avec elle.

Il se fit un silence.

— Voulez-vous, dit celle qui la première avait salué
la captive de ce nom, voulez-vous, Améria, être la
compagne d'une servante de la croix ?

L'enfant leva sur elle de grands yeux où brillait la
reconnaissance.

— Voulez-vous, continua la chrétienne, partager
avec elle les douleurs et les amertumes de la prison ?
Et si la délivrance vient pour vous rendre au soleil et
à la liberté, si pour moi sonne l'heure de monter où
déjà sont montés mes deux frères...

— Mais vous ne mourrez pas, interrompit vivement

Améria : parlez-moi aussi de votre délivrance ; car le ciel ne peut vouloir que vous soyez immolée.

— Et c'est d'une délivrance que je parle : le martyre est la plus glorieuse de toutes. Acceptez-vous, en échange de votre souvenir, la prière que nous dirons là-haut, pour que notre Dieu vous éclaire ?

— Je l'accepte, répondit Améria avec des larmes dans la voix ; et, pressant dans ses mains tremblantes les mains de sa nouvelle amie, après une pose, elle reprit : J'ai déjà prié devant une croix, j'ai déjà demandé à votre Dieu de me sauver.

— Vous avez prié devant une croix ! fit la chrétienne avec un sourire d'ange et couvrant la jeune fille d'un regard qui l'enveloppa comme un rayon de pure et tiède lumière ; vous croyez donc à la croix : ma sœur, vous êtes bénie, et sur vous la grâce d'en haut est descendue.

— Il y a long-temps que mon âme sent une voix secrète parler en elle, que la vue du ciel me fait rêver, que la pensée de vos frères qui meurent en pardonnant fait jaillir des larmes de mon cœur.

— Ne pleurez pas en voyant la tombe que le siècle a fermée sur les morts qui dorment dans le Seigneur, car ceux-là sont bienheureux. Les martyrs pourraient-ils maudire le bras qui leur donne une immortelle couronne en échange des misères et des tristesses d'ici-bas ? les disciples du Christ oublieraient-ils la parole et l'exemple du maître ? Non. Le Seigneur, sur les cimes du

Golgotha, a prié pour les malheureux qui percèrent ses
pieds et ses mains de longs clous ; pour ceux qui char-
gèrent sont front d'un douloureux diadême d'épines ;
pour ceux qui déchirèrent sa chair sous le fouet, et qui,
joignant aux plaies du corps l'outrage, cette plaie qui
fait saigner l'âme, fléchirent devant lui les genoux en
branlant la tête, et saluèrent sa royauté de leurs raille-
ries amères. Et puis le jour où, glorieux, il prit son
essor et monta à la droite du Père, il ne promit pas à
ses enfants des astres sans nuages, une terre couverte
de fruits et de fleurs : l'œil humain n'est point fait ici
pour les pures clartés ; à l'éclat de notre soleil toujours
un peu d'ombre se mêle, et Dieu, voilé dans sa propre
splendeur, ne se révèle qu'à travers la nuit et le mystère au cœur simple qui cherche la justice et la vérité ;
mais quand l'exil est fini, quand se montrent les plages
de la patrie, il n'y a plus que joie et bonheur. Ne pleurez pas sur les martyrs, continua la chrétienne avec
exaltation, vous n'avez pas entendu les cantiques de
leurs frères, qui les convient à prendre leur part dans
la gloire : le martyr, à l'heure suprême, les entend : il
voit les grandeurs radieuses du ciel, et les harmonies
qui se font dans son âme sont plus suaves que celles de
la brise embaumée du soir dans les palmiers. Pour le
martyr la mort est belle ; c'est une amie, car elle tient
les clefs du séjour de la lumière, de la vie vivante et
vraie ; elle lui donne les ailes de la colombe, et il s'en-
vole loin de la terre ténébreuse dont le vent donne froid
au cœur. Vous voyez bien que ces jeunes hommes, que
ces vieillards, que ces vierges sur qui vous pleurez

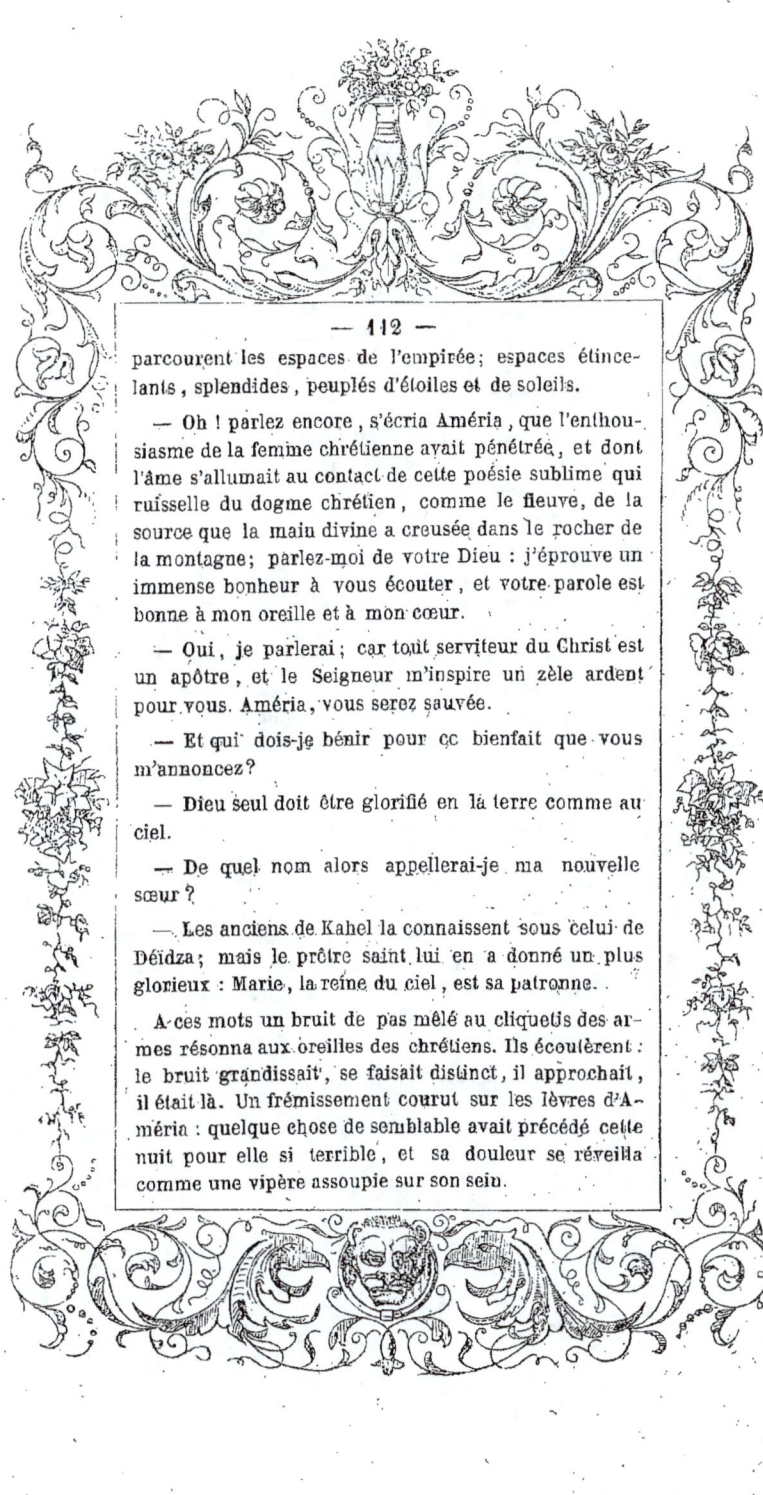

parcourent les espaces de l'empirée; espaces étincelants, splendides, peuplés d'étoiles et de soleils.

— Oh ! parlez encore, s'écria Améria, que l'enthousiasme de la femme chrétienne avait pénétrée, et dont
l'âme s'allumait au contact de cette poésie sublime qui
ruisselle du dogme chrétien, comme le fleuve, de la
source que la main divine a creusée dans le rocher de
la montagne; parlez-moi de votre Dieu : j'éprouve un
immense bonheur à vous écouter, et votre parole est
bonne à mon oreille et à mon cœur.

— Oui, je parlerai; car tout serviteur du Christ est
un apôtre, et le Seigneur m'inspire un zèle ardent
pour vous. Améria, vous serez sauvée.

— Et qui dois-je bénir pour ce bienfait que vous
m'annoncez?

— Dieu seul doit être glorifié en la terre comme au
ciel.

— De quel nom alors appellerai-je ma nouvelle
sœur ?

— Les anciens de Kahel la connaissent sous celui de
Déïdza; mais le prêtre saint lui en a donné un plus
glorieux : Marie, la reine du ciel, est sa patronne.

A ces mots un bruit de pas mêlé au cliquetis des armes résonna aux oreilles des chrétiens. Ils écoutèrent :
le bruit grandissait, se faisait distinct, il approchait,
il était là. Un frémissement courut sur les lèvres d'A-
méria : quelque chose de semblable avait précédé cette
nuit pour elle si terrible, et sa douleur se réveilla
comme une vipère assoupie sur son sein.

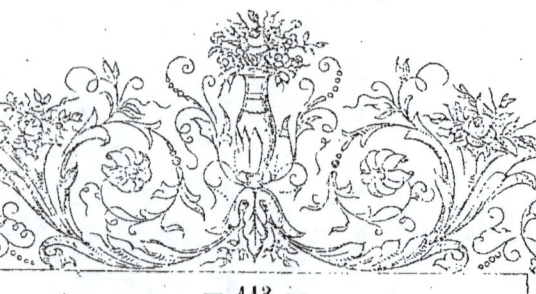

— Que va-t-il se passer encore? fit-elle en se serrant contre sa compagne.

— Je ne sais, répondit celle-ci; puis élevant les yeux au ciel et croisant les bras sur sa poitrine : Seigneur, nous sommes vos enfants, dit-elle; soyez le refuge et la force de ceux qui espèrent en vous.

La porte s'ouvrit.

Un reflet jaune pénétra dans l'intérieur de cette vaste salle, ou plutôt de ce sépulcre peuplé de victimes vivantes, dont la torche qui brûlait au milieu était le soleil. Depuis quand étaient là ces chrétiens? à quels moments le jour avait-il lui, la nuit était-elle descendue? Ils ne le savaient plus; car ici les ténèbres étaient éternelles, et ceux que l'on y tenait séquestrés du monde et de la vie n'avaient pour y mesurer le temps que les battements de leur cœur. Aussi bien cette lueur misérable, terne, tombée là comme à regret, fit-elle dilater les poitrines. Il était donc jour là-haut; sans doute il y avait un air frais et pur inondé des flots d'une lumière d'or, traversé par la brise embaumée des parfums de cette riche nature d'Orient, tout émaillée de fleurs, toute plantée de cèdres et de palmiers.

Déïdza se tourna vers la fille de Roxane :

— Notre heure a sonné, dit-elle.

Elle vit la captive chanceler, une pâleur d'ivoire s'étendre comme un voile sur ses traits, et la terreur passer en légers frissons dans sa chair; tandis que son regard fixe, immobile, était rempli de ces reflets bleus que donne l'horreur.

Elle la soutint doucement appuyée sur son bras.

— Améria, le ciel vous aime, disait-elle avec une voix si pure d'harmonie qu'elle semblait un écho de la harpe des anges; croyez en lui, il fortifiera votre courage.

— Voyez, répondit la jeune fille, et sa main se levait avec effort vers l'entrée.

Déïdza regarda.

Dans le cadre de la porte ouverte venait d'apparaître une double haie de gardes échelonnés sur les marches de l'escalier qui descendait à l'enceinte souterraine. Un vétéran à longue barbe, baudrier noir aux clous d'argent, la tête couverte du turban aux franges rouges, se dressait sur les degrés avec sa taille de sept coudées, son visage impassible et plein d'une dureté froide : c'était celui qui avait séparé la mère et l'enfant, c'était le gouverneur de la tour. Et par-devant, sur le seuil, trois hommes : deux s'étaient placés face à face et l'épée nue : le troisième, vêtu d'une longue robe, prit place au milieu ; il tenait un gros livre fermé par des agrafes de fer : c'était le registre des prisons, livre redoutable où chaque mot était un nom, où chaque nom était celui d'une victime, celles d'hier, celles de demain. Être inscrit sur ces pages était déjà être retranché de la vie : rien à dire, rien à espérer ; à peine une vaine formule de jugement, et vous passiez au cachot, du cachot au bourreau. Celui qui le portait pressa le ressort de son double fermoir, et les pesantes pages s'abattirent sur la main qui les soutenait ouvertes, au feuillet même où les persécuteurs avaient inscrit les victimes du jour ; à droite et à gauche les claviers de fer, en s'ouvrant, heurtèrent la couverture et rendirent un son lugubre comme celui d'une hâche qui tombe. Il y avait bien des morts, juste ciel ! car la fatale liste avait couvert les deux tiers de l'énorme livre.

Alors une voix brève, métallique, s'éleva ; elle disait :

— Le jour de la punition est venu : hommes rebelles aux décrets du roi, ennemis du dieu qu'adore la patrie, vous allez comparaître devant votre juge.

Et voilà qu'un autre s'avança et vint prendre place à côte du premier ; il marchait vêtu d'une longue tunique de lin, par-dessus était jeté un manteau dont les plis larges et flottants retombaient jusque sur les dalles, et sa tête, couverte d'un voile, était serrée par un cordon de pourpre. Il éleva le sceptre d'or qu'il tenait à la main, et, promenant ses regards sur l'assemblée, il dit.

— Que chacun entre dans sa conscience. Si l'esprit du bien ne l'a jamais déserté, qu'il se repente et tombe à genoux : l'heure du pardon n'est pas encore passée.
— Y a-t-il ici quelqu'un qui veuille adorer la Soleil

dieu de lumière qui préside au monde et lui donne la vie et la fécondité ?

Pas le plus léger bruit ne s'éleva des rangs des chrétiens, qui se tenaient debout, immobiles.

— Y a-t-il ici quelqu'un qui cesse sa révolte aux ordres du roi et s'humilie pour implorer grâce ?

Même silence.

Y a-t-il ici quelqu'un ayant pitié de lui-même et qui veuille recouvrer ses biens et garder sa vie ?

Quelques pas se firent entendre : un homme sortait des rangs des chrétiens, qui se regardèrent étonnés, silencieux ; cet homme était un vieillard aux cheveux blancs ; son visage énergique et pâle avait les traits fins et réguliers des profils grecs ; sa taille, légèrement voûtée, se dressait à mesure qu'il approchait des persécuteurs , et sa marche, d'abord lourde, lente, se raffermissait et devenait fière comme celle d'un jeune homme.

Qu'allait-il faire ? Chacun dans sa pensée se souvenait et attendait, car ce n'était pas là un persécuté vulgaire. Celui qui se présentait ainsi aux envoyés d'Hormidas n'était point né dans le cabane du pauvre, ou sous le toit simple et modeste d'un plébéien ; son premier cri jeté sous la voûte dorée d'un palais, avait fait tressaillir de joie un père glorieux de trente années de services militaires, issu du sang des Achéménides et satrape de de la Perside. Héritier d'une aussi brillante fortune,

Suanès n'avait pas craint de la perdre avec son laurier
d'or de gouverneur, en ouvrant son cœur à la parole
que de courageux apôtres enseignaient : il s'était fait
disciple du Christ ; et, quand les colères des adorateurs du feu avaient grondé sur sa tête, il était resté
calme, inébranlable dans la foi embrassée. — J'ai vu
la lumière, avait-il dit, je ne sortirai point de ses voies ;
tombent sur moi le malheur et la misère : les plaies de
ce monde n'atteignent point l'âme. — Et le malheur
était venu : ses enfants avaient été arrachés au seuil
paternel, sa femme livrée aux embrassements d'un de
ses esclaves le plus pervers et son dénonciateur ; et la
misère était venue : pendant qu'un misérable s'asseyait
maître de ses palais, de ses terres, de ses trésors, lui,
dépouillé de ses honneurs, pauvre jusqu'à avoir faim,
jusqu'à laisser exposés aux injures de l'air ses membres
de vieillard, que couvrait mal un lambeau de toile
qu'une pitié insultante lui avait laissé, il s'en était allé
par les campagnes et les sentiers solitaires, souffrant et
bénissant le Dieu que bénissait Job. Dix années avaient
ainsi passé. Or il y avait cinq jours que le roi, sur la
grande place du palais, parcourant les lignes des soldats qu'il envoyait contre Varame, avait aperçu assis
sur une borne, à l'angle de sa demeure royale, un
homme dont le visage noble et beau était brûlé par le
soleil, couvert de poussière et ruisselant de sueur. —
Quelle misère ! mais quelle fierté ! avait-il dit. — Prince,
vous avez sous les yeux un malheureux que sa résistance
à vos ordres a seule perdu. — Quel est-il ? — Suanès.
— Vraiment ! j'ai gardé mémoire de cette âpre et rude
volonté... Peut-être l'épreuve l'aura rendu plus souple,

fit-il en jouant avec les glands d'or de sa ceinture.
Qu'on le présente aujourd'hui à notre audience royale.
— Et il passa. Suanès fut amené au pied du trône :
— Je pardonne, dit Hormisdas ; revêtez cette robe de
pourpre : c'est l'habit que portait votre père, l'habit
que vous portiez vous-même ; reprenez votre vie
heureuse au milieu des grandeurs et de l'éclat de ma
cour ; soyez mon serviteur, et renoncez au fils du charpentier. Mais l'héroïque chrétien mit en lambeaux la
tunique.

- Le fils du charpentier est le Dieu du ciel et de
la terre ; il viendra en son heure sur les nuées pour
juger les sujets et les rois. Gardez votre présent,
gardez vos richesses ; je ne regrette pas celles que
j'ai perdues. Seigneur, à quatre-vingts ans, Suanès
ne rachètera pas des biens d'un jour au prix de
la plus honteuse des félonies, la félonie envers son
Dieu.

— Qu'il soit mis aux fers ! s'était écrié le tyran avec
rage. Et le martyr a été mis aux fers.

Voilà ce dont les chrétiens se souvenaient. Une inquiète attente se lisait sur les visages ; quelques-uns
même disaient dans leur cœur :

... Dieu du Calvaire, ne permettez pas que tant de
courageux sacrifices soient perdus. Peut-être ce vieillard est-il las des tourments de la misère, peut-être la
mort lui fait-elle peur ; soyez sa force, et son conseil.

Ainsi pensaient-ils, car ils sentaient que l'épreuve fatale venait de sonner, et que déjà l'ange
de la dernière heure les couvrait de ses ailes ; mais
lui :

— L'homme qui viole la loi du prince est livré à
la captivité et au bourreau ; l'homme qui viole la loi
de Dieu, créateur du ciel et de la terre, seul Seigneur,
seul saint, seul éternel, est puni d'un châtiment qui
ne finira point, là où le feu qui consume ne s'éteint
pas, où le ver qui ronge ne meurt pas, où habi-
tent les pleurs et les grincements de dents. Allez dire
à ceux qui vous envoient ici que vous y avez cherché des lâches, et que vous n'y avez trouvé que de
loyaux disciples de la Croix. Que parlez-vous d'honneurs et de trésors ? Y a-t-il un être assez insensé
pour préférer un caillou à un diamant ? Nul ici ne
choisira des biens misérables, au mépris des splendeurs immortelles.

— Et vous persévérez dans votre crime ?

— Je ne sais plus fléchir le genoux que devant le
Crucifié !

— Et tous partagent votre révolte ?

Trente-deux mains s'étendirent en signe d'adhé-
sion.

— Tombent alors sur vous la misère et la
mort !

Ces dernières paroles, accentuées avec une voix

gonflée par la menace, allèrent se répéter, pareilles
à un éclat de la foudre, dans les profondeurs de la vaste
enceinte et sous les voûtes des galeries souterraines,
où elles se perdirent ; mais sur le front des chrétiens
ne passa aucun signe de terreur : à les voir calmes,
immobiles, l'œil serein, on eût pu les prendre pour
des hommes qui attendent l'heure de marcher à une
fête dont ils doivent être la joie ; nul n'aurait dit
qu'ils allaient mourir.

Alors celui qui tenait le registre de la prison, élevant la voix, commença l'appel des chrétiens. Le premier dont le nom tomba de ses lèvres fatales fut Silas.
C'était un jeune homme de vingt-trois ans avec des
yeux noirs, un front pâle ; son visage avait ces tons
chauds aux reflets dorés qui témoignent de l'énergie de
l'âme plus encore que de la vigueur du corps. Hardi
chasseur des montagnes de l'Arménie, il aimait, armé
de l'arbalète, à poursuivre le chamois sur les crêtes éle-
vées ; et tout ignorant des molles joies et des plaisirs
fiévreux que préparent les villes, il n'avait encore souri
qu'aux charmes paisibles du foyer, il n'avait encore
ouvert son sein qu'aux primitifs et sublimes transports
qu'éveille la vue d'un beau ciel ou d'une majestueuse
nature.

— Adieu, frères, dit-il en se tournant vers les chrétiens ; puis il avança d'un pas ferme vers les gardes.
Soudain une impression étrange passa comme une
flamme sur son visage ; il parut hésiter. Pourquoi s'arrêter ainsi, se souvenait-il de la terre sauvage où il

était né ? regrettait-il ces rochers élancés comme des
obélisques, ou suspendus sur l'abîme creusé par le
torrent, comme l'arceau d'un pont brisé au milieu de
la vallée ? à coté de sa demeure avait-il laissé, sous un
toit ami abrité par le grand cèdre, une de ces affections
saintes et chères au cœur d'un jeune homme et vers
laquelle il reportait un soupir en échange d'un espoir
envolé ? Aucune de ces pensées n'a troublé le généreux
martyr. Mais n'avez-vous pas entendu le nom qui vient
d'être appelé à la suite du sien ? Baalah, a-t-on dit ;
et ce nom a fait au cœur de Silas comme une impression de froid. Baalah, c'est sa sœur ; c'est l'ange qui
venait le soir prendre place à côté de lui sur la
mousse de la colline et lui parler d'espérance et de
Dieu. Sa vieille mère n'avait qu'elle pour consoler sa
solitude quand il s'en allait, lui, pour les courses aventureuses ; et s'il partit, il y a douze journées à peine,
s'il vint à la cité royale, c'était pour y chercher cette
sœur, cette fille qu'un pieux devoir avait appelée ici,
et la ramener au foyer de famille. Arrêté comme émissaire secret de Varame, il avait dit les désirs de sa mère
et nommé Baalah.

— Baalah ! s'était écrié le valet de tyrannie en l'enveloppant dans un regard de sanglante joie, Baalah ! ce
nom est inscrit sur ces tablettes par une main qui ne se
trompe jamais. N'est-ce pas une jeune fille venue du
fond des provinces pour recueillir le dernier souffle et
l'héritage d'un riche vieillard frère de Géthira, et qui
avait déjà follement dépensé les deux tiers de ses trésors
à payer les adorateurs du Galiléen ? Tu l'adores aussi
peut-être.

— Il est vrai.

— Qu'on s'assure de lui et de cette fille. La justice du roi en décidera.

Et c'était au fond d'une prison que tous deux avaient échangé le baiser du revoir. Hélas ! la malheureuse mère qui attend au fond de la vallée d'Arménie espèrera long-temps l'heure du retour, et lorsqu'elle tressaillira au bruit qui passera sur le seuil, ce ne sera pas à ses enfants qu'elle ouvrira.

Silas se retourna, et vit la jeune fille, pour qui ses compagnes priaient, quitter leurs rangs et s'avancer presque en souriant vers lui. La vue de ce courage le fortifia, et, se prenant la main, ensemble ils marchèrent vers les soldats, qui firent cercle autour d'eux.

— Qu'ills soient menés au juge, dit l'homme au sceptre d'or.

— Ils passèrent et disparurent au milieu de la double haie de vétérans debout sur les degrés. Huit minutes environ s'écoulèrent ; pas un bruit, si ce n'est le murmure léger de la prière qui montait doucement sous l'épaisse voûte, pareille au frémissement de la brise dans les feuilles du cèdre par une belle nuit d'Orient. On priait attendant le nom qui allait être prononcé ; quel serait-il ? Les frères se pressaient la main en silence ; là-bas une mère tenait sa fille enlacée, et la couvrait de larmes muettes. Améria regardait et sentait son cœur serré, comme si un gantelet de fer l'avait meurtri.

Les gardes reparurent.

Deux noms retentirent, deux victimes se présentèrent à droite et à gauche : cette fois c'étaient l'époux et l'épouse. Les persécuteurs aimaient à réunir ainsi deux existences qui s'aimaient sur un lit commun de tortures, afin que la vue des souffrances de celui-là fût pour celle-ci un désespoir de plus ; pour l'un et l'autre une cause de faiblesse et d'apostasie.

Nos martyrs furent emmenés.

Huit minutes encore, les gardes étaient de retour attendant déjà.

La justice des persécuteurs se faisait expéditive.

Chaque fois que l'appel sinistre reprenait, deux noms tombaient dans le silence, deux vies dans l'éternité. Puis un repos, puis deux noms encore : l'appel redoutable retentit seize fois ! Tous étaient partis ; Déïdza aussi avait suivi le chemin où l'avaient précédée ses frères.

Elle n'avait point dit adieu à la fille de Roxane, mais : Au revoir ; je prie pour vous.

Enfin Améria fut appelée. L'enfant, restée seule au milieu de cette vaste salle qu'une colère impie avait dépeuplée, sentit peu à peu ce qui lui restait de courage l'abandonner, et lorsque son tour fut venu, les soldats durent la prendre presque sans connaissance : elle s'était affaissée à côté du banc de bois, et sur tout son corps avait passé un vent glacé comme celui des tombeaux.

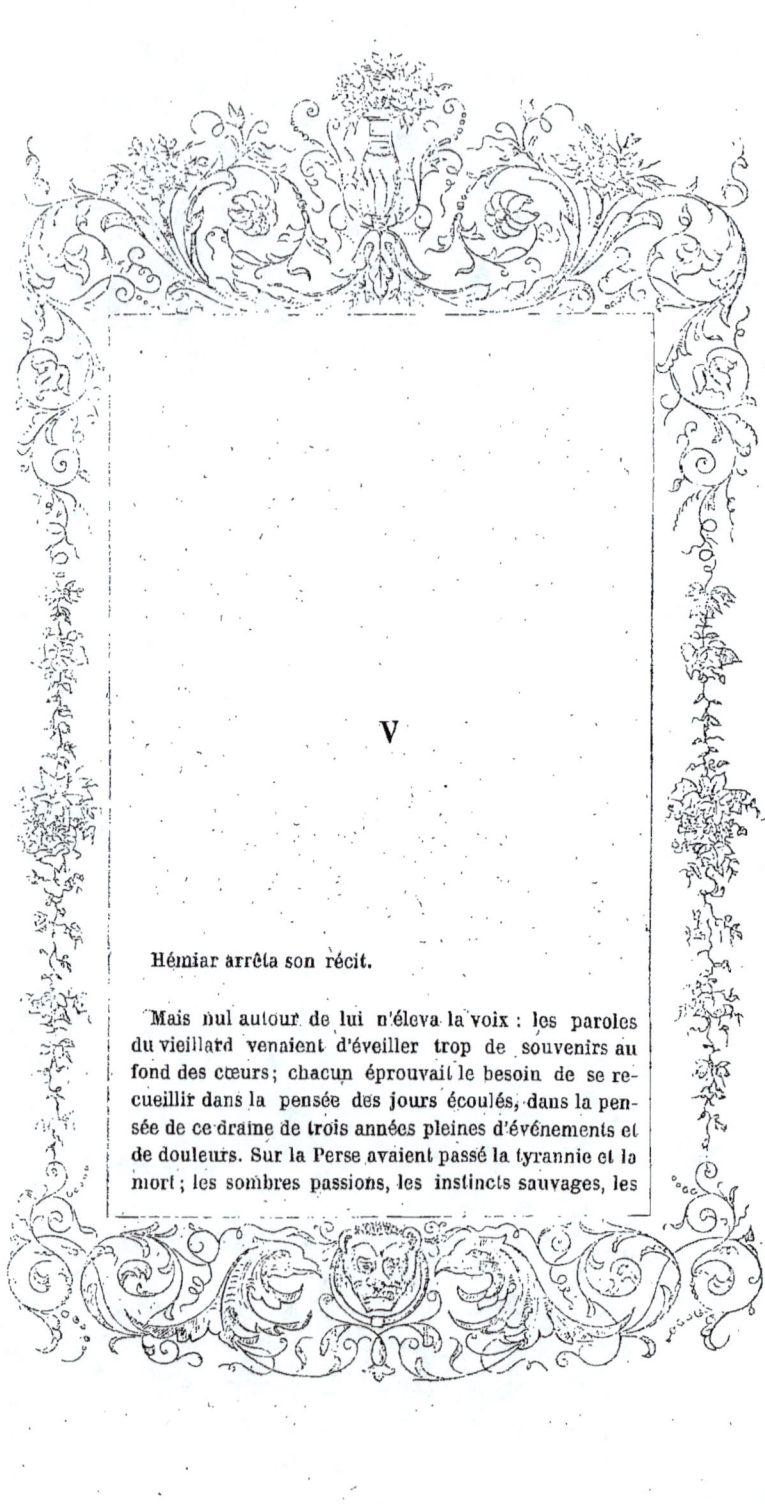

V

Hémiar arrêta son récit.

Mais nul autour de lui n'éleva la voix : les paroles du vieillard venaient d'éveiller trop de souvenirs au fond des cœurs ; chacun éprouvait le besoin de se recueillir dans la pensée des jours écoulés, dans la pensée de ce drame de trois années pleines d'événements et de douleurs. Sur la Perse avaient passé la tyrannie et la mort ; les sombres passions, les instincts sauvages, les

intérêts sans pitié, avaient eu des populations pour victimes, les villes brûlées pour débris et lorsque, au milieu de ces terres désolées le christianisme était venu,
ange de consolation et de miséricorde, portant dans ses
mains la lumière, de sa bouche laissant tomber des paroles de pardon, les haines émues avaient étouffé sa
voix, banni ses disciples; les échafauds s'étaient
dressés pour eux, et voilà que, secouant la poussière de leurs pieds, ils s'en allaient emportant cette
paix dont la vengeance impie n'avait pas voulu.

Les yeux d'Hémiar se fixèrent un moment sur la mer,
elle était unie et paisible; la lune, montée dans les
cieux, laissait tomber ses rayons sur l'immense étendue
où brillaient des milliers d'étincelles, mobiles clartés
comme celles qui jaillissent d'un manteau semé de paillettes d'argent; sur le ciel, brillant d'étoiles et d'une
molle et douce lumière, se dessinaient la voile blanche
et les mâts du vaisseau qui avaient apporté les proscrits : tout ici apparaissait immense et solennel ; un
calme profond y régnait, laissant la pensée religieuse
s'élever libre et agrandie vers le Créateur, dont la main
a formé l'Océan, étendu les plages du désert. Le désert,
il était là avec ses solitudes et le silence; les ruines jetées sur ce sol annonçaient bien que jadis s'étaient écoulés en ce lieu des jours semblables à ceux de nos cités,
de ces jours pleins de vie, de mouvement, de chants de
fête, de pleurs aussi; mais la destruction avait passé
sur ces joies et ces douleurs; rien n'était resté qu'un
débris, sans doute pour raconter au voyageur les vanités de la terre, et l'écho de la forêt voisine ne répétait

plus aujourd'hui que le cri du vent dans ses rameaux, ou le choc des vagues heurtées par la tempête.

Le vieillard avait paru se recueillir à la vue de ce tableau sublime déroulé par la main de Dieu : soudain des signes rapides s'imprimèrent sur son front, manifestation mystérieuse d'une pensée gardée au fond de son âme et que nul n'avait sondée ; son regard se tourna vers le jeune homme endormi près de lui, dont les traits délicats, animés de cette chaleur aux tons roses que donne le sommeil, étaient empreints de repos et de confiance ; ses longs cils noirs abaissés sur les joues comme une frange de soie, sa bouche dont les lèvres fines, vermeilles, s'entr'ouvraient à demi pour un sourire, ses cheveux aux boucles abondantes, déroulés pareils à un voile autour du cou, donnait à ce visage quelque chose de l'expression noble et douce que Murillo a trouvé pour ses madones. Hémiar l'enveloppa dans un long regard d'amour, puis ses mains prirent à sa droite la coupe où chacun, durant le repas, avait bu le même vin, et il la remplit.

C'était un vase antique, fruit de la conquête de Dara, et resté plus d'un demi-siècles parmi la vaisselle des rois de Perse. Un dragon ailé, dormant au milieu d'un bouquet de roses et de pavots en formait le pied, les fleurs aux têtes épanouies, montaient autour en guirlandes gracieuses, tandis que les feuilles larges et recourbées tombaient mollement sur le monstre couvert d'écailles; ses ailes supportaient la coupe d'argent ciselée, incrustée de filets d'or et de perles semées aussi, comme des étincelles sur le dos et la tête du serpent, dont la dou-

ble queue, roulée en anneau, s'élançait sur les bords
du vase, et redescendait se perdre, en se pliant, parmi
les roses et les pavots.

Hémiar l'éleva entre ses mains, en considéra le magnifique travail, puis la porta à ses lèvres et but.

Soudain un des membres de la troupe voyageuse se
leva avec vivacité : ses yeux inquiets semblaient suivre
un objet fuyant dans la lisière de la forêt; cependant
aucun bruit n'était tombé au milieu du silence.

— Que se passe-t-il ? demanda brusquement Hémiar
abaissant la coupe.

Le rgard de son compagnon s'arrêta immobile; bientôt le rapide éclair qui venait de s'y allumer s'éteignit,
l'animation de son visage fut remplacée par cette expression vague, indécise, qui se manifeste alors que
l'âme, qu'une cause soudaine, imprévue, avait éveillée,
semble se répandre au dehors, puis se retire en elle-
même, emportant au fond de la conscience ses impressions et sa pensée.

— Que se passe-t-il, Diaxaré ? répéta le vieillard avec
autorité.

— J'ai vu comme une femme vêtue de blanc se glisser sur le bord de la forêt, puis disparaître à travers les
cèdres

— Pourtant nous n'avons rien entendu.

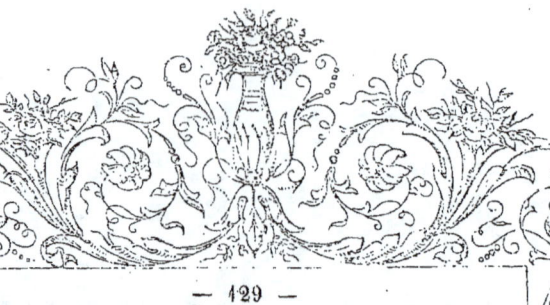

— Sa course était si rapide, si légère, que malgré moi je n'ai pu me défendre de songer aux génies du désert dont ma mère me parlait souvent.

— Vous savez que votre mère était dans les ténèbres d'un culte idolâtre, et que la seule providence de Dieu gouverne et protége le monde.

— Je crois au Créateur du ciel et de la terre; je crois à l'Évangile de Jésus-Christ.

— Ce disant, Diaxare tira de son sein une croix, et de ses lèvres toucha religieusement l'image sacrée ; tous les fronts s'étaient inclinés de respect au nom du Rédempteur.

— Cette plage est une solitude que nul ne visite aujourd'hui, repartit Hémiar : celui qui viendrait y chercher un abri n'y trouverait que la faim et les tigres avides de sang; croyez-moi, vos yeux auront surpris un jeu de lumière, un rayon de lune glissant sur le tronc des cèdres, à travers la feuille agitée par la brise.

Diaxare, pour réponse, montra devant lui le foyer : ses larges langues de flammes montaient dans l'air, pas un souffle ne les balançait; derrière lui les grandes herbes croissant entre les ruines du temple détruit elles se dressaient hautes et immobiles.

— Voyez, dit-il.

Un sourire d'incrédulité plissa les lèvres du vieillard : plusieurs hochèrent la tête en signe de doute.

Hémiar parcourut des yeux le cercle de ses auditeurs, lisant sur les visages une attente curieuse, n'entendant d'autre bruit que le pétillement de la flamme ; il comprit que tous désiraient la continuation du récit commencé. Plusieurs de ceux qui étaient là pourtant avaient vu ce drame ; et voilà qu'ils écoutaient comme si cette histoire n'eût pas été leur histoire ; comme si pour la première fois ce tableau sombre, dont le dernier plan était les tristes plages d'une terre d'exil, eût été présenté à leur regard : c'est que dans les souvenirs il y a un charme secret qui domine ; l'homme aime à relier par eux ses heures d'aujourd'hui à ses heures d'hier, ses espérances de demain à ses douleurs passées, et, lorsque au bout de cette marche haletante, menée sous le poids du jour et de la chaleur, qu'on appelle la vie, il voit approcher le terme du voyage, il se retourne vers la route parcourue, et, mieux qu'un adieu sans colère, il trouve un sentiment de regret pour cette terre où se meurtrissent ses pieds.

Or Hémiar après s'être recueilli un moment continua ainsi :

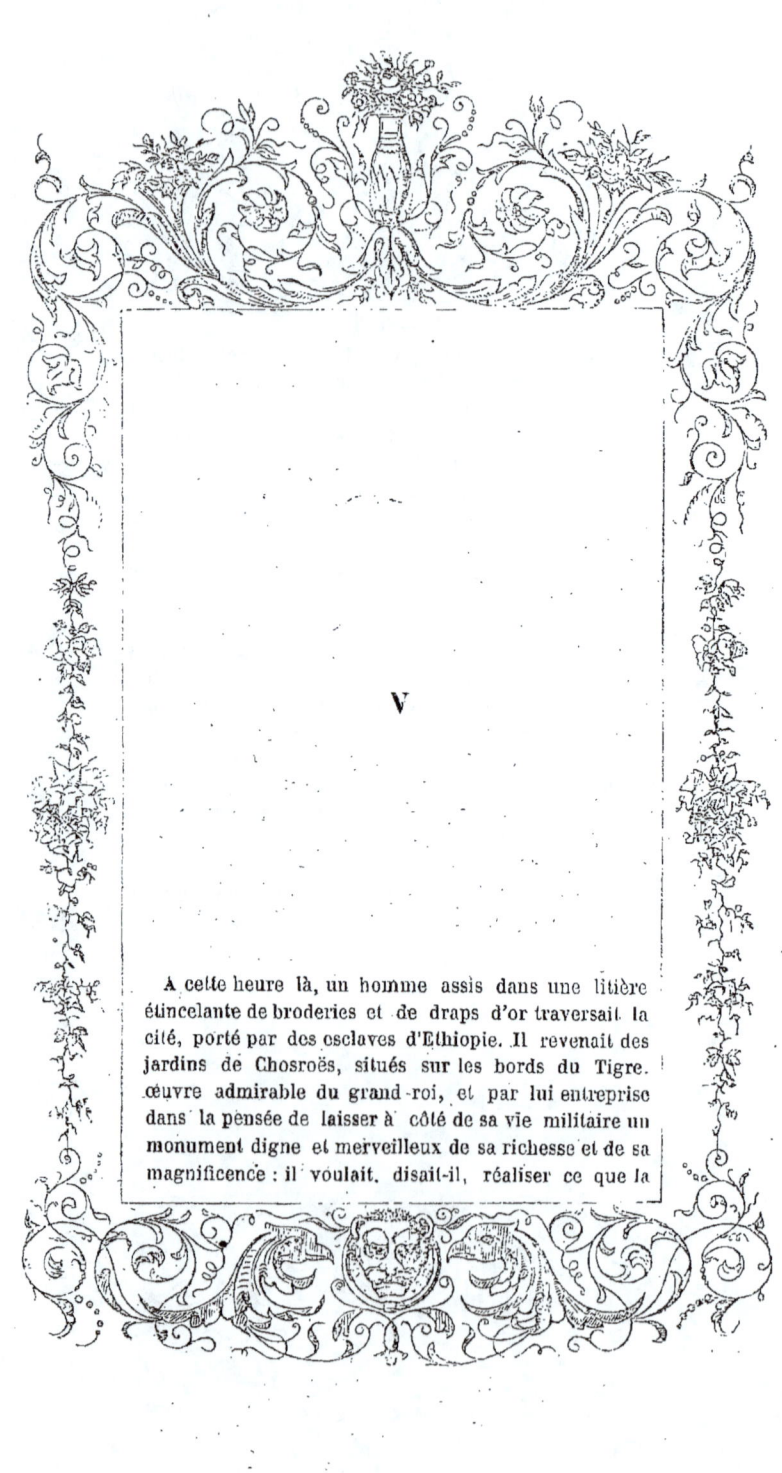

V

A cette heure là, un homme assis dans une litière
étincelante de broderies et de draps d'or traversait la
cité, porté par des esclaves d'Éthiopie. Il revenait des
jardins de Chosroës, situés sur les bords du Tigre,
œuvre admirable du grand-roi, et par lui entreprise
dans la pensée de laisser à côté de sa vie militaire un
monument digne et merveilleux de sa richesse et de sa
magnificence : il voulait, disait-il, réaliser ce que la

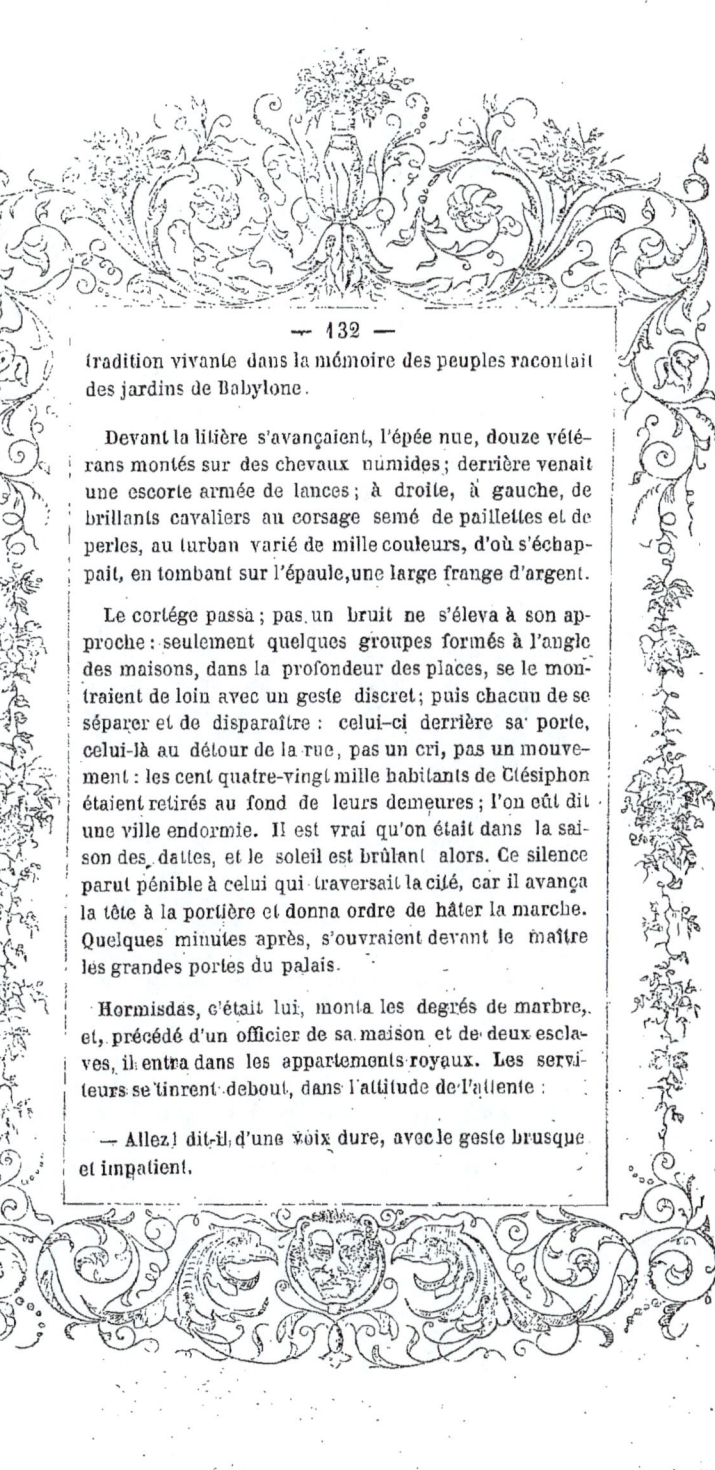

tradition vivante dans la mémoire des peuples racontait des jardins de Babylone.

Devant la litière s'avançaient, l'épée nue, douze vétérans montés sur des chevaux numides; derrière venait une escorte armée de lances; à droite, à gauche, de brillants cavaliers au corsage semé de paillettes et de perles, au turban varié de mille couleurs, d'où s'échappait, en tombant sur l'épaule, une large frange d'argent.

Le cortége passa; pas un bruit ne s'éleva à son approche : seulement quelques groupes formés à l'angle des maisons, dans la profondeur des places, se le montraient de loin avec un geste discret; puis chacun de se séparer et de disparaître : celui-ci derrière sa porte, celui-là au détour de la rue, pas un cri, pas un mouvement : les cent quatre-vingt mille habitants de Ctésiphon étaient retirés au fond de leurs demeures; l'on eût dit une ville endormie. Il est vrai qu'on était dans la saison des dattes, et le soleil est brûlant alors. Ce silence parut pénible à celui qui traversait la cité, car il avança la tête à la portière et donna ordre de hâter la marche. Quelques minutes après, s'ouvraient devant le maître les grandes portes du palais.

Hormisdas, c'était lui, monta les degrés de marbre, et, précédé d'un officier de sa maison et de deux esclaves, il entra dans les appartements royaux. Les serviteurs se tinrent debout, dans l'attitude de l'attente :

— Allez! dit-il, d'une voix dure, avec le geste brusque et impatient.

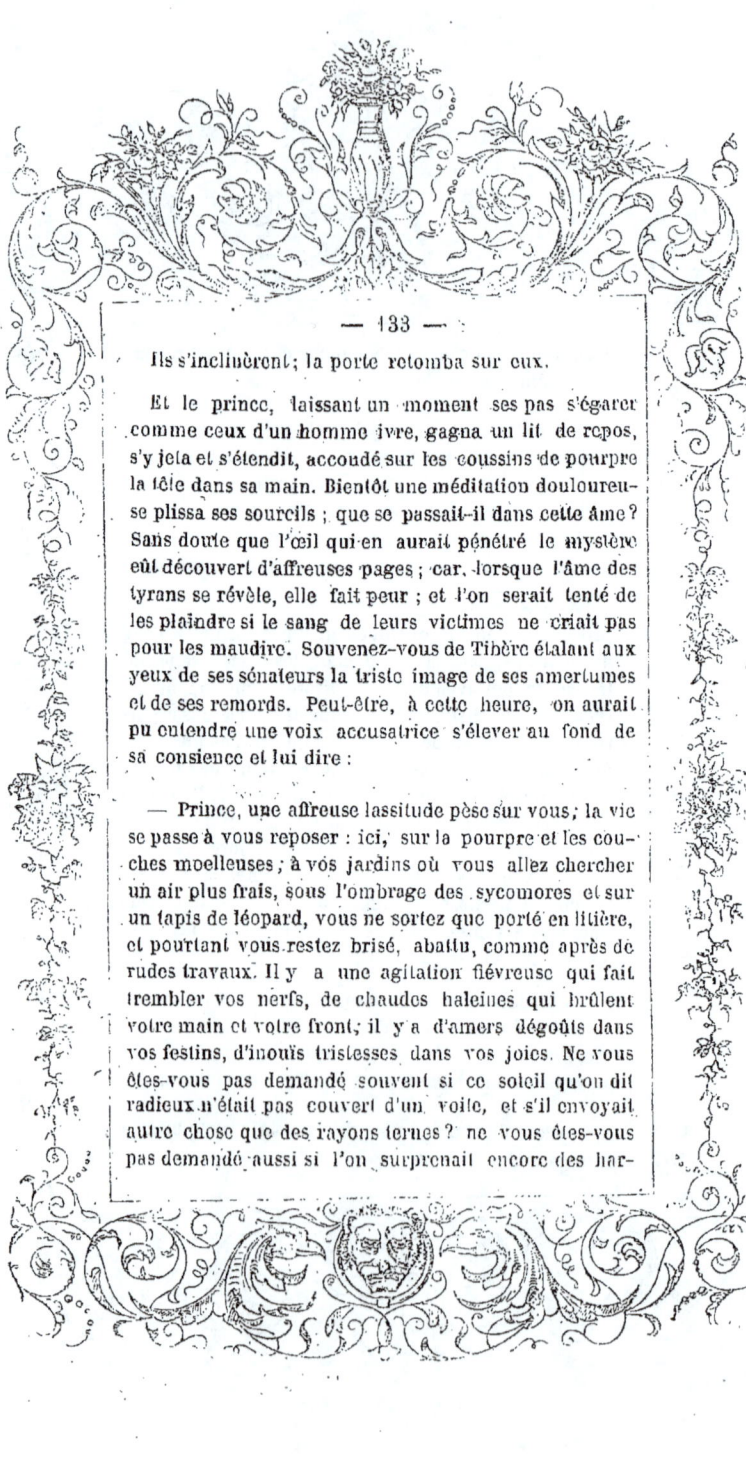

Ils s'inclinèrent; la porte retomba sur eux.

Et le prince, laissant un moment ses pas s'égarer comme ceux d'un homme ivre, gagna un lit de repos, s'y jeta et s'étendit, accoudé sur les coussins de pourpre la tête dans sa main. Bientôt une méditation douloureuse plissa ses sourcils ; que se passait-il dans cette âme ? Sans doute que l'œil qui en aurait pénétré le mystère eût découvert d'affreuses pages ; car, lorsque l'âme des tyrans se révèle, elle fait peur ; et l'on serait tenté de les plaindre si le sang de leurs victimes ne criait pas pour les maudire. Souvenez-vous de Tibère étalant aux yeux de ses sénateurs la triste image de ses amertumes et de ses remords. Peut-être, à cette heure, on aurait pu entendre une voix accusatrice s'élever au fond de sa consience et lui dire :

— Prince, une affreuse lassitude pèse sur vous ; la vie se passe à vous reposer : ici, sur la pourpre et les couches moelleuses ; à vos jardins où vous allez chercher un air plus frais, sous l'ombrage des sycomores et sur un tapis de léopard, vous ne sortez que porté en litière, et pourtant vous restez brisé, abattu, comme après de rudes travaux. Il y a une agitation fiévreuse qui fait trembler vos nerfs, de chaudes haleines qui brûlent votre main et votre front; il y a d'amers dégoûts dans vos festins, d'inouïs tristesses dans vos joies. Ne vous êtes-vous pas demandé souvent si ce soleil qu'on dit radieux n'était pas couvert d'un voile, et s'il envoyait autre chose que des rayons ternes ? ne vous êtes-vous pas demandé aussi si l'on surprenait encore des har-

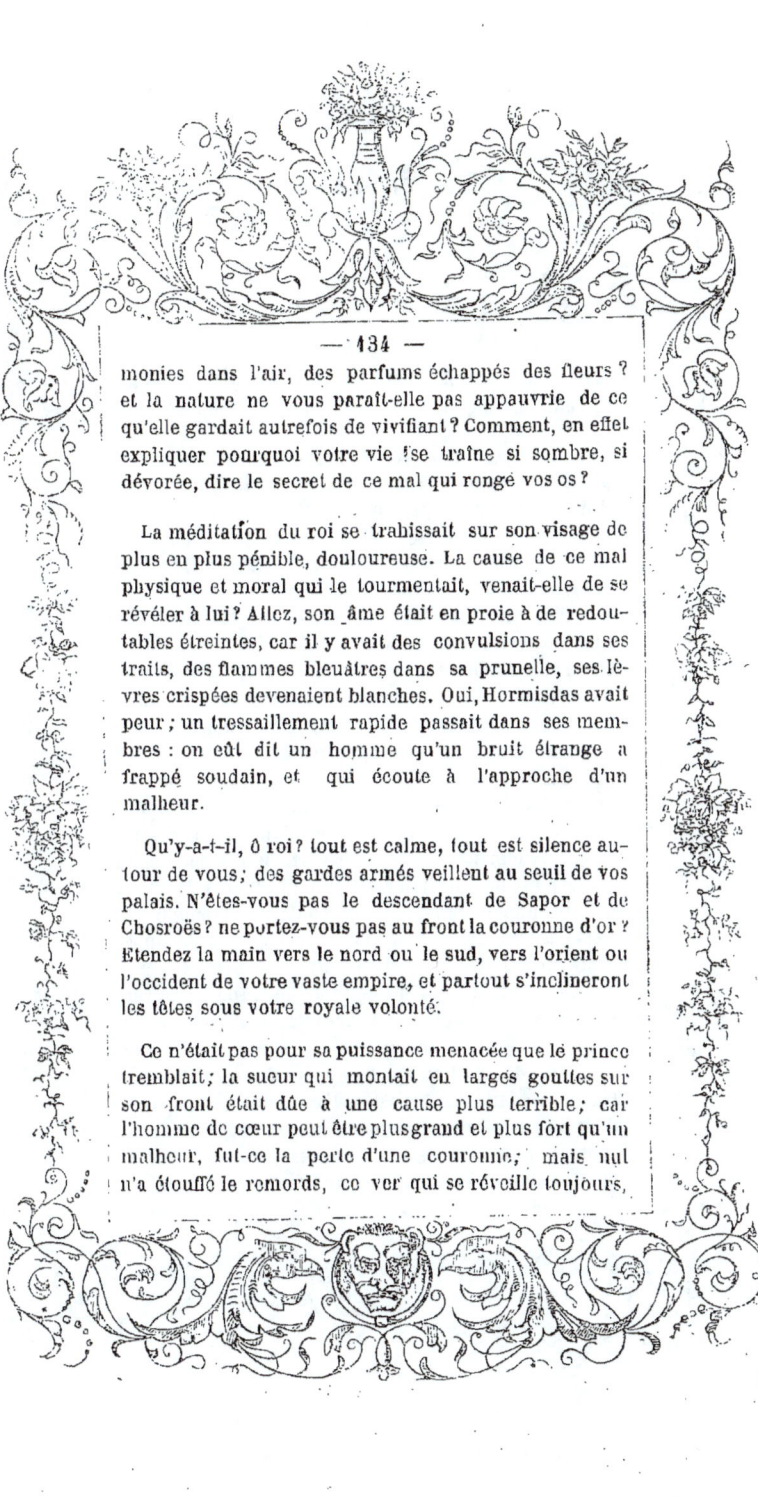

monies dans l'air, des parfums échappés des fleurs ?
et la nature ne vous paraît-elle pas appauvrie de ce
qu'elle gardait autrefois de vivifiant ? Comment, en effet
expliquer pourquoi votre vie se traîne si sombre, si
dévorée, dire le secret de ce mal qui ronge vos os ?

La méditation du roi se trahissait sur son visage de
plus en plus pénible, douloureuse. La cause de ce mal
physique et moral qui le tourmentait, venait-elle de se
révéler à lui ? Allez, son âme était en proie à de redoutables étreintes, car il y avait des convulsions dans ses
traits, des flammes bleuâtres dans sa prunelle, ses lèvres crispées devenaient blanches. Oui, Hormisdas avait
peur ; un tressaillement rapide passait dans ses membres : on eût dit un homme qu'un bruit étrange a
frappé soudain, et qui écoute à l'approche d'un
malheur.

Qu'y-a-t-il, ô roi ? tout est calme, tout est silence autour de vous ; des gardes armés veillent au seuil de vos
palais. N'êtes-vous pas le descendant de Sapor et de
Chosroës ? ne portez-vous pas au front la couronne d'or ?
Étendez la main vers le nord ou le sud, vers l'orient ou
l'occident de votre vaste empire, et partout s'inclineront
les têtes sous votre royale volonté.

Ce n'était pas pour sa puissance menacée que le prince
tremblait ; la sueur qui montait en larges gouttes sur
son front était due à une cause plus terrible ; car
l'homme de cœur peut être plus grand et plus fort qu'un
malheur, fut-ce la perte d'une couronne ; mais nul
n'a étouffé le remords, ce ver qui se réveille toujours,

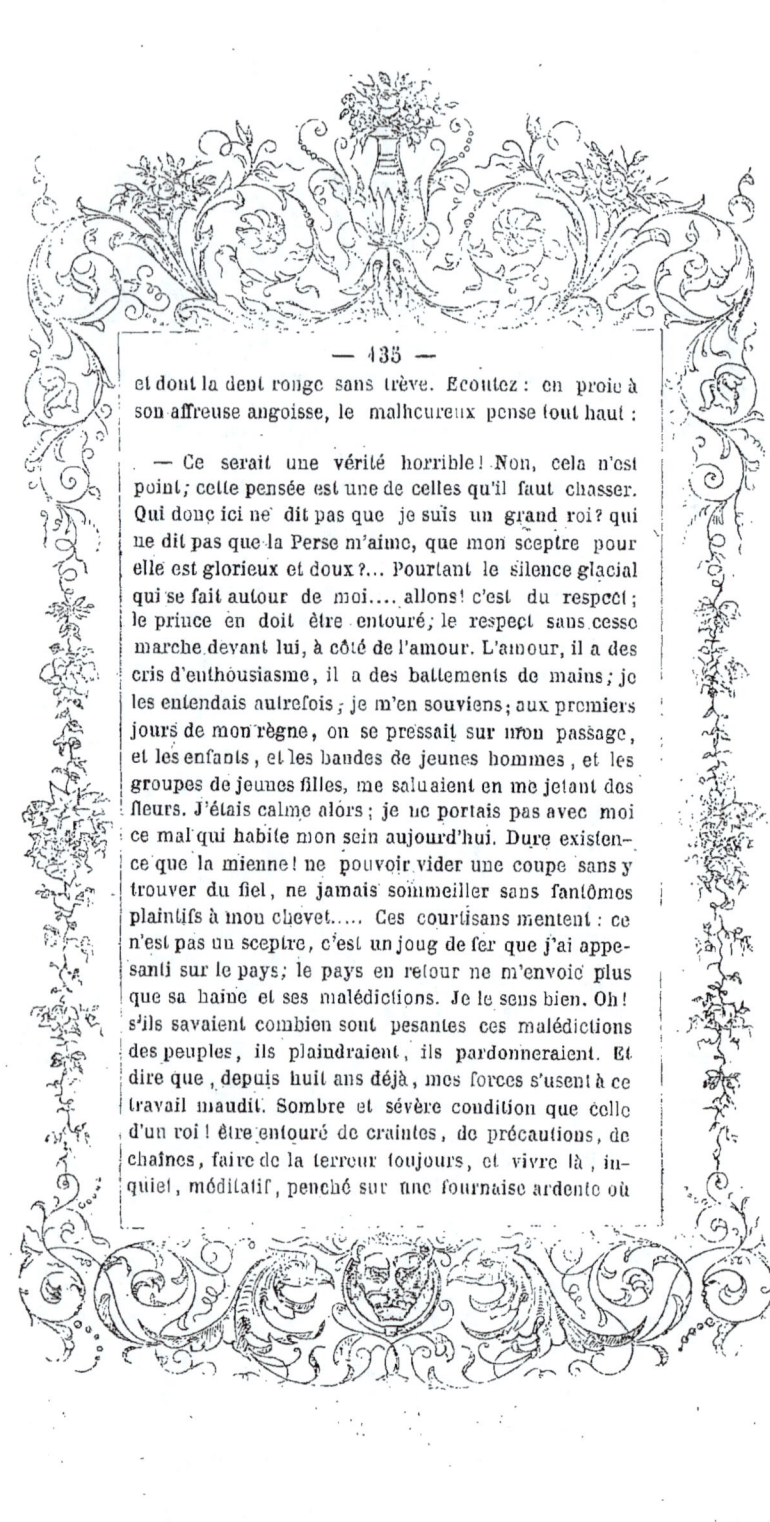

et dont la dent ronge sans trève. Écoutez : en proie à son affreuse angoisse, le malheureux pense tout haut :

— Ce serait une vérité horrible ! Non, cela n'est point ; cette pensée est une de celles qu'il faut chasser. Qui donc ici ne dit pas que je suis un grand roi ? qui ne dit pas que la Perse m'aime, que mon sceptre pour elle est glorieux et doux ?... Pourtant le silence glacial qui se fait autour de moi.... allons ! c'est du respect ; le prince en doit être entouré ; le respect sans cesse marche devant lui, à côté de l'amour. L'amour, il a des cris d'enthousiasme, il a des battements de mains ; je les entendais autrefois ; je m'en souviens ; aux premiers jours de mon règne, on se pressait sur mon passage, et les enfants, et les bandes de jeunes hommes, et les groupes de jeunes filles, me saluaient en me jetant des fleurs. J'étais calme alors ; je ne portais pas avec moi ce mal qui habite mon sein aujourd'hui. Dure existence que la mienne ! ne pouvoir vider une coupe sans y trouver du fiel, ne jamais sommeiller sans fantômes plaintifs à mon chevet..... Ces courtisans mentent : ce n'est pas un sceptre, c'est un joug de fer que j'ai appesanti sur le pays ; le pays en retour ne m'envoie plus que sa haine et ses malédictions. Je le sens bien. Oh ! s'ils savaient combien sont pesantes ces malédictions des peuples, ils plaindraient, ils pardonneraient. Et dire que, depuis huit ans déjà, mes forces s'usent à ce travail maudit. Sombre et sévère condition que celle d'un roi ! être entouré de craintes, de précautions, de chaînes, faire de la terreur toujours, et vivre là, inquiet, méditatif, penché sur une fournaise ardente où

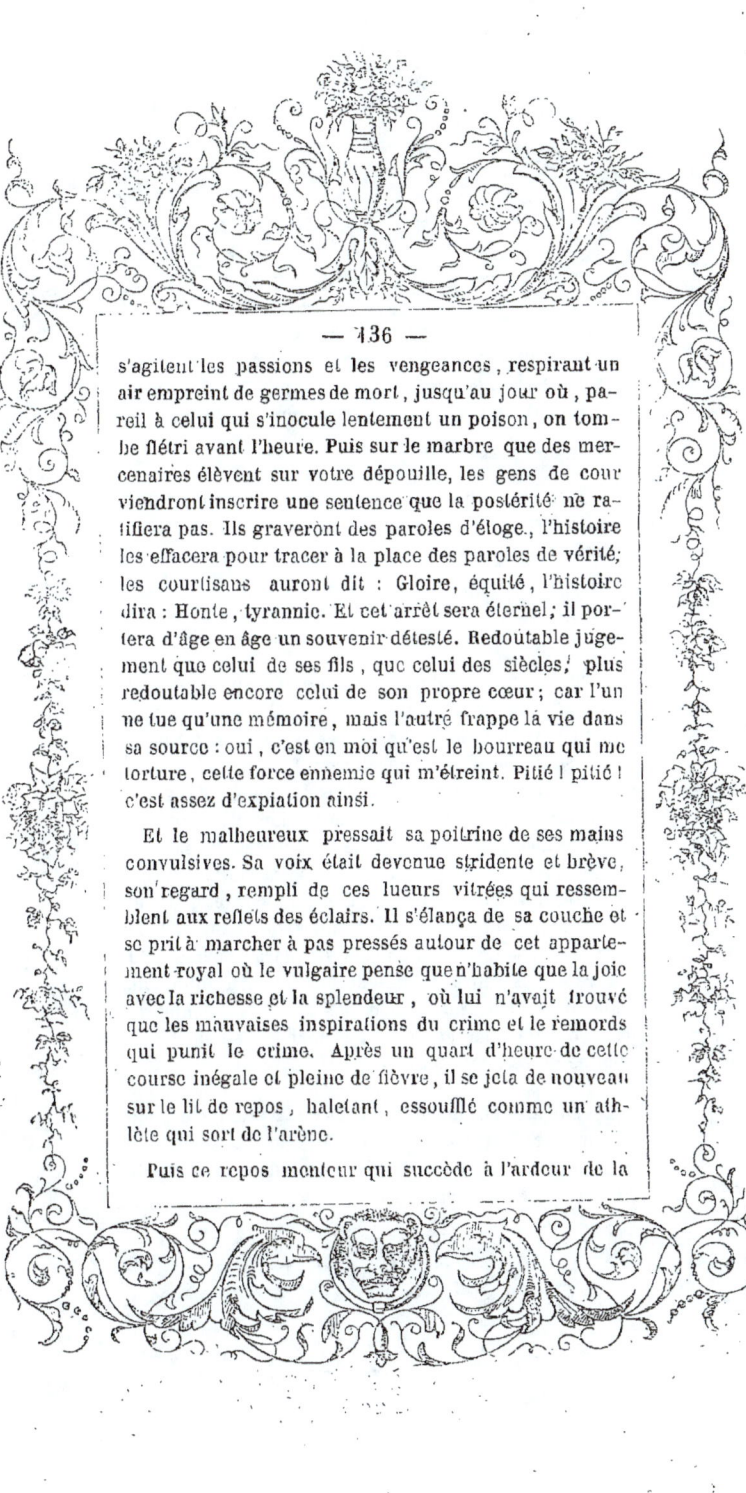

s'agitent les passions et les vengeances, respirant un air empreint de germes de mort, jusqu'au jour où, pareil à celui qui s'inocule lentement un poison, on tombe flétri avant l'heure. Puis sur le marbre que des mercenaires élèvent sur votre dépouille, les gens de cour viendront inscrire une sentence que la postérité ne ratifiera pas. Ils graveront des paroles d'éloge., l'histoire les effacera pour tracer à la place des paroles de vérité; les courtisans auront dit : Gloire, équité, l'histoire dira : Honte, tyrannie. Et cet arrêt sera éternel; il portera d'âge en âge un souvenir détesté. Redoutable jugement que celui de ses fils, que celui des siècles, plus redoutable encore celui de son propre cœur; car l'un ne tue qu'une mémoire, mais l'autre frappe la vie dans sa source : oui, c'est en moi qu'est le bourreau qui me torture, cette force ennemie qui m'étreint. Pitié ! pitié ! c'est assez d'expiation ainsi.

Et le malheureux pressait sa poitrine de ses mains convulsives. Sa voix était devenue stridente et brève, son regard, rempli de ces lueurs vitrées qui ressemblent aux reflets des éclairs. Il s'élança de sa couche et se prit à marcher à pas pressés autour de cet appartement royal où le vulgaire pense qu'n'habite que la joie avec la richesse et la splendeur, où lui n'avait trouvé que les mauvaises inspirations du crime et le remords qui punit le crime. Après un quart d'heure de cette course inégale et pleine de fièvre, il se jeta de nouveau sur le lit de repos, haletant, essoufflé comme un athlète qui sort de l'arène.

Puis ce repos menteur qui succède à l'ardeur de la

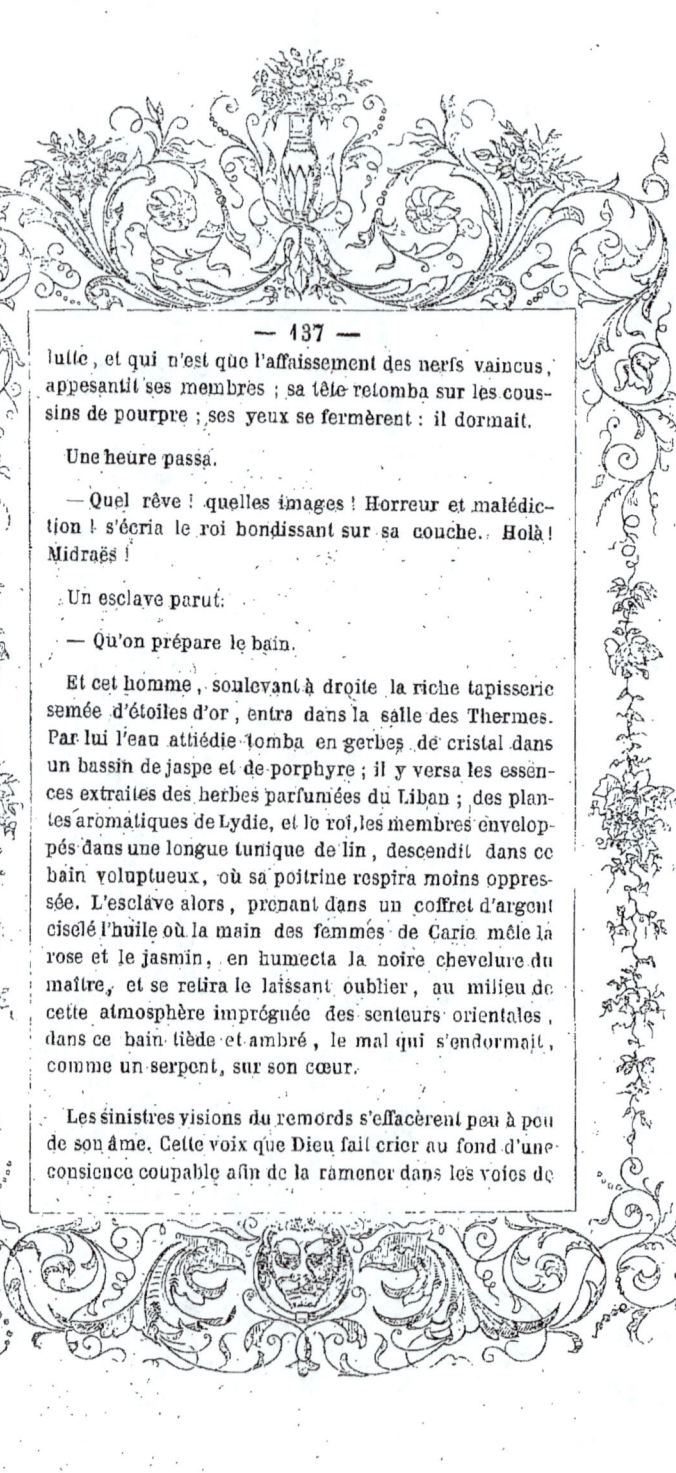

lutte, et qui n'est que l'affaissement des nerfs vaincus, appesantit ses membres ; sa tête retomba sur les coussins de pourpre ; ses yeux se fermèrent : il dormait.

Une heure passa.

— Quel rêve ! quelles images ! Horreur et malédiction ! s'écria le roi bondissant sur sa couche. Holà ! Midraës !

Un esclave parut.

— Qu'on prépare le bain.

Et cet homme, soulevant à droite la riche tapisserie semée d'étoiles d'or, entra dans la salle des Thermes. Par lui l'eau attiédie tomba en gerbes de cristal dans un bassin de jaspe et de porphyre ; il y versa les essences extraites des herbes parfumées du Liban ; des plantes aromatiques de Lydie, et le roi, les membres enveloppés dans une longue tunique de lin, descendit dans ce bain voluptueux, où sa poitrine respira moins oppressée. L'esclave alors, prenant dans un coffret d'argent ciselé l'huile où la main des femmes de Carie mêle la rose et le jasmin, en humecta la noire chevelure du maître, et se retira le laissant oublier, au milieu de cette atmosphère imprégnée des senteurs orientales, dans ce bain tiède et ambré, le mal qui s'endormait, comme un serpent, sur son cœur.

Les sinistres visions du remords s'effacèrent peu à peu de son âme. Cette voix que Dieu fait crier au fond d'une conscience coupable afin de la ramener dans les voies de la justice, qu'elle a désertées, se change, après que, durant de longs jours, on s'est efforcé de l'étouffer, en un bourreau qui torture, mais n'amène pas le repentir : c'est qu'alors la miséricorde s'est retirée, et Dieu ne lève plus sa main que pour punir. L'heure d'Hormisdas approchait ; la puissance, devenue dans sa main un instrument d'injustice et de tyrannie pour ses peuples, une source d'amères déceptions pour lui, allait enfin lui faire sentir les pointes aiguës de sa dure couronne.

Saarbar entra ; il tenait à la main des tablettes, des dépêches, diverses lettres venues des provinces. Il prit place à côté du bain royal, et laissant aller son manteau, dont les plis se déroulèrent sur la dalle de marbre :

— Seigneur, vos ordres sont exécutés, dit-il.

— Et la trahison...

— Etait largement tramée, je vous le jure : il s'agissait seulement de renverser le roi, proclamer une nouvelle famille, de faire avec elle asseoir sur le trône le culte du Galiléen. Vous savez quel était l'instrument choisi pour cela.

Hormisdas hocha la tête ; le ministre poursuivit :

— On marchait à grands pas vers le but : déjà la félonie avait gagné l'armée, qu'un lâche général soulève et tourne contre le pays ; avait gagné le peuple, que

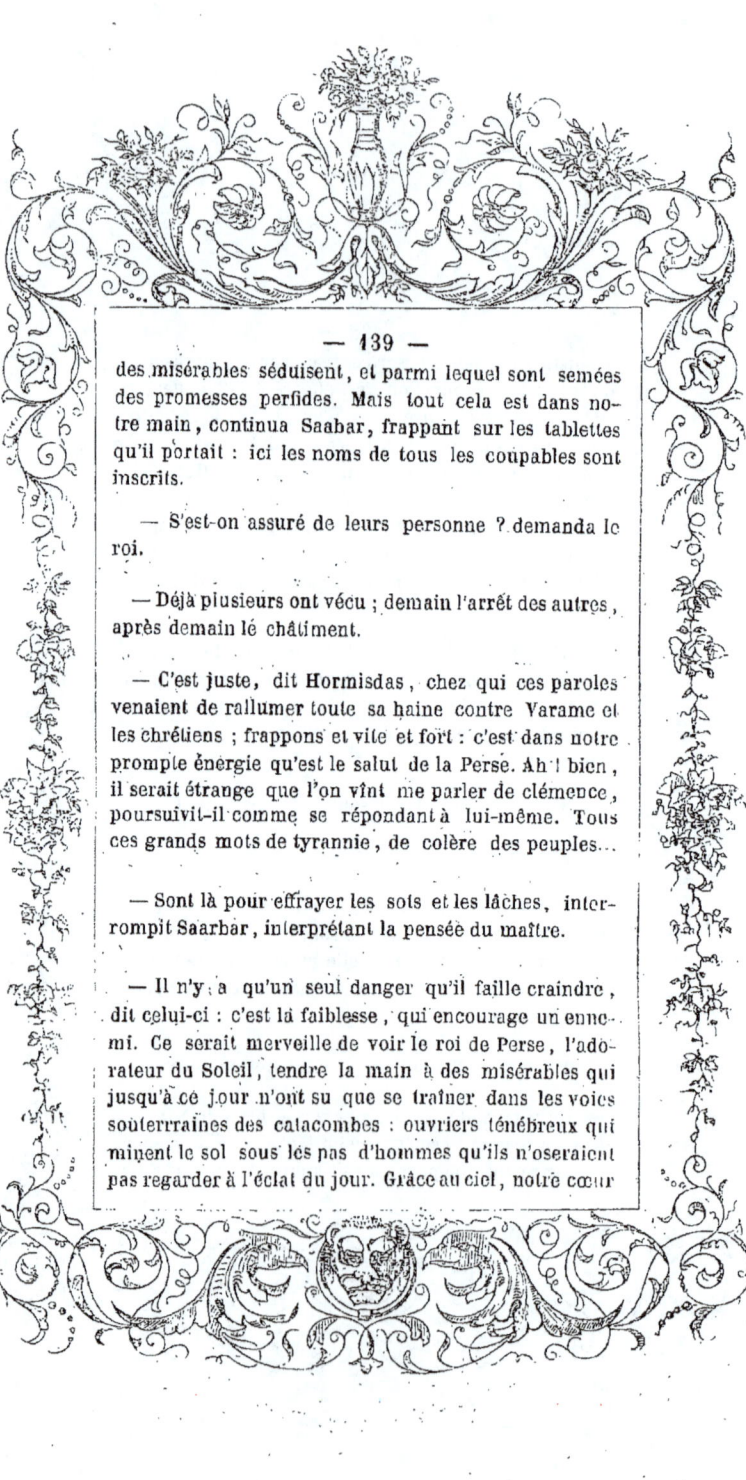

des misérables séduisent, et parmi lequel sont semées
des promesses perfides. Mais tout cela est dans notre main, continua Saabar, frappant sur les tablettes
qu'il portait : ici les noms de tous les coupables sont
inscrits.

— S'est-on assuré de leurs personne ? demanda le
roi.

— Déjà plusieurs ont vécu ; demain l'arrêt des autres,
après demain le châtiment.

— C'est juste, dit Hormisdas, chez qui ces paroles
venaient de rallumer toute sa haine contre Varame et
les chrétiens ; frappons et vite et fort : c'est dans notre
prompte énergie qu'est le salut de la Perse. Ah ! bien,
il serait étrange que l'on vînt me parler de clémence,
poursuivit-il comme se répondant à lui-même. Tous
ces grands mots de tyrannie, de colère des peuples...

— Sont là pour effrayer les sots et les lâches, interrompit Saarbar, interprétant la pensée du maître.

— Il n'y a qu'un seul danger qu'il faille craindre,
dit celui-ci : c'est la faiblesse, qui encourage un ennemi. Ce serait merveille de voir le roi de Perse, l'ado-
rateur du Soleil, tendre la main à des misérables qui
jusqu'à ce jour n'ont su que se traîner dans les voies
souterraines des catacombes : ouvriers ténébreux qui
minent le sol sous les pas d'hommes qu'ils n'oseraient
pas regarder à l'éclat du jour. Grâce au ciel, notre cœur

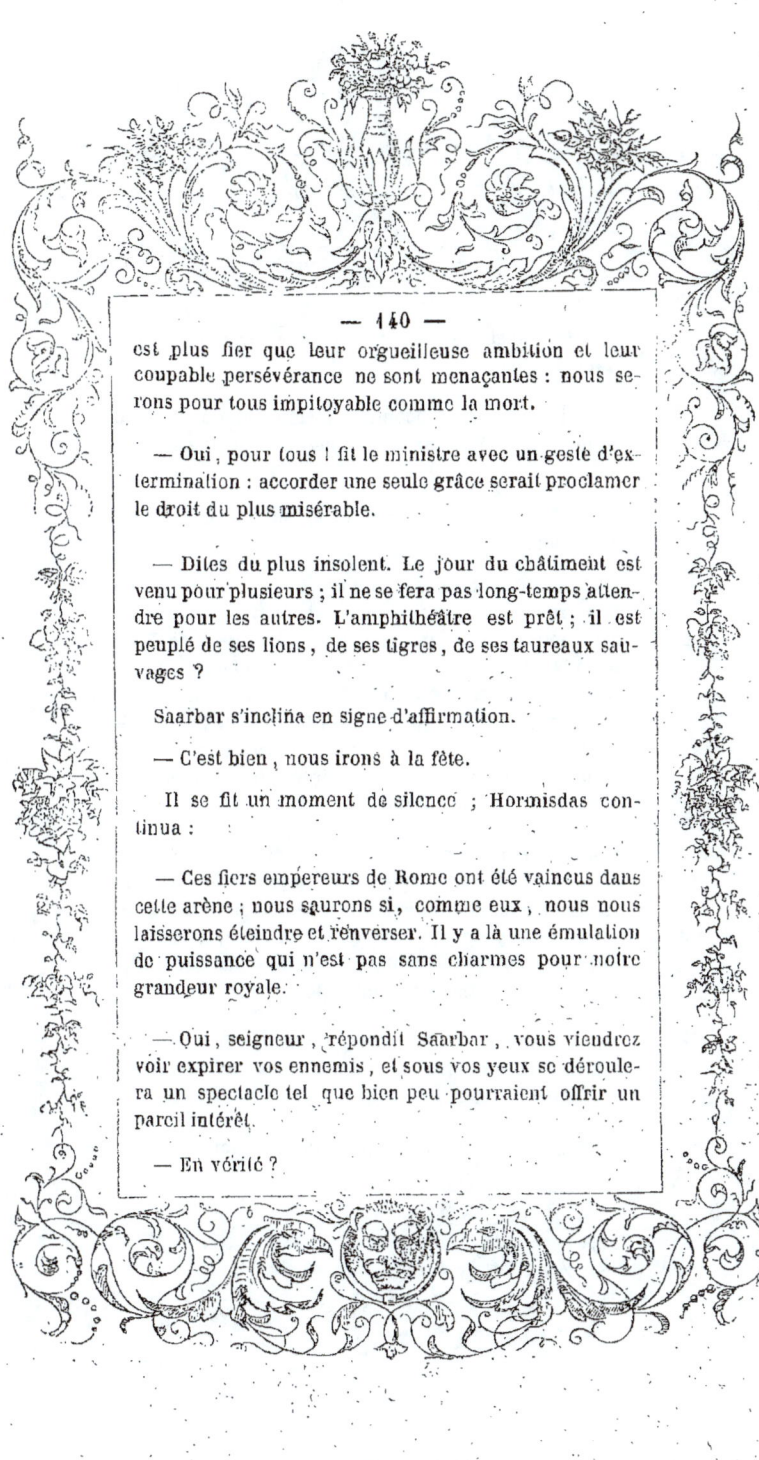

est plus fier que leur orgueilleuse ambition et leur coupable persévérance ne sont menaçantes : nous serons pour tous impitoyable comme la mort.

— Oui, pour tous ! fit le ministre avec un geste d'extermination : accorder une seule grâce serait proclamer le droit du plus misérable.

— Dites du plus insolent. Le jour du châtiment est venu pour plusieurs ; il ne se fera pas long-temps attendre pour les autres. L'amphithéâtre est prêt ; il est peuplé de ses lions, de ses tigres, de ses taureaux sauvages ?

Saarbar s'inclina en signe d'affirmation.

— C'est bien, nous irons à la fête.

Il se fit un moment de silence ; Hormisdas continua :

— Ces fiers empereurs de Rome ont été vaincus dans cette arène ; nous saurons si, comme eux, nous nous laisserons éteindre et renverser. Il y a là une émulation de puissance qui n'est pas sans charmes pour notre grandeur royale.

— Oui, seigneur, répondit Saarbar, vous viendrez voir expirer vos ennemis, et sous vos yeux se déroulera un spectacle tel que bien peu pourraient offrir un pareil intérêt.

— En vérité ?

— Je n'avais pas osé espérer que votre vengeance frappât si juste.

— Il s'est donc rencontré quelque chose au fond de tout cela ? dit le prince, dont les prunelles se dilatèrent.

— Oui, quelque chose de palpitant, de bien rempli d'émotions.

Et le courtisan tira sa main des plis de sa ceinture de soie, ramena les pans de son manteau et croisa les jambes comme celui qui s'apprête à faire un récit. Pour Hormisdas, il avança la tête ainsi que fait un limier qui prend le vent ; puis il se rejeta au fond de la baignoire de jaspe, se roula dans sa tunique de lin, et s'étendit doucement prêt à écouter. Sur ces deux visages vivaient une expression égale, atroce, un rayonnement horrible : c'était la volupté du sang.

Mais à peine les premières paroles de Saarbar étaient elles tombées de ses lèvres, lentes, mystérieuses comme celles d'un conteur qui veut frapper sur la curiosité de son auditeur, et prépare de loin son effet, que la tapisserie de l'entrée fut soulevée et donna passage à Midraës, l'esclave favori ; le ministre s'arrêta.

— Continuez, fit Hormisdas, qu'aucun bruit n'avait averti de la survenue de Midraës, tant son apparition avait été discrète.

Pour réponse, les yeux de Saabar se portèrent vers

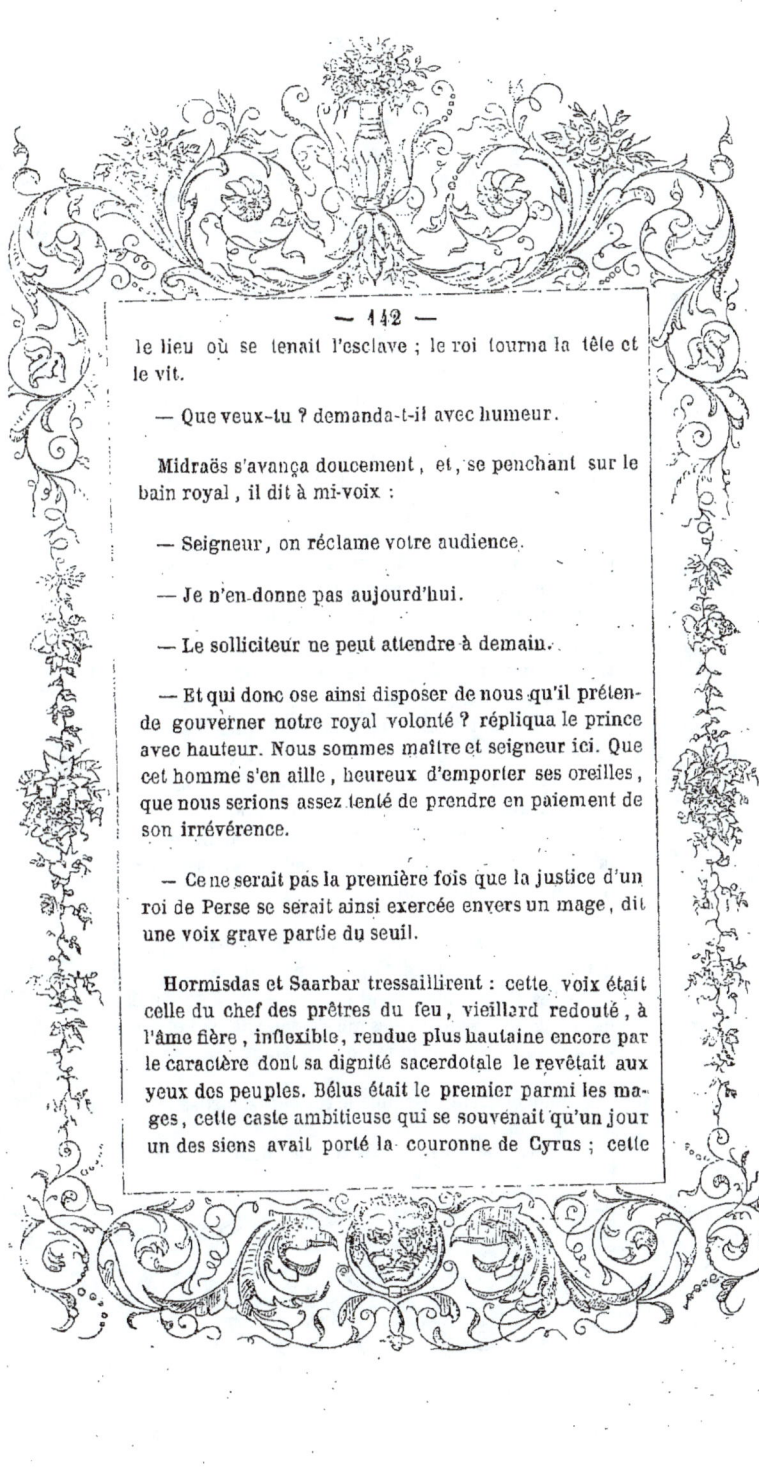

le lieu où se tenait l'esclave ; le roi tourna la tête et le vit.

— Que veux-tu ? demanda-t-il avec humeur.

Midraës s'avança doucement, et, se penchant sur le bain royal, il dit à mi-voix :

— Seigneur, on réclame votre audience.

— Je n'en donne pas aujourd'hui.

— Le solliciteur ne peut attendre à demain.

— Et qui donc ose ainsi disposer de nous qu'il prétende gouverner notre royal volonté ? répliqua le prince avec hauteur. Nous sommes maître et seigneur ici. Que cet homme s'en aille, heureux d'emporter ses oreilles, que nous serions assez tenté de prendre en paiement de son irrévérence.

— Ce ne serait pas la première fois que la justice d'un roi de Perse se serait ainsi exercée envers un mage, dit une voix grave partie du seuil.

Hormisdas et Saarbar tressaillirent : cette voix était celle du chef des prêtres du feu, vieillard redouté, à l'âme fière, inflexible, rendue plus hautaine encore par le caractère dont sa dignité sacerdotale le revêtait aux yeux des peuples. Bélus était le premier parmi les mages, cette caste ambitieuse qui se souvenait qu'un jour un des siens avait porté la couronne de Cyrus ; cette

caste dépositaire de la science , et que pour cela les populations vénéraient comme gardienne des secrets de
l'avenir ; dépositaire aussi d'une puissance posée à côté
de celle des rois : puissance mystérieuse , qui prend sa
source au centre de toutes les forces vives du cœur de
l'homme , qui ne s'adresse qu'à l'esprit , habitant au-
dessus de toutes les rivalités , de tous les intérêts vulgaires , dans une sphère vers laquelle ne montent que
l'hommage et le respect ; puissance inquiète et sans rivale, creusant sans cesse le sol sous les pas de ceux qui
se disent forts , et marchant à son but constamment,
silencieusement. La superstition avec ses ténèbres et
ses terreurs sacrées , la foi et ce culte traditionnel qui
suit la foi, la majesté qui revêt tout ce qui touche au
sanctuaire , entouraient ce prêle d'un prestige devant
lequel s'inclinaient les fronts , et qui forçait les rois à
compter avec lui. L'histoire de la Perse était pleine de
témoignages qui attestaient cette redoutable influence :
Hormisdas et Saarbar le savaient ; ils savaient aussi que
la sœur de Bélus était la mère de Bindoës : voilà pourquoi
ils venaient de tressaillir.

Le vieillard se tenait debout, le front haut , le regard
calme, dans l'attitude d'un homme qui se pose l'égal
de toutes les grandeurs , et ne songe pas à s'inquiéter
des nuages et des tempêtes qui s'amassent au ciel, parce
qu'il est au-dessus de la région des orages.

— Bélus ! firent ensemble le roi et le courtisan.

— Bélus, répéta le vieillard, qui vient porter ici un

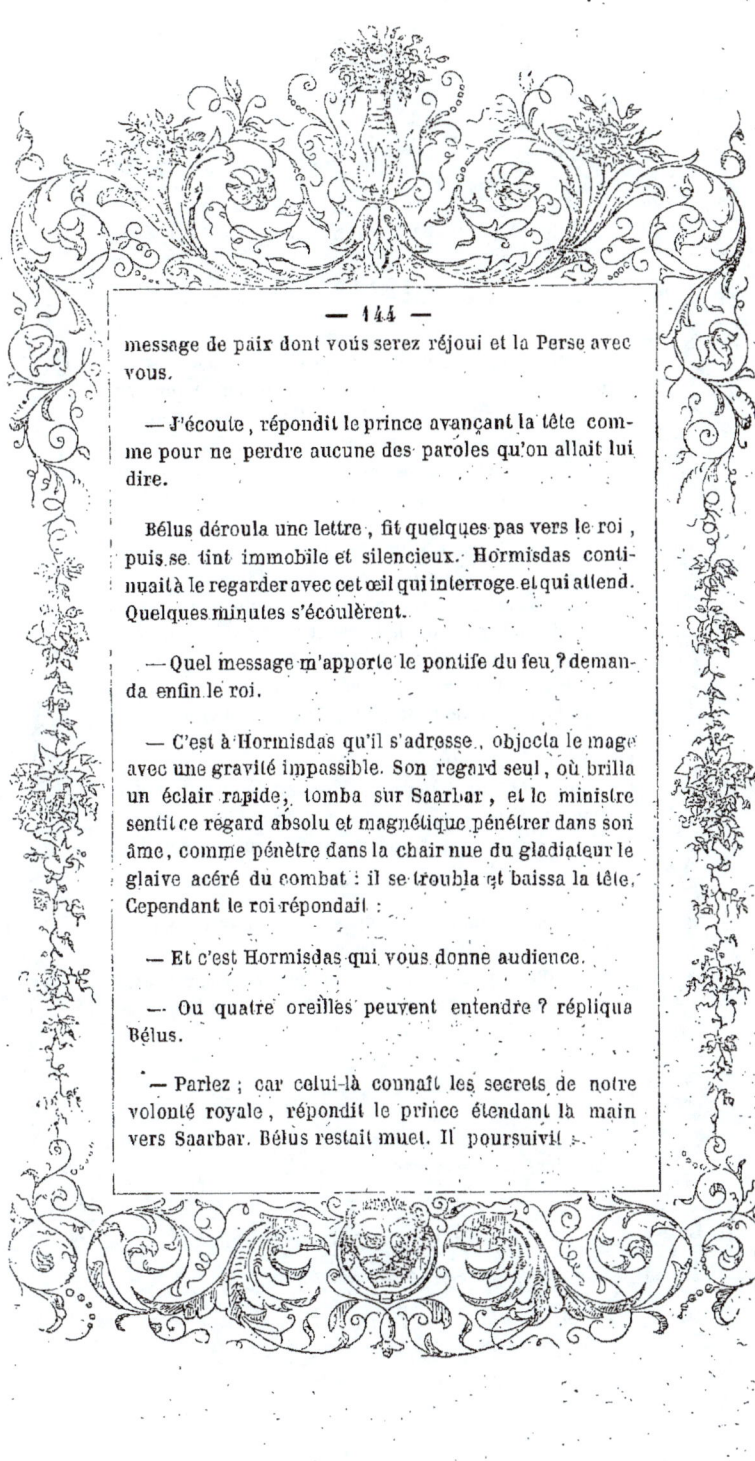

message de paix dont vous serez réjoui et la Perse avec vous.

— J'écoute, répondit le prince avançant la tête comme pour ne perdre aucune des paroles qu'on allait lui dire.

Bélus déroula une lettre, fit quelques pas vers le roi, puis se tint immobile et silencieux. Hormisdas continuait à le regarder avec cet œil qui interroge et qui attend. Quelques minutes s'écoulèrent.

— Quel message m'apporte le pontife du feu ? demanda enfin le roi.

— C'est à Hormisdas qu'il s'adresse, objecta le mage avec une gravité impassible. Son regard seul, où brilla un éclair rapide, tomba sur Saarbar, et le ministre sentit ce regard absolu et magnétique pénétrer dans son âme, comme pénètre dans la chair nue du gladiateur le glaive acéré du combat : il se troubla et baissa la tête. Cependant le roi répondait :

— Et c'est Hormisdas qui vous donne audience.

— Ou quatre oreilles peuvent entendre ? répliqua Bélus.

— Parlez ; car celui-là connaît les secrets de notre volonté royale, répondit le prince étendant la main vers Saarbar. Bélus restait muet. Il poursuivit

— Si les paroles dont vous êtes le message ont besoin de mystères ; ne craignez point : l'homme qui écoute sera pour elles ce qu'est pour les spectacles du ciel la surface polie d'un lac paisible ; elle les reproduit avec leur variété et les mille caprices de leurs formes, et n'en garde plus rien après.

— Ce n'est point ainsi que Zoroastre nous parle du secret et de celui qui l'entend, répondit le mage. L'homme qui reçoit un secret, dit-il, ressemble à une amphore de terre dans laquelle on verserait une liqueur pénétrante et corrosive ; en vain tenterait-on de la purifier quand la liqueur y a séjourné : ses parois sont empreintes à jamais ; il ne reste plus qu'à briser le vase.

La réponse était significative. Saarbar comprit et s'éloigna ; mais dans son cœur l'orgueil éveillait la haine, et le ministre n'avait pas encore franchi le seuil que déjà il méditait la ruine de Bélus, qui, de son côté, avait résolu la sienne.

—Nous sommes seuls, dit alors le roi avec un accent qui dissimulait mal la contrainte morale exercée sur lui. Le vieillard ne parut point y prendre garde, et s'avança lentement vers le prince, auquel il tendit le message déroulé.

— Lisez vous-même, dit celui-ci.

— Je ne le puis, seigneur : souvent les murailles écoutent dans les palais.

Une pâleur rapide passa comme un voile sur le front d'Hormisdas ; il se remit promptement néanmoins, et, prenant le message, il le déposa sur le marbre qui bordait le bain. Il espérait sans doute échapper ainsi à la volonté qui le pressait, mais cette volonté resta implacable, absolue ; le roi de Perse dut la subir entière, et ses résistances ne servirent qu'à rendre sa défaite plus amère en la faisant plus manifeste.

— Seigneur, ce message demande une réponse immédiate, objecta Bélus.

— Est-ce un ordre ? fit le roi poussé à bout.

— Nul ne peut donner d'ordre au maître de la Perse, répliqua le mage, qui s'inclina avec un accent de respect hypocrite ; mais ceux que nul ne domine sont placés pourtant sous le coup des événements, et les faits ont une exigence brutale dont ne peuvent s'affranchir même les rois.

Donc Hormisdas prit la lettre, et commença la lecture. Dès les premières lignes, son front, déjà chargé de nuages, s'assombrit encore ; ses doigts se crispèrent en froissant les bords. Le vieillard vit cela et resta muet et calme ; seulement il sembla que sur ses lèvres passait un tressaillement léger, et qu'une ironie rapide en avait plissé les coins. Mais nul regard n'eût su analyser cette manifestation, tant elle se fit rapide, ineffable. Cet homme ressemblait à ces eaux ténébreuses qui dorment resserrées entre les hauteurs des montagnes : rien ne trouble leur miroir, sur lequel ne souffle aucun

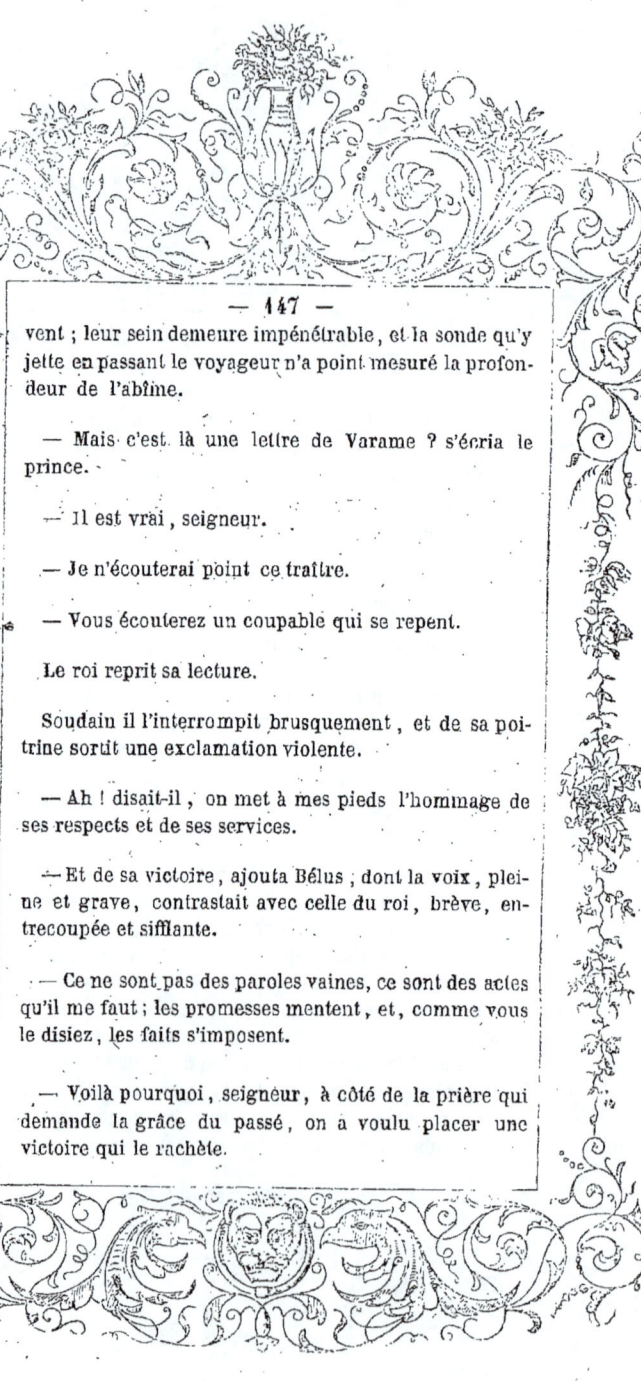

vent ; leur sein demeure impénétrable, et la sonde qu'y jette en passant le voyageur n'a point mesuré la profondeur de l'abîme.

— Mais c'est là une lettre de Varame ? s'écria le prince.

— Il est vrai , seigneur.

— Je n'écouterai point ce traître.

— Vous écouterez un coupable qui se repent.

Le roi reprit sa lecture.

Soudain il l'interrompit brusquement , et de sa poitrine sortit une exclamation violente.

— Ah ! disait-il , on met à mes pieds l'hommage de ses respects et de ses services.

— Et de sa victoire, ajouta Bélus ; dont la voix, pleine et grave, contrastait avec celle du roi, brève, entrecoupée et sifflante.

— Ce ne sont pas des paroles vaines, ce sont des actes qu'il me faut ; les promesses mentent , et, comme vous le disiez, les faits s'imposent.

— Voilà pourquoi, seigneur, à côté de la prière qui demande la grâce du passé, on a voulu placer une victoire qui le rachète.

— Ah !

— Aucune destinée n'est à l'abri d'un revers , et l'oubli d'une offense est toujours une vertu , poursuivit le vieillard d'un accent doux et persuasif.

— Il nous paraît à nous , dit Hormisdas, qu'en nous parlant de clémence , on nous croit incapable de discerner où commence la faiblesse.

— Pardonner en est une qui n'appartient qu'aux forts.

— Le châtiment est une justice que la trahison provoque, et toute honte doit être lavée.

— La gloire l'absout, seigneur ; car elle vient d'effacer les malheurs d'hier.

— A-t-elle aussi effacé le sang? répliqua Hormisdas avec un éclair dans les yeux.

Le mage resta muet.

— Hé bien ! poursuivit le prince, interprétant ce silence d'après sa pensée , je puis renoncer à mon offense ; je puis laisser couvrir avec les palmes d'aujourd'ui ce que vous appelez les malheurs d'hier, et gracier le général audacieux qui a levé l'épée contre moi ; mais il y a une querelle qui n'est pas la mienne. Entre Varame et nous il y a un cadavre sur lequel je ne dois pas laisser passer pour venir à moi. Le maître peut faire grâce au révolté ; le juge ne saurait absoudre l'homicide : Bergoas assassiné sera vengé.

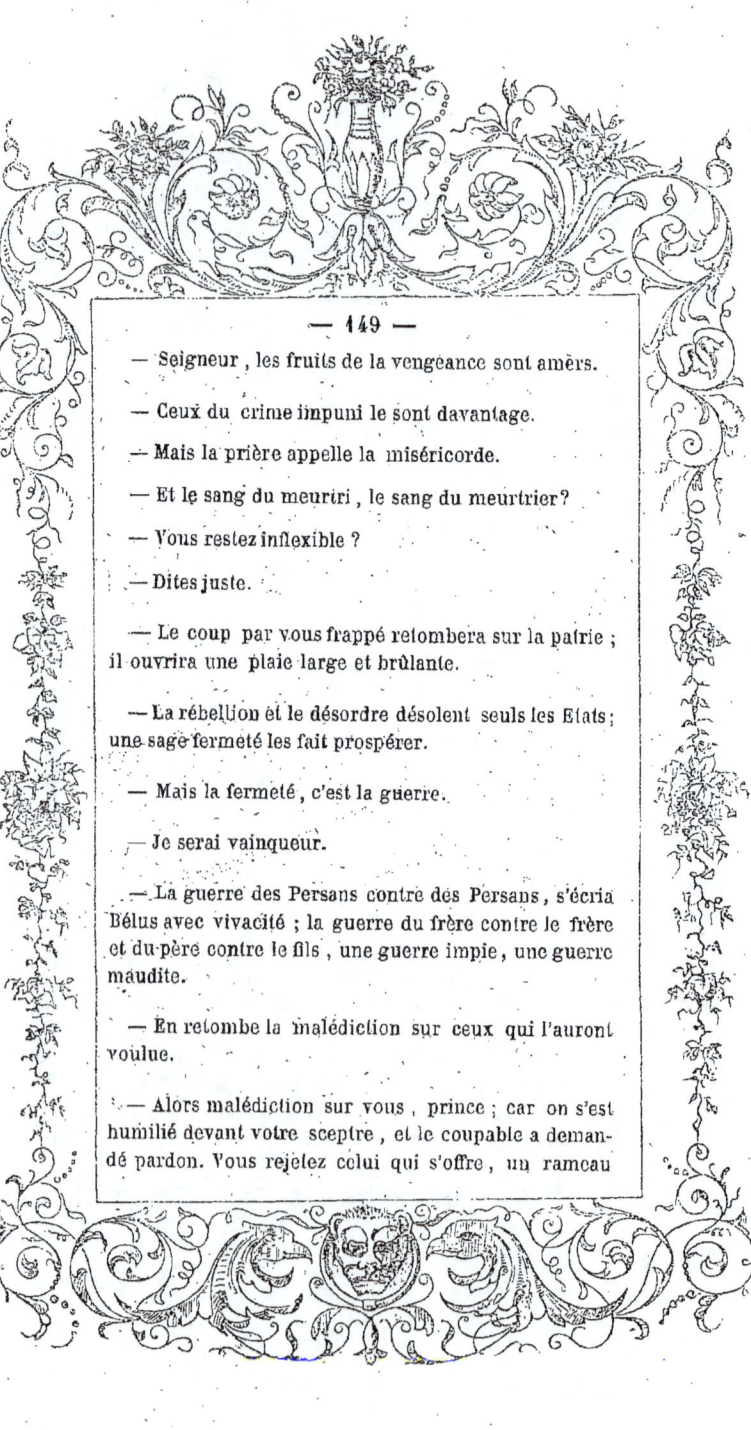

— Seigneur, les fruits de la vengeance sont amers.

— Ceux du crime impuni le sont davantage.

— Mais la prière appelle la miséricorde.

— Et le sang du meurtri, le sang du meurtrier?

— Vous restez inflexible?

— Dites juste.

— Le coup par vous frappé retombera sur la patrie; il ouvrira une plaie large et brûlante.

— La rébellion et le désordre désolent seuls les États; une sage fermeté les fait prospérer.

— Mais la fermeté, c'est la guerre.

— Je serai vainqueur.

— La guerre des Persans contre des Persans, s'écria Bélus avec vivacité; la guerre du frère contre le frère et du père contre le fils, une guerre impie, une guerre maudite.

— En retombe la malédiction sur ceux qui l'auront voulue.

— Alors malédiction sur vous, prince; car on s'est humilié devant votre sceptre, et le coupable a demandé pardon. Vous rejetez celui qui s'offre, un rameau

d'olivier à la main. L'avenir décidera entre vous et la
révolte qui se lève menaçante, et déroule son drapeau
aux acclamations d'une armée. Malheur ! demain, peut-
être, ce cera aux acclamations du pays et de la cité.
Vous ne l'ignorez pas, maître, il y a autour de vous des
haines, car il y a des douleurs ; il y aura de nombreuses félonies, car bien des cœurs sont ulcérés, bien des
intérêts sont méconnus, bien des vanités sont blessées.
Vous êtes sourd au langage de la clémence ; je parle le
langage des faits ; écoutez-le, si votre chute n'est pas
écrite au livre des destins.

— C'était la seconde menace de ruine qu'Hormisdas
entendait depuis bien peu de jours ; il tressaillit ; sur
son front passèrent comme des reflets de flamme, et ses
lèvres crispées blanchirent pendant que l'implacable
vieillard poursuivait ainsi :

— De funestes conseils vous égarent ; la méditation
recueillie et solitaire peut vous sauver : le voile est
déchiré ; regardez en face les événements, et dé-
cidez.

— Prêtre, interrompit le prince, ma sagesse ne sera
pas au-dessous de ma tâche, mais, puisque vous êtes ici
pour m'apprendre à régner, n'oubliez pas que le premier devoir d'un serviteur est l'obéissance, le premier
besoin d'un roi est le respect.

— Et ce n'est pas en manquer que de dire une vérité
utile.

— Je tiens l'enseignement pour complet, répliqua le tyran.

— Vous me chassez ?

Hormisdas resta muet.

— Fort bien ! mais l'audience que j'ai sollicitée avait un double but, et ma mission n'est encore qu'à moitié.

Hormisdas fit un mouvement d'impatience. Bélus continua :

— Vos prisons se sont fermées sur des existences que je viens réclamer. Rizaël est votre captif : ouvrez-lui la porte si vous ne voulez pas que demain un frère indigné vienne la briser avec l'armée de Nisibe en révolte. Roxané et Améria sont vos captives : délivrance encore pour elles si vous ne voulez pas que demain aussi un frère, un fils vienne, à la tête de l'armée d'Arménie, attacher l'incendie à vos palais.

— Des menaces ! fit le maître. Allons, vous ne voulez pas ce que vous demandez ; vous voyez bien que j'aurais l'air d'avoir peur maintenant si je vous exauçais.

Et les éclats d'un rire étrange partirent des lèvres royales.

— J'ai parlé à la clémence, elle ne m'a pas répondu, murmura l'impassible et opiniâtre vieillard.

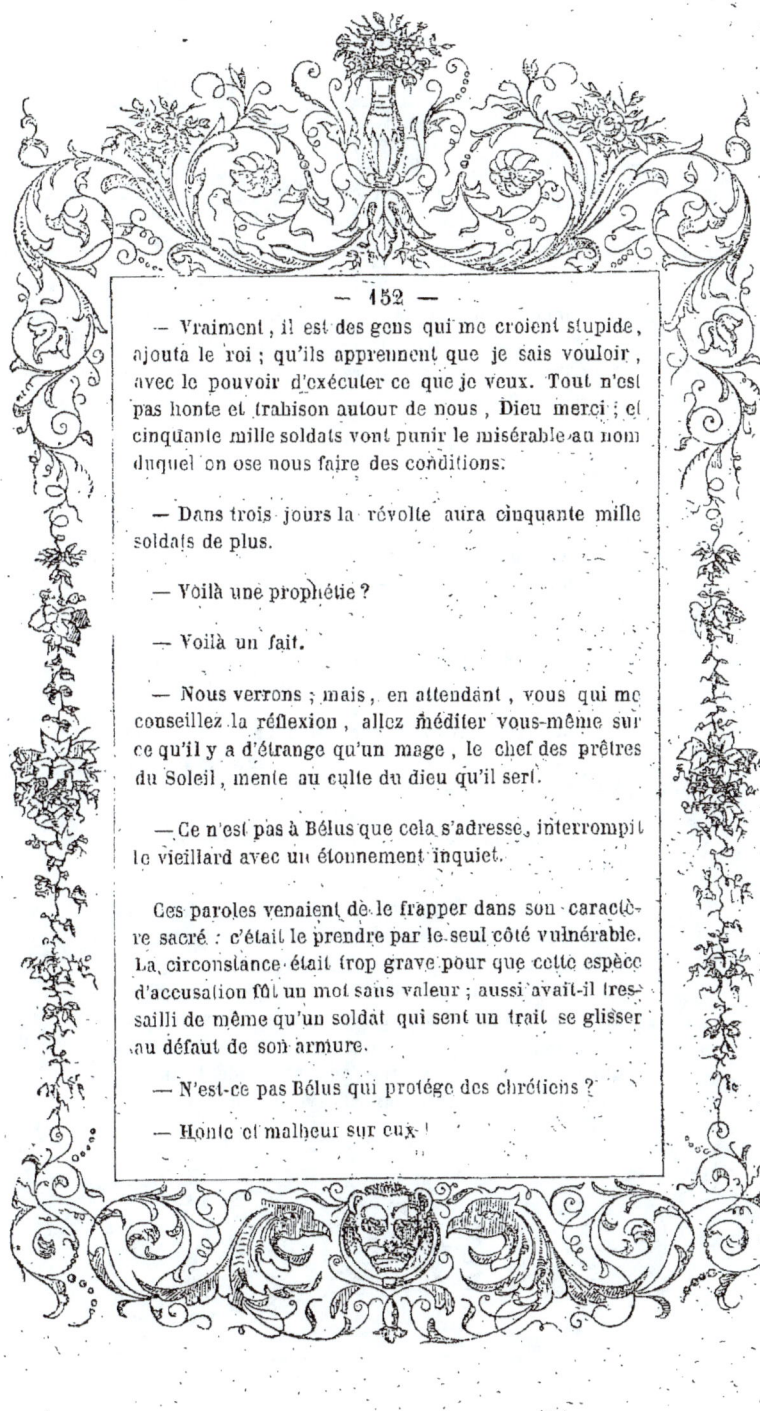

— Vraiment, il est des gens qui me croient stupide, ajouta le roi ; qu'ils apprennent que je sais vouloir, avec le pouvoir d'exécuter ce que je veux. Tout n'est pas honte et trahison autour de nous, Dieu merci ; et cinquante mille soldats vont punir le misérable au nom duquel on ose nous faire des conditions.

— Dans trois jours la révolte aura cinquante mille soldats de plus.

— Voilà une prophétie ?

— Voilà un fait.

— Nous verrons ; mais, en attendant, vous qui me conseillez la réflexion, allez méditer vous-même sur ce qu'il y a d'étrange qu'un mage, le chef des prêtres du Soleil, mente au culte du dieu qu'il sert.

— Ce n'est pas à Bélus que cela s'adresse, interrompit le vieillard avec un étonnement inquiet.

Ces paroles venaient de le frapper dans son caractère sacré : c'était le prendre par le seul côté vulnérable. La circonstance était trop grave pour que cette espèce d'accusation fût un mot sans valeur ; aussi avait-il tressailli de même qu'un soldat qui sent un trait se glisser au défaut de son armure.

— N'est-ce pas Bélus qui protège des chrétiens ?

— Honte et malheur sur eux !

— Honte et malheur donc sur Rizaël et Améria ! Ce mot fut comme un coup de hache donné par le bûcheron dans les racines de l'arbre, et qui le fait trembler jusqu'au faîte.

— Rizaël et Améria ! répétait le vieillard avec stupeur.

— Sont des chrétiens.

— Cela n'est pas ; cela ne peut être. Et Bélus se dressait ainsi que le taureau sauvage sous le dard qui l'a blessé.

— C'est cela, Saarbar tantôt m'en apportait le témoignage.

Le nom du favori fit sur Bélus l'effet d'un choc électrique, et lui rendit toute son audace un moment ébranlée.

— Le témoignage d'un ennemi n'a jamais fait foi, répondit-il.

— Je souhaite trouver des innocents, dit alors Hormisdas avec une modération perfide : ce n'est pas mon injure que j'ai en vue, c'est celle de la Perse, c'est l'intérêt d'un culte qui fut celui de nos pères, et qui est le nôtre, que je défends. Enfin Bindoës s'est armé contre nous ; sa femme et son fils restent pourtant ininquiétés ; j'aurais envers d'autres usé de la même douceur si je n'avais pas eu à venger une cause sacrée.

Bélus comprit ce que ces paroles cachaient d'astuce et d'hypocrisie ; derrière ce calme soudain, si peu en rapport avec la brutale violence du maître, si peu en rapport avec le caractère de cet entretien, il sentit une inspiration de Saarbar ; le roi entrait dans l'esprit d'un rôle concerté d'avance. Comme désormais une explication prolongée pouvait n'être pas sans danger et devenait certainement inutile, il parut croire au discours d'Hormisdas et se résigner à tout attendre de l'examen des faits. D'ailleurs dans cette âme où tout était spontané, où la pensée brillait par illumination soudaine, un plan de vengeance assurée venait de jaillir ; il répondit :

— Si Rizaël et Améria sont chrétiens, ma tâche est finie, que la cause des dieux soit défendue; mais, en frappant à Ctésiphon, n'oublions pas que la hache aura un échec en Arménie et à Nisibe.

Et le vieillard sortit.

— Vous vous tromperiez, amis, continua Hémiar après s'être arrêté un moment et avoir parcouru des yeux les visages graves et attentifs de ses auditeurs, si vous pensiez que Bélus obéit aux inspirations du bien public, au zèle d'un loyal négociateur pour la défense des intérêts qui lui sont confiés ; ce n'était pas cela qui avait armé sa parole de son accent âpre, absolu. Il était venu au palais avec une double pensée dans le cœur, et ce message ne lui paraissait qu'un hasard heureux pour la mener à but. Une vieille haine

existait dans son âme contre Saarbar. Le ministre, dans
d'autres temps, avait dédaigné sa sœur, devenue plus
tard la mère de Bindoës, le pontife suprême vengeait
l'affront qu'il avait reçu comme simple mage. De plus,
Bélus était bien réellement l'homme de sa caste, c'est-
à-dire l'homme avide d'influence et de crédit, l'homme
dont la main s'attache au manteau de la puissance et
l'attire à lui par un effort muet et constant. Le caractère absolu de Saarbar, la rigueur inflexible de ses volontés, l'inquiétude jalouse de son ambition, devenaient une barrière à des envahissements continus. Il
apparaissait semblable à un lutteur hardi et vigoureux
debout à l'entrée d'un sentier pour en défendre les
abords, et sur lequel il fallait faire conquête de chaque pied de terrain. On conçoit que ces deux natures
en présence ne pouvaient que se haïr, car l'orgueil ne
pardonne pas à l'orgueil. Varamo devenait un admirable instrument, et Bélus s'était réjoui d'avoir à porter
son message aux pieds du trône. Lorsque cette mission
lui avait été donnée, il était comme un soldat, équipé
pour la guerre, qui suit des yeux son ennemi, cher-
chant un lieu propre à l'attaque; maintenant l'arène
était trouvée, le mage avait senti sa poitrine se gonfler
des voluptés de la vengeance. L'orage semblait trop
gros, trop menaçant, pour se dissiper sans laisser des
débris, et l'instinct de haine qui veillait en lui l'avertissait bien du côté où ces débris allaient s'amonceler.

Voilà pourquoi il était venu au palais, pourquoi sa
parole s'était faite implacable, dure, audacieuse; du
reste ce n'était là qu'une scène du drame qui se dérou-

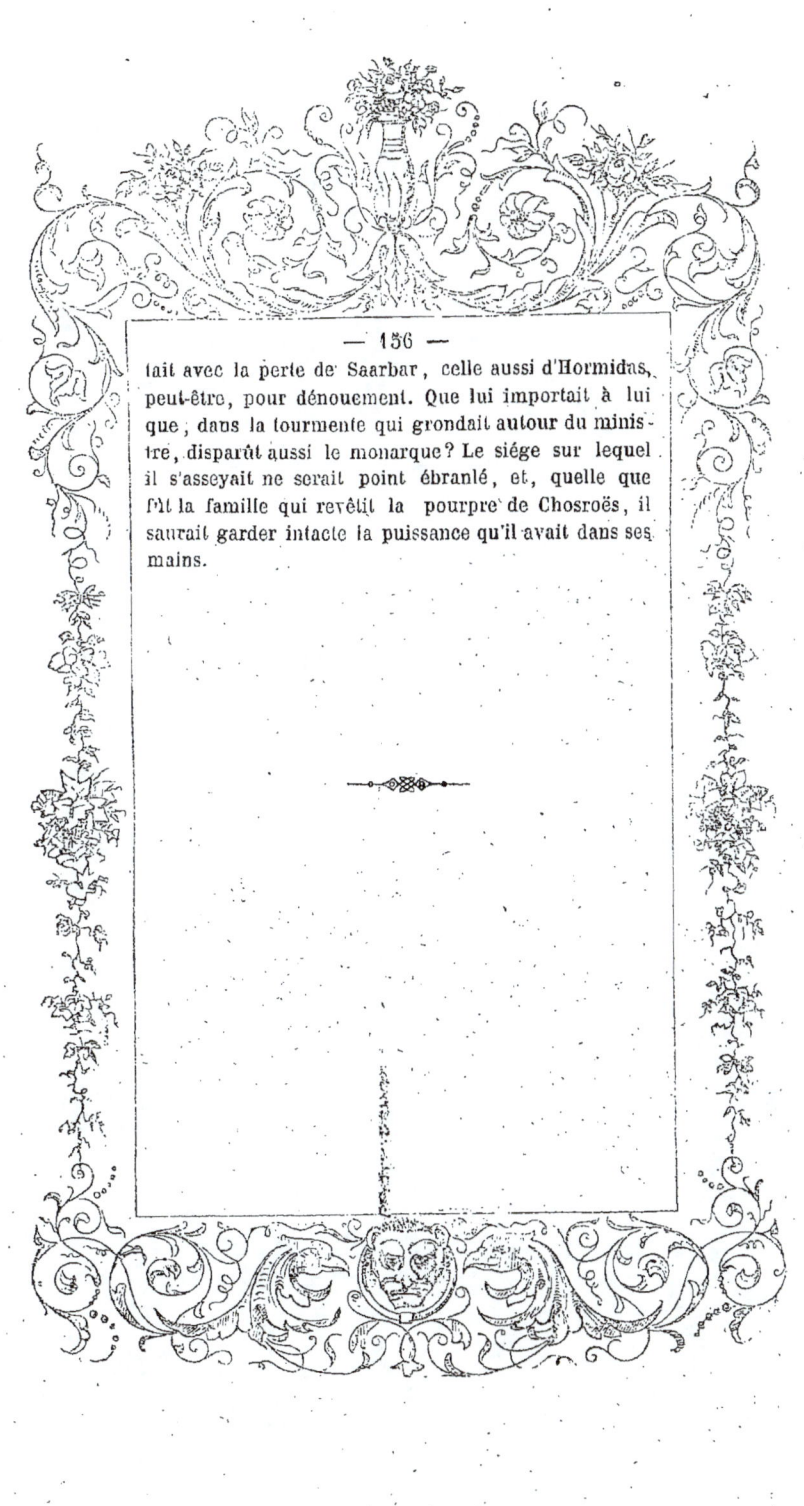

tait avec la perte de Saarbar, celle aussi d'Hormidas, peut-être, pour dénouement. Que lui importait à lui que, dans la tourmente qui grondait autour du ministre, disparût aussi le monarque? Le siége sur lequel il s'asseyait ne serait point ébranlé, et, quelle que fût la famille qui revêtit la pourpre de Chosroës, il saurait garder intacte la puissance qu'il avait dans ses mains.

Tous deux tombèrent dans les bras l'un de l'autre.

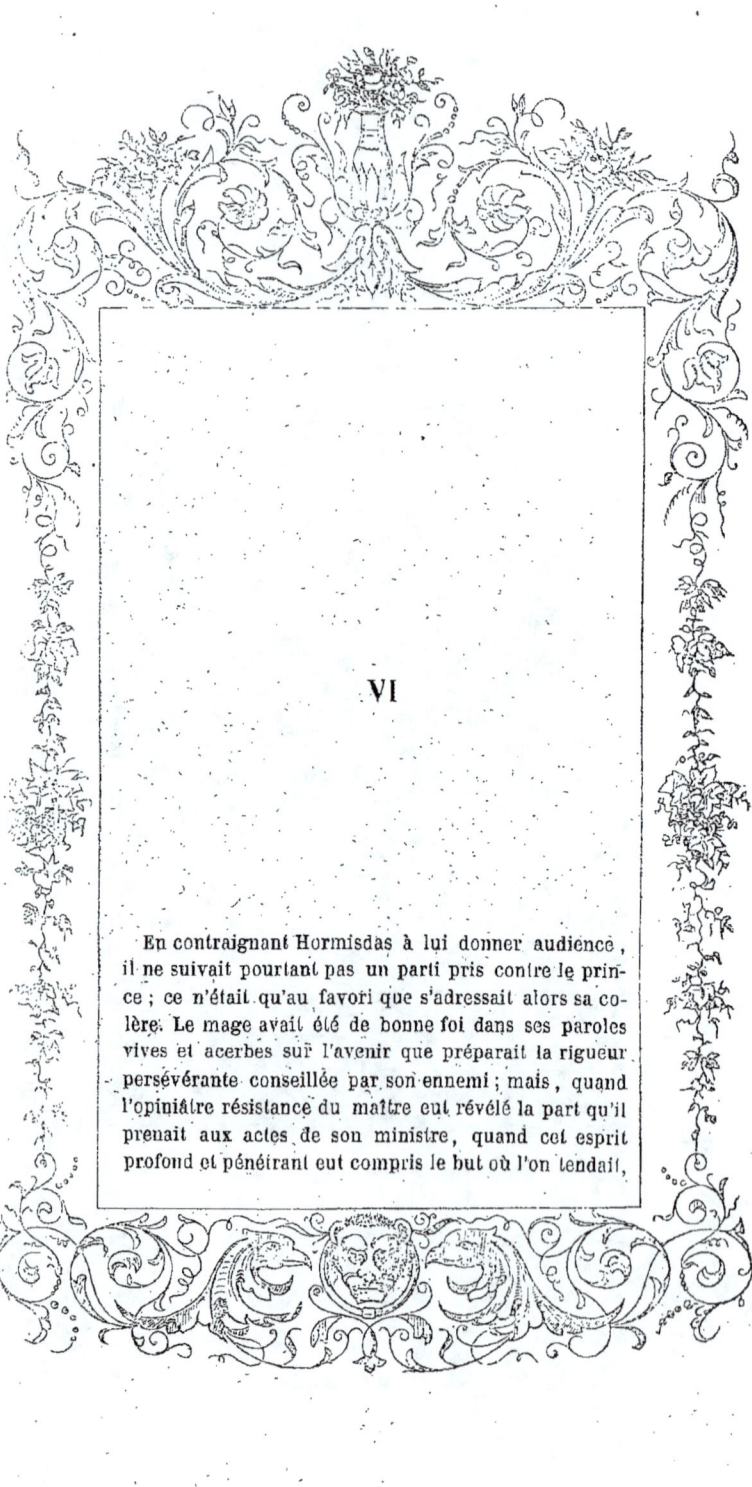

VI

En contraignant Hormisdas à lui donner audience,
il ne suivait pourtant pas un parti pris contre le prince ; ce n'était qu'au favori que s'adressait alors sa colère. Le mage avait été de bonne foi dans ses paroles
vives et acerbes sur l'avenir que préparait la rigueur
persévérante conseillée par son ennemi ; mais, quand
l'opiniâtre résistance du maître eut révélé la part qu'il
prenait aux actes de son ministre, quand cet esprit
profond et pénétrant eut compris le but où l'on tendait,

et que derrière cette persécution surexcitée, attisée, il surprit un plan politique : la consécration du pouvoir donné à un homme qui avait besoin d'éteindre certaines existences, de briser certaines fortunes pour garder la place où il était monté, le vieillard s'associa à la querelle du fils de sa sœur, et quitta le palais, ennemi personnel du roi; non pas ennemi déclaré, qui marche droit à son adversaire et l'attaque, visage découvert et en plein soleil, mais ennemi ténébreux, secret, que l'on cherche vainement à la surface des choses, et que l'on trouve au fond de toutes. Aussi bien n'apparaîtra-t-il plus dans ce récit; mais si le nom est absent, la haine est présente, et, l'observateur peut la sentir sous les faits par les catastrophes qu'ils produisent, comme, sous la mer, se manifeste la présence d'un volcan par la soudaine irruption qui fait bouillonner ses flots et les déchire.

Or le roi, demeuré seul, appela son esclave favori. Midraës parut. Le prince quitta le bain; il revêtit ses riches habits orientaux couverts de pierres et de broderies, d'où s'échappent des jets de lumière semblables aux reflets d'un soleil, puis il se souvint de ces mots de Saarbar :

« Je n'avais pas osé espérer que votre vengeance frappât si juste. »

— Que voulait dire cela? pensa-t-il. Sans doute un intérêt bien vif, bien palpitant, se cache dessous, car on a mis une singulière importance à l'annoncer.

Et, portant la main au front, il se prit à réflé-
chir.

En ce moment des sons vifs et accentués se firent entendre; ils semblaient partir de l'aile du palais paral-
lèle au corps de bâtiments où il se trouvait; il écouta :
la musique s'animait par degrés; c'était tantôt une
pluie de notes rapides, légères, capricieuses, ainsi
qu'un chant d'oiseau; tantôt une harmonie douce, mélancolique, pareille aux soupirs de la brise sous les
voûtes abandonnées d'une ruine.

— Voici l'anniversaire de la naissance de la reine, dit
le roi avec un geste d'impatience contenue. La fête
commence bien vite ! Misérable rôle qui veut que j'aille
montrer à ma cour un front chargé des sombres préoccupations que ce mage a semées dans mon âme. Et,
secouant la tête, il sortit.

Mais quel était, en effet, le spectacle auquel Saarbar
était venu convier sa cruauté ? C'est encore au fond
d'un cachot qu'il faut descendre pour avoir la révélation du genre de joie que le ministre promettait au
maître. Dans une des trois cents cellules de pierre en-
chassées dans les épaisses et fortes murailles de la
Tour-Carrée, Rizaël attendait son jugement et la mort.
Il était assis les jambes en croix, le front incliné par une
pénible méditation. Ces quelques jours de captivité
avaient dû passer sur lui bien pesants et bien terribles;
car il semblait flétri comme une plante sur laquelle a
soufflé le simoun. Il était pâle, de la pâleur qu'ont les
statues de cire, alors qu'on ne les a pas encore colorées

de ces tons rosés qui imitent la vie, et sur ses traits délicats, décorés du calme d'une douleur intime et résignée, une teinte bleuâtre interrompait seule autour des
yeux cette blancheur mate et immobile. Chez cet homme posé là muet et triste, ainsi que les statues qui veillent sur les tombes, l'âme paraissait avoir déserté tous
les organes pour se réfugier dans le regard : un rayon y
brillait noyé dans une larme qui se formait lentement
entre la frange noire des paupières. La main blême et
frêle du captif, abaissée sur le genou, tenait un rouleau de papyrus, et sur ce rouleau il y avait écrit ce
qui suit :

« Oui, frère, je suis chrétien.

» Depuis deux années déjà, mes yeux se sont ouverts
» à la vraie lumière, et la vie, jusqu'à ce jour restée
» pour moi un étrange et douloureux mystère, m'est
» enfin révélée dans son but et dans son emploi. Aussi
» j'ai accepté l'infortune sans murmurer, et ces lignes,
» confiées par mon cœur à la loyale et courageuse
» amitié, ne seront dépositaires que de pensées de mi-
» séricorde.

» Sous les verrous d'un roi que j'ai servi avec zèle et
» dévouement, victime d'une trame honteuse, je n'ap-
» pellerai point ta haine, je n'invoquerai point ton
» secours pour être arraché aux dangers qui menacent
» ma destinée : j'aurai des paroles d'oubli, car l'espé-
» rance n'a point déserté mon cœur. La cause dont je
» suis le martyr porte, dans la fidélité même de ses
» serviteurs, la récompense de leur zèle. Souvent,

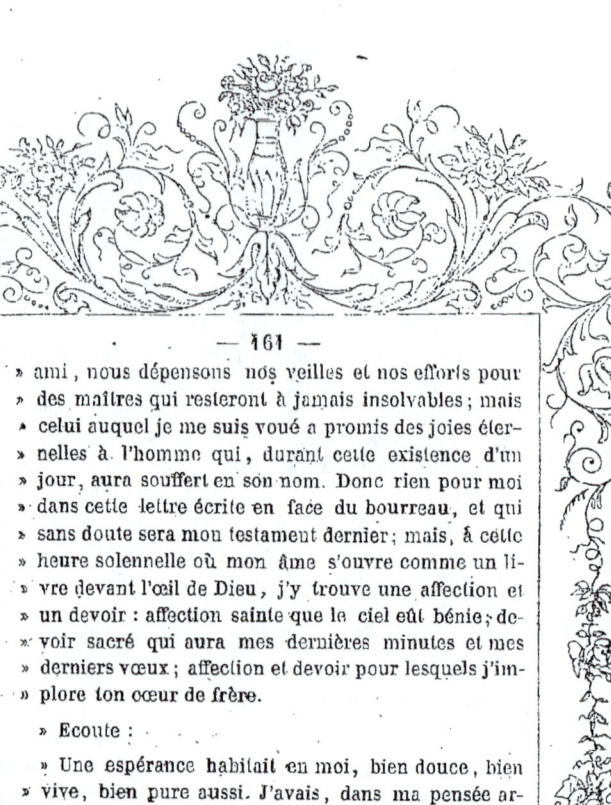

» ami, nous dépensons nos veilles et nos efforts pour
» des maîtres qui resteront à jamais insolvables ; mais
» celui auquel je me suis voué a promis des joies éter-
» nelles à l'homme qui, durant cette existence d'un
» jour, aura souffert en son nom. Donc rien pour moi
» dans cette lettre écrite en face du bourreau, et qui
» sans doute sera mon testament dernier ; mais, à cette
» heure solennelle où mon âme s'ouvre comme un li-
» vre devant l'œil de Dieu, j'y trouve une affection et
» un devoir : affection sainte que le ciel eût bénie ; de-
» voir sacré qui aura mes dernières minutes et mes
» derniers vœux ; affection et devoir pour lesquels j'im-
» plore ton cœur de frère.

» Ecoute :

» Une espérance habitait en moi, bien douce, bien
» vive, bien pure aussi. J'avais, dans ma pensée ar-
» rangé ma vie pour un bonheur que Dieu n'a pas per-
» mis (soient bénis ses desseins ! je m'incline sous sa
» volonté). Au milieu de ce tourbillon qu'on appelle le
» monde, mon regard avait rencontré un être que l'é-
» clat de la fortune n'avait point gâté, que les splen-
» deurs d'une vieille gloire de famille n'avaient point
» enivré, que les douceurs, les mollesses d'une exis-
» tence de richesse et de luxe n'avaient point fait égoïs-
» te, ni oublieux des malheureux qui souffrent et pleu-
» rent au seuil des palais ou à l'angle des places. Cet
» être est une fille de seize ans, une enfant simple et
» pure, dont le cœur reçoit l'empreinte de la vertu,
» comme l'argile l'empreinte de la main qui la met en
» œuvre. Eh bien ! j'ai suivi cette enfant ; je l'ai vue

» grandir, je l'ai aimée, non pas de cet amour réprou-
» vé qui prend sa source dans les appétits que fait par-
» ler le sang, mais d'un amour qui se nourrit de pen-
» sées calmes et sereines.

» Elle eût été la compagne de ma destinée ; ensemble
» et nous tenant par la main, nous eussions d'un pas
» plus ferme marché dans la vie; d'une volonté plus
» persévérante et plus sûre, choisi et exécuté la justice.
» Dieu voit mon cœur: il sait pourquoi j'ai souhaité
» ces choses, pourquoi j'ai reculé mes espérances ; il
» sait qu'aujourd'hui elle serait ma fiancée, car il a
» mis dans mon sein de mystérieux élans qui me por-
» tent vers elle; car il a mis dans mon âme d'intimes
» harmonies qui cherchent un écho. Mais Améria adore
» le soleil, et c'est à une chrétienne seule que Rizaël
» doit engager sa foi.

» Chrétienne! elle le sera : cette âme est trop belle,
» d'en haut descendra vers elle un de ces rayons qui
» éclairent et portent la vérité ; sous la hache qui se lè-
» vera sur ma tête j'aurai une prière pour cette en-
» fant; je demanderai que, dans l'éternité, aux pieds
» du même trône, prosternés dans une même adora-
» tion, nous puissions unir notre voix dans le solennel
» *Hosanna* que chantent les martyrs.

» Quel partage! donner son cœur à un noble cœur;
» croire en lui pour ce qu'il a de généreux; le chérir
» pour ce qu'il a de bon; le vénérer pour ce qu'il a de
» saint, et s'appuyer sur cet amour pour mieux prati-

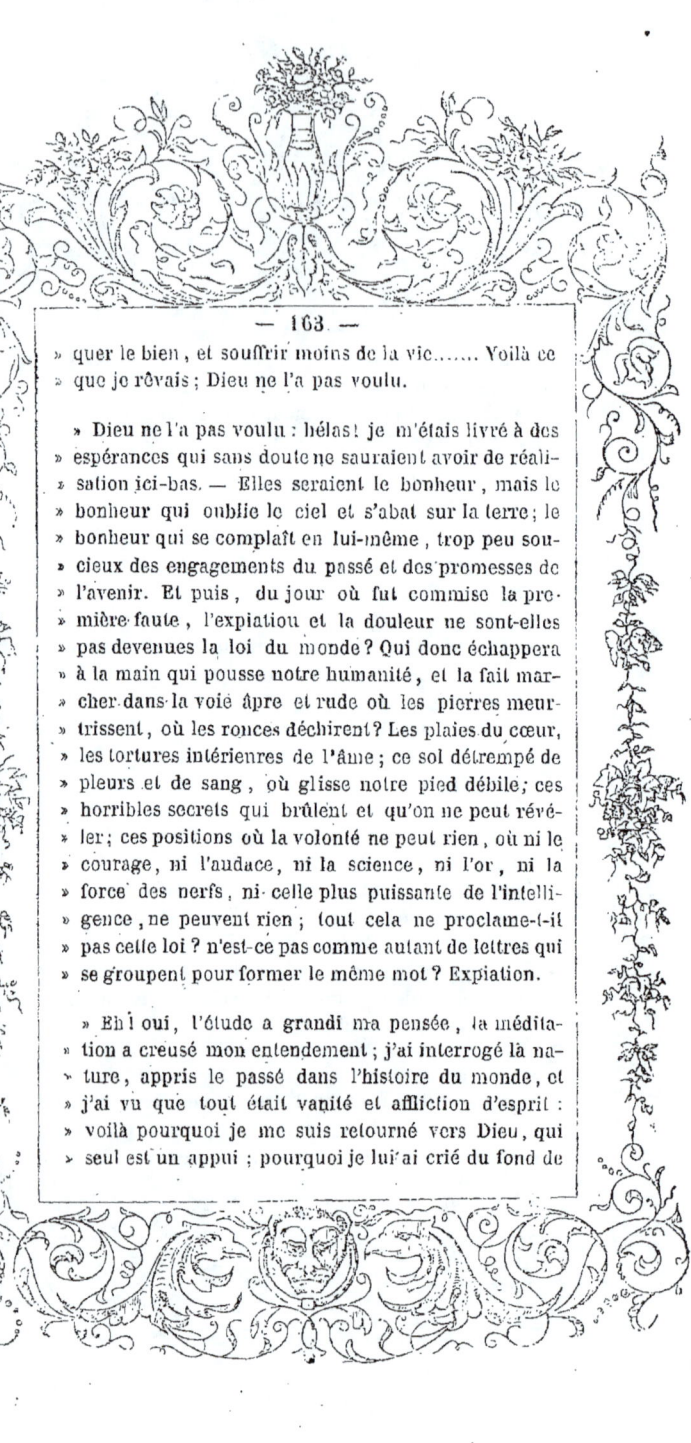

» quer le bien, et souffrir moins de la vie....... Voilà ce
» que je rêvais ; Dieu ne l'a pas voulu.

» Dieu ne l'a pas voulu : hélas! je m'étais livré à des
» espérances qui sans doute ne sauraient avoir de réali-
» sation ici-bas. — Elles seraient le bonheur, mais le
» bonheur qui oublie le ciel et s'abat sur la terre; le
» bonheur qui se complaît en lui-même, trop peu sou-
» cieux des engagements du passé et des promesses de
» l'avenir. Et puis, du jour où fut commise la pre-
» mière faute, l'expiation et la douleur ne sont-elles
» pas devenues la loi du monde? Qui donc échappera
» à la main qui pousse notre humanité, et la fait mar-
» cher dans la voie âpre et rude où les pierres meur-
» trissent, où les ronces déchirent? Les plaies du cœur,
» les tortures intérieures de l'âme; ce sol détrempé de
» pleurs et de sang, où glisse notre pied débile; ces
» horribles secrets qui brûlent et qu'on ne peut révé-
» ler; ces positions où la volonté ne peut rien, où ni le
» courage, ni l'audace, ni la science, ni l'or, ni la
» force des nerfs, ni celle plus puissante de l'intelli-
» gence, ne peuvent rien; tout cela ne proclame-t-il
» pas cette loi ? n'est-ce pas comme autant de lettres qui
» se groupent pour former le même mot? Expiation.

» Eh! oui, l'étude a grandi ma pensée, la médita-
» tion a creusé mon entendement; j'ai interrogé la na-
» ture, appris le passé dans l'histoire du monde, et
» j'ai vu que tout était vanité et affliction d'esprit :
» voilà pourquoi je me suis retourné vers Dieu, qui
» seul est un appui ; pourquoi je lui ai crié du fond de

» cette triste vallée : Soyez à moi pour le seul bien que
» je puisse avoir sous le soleil , pour que la vérité m'é-
» claire , pour qu'une voix céleste résonne à mon oreille
» et m'inspire la force qui soutient et la vertu qui sait
» souffrir.

» Ma voix a été entendue , et pour moi sont abrégés
» les jours d'épreuve.

» Mais toi, frère, tu protégeras celle pour qui mes
» efforts sont impuissants. Je sais que les verrous tirés
» sur moi le sont encore sur elle; mais on n'oserait la
» frapper dans sa vie : ce serait trop grande honte,
» vois-tu , que de verser le sang de cet être faible,
» étranger à nos querelles , et qui toujours a vécu loin
» de l'arène où s'agitent les ambitions et les colères.
» Et puis, si la colère qui la poursuit est implacable,
» elle a mieux à faire que d'éteindre brusquement cette
» existence : la condamner à de quotidiennes douleurs;
» la traîner, par exemple, aux pieds de l'échafaud
» dressé pour sa vieille mère , faire rejaillir jusqu'à elle
» les gouttes attiédies de cette horrible pluie de sang,
» et puis, éperdue , seule, meurtrie dans son âme et
» dans son corps , la jeter dans la rue , où l'attendront
» la misère et ses haillons, le malheur et ses désespoirs.
» Oh! si cela arrivait, toi, le fort, le riche, l'allié des
» rois, tu tendras la main à la pauvre abandonnée, tu
» la couvriras de ta fortune et de ta puissance, te sou-
» venant que , si la haine ne m'a laissé aucun des biens
» immenses que m'enviaient mes ennemis, je lui ai lé-
» gué le seul dont nul n'a pu me dépouiller : mes vœux
» et le dévouement d'un frère. »

Voilà ce qui était écrit sur le papyrus.

Comprenez-vous à cette heure la fête à laquelle Saarbar invitait Hormisdas ?

Rizaël avait pensé juste : ce n'était pas le sang d'Améria que l'on voulait, quant à présent du moins.

Le caractère et le but de la lutte engagée par Varame demeuraient parfaitement jugés, et personne, à Ctésiphon, n'ignorait que l'ambitieux général menaçait de son épée, non plus le roi qu'il fallait contraindre à signer un acte de réhabilitation, mais la couronne qu'il fallait conquérir. Or, en Perse, les lois étaient formelles, les usages constants : l'homme qui devenait coupable d'offense envers le pays, envers le prince, entraînait dans sa réprobation la famille entière ; c'était comme une tache originelle, appelant sur tous les membres la proscription et la mort. Roxane et Améria restaient donc sous le coup d'un arrêt certain ; mais il devenait dangereux d'exécuter la sentence. Quel avenir préparaient les événements qui se pressaient ? Ici les prévisions étaient difficiles ; trop de chances tournaient en faveur de la révolte pour ne pas craindre, et l'intervention soudaine et inattendue de Bélus aggravait une position bien grave déjà ; toutes choses qui faisaient de la conservation de ces deux femmes une mesure de la plus vulgaire prudence : il fallait attendre.

Rizaël donc avait bien pensé ; il avait bien pensé encore en prévoyant que la haine qui venait de le dépouiller et d'incarcérer Roxane et Améria était trop ardente pour ne pas tirer des peines de ses victimes, mais il s'était trompé sur la nature de ces peines. Il était en cela resté fort au-dessous de l'intelligence de Saarbar : ainsi le malheureux n'avait pas soupçonné que son amour pour Améria n'était plus un mystère gardé au fond de son cœur, mais qu'il avait été lu dans son regard et sur ses traits, senti dans sa voix et dans son geste, le jour où il avait paru devant le roi; il n'avait pas soupçonné qu'il était possible de faire de cet amour un instrument de torture encore plus horrible, plus douloureux que ne sont les ongles de fer et les tenailles rougies; qu'il était possible de meurtrir ses membres à coups de bâton, d'exposer à côté de lui, sous son regard, presque sous le souffle de sa poitrine, liée à un poteau, cette jeune fille qu'il aimait, et de la déchirer sous la verge et le fouet; et cela dans l'enceinte solitaire d'une cour de prison, sans autres témoins que le bourreau qui exécute et le maître qui vient rire et jouir de la vengeance qu'il ordonne. Il n'avait pas soupçonné cela; pourtant voilà le supplice que Saarbar lui réservait. Avouons-le, c'était un spectacle nouveau et palpitant que celui-là : réunir dans une même torture deux existences, dont l'une s'était vouée à l'autre : voir sous une main rude et brutale trembler et se roidir des membres délicats et frêles; avoir son oreille remplie de cris et de sanglots; se suspendre par la pensée aux lèvres toutes pâles et frémissantes des victimes; sentir leur cœur bondir dans leur sein à chaque coup de verge qui sillonne leur chair de plaies, et, sous ces douleurs du corps, comprendre les douleurs plus affreuses de l'âme : assister à pareil tableau, rempli des féroces instincts de la haine, voilà sans doute la volupté de la barbarie, voilà un rare plaisir de bourreau, et qu'on pouvait offrir à Hormisdas, ce persécuteur qui parlait des tyrans de Rome ; il était à la hauteur de ses modèles : Néron et Domitien n'auraient pas mieux fait.

Au sein de la fête que célébrait la cour en l'honneur de la reine, le maître et le ministre s'étaient rencontrés ; plusieurs fois, à travers les grandes salles du palais, pleines de lumières et de bruit, au-dessus des têtes rieuses, on vit passer leurs deux fronts pâles et chargés d'une pensée qui devait être terrible, car elle allumait un éclair dans leurs yeux. Alors la nuit qui avait précédé la chute de Rizaël s'offrit à plus d'une mémoire ; comme celle-là, elle avait été une nuit de plaisir, et le lendemain la proscription était descendue sur bien des familles : c'était une date qui désormais allait s'écrire en chiffres de sang dans les annales de la Perse. Sous l'empire de ces redoutables pressentiments, plusieurs sentirent un frisson courir par les membres, lorsque, les yeux attachés sur ces deux hommes dont les paroles semaient la mort ou la vie, la richesse ou les misères de l'exil, ils les virent se retirer à l'écart, livrés à un entretien dont nul ne pouvait pénétrer le sujet, et, durant cette mystérieuse conférence, promener sur les divers groupes leurs regards de maîtres irrités. Ce tête à tête dura un quart d'heure ; puis le ministre quitta le roi, et ceux qui épiaient ses mouvements purent, à l'éclat de son manteau blanc, suivre sa marche à travers la salle, et le voir disparaître derrière de jeunes seigneurs assemblés à l'entrée. Où allait-il ? On se le demanda du regard avec inquiétude, car un instinct secret dominait les esprits, et les avertissait qu'on préparait quelque chose. L'attente fut courte : Saarbar reparut presque aussitôt, se dirigeant d'un pas rapide vers le roi, qui n'avait pas quitté la place où il l'avait laissé.

— Tout est prêt, dit-il d'une voix brève.

Et, sans plus attendre, il se mit à marcher devant Hormisdas, qui le suivit; tous deux sortirent.

— Où vont-ils? se demandèrent encore les courtisans.

Assister à la torture.

Il faut le dire pourtant, ce qu'ils allaient faire n'était pas une cruauté absolument gratuite; il y avait un but, le voici, il est digne de celui qui l'avait proposé : le procès de Rizaël était chose grave et dans sa nature et dans ses résultats. L'accusation de trahison formulée contre lui n'avait, auprès d'un tribunal libre de toute contrainte, qu'une seule base possible : sa qualité de chrétien. Qu'arriverait-il si cet homme, pris de faiblesse en présence de la mort, mal affermi dans le culte nouveau dont il se confessait le disciple, tournait un regard de regret vers les biens perdus, et se rétractait aux pieds de ses juges? Pareille abjuration avait une valeur trop grande pour ne pas effacer l'accusation; on le craignait du moins : il fallait donc la prévenir, car ce n'était pas le chrétien, c'était le ministre qu'il importait de perdre; et pour cela une épreuve parut nécessaire à Saarbar : il voulut constater le courage de sa victime, s'assurer qu'elle ne reculerait pas devant l'aveu de sa foi, à l'heure où cet aveu seul forcerait la sentence et rendrait trop dangereuse, pour qu'il la tentât, la protection de Bélus

Et voilà que le roi et Saarbar traversèrent la salle des gardes, passèrent sous une porte ouvrant sous un corridor ; ils le franchirent, ensuite une enceinte qui touchait au pied d'une tourelle ; à l'extrémité s'ouvrit encore une autre porte ; on descendit quelques marches, on s'enfonça dans un couloir long et souterrain ; on passa un escalier, puis une salle, puis une autre, puis on se trouva dans la cour des prisons. Tout était prêt, comme l'avait dit Saarbar. Les patients, dépouillés, déjà liés au poteau, ayant à leur côté l'exécuteur, dont la main était armée de verges, attendaient le royal spectateur ; à droite et à gauche, deux torches allumées éclairaient la scène pour laquelle on eût sans doute redouté l'éclat du soleil. Hormisdas embrassa, dans un rapide regard, ces apprêts, et se tournant vers Saarbar :

— Ces malheureux persévèrent dans leur impiété ? dit-il.

— Ils y persévèrent, seigneur.

— Peut-être les enseignements de la douleur auront éclairé leur aveuglement. Interrogez-les.

Le ministre s'avança vers Rizaël.

— Etes-vous chrétien ? demanda-t-il.

— Je suis chrétien, répondit le martyr d'une voix calme, mais ferme.

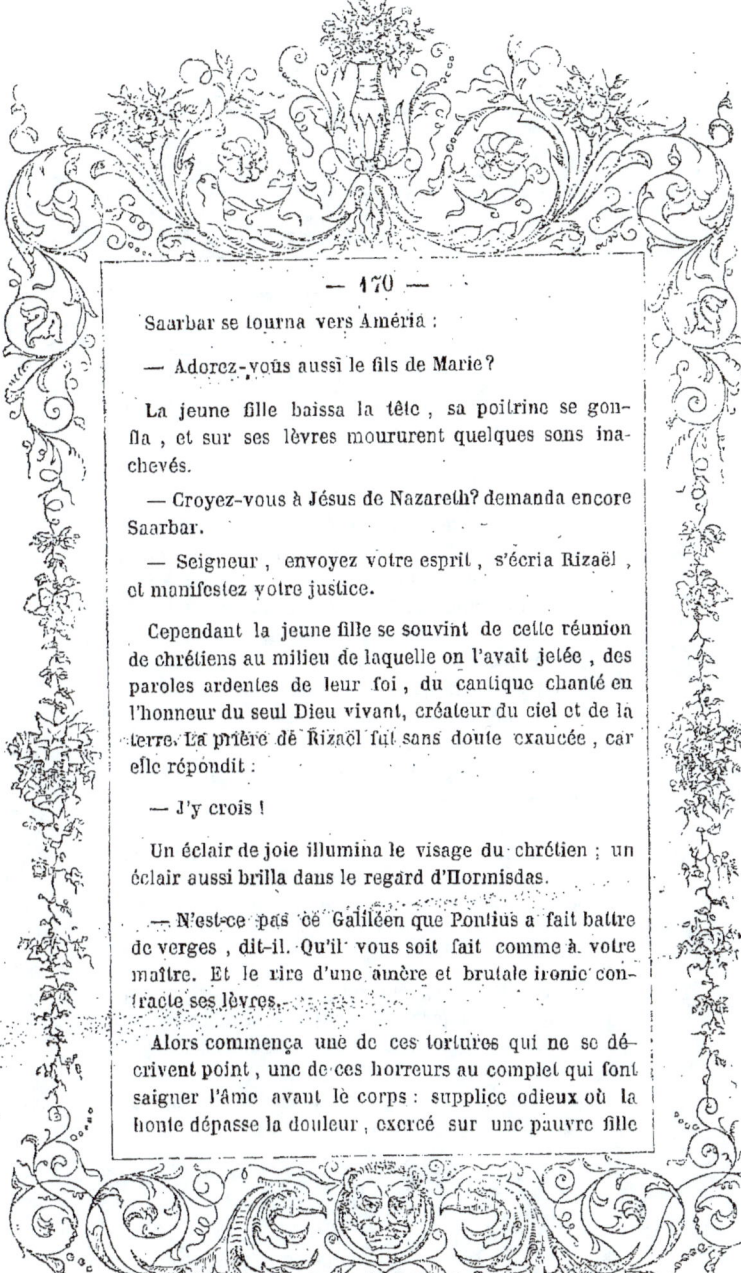

Saarbar se tourna vers Améria :

— Adorez-vous aussi le fils de Marie ?

La jeune fille baissa la tête, sa poitrine se gonfla, et sur ses lèvres moururent quelques sons inachevés.

— Croyez-vous à Jésus de Nazareth? demanda encore Saarbar.

— Seigneur, envoyez votre esprit, s'écria Rizaël, et manifestez votre justice.

Cependant la jeune fille se souvint de cette réunion de chrétiens au milieu de laquelle on l'avait jetée, des paroles ardentes de leur foi, du cantique chanté en l'honneur du seul Dieu vivant, créateur du ciel et de la terre. La prière de Rizaël fut sans doute exaucée, car elle répondit :

— J'y crois !

Un éclair de joie illumina le visage du chrétien ; un éclair aussi brilla dans le regard d'Hormisdas.

— N'est-ce pas ce Galiléen que Pontius a fait battre de verges, dit-il. Qu'il vous soit fait comme à votre maître. Et le rire d'une amère et brutale ironie contracte ses lèvres.

Alors commença une de ces tortures qui ne se décrivent point, une de ces horreurs au complet qui font saigner l'âme avant le corps : supplice odieux où la honte dépasse la douleur, exercé sur une pauvre fille

de seize ans, que le persécuteur retint, durant plus
d'un quart d'heure, liée, sous le fouet, pleurant, frissonnant, se tordant, murmurant des plaintes inar-
ticulées au milieu desquelles on distinguait un mot,
un seul :

— Mon Dieu !

Mon Dieu ! invocation suprême de la victime contre
le bourreau, du faible sans appui contre le fort qui op-
prime ; invocation douloureuse qui se répétait à droite
de l'enfant comme un écho. Rizaël disait aussi : Mon
Dieu ! mais ce n'était pas seulement la souffrance qui
provoquait ce cri sur sa lèvre, il renfermait encore
une action de grâce : Améria était chrétienne ! Cette
communauté de torture, ce baptême de sang donné à
l'homme et à l'enfant, parurent au frère de Bindoës
une consécration qui le liait à sa fiancée ; il en remer-
ciait Dieu dans son cœur.

Enfin Hormisdas fut repu de pleurs et de souffrances ;
il ordonna que les deux chrétiens fussent détachés et
rejetés en prison.

L'épreuve était faite.

— C'est bien, seigneur roi ; vous aimez les ressem-
blances, et voilà que vous venez de refaire un chapitre
de la passion du Christ. Le gouverneur de Judée flagella
le Galiléen, comme vous l'appelez, et il est mort exilé
sur un sol étranger, déchu de puissance, misérable et
maudit. Hormisdas, où mourrez-vous ?

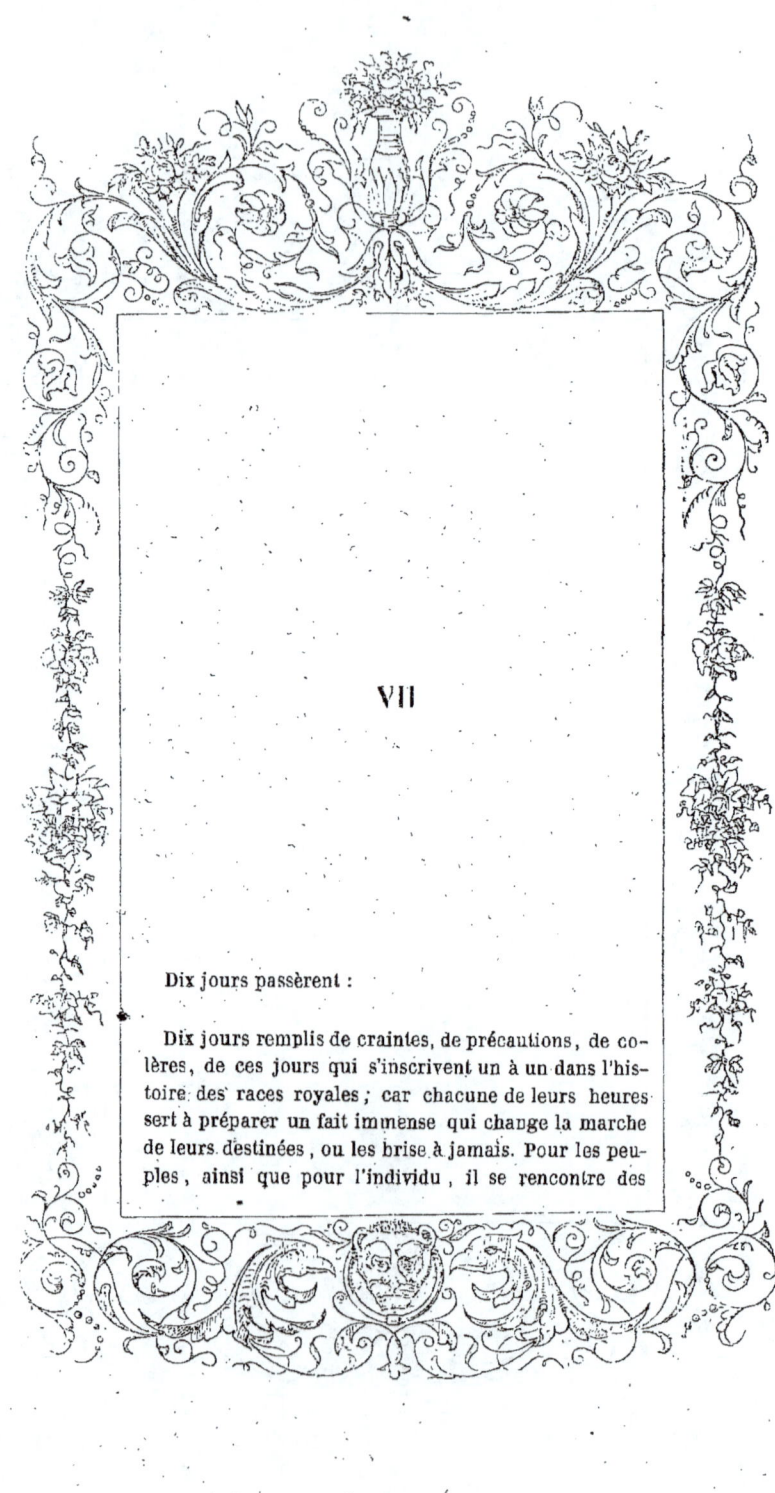

VII

Dix jours passèrent :

Dix jours remplis de craintes, de précautions, de colères, de ces jours qui s'inscrivent un à un dans l'histoire des races royales ; car chacune de leurs heures sert à préparer un fait immense qui change la marche de leurs destinées, ou les brise à jamais. Pour les peuples, ainsi que pour l'individu, il se rencontre des événements qui frappent du même coup sur la vie morale et sur la vie physique , des événements qui se roulent sur le passé , comme une pierre tumulaire sur un tombeau.

L'aube du onzième jour illuminait les cieux de longs et larges sillons de lumière ; déjà la reine de Perse , quittant sa couche désertée par le sommeil , était montée sur les terrasses du palais, afin de demander au matin un peu d'air frais pour sa poitrine , à la vue du ciel un peu de calme et d'espérance pour son cœur tourmenté de pressentiments sinistres.

Il faut le dire : notre riche nature orientale semblait s'être faite plus belle encore ce matin là ; c'était merveille à voir que la ville couchée , silencieuse au pied de la demeure du maître , au milieu de ses palmiers et de ces cèdres , toute parfumée des senteurs du myrte et de l'aloës , étalant comme une femme étale des bijoux , ses palais , ses dômes , ses fontaines , ses groupes de maisons ; leurs masses blanches , régulièrement accidentées , descendaient échelonnées vers la plaine où courait le Tigre , ce fleuve superbe , impétueux , qui roule sous les remparts ses eaux pleines de bruit, blanches d'écume ; par-delà se déroulait un vaste horizon avec sa couronne de montagnes, et des plis des fécondes et vertes vallées sortaient les mille villa de puissants et nobles seigneurs, dont les murailles de marbre blanc brillaient comme des perles semées sur un fond d'émeraudes. Tout cela formait un immense panorama, éclairé par les rayons d'or d'un lever de

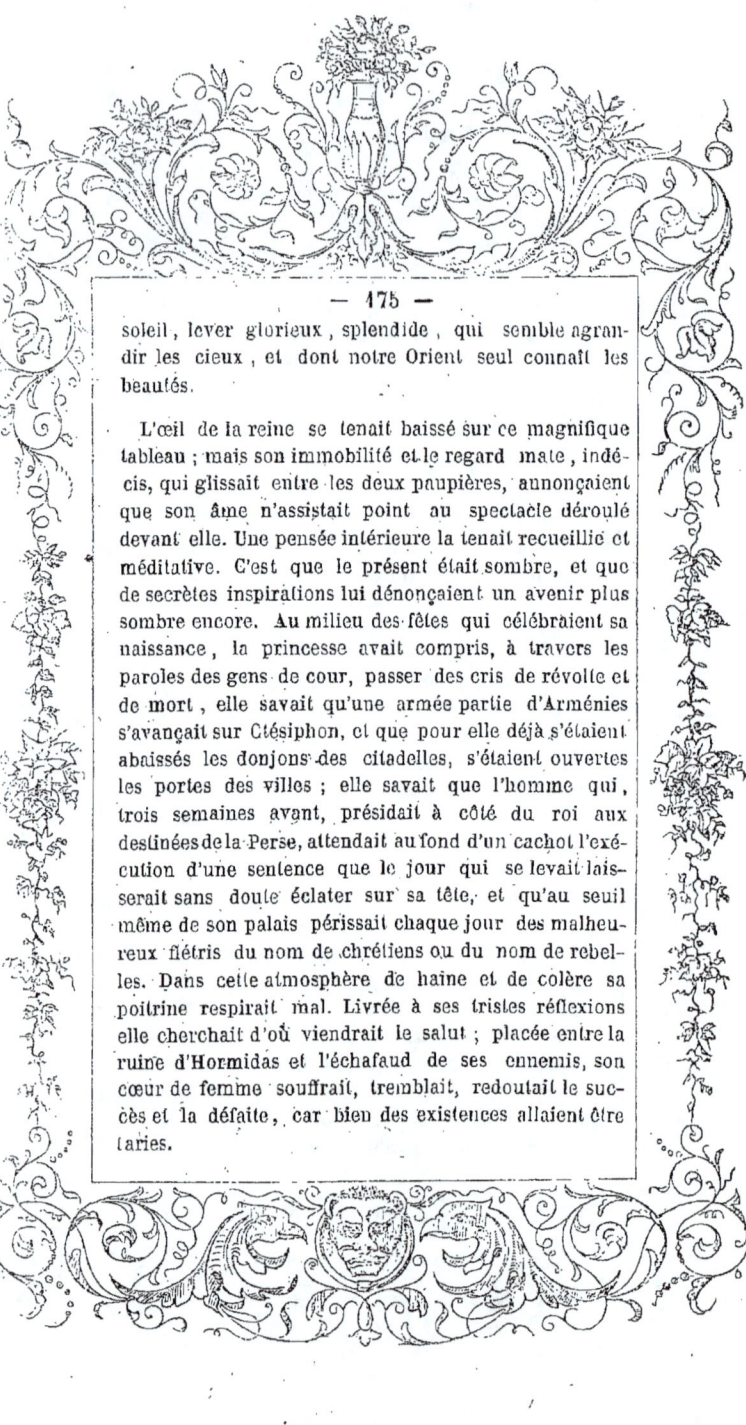

soleil, lever glorieux, splendide, qui semble agrandir les cieux, et dont notre Orient seul connaît les beautés.

L'œil de la reine se tenait baissé sur ce magnifique tableau ; mais son immobilité et le regard mate, indécis, qui glissait entre les deux paupières, annonçaient que son âme n'assistait point au spectacle déroulé devant elle. Une pensée intérieure la tenait recueillie et méditative. C'est que le présent était sombre, et que de secrètes inspirations lui dénonçaient un avenir plus sombre encore. Au milieu des fêtes qui célébraient sa naissance, la princesse avait compris, à travers les paroles des gens de cour, passer des cris de révolte et de mort, elle savait qu'une armée partie d'Arménies s'avançait sur Ctésiphon, et que pour elle déjà s'étaient abaissés les donjons des citadelles, s'étaient ouvertes les portes des villes ; elle savait que l'homme qui, trois semaines avant, présidait à côté du roi aux destinées de la Perse, attendait au fond d'un cachot l'exécution d'une sentence que le jour qui se levait laisserait sans doute éclater sur sa tête, et qu'au seuil même de son palais périssait chaque jour des malheureux flétris du nom de chrétiens ou du nom de rebelles. Dans cette atmosphère de haine et de colère sa poitrine respirait mal. Livrée à ses tristes réflexions elle cherchait d'où viendrait le salut ; placée entre la ruine d'Hormidas et l'échafaud de ses ennemis, son cœur de femme souffrait, tremblait, redoutait le succès et la défaite, car bien des existences allaient être taries.

Et voilà qu'un bruit léger se fit entendre ; la reine se retourna : c'était sa fille, suivie de deux de ses femmes ; elle venait de paraître sur la terrasse. L'enfant jeta un cri en la voyant, et, rapide, elle courut dans ses bras ouverts pour la recevoir. La reine l'enveloppa dans un de ces regards de mère qui voient tout, puis elle passa la main autour de sa taille fine et flexible comme la tige d'un nénuphar, l'attira doucement sur son sein, et dit en plongeant son regard dans celui de l'enfant :

— Tes joues sont pâles, ma Nelma.

L'enfant tressaillit.

— Ton sein bat, et tu frissonnes comme dans la peur.

Le nom de Siroës tomba des lèvres de la jeune fille.

Une vive inquiétude se trahit soudain sur le visage de la reine dont les traits perdirent leur expression de tristesse calme et rêveuse ; elle allait interroger, lorsque des pas ferrés résonnèrent derrière elle : Siroës parut.

C'était un grand et beau jeune homme couvert de son armure comme pour le combat; sa taille haute et déliée, la pâleur de son front large, couronné de cheveux noirs, mais rares et fins, l'élégance de ses membres presque menus, eussent fait douter que ce corps eût la vigueur du soldat, si l'agilité de sa

marche et la hardiesse facile de ses mouvements ne l'eussent attesté ; car la grâce dans un homme, c'est la force.

Il tomba à genoux devant la reine, et d'une voix où vibrait encore un reste de colère :

— Adieu, mère, dit-il, bénissez un proscrit qui va quitter ce palais et la Perse.

La princesse tendit les mains, non pour bénir, mais pour attirer et retenir ce fils qu'elle aimait et qui parlait de proscription et d'exil. Elle se souvenait qu'Hormisdas n'avait jamais eu que des froideurs pour lui, et que son frère Chosroës semblait avoir absorbé, à son profit, toute l'affection paternelle que la poitrine du roi pouvait contenir ; plusieurs fois des pensées de jalousie inquiète avaient amené de dures paroles entres ces deux enfants, et l'intervention brutale et partiale du maître aurait encore aigri leur cœur en rendant manifeste l'exclusive tendresse qu'il gardait à l'aîné de sa race. Aussi les paroles de Siroës venaient de la frapper cruellement ; elles avaient été pour son amour de mère une de ces souffrances qui meurtrissent l'âme. La reine était demeurée sans réponse. Enfin les paroles se firent jour à travers les larmes ; elle s'écria :

— Et vous me quitterez aussi, Siroës !

Il y avait dans ces quelques mots un accent de reproche, mais rien d'amer ; seulement de la douleur et du regret. Ils furent au cœur du prince, qui répondit avec un geste de profond découragement :

— Je n'abandonne rien, on me chasse.

— Et qui peut chasser un fils de la demeure de sa mère ? fit la reine avec l'exhaltation du désespoir.

Siroës alors lui apprit qu'il s'était, la veille, présenté, revêtu de ses armes, aux pieds du trône de son père ; qu'il avait fléchi le genou, sollicité la faveur de marcher contre Varame, et de couvrir les provinces menacées de l'invasion du révolté. Mais le roi avait échangé un coup d'œil qui était retombé sur lui plein d'éclairs et de menaces.

— Allez, s'était-il écrié, et gardez-vous de sortir du palais sans mes ordres.

Etonné, affligé, il avait hasardé une réponse.

— Assez : je me souviendrai, quand l'heure en sera venue, que Siroës porte une épée : je n'aime pas les dévouements empressés. Puis, avec le rire du sarcasme, il avait ajouté en le mesurant du regard et montrant le seuil :

— Voilà des membres bien frêles pour servir un si fier courage.

Et Siroës, devenu pâle sous le choc de cette âpre et dure ironie, était sorti avec effort, passant sa main sur

son front pour en essuyer la sueur glacée. Il s'était
retiré au fond de ses appartements pour y dévorer son
amertume. C'était là que Saarbar venait de lui porter
l'ordre de partir pour les frontières du nord de l'empire. Une forteresse, qui servait à le protéger contre
les agressions des Turcs, serait désormais sa résiden-
ce ; il y servirait la Perse et le roi, jusqu'à ce qu'il
plût au maître de donner un autre théâtre à ses services, ou de le rappeler près de lui. Du reste l'ordre
était formel, le délai court : il fallait avoir quitté Ctésiphon avant le soleil couché. Tel était le bon plaisir
royal.

— Tu ne partiras pas, s'écria la reine après ce
récit.

— Tu ne partiras pas, frère, répéta Nelma.

Et, s'élançant, rapides, hors de la terrasse, les deux
femmes disparurent ensemble.

— Pauvre mère ! pauvre sœur ! fit Siroës, resté
seul, tenant les yeux attachés vers l'endroit où elles venaient de s'effacer comme deux blanches ombres; et son
geste indiquait qu'il n'espérait rien.

Il avait raison, car lorsque la reine prit dans ses
mains les mains du roi et les mouilla de ses larmes ;
lorsque Nelma, suppliante, embrassa ses genoux, Hormisdas répondit en accusant son fils de trahison. — Siroës était un ennemi qu'il faudrait étouffer comme le
serpent qui se réveille sur le sein qui le réchauffait, si
l'on était assez fort pour le saisir et le rejeter loin de

soi. Il avait porté des yeux avides sur une couronne
destinée à un autre front ; l'offre de ses services était
une perfidie , et l'épée qu'il tirait du fourreau ne menaçait pas Varame, mais son frère Chosroës, sous les
pas duquel on avait semé les embûches, contre la poitrine de qui s'aiguisait des poignards dans l'ombre. —
Détestable calomnie, stupide mensonge, qui trouva un
ministre assez misérable pour l'inventer, un père assez
malheureux pour y croire. En écoutant cette horrible
révélation, la mère et la sœur sentirent un frisson
glacial par leur cœur ; elles se voilèrent la face, et,
deux heures après, Siroës, emporté par une rapide
cavale et suivi de deux vétérans chargés de l'escorter,
fuyait la demeure et la ville de son père, comme on
fuit une terre maudite. Maintenant les révoltés peuvent
accourir : la seule épée dont l'éclat fidèle fût assez vif
pour couvrir le trône vient d'être brisée.

Déjà de tristes messages étaient arrivés. Ce jour-là
cinq courriers descendirent au palais ; leurs fronts
ruisselants de sueur, leurs vêtements couverts de la
poussière blanche des routes, leurs cavales souf-
flantes, trempées d'écume, annonçaient qu'ils avaient
fait rude chemin, et que leur marche n'avait été
qu'une course sans haleine. Le roi les interrogea
lui-même : les nouvelles par eux apportées étaient
incomplètes, bizarres, contradictoires. Accourus de
diverses parties du royaume, il devenait impossible
de contrôler les uns par les autres leurs récits, au
fond desquels on pressentait quelque chose de fatal,
mais de vague, qui tourmentait l'esprit comme les

premières lettres d'une énigme dont la solution nous échappe.

L'assurance de Saarbar commençait à faiblir ; Hormisdas luttait en vain contre une voix secrète qui l'avertissait qu'il touchait à quelque événement terrible, et la crainte venait de se glisser au fond de leurs âmes.

Un sixième courrier arriva. Celui-là portait des nouvelles certaines, claires, précises ; il annonçait que l'armée opposée aux rebelles s'était avancée jusque sur les rivages du Zab ; elle y avait assis son camp en face de celui de Varame, établi sur l'autre bord. Le premier jour, le révolté, ayant tenté le passage, avait été jeté sur la rive, et mille de ses soldats tués par l'épée ou noyés dans le fleuve.

Ces paroles firent briller un éclair dans les yeux d'Hormisdas ; il se retourna vers son ministre pour jouir de ce triomphe. L'envoyé continua.

— Le lendemain, Varame avait sollicité et obtenu une trève de sept jours, temps nécessaire pour faire parvenir aux pieds du trône une protestation de repentir, et recevoir le pardon du maître qu'il avait offensé.

— L'heure de miséricorde est passée, interrompit le roi ; il n'y a plus que le châtiment.

Le messager s'inclina avec respect et poursuivit :

— Dès la troisième journée, des symptômes de sédition éclatèrent parmi les troupes royales. Leur général, ayant fait arrêter quatre officiers que des paroles coupables dénonçaient pour conspirateurs, les condamna au supplice ; l'armée apprit l'arrestation et la sentence : elle resta silencieuse ; mais, au moment où les exécuteurs vinrent prendre les traîtres, un cri parti de tous les points du camp, comme de la poitrine d'un seul homme, fut le signal de la révolte. Les soldats sortent en foule de leurs lignes, agitant des lances et des épées ; on ne respire plus que désordre et rébellion ; la tente du général est entourée, les draperies et les tentures déchirées par le sabre ; le malheureux capitaine était sans armes, sans défiance : on l'égorge, on pille ses richesses et la caisse militaire.

Une heure après, une immense acclamation retentissait sur les deux rives du Zab : des barques, parties de l'un et de l'autre bord, se rencontraient au milieu du fleuve, et les soldats des deux camps se donnaient la main.

— Une trahison et un crime de plus étaient consommés, fit Hormisdas, devenu pâle et laissant tomber sa tête sur son sein.

Mais le messager n'avait pas fini : il dit encore que sept provinces venaient de briser les images du roi et d'arborer sur leurs villes le drapeau déployé par Varame. Il dit que les campagnes se couvraient de bandes armées, et que bientôt Ctésiphon les verrait se grouper sous ses remparts.

Et oui, ce n'était plus un général qu'il fallait châtier, c'était un peuple entier qui se levait. La révolte
n'était plus là ou là; elle s'étendait, se propageait, elle
était partout; aussi tremblait-on au palais. Pourtant la
cité était muette; il semblait qu'elle fût étrangère à ce
drame dont ses murs allaient devenir le théâtre. On dit
qu'après avoir entendu ces funestes nouvelles, Hormisdas sortit de la salle et monta sur une des tours qui
protégeaient sa demeure; en passant le long de ses
épais créneaux, il en considéra la solide et massive
construction, puis caressant de la main la forte muraille, ainsi que l'Arabe caresse le cou blanc et nerveux de sa cavale :

— Voilà, dit-il, un serviteur qui ne faillira point.

Comme s'il n'existait pas une force plus puissante
que ces assemblages de pierres et de ciment que l'on
nomme citadelles !

Ses yeux se portèrent sur la ville; il pencha l'oreille
pour écouter : pas un bruit ne monta vers lui. Ce repos
parut lui plaire : il ne comprenait pas que le silence est
quelquefois menaçant, et que sur la mer le calme pré-
cède les plus grands orages.

On était à la neuvième heure du jour. La ville sembla
s'éveiller comme d'un sommeil : des groupes se formaient aux angles des rues; des rumeurs sourdes
montaient dans l'air, tout à l'heure si paisible. Bientôt
les édifices et les places se remplirent de bruit; les at-
troupements grossissaient, s'étendaient, se multipliaient;

des sons inouïs, étranges, confus, sortaient des
maisons, s'élevaient au-dessus de ces masses d'hommes ;
parmi eux on aurait pu voir briller le bout du fourreau
de plus d'une épée que les plis du manteau cachaient
mal. A travers cette foule, venaient, allaient, revenaient des figures à mine sinistre, inconnue, sauvage,
que nul n'eût retrouvées dans ses souvenirs.

Que veulent-ils ?

Laissez passer cette journée : leur œuvre sera écrite
en sanglants caractères sur les murailles des édifices et
sur le pavé des rues ; il y aura des morts, il y aura des
ruines.

Savez-vous que Bindoës n'est plus qu'à deux heures
de Ctésiphon ? A la tête des rebelles de Nisibe, il est
accouru vers la capitale, où ses agens et ceux de Varame l'ont devancé pour semer l'or et les promesses,
pour raviver les haines, pour souffler le feu de la révolte. De là-bas jusqu'ici ce n'a été qu'une course : dès
le second jour, mille de ses soldats ont refusé de partager cette marche pleine de sueur ; ils ne voulaient pas
être soulevés sans profit. On passait par de riches campagnes, on traversait de nombreux villages, ils se sont
débandés pour piller ; il les a laissé faire. Le quatrième
jour, d'autres ont montré leurs pieds meurtris par une
route menée sans halte, leurs casques déchirés, leurs
sacs vides ; ils ont demandé de l'argent.

— Je n'en ai pas, a-t-il répondu ; attendez la victoire.

Ils ont demandé une journée de repos.

— Le temps presse, nous arriverions trop tard, a répliqué Bindoës.

Et deux autres mille soldats ont planté leurs lances en terre, et se sont assis au bord du chemin. Il les a aussi laissé faire, et; sans regarder en arrière, il a continué de courir sur la capitale. Il avait un frère à délivrer; une femme, un fils à protéger; une offense à laver.

Il est là; ses émissaires ont été prompts, sa haine sera bien servie. A cette heure, ces troupes d'hommes du peuple amassées au fond des faubourgs, ces bandes de paysans, ces hordes de soldats vendus à la sédition, débouchaient de tous les passages, de toutes les rues, pour se jeter sur un même lieu, le palais : on eût dit un grand fleuve tourmenté par la tempête, débordant ses rivages, et roulant à la mer, par de nombreuses artères, ses eaux turbulentes et blanches d'écume.

Laissez passer cette journée : de toutes leurs poitrines s'échappera un même cri : Mort au tyran! On donnera l'assaut à la citadelle, et ce gardien qu'Hormisdas tient pour inexpugnable sera forcé, et se laissera prendre ses captifs; la Tour-Carrée, la tour de granit que le maître aimait, tombera brisée sous leur choc, comme un vase d'argile; on se ruera sur le palais; on égorgera les gardes qui le défendent, car on trouvera ces vétérans debout sur le seuil, fidèles, inébranlables, le glaive au poing, et ce ne sera qu'après avoir fait

rouler sur les degrés de marbre leurs têtes rousses et
rasées, que la justice du peuple pourra passer. Cette
barrière rompue, plus d'obstacles : les murailles de
pierre sont escaladées, les murailles vivantes sont dé-
truites, la sédition triomphe. Aussi les voilà qui se répandent dans la forteresse, qui se répandent dans la
demeure royale : ils y trouveront Saarbar, ils y trouveront Hormisdas assis sur son trône, représentant un
fantôme de roi. Saarbar, que son épée défendra mal,
tombera sous les yeux de son maître, déchiré de coups
de couteau, meurtri de coups de bâton. Cela fait, Hormisdas, pâle, l'œil éteint, le cœur glacé, sentira sa
main étreinte par la main rude d'un paysan qui le jet-
tera à bas de ce trône où l'injustice et la barbarie s'é-
taient assises avec lui; de son front sera arraché le diadème; sur ses épaules sera mis en lambeaux le manteau royal; puis on le poussera hors du palais, on le
traînera dans la rue. Bientôt la flamme sera par eux
attachée à ces splendides demeures; et lorsque Bindoës
paraîtra sur les hauteurs qui dominent la ville à l'occident, et que, plein des souvenirs de l'adieu qu'il lui
adressait naguère, il suspendra un moment sa course
pour envoyer un regard à cette cité qui renferme son
fils, il pourra contempler l'édifice enveloppé dans les
plis d'immenses rideaux de feu : vaste bûcher au milieu
duquel crient les murailles de marbre, se tordent les
colonnes, se fondent les lambris d'or. Que cet incendie
dévore sa proie : le spectacle de cette ruine réjouit ses
yeux. Quelle fumée que celle qui monte de ce brasier!
quelle est belle, pure et blanche! c'est un encens pour

sa haine de seigneur offensé, une expiation pour la tyrannie du peuple qui a souffert.

Hormisdas aussi assistera à cette destruction ; car ils le tiendront debout et le visage tourné vers le théâtre où s'abîme son palais avec sa puissance. Les dents du malheureux claqueront derrière ses lèvres blanchies par l'horreur ; son regard, vitrifié par l'effroi, cherchera autour de lui : il verra étendus roides et mutilés les cadavres de ses soldats, dont le sang baignera ses pieds ; et debout, l'œil fauve, les mains armées de poignards, ses ennemis, dont la sanglante joie célèbrera sa défaite. Mais dans la foule séditieuse le persécuteur ne rencontrera pas un chrétien, car ces proscrits que l'on dépouille, que l'on torture, que l'on égorge, ne savent pas se souvenir de leur querelle et la venger. Et quand la nuit sera tombée, après cinq heures de cette horrible station, devant cet homme qui s'était levé roi s'ouvrira la porte basse d'un cachot : il descendra dans cette espèce de tombe dont l'épaisse barrière le séparera des vivants, et les sinistres lueurs qui rougiront la muraille à travers la grille de son étroite fenêtre lui annonceront que le bûcher allumé par une juste colère n'est pas encore éteint.

Et cependant ceux qu'il retenait captifs seront rendus au soleil et à la liberté ; leurs bras, que de lourdes chaînes abaissaient vers la terre, s'ouvriront aux embrassements de la famille, se lèveront vers le ciel pour bénir et prier, et, sur leur passage à travers la cité, ils entendront des acclamations ; on les couvrira de couronnes. Aux portes de Ctésiphon, Bindoës sera salué par ces héros d'un inouï triomphe. Ainsi viendront à lui et Roxane et Améria, portées sur les bras de ces gens du peuple, de ces ouvriers, de ces paysans, qui sortent d'emprisonner un roi ; et Rizaël, et Zoora qui, fière, souriante, élèvera son fils au-dessus de ces vagues humaines, au flot toujours pressé, mais qui ne gronde plus. Beau moment que celui-là ! Il y aura des larmes, il y aura des paroles d'amour, des paroles d'actions de grâces ; il y aura de ces élans qu'aucune langue ne sait décrire. Voyez quel tableau :

Un noble seigneur revenant vers la ville qu'il a fuie pour la sauver, et, l'acte de délivrance accompli, pressant sur son cœur son enfant et la mère de son enfant, tendant à un frère sa main armée pour briser ses fers, et dressant au-dessus de tous son front si large, si haut, si rayonnant d'orgueil et d'intelligence ;

Zoora, la courageuse femme qui n'a pas douté de sa fortune et de son courage, venant à ses côtés prendre sa place, ornée de son fils, la plus douce conquête de sa victoire ;

Rizaël, le ministre dévoué, le chrétien fidèle. Il n'a pas faibli à l'heure mauvaise, et revoit libre, héroïque, celle qu'il a choisie devant Dieu pour sa fiancée : vierge prédestinée, jetée sous les verrous, esclave d'un culte impie, pour sortir disciple du Crucifié, martyre d'une foi qui affranchit le monde. Saintes et sublimes natures, cette communauté de douleurs et d'espérances est-elle un premier lien qui unit vos destinées ?

Roxane, mère qui n'ose croire au salut qu'elle n'attendait plus ; elle entoure de ses bras roidis dans une convulsive étreinte cette Améria qu'une haine brutale avait prise sur son cœur pour la lui arracher ; elle la couvre d'un regard avide, et pleure en la retrouvant si pâle, si amaigrie, et pourtant si belle : les jours de souffrance ont marqué ses traits d'une beauté nouvelle, inconnue, toute morale, toute immatérielle, qui les revêt, et s'en échappe en reflets glorieux et divins.

Puis, tout autour, les captifs délivrés levant au ciel leurs mains reconnaissantes et meurtries ;

Et par-delà, comme pour servir de fond à ce groupe, résumé de tant de grandeurs, de tant de passions, de tant d'intérêts divers et puissants, la foule ; mais la foule grave, muette, écoutant, regardant, remplie de ce respect profond, de cet enthousiasme recueilli, qui pénètrent les masses en face des grandes choses ; car le peuple garde au cœur de nobles fibres, il s'élève avec tout ce qui grandit.

Les dernières clartés du jour s'étaient depuis longtemps effacées à l'horizon ; la nuit était magnifique ; la pleine lune versait des flots de sa lumière sereine sur le front des hommes, sur le dôme et les monuments de la cité, et l'air, chargé d'émanations balsamiques, arrivait aux poitrines plein d'une suave fraîcheur. Tout, dans le ciel, se faisait immense et solennel ; tout, sur la terre, se faisait calme et silencieux. Bindoës entra dans Ctésiphon. Les maisons ne s'étaient point pavoisées, les flèches des édifices et les tours des remparts n'avaient point arboré l'étendard comme pour les entrées des rois ; aucune pompe de parade ne fut déployée pour son triomphe ; mais il eut les acclamations et les vœux du peuple ; mais le firmament sembla se parer pour cette fête ; et les rayons larges, argentés, qui, mêlés aux rouges lueurs des flammes, descendaient sur les masses, donnèrent à cette marche un caractère à part, quelque chose de mystérieux, d'indéfinissable. Elle a laissé un de ces souvenirs qu'il ne faut pas chercher dans la tête, mais au cœur. La reconnaissance de ceux qu'il était venu délivrer n'avait à donner ni puissance ni richesse ; on lui offrit une couronne formée de deux rameaux entrelacés : l'olivier et le chêne, paix et force ! la miséricorde après le châtiment ! Admirable symbole ! Bindoës l'accepta. Hélas ! on devait oublier trop vite le contrat qu'on venait de signer.

Quel est cet homme qu'un groupe de soldats ivres de vin, de clameurs, d'incendie, porte sur ses épaules en jetant des cris, en agitant des glaives ? que veulent-ils en s'avançant vers la grande place où s'est arrêté le libérateur ? Cet homme est Chosroës. Quand il a entendu la sédition ébranler et faire plier les portes du palais, quand il a vu le regard menaçant, les mains violentes de ceux qui envahissaient la royale demeure et cherchaient le tyran, la peur a glacé le sang de ses veines : pâle, haletant, il a déserté le poste où le devoir et l'honneur l'appelaient, il s'est enfui. Mais les révoltés sont les maîtres : ce n'est plus cette galerie ou

cette aile qu'ils parcourent en vainqueurs irrités ; c'est
le château qu'ils remplissent, pillant, brisant, dévas-
tant. Le pauvre prince court de corridor en corridor,
d'appartement en appartement : les rebelles le suivent,
ils sont sur ses pas : un dernier asile reste ; il s'y jette ;
mais à peine ose-il respirer que déjà des pas précipités
ébranlent le parquet, les ressorts de la porte crient.
Le lâche promène autour de lui un regard terrifié,
stupide ; à droite, à gauche, se dressent des murailles sans issue ; fuir est impossible. Il se cache derrière
une tapisserie. Inutile secours, trompeur abri ! la ten-
ture s'agite et tremble avec celui qu'elle recèle ; un soldat la soulève de la pointe de son épée, le fils d'Hormisdas est reconnu et retiré tout poudreux de ce réduit. A l'aspect des glaives nus, le prince tombe à
genoux. Etrange mobilité des masses ! on le relève,
on le salue roi de Perse, on le porte en triomphe dans
ce palais où son père vient d'être déchu et que déjà la
flamme dévore. Chosroës se laissait faire : il ne comprenait plus, il ne voyait plus ; un crêpe funèbre s'était
étendu sur sa tête, un anneau de fer serrait son front,
un froid de glace enfonçait ses pointes dans ses or-
bites ; il n'entendait que des bruits vagues et incom-
préhensibles.

C'est pourtant le roi qu'on va donner à l'empire de
Sapor.

Ils marchèrent à Bindoës, et déposèrent le prince à
terre en le saluant de cris de triomphe — Le haut et
puissant seigneur voulait la ruine d'Hormisdas, mais

non la chute du trône de sa race. L'offense qui l'avait armé une fois lavée, toute colère s'éteignait dans son cœur ; et puis cette orgueilleuse aristocratie dont il était le chef faisait trembler les rois, mais avait cependant besoin de s'appuyer sur eux. Il fallait se hâter de relever le sceptre ; car la majesté royale, comme tout ce qui est culte et vit de respect, de foi, de prestige traditionnel, est une chose à laquelle on doit se garder de toucher si l'on veut en conserver l'éclat et la grandeur vénérés. L'ordre est la loi, la nécessité éternelle des sociétés ; que le pivot autour duquel tout se meut, tout fonctionne, ne soit donc jamais ébranlé ; que le centre d'où rayonnent la vie, la force, la justice, ces indispensables éléments de l'économie sociale, ne soit jamais déplacé, car du jeu libre et régulier de ces ressorts résulte l'harmonie qui fait vivre. Voilà ce que Bindoës pensait. Il était assez fort pour ne pas craindre d'élever le pouvoir d'un roi qui, malgré qu'il en eût, lui devait sa couronne ; trop habile pour échanger son existence noble, sûre, opime, contre une fortune qui n'était pas (le présent en était une preuve terrible) tellement au-dessus des orages que la foudre ne pût la briser.

À la vue du fils d'Hormisdas, le frère de Rizaël s'avança à sa rencontre ; il s'inclina profondément devant lui, ensuite il le montra à la foule comme le souverain que les dieux donnaient à la Perse ; et, élevant cette couronne tressée d'olivier et de chêne que le peuple venait de lui offrir, il la déposa sur le front du prince, et le peuple battit des mains.

Trois jours passèrent sur tout cela.

Or, Chosroës fit venir en sa présence Roxane et Améria ; il les combla de présents, publia un édit qui les rétablissait dans les biens immenses dont la famille du rebelle avait été dépouillée. Elles demandèrent à rejoindre Varame ; il leur donna une escorte et les fit partir, précédées d'un courrier, avec une lettre pour l'ambitieux général. Il se souvint aussi de Rizaël, et voulut ajouter de nouveaux trésors à ceux que le fidèle ministre avait perdus. Qu'il vînt faire l'ornement d'une cour où le souvenir de ses vertus était présent à toutes les pensées ; qu'il reprît auprès du trône un poste d'où seuls l'avaient précipité les ennemis du prince et du pays : sa sagesse guérirait le mal des mauvais jours ; sa main ferme et sûre guiderait le vaisseau de l'Etat à travers les écueils d'une mer encore grosse et convulsive. Mais l'âme du chrétien s'était ouverte à d'autres joies que celles de l'ambition. Remonter au siége de la puissance et des grandeurs en passant parmi des ruines et s'y asseoir, le pied sur le front de ceux qui avaient juré sa perte, aurait séduit un orgueil vulgaire ; le cœur de Rizaël était plus haut ; il répondit :

— J'ai payé ma part de sueurs et de peines ; je suis au port, je vivrai loin des orages et dans la retraite ; les enseignements du passé préserveront mon avenir. Ce n'est pas que je refuse d'être utile à mes frères, et que, lâche ouvrier, je déserte le champ du travail, pour ne pas apporter ma pierre à l'édifice commun ; mais il est des services qu'on ne rend qu'une fois, des devouements que l'on ne recommence pas parce que de leur nature ils sont éternels.

Le prince comprit ce qui se cachait derrière ces mots là : Rizaël avait été victime d'Hormisdas sans se croire dégagée de la foi jurée ; lui vivant, la puissance d'un autre, même celle de son fils, était une usurpation, et le serviteur loyal, le chrétien courageux ne pouvait la servir. Chosroës pourtant feignit de ne voir dans cette réponse qu'un désir ardent de repos, et congédia l'ancien ministre avec des paroles de regret : mais il résolut de se souvenir et de frapper quand l'heure en serait venue — Ainsi va notre humanité : les fruits de l'expérience disparaissent avant même que soient effacées les traces de ses rudes leçons ; nous profitons des fautes de ceux qui nous devancèrent, sans que leur ruine nous apprenne à les éviter ; on dirait que l'abîme ouvert sous leurs pas est à jamais refermé, et que la route que nous parcourons est sans écueils et sans précipices. N'y a-t-il pas aussi des races malheureuses, des organisations prédestinées, comme, dans l'ordre physique, des plantes maudites dont la fleur exhale le poison et la mort ? Il semble qu'un germe fatal soit déposé au fond de ces natures et se transmette avec le sang.

Rizaël, en sortant de l'audience du prince, marcha à la demeure de son frère, et descendit vers les vastes jardins qui l'entouraient à l'orient. Le costume du chrétien était simple et sévère : il n'avait ni franges ni broderies ; son manteau blanc, jeté sur les épaules et retenu par une agrafe d'or, retombait en plis abondants au-dessous des genoux. Il s'avança jusqu'à la fontaine, luxe de nos habitations orientales, construites sous l'ombrage des platanes et des sycomores. Ce lieu offrait une scène touchante, un de ces tableaux d'intérieur où les fronts s'éclairent des douces joies du cœur, où le regard, à demi-voilé, glisse entre les cils abaissés comme le rayon velouté d'un astre ami. Zoora, assise auprès du bassin de marbre dont l'eau jaillissait en gerbes de cristal, les pieds sur la mousse, berçait son fils endormi sur ses genoux, et passait la main dans ses cheveux. Bindoës, debout, accoudé sur le socle d'une statue, contemplait la mère et l'enfant, plein d'une émotion muette. Le redoutable seigneur qui, pour venger sa querelle, ameutait un peuple et déposait un roi, la femme courageuse et fière qui se souvenait de son origine royale, avaient disparu : on ne trouvait là qu'un père, qu'une épouse. A leur aspect Rizaël hésita. Il est des félicités qui s'exhalent hors de l'âme, qu'elles remplissent, et que l'on sent dans l'air ainsi que le parfum d'une fleur : le bonheur de cette famille lui monte à la tête ; il comprit en lui quelque chose de vague, d'inconnu, et son sein, un moment dilaté par l'espérance, se resserra sous l'étreinte du doute inquiet. A certaines heures de la vie, nos fibres intérieures sont soumises à d'étranges sensibilités, le moindre choc les ébranle et les fait vibrer.

En entendant le sable crier sous les pas de Rizaël, Bindoës leva la tête, marcha à sa rencontre, et, lui prenant la main, l'entraîna doucement vers Zoora, qui le reçut avec le sourire calme et serein que donne le bonheur.

— Soyez le bienvenu, ami, dit-elle.

— Et que la pensée des tristesses d'hier s'en aille de ton âme, comme s'en vont les nuages amoncelés par la tempête, quand le vent d'est essuie et balaie les cieux, ajouta Bindoës, que l'expression grave et soucieuse des traits de son frère venait de frapper.

— On oublie vite les douleurs passées quand le présent est bon et que l'avenir promet, murmura Rizaël penchant la tête sur l'épaule avec mélancolie.

— Crains-tu quelques dangers, ou le pressentiment d'un malheur assombrirait-il ton âme? demanda Bindoës observant toujours.

— Je ne crains pas, fit l'ancien ministre, dont un sourire indéfinissable effleura les lèvres.

— Pourquoi donc ce front plissé, cet œil trouble pareil à une eau d'orage?

— Je l'ai dit: la destinée a des mystères, que notre œil ne peut sonder. Et, sans donner le temps d'une nouvelle question, Rizaël tira de sa ceinture une lettre; c'était celle écrite dans sa prison, dont la brusque marche des événements avait rendu l'envoi impossible. Bindoës la prit, et, s'adossant au tronc d'un platane: il en commença la lecture, qu'il poursuivit sans l'interrompre. Sur son visage aucun signe ne passa pour trahir les impressions que ces lignes éveillaient en lui, pourtant elles révélaient un double secret :

Rizaël était chrétien ;

Rizaël avait choisi pour compagne la sœur de Varame.

Un cœur généreux battait dans le sein de Bindoës. Il n'avait jamais approuvé la persécution et les tortures infligées aux adorateurs de la croix ; mais, à ses yeux, la foi catholique et la foi religieuse demeuraient liées par une indissoluble union : que la carrière publique fût fermée à ceux qui reniaient le culte du pays. Les lois, plus sévères que lui, éteignaient sous le même anathème l'existence civile et l'existence matérielle. Son courage comprenait le mépris de la vie, et qu'on la sacrifiât pour un intérêt d'honneur ou de passion ; mais, en face d'une direction à donner, d'une influence à produire dans le gouvernement de la Perse, l'ambitieux ne comprenait plus l'abandon de cette part de gloire ou de fortune. Aussi blama-t-il son frère, l'exhorta-t-il à renoncer au Galiléen, à reprendre, avec le culte du Soleil, la place que lui valaient son rang et la sagesse éprouvée de son esprit. Le chrétien montra le ciel, répondit ce qu'il venait de répondre à Chosroës ; puis, découvrant sa poitrine labourée par le fouet des persécuteurs, il demanda s'il était possible d'abandonner une croyance qui donnait la force de souffrir de pareils tourments. Bindoës aimait son frère : la vue des meurtrissures qui sillonnaient sa chair raviva tout ce que cette affection nourrissait en lui de zèle ardent. Il comprit à quels excès s'était livrée la haine du tyran, et, sous l'impression douloureuse provoquée par ce spectacle, il baissa la tête et parut se recueillir ; peu à peu les traits contractés se détendirent, les contours du visage prirent des lignes fermes, arrêtées, symptômes d'une résolution irrévocable. Hormisdas était jugé, et la sentence prononcée dans son cœur était la mort. Pourtant cette nature profonde comprima sa colère, comme elle avait comprimé les sentiments excités par la lettre du martyr : pas une parole ne dénonça l'orage qui s'éveillait en lui.

— C'est juste, dit-il après un silence, les adorations t'appartiennent, laissons cela. Réjouissons-nous plutôt que la protection par toi réclamée devienne inutile ; te voilà libre, que ta volonté s'accomplisse.

— Roxane et Améria arrivent à cette heure au camp de Varame.

— Les chemins qui y mènent sont faciles.

— Et la trahison est au bout.

Bindoës se dressa.

— Je les ai parcourus ; répliqua-t-il ; serait-ce que Rizaël est fâché de ce voyage ?

— Il nous est défendu de nous venger ; il nous est ordonné de rendre à César ce qui est à César, répondit le chrétien.

— Et ce faisant, on tend la gorge à ses bourreaux, dit l'époux de Zoora avec une légère intention d'ironie.

— Tu vois que Dieu s'est chargé de me défendre et de les punir.

— Et l'on se laisse prendre le bonheur qu'on s'était promis , continua l'idolâtre.

— La main qui nous sauve au jour du danger peut s'ouvrir aussi pour en faire tomber les trésors dont elle est pleine.

— Fort bien ! Alors qu'as-tu résolu ?

— D'attendre.

— Et que veux-tu de moi ?

— Un asile et un conseil.

— Je te croyais déterminé à tout espérer de l'étoile qui te protége , objecta Bindoës.

— Tu railles , frère ?

— Pardonne ; je suis excusable de croire beaucoup moins que toi à ce secours invisible , beaucoup plus à la bonté de mon épée , à la force du bras qui la guide ; mais viens , ma porte est ouverte , mon cœur aussi.

Et les frères s'enfoncèrent sous une allée de sycomores , laissant au bord de la fontaine Zoora , qui , tout absorbée dans la contemplation de son fils , était restée

étrangère à cet entretien , et ne parut pas prendre garde à la disparition des deux seigneurs.

Or , du fond de la prison fermée sur Hormisdas , une
voix connue monta vers les grands de l'empire : elle
gémissait , elle suppliait. Que les satrapes et les nota-
bles du pays fussent convoqués , le roi déchu compa-
raîtrait devant eux. Ce n'était pas le regret de la puissance perdue qui dictait cette prière , le bien seul de la
Perse l'avait inspirée. Avant de s'ensevelir pour jamais
dans sa captivité , il éprouvait le besoin de se trouver
en face de ses sujets , de leur révéler d'importants secrets , de les éclairer sur des périls cachés qui mena-
çaient l'avenir , de leur parler une dernière fois des
intérêts de leur commune patrie.

Cette voix fut entendue.

On manda les gouverneurs des provinces, les dignitaires de l'Etat, les hauts seigneurs , les principaux
d'entre les mages ; et, le dernier jour de septembre de
l'année 592, le soleil, en se levant au-dessus des édifices de Ctésiphon , éclaira cette assemblée d'hommes
réunis à la requête d'un roi dont ils allaient se faire les
juges. Hormisdas ne savait donc pas que les rebelles
ne pardonnent point aux têtes découronnées ?

Une vive agitation régnait dans la salle ; les visages
étaient animées, les regards avides ; les lèvres émues;
on racontait , on interrogeait, on discutait. Soudain
tous ces bruits tombèrent à la fois ; les armes des soldats , debout sur le seuil , rendirent le son bref de l'a-

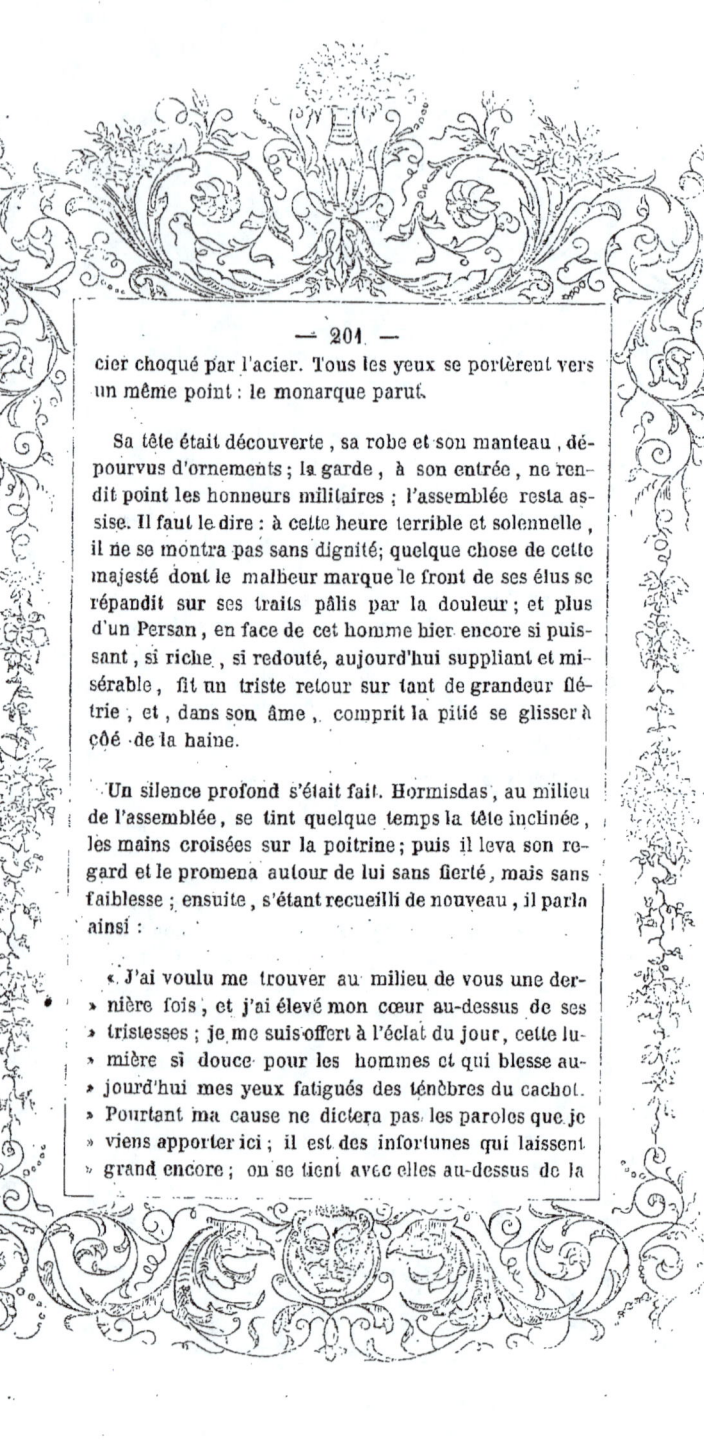

cier choqué par l'acier. Tous les yeux se portèrent vers
un même point : le monarque parut.

Sa tête était découverte, sa robe et son manteau, dé-
pourvus d'ornements ; la garde, à son entrée, ne rendit point les honneurs militaires ; l'assemblée resta assise. Il faut le dire : à cette heure terrible et solennelle,
il ne se montra pas sans dignité; quelque chose de cette
majesté dont le malheur marque le front de ses élus se
répandit sur ses traits pâlis par la douleur ; et plus
d'un Persan, en face de cet homme hier encore si puissant, si riche, si redouté, aujourd'hui suppliant et misérable, fit un triste retour sur tant de grandeur flétrie, et, dans son âme, comprit la pitié se glisser à
côté de la haine.

Un silence profond s'était fait. Hormisdas, au milieu
de l'assemblée, se tint quelque temps la tête inclinée,
les mains croisées sur la poitrine ; puis il leva son regard et le promena autour de lui sans fierté, mais sans
faiblesse ; ensuite, s'étant recueilli de nouveau, il parla
ainsi :

« J'ai voulu me trouver au milieu de vous une der-
» nière fois, et j'ai élevé mon cœur au-dessus de ses
» tristesses ; je me suis offert à l'éclat du jour, cette lu-
» mière si douce pour les hommes et qui blesse au-
» jourd'hui mes yeux fatigués des ténèbres du cachot.
» Pourtant ma cause ne dictera pas les paroles que je
» viens apporter ici ; il est des infortunes qui laissent
» grand encore ; on se tient avec elles au-dessus de la

» prière et des regrets. Eh! oui, sous le choc qui a
» frappé mon âme, toutes ses puissances n'ont pas
» péri : de nobles fibres y sont restées fortes et vibran-
» tes ; ces fibres, dont pas une jamais n'a tressailli pour
» d'autres intérêts que ceux de la patrie, se sont émues ;
» mon esprit s'est rempli d'inquiétude, et j'ai demandé
» une audience à mon peuple. Si le soin de ma propre
» vie eût provoqué ma résolution, peut-être une dé-
» fense me serait facile ; peut-être qu'en rapprochant
» des erreurs du passé les dures souffrances du pré-
» sent, plusieurs penseraient que la punition dépasse
» la mesure de la faute. On a condamné un coupable ;
» peut-être qu'en interrogeant les plaies de son cœur,
» on trouverait un malheureux. Mais je ne tracerai
» point un tableau pareil, j'éprouve le besoin de placer
» mon but plus haut. »

Le prince avait dit ces choses d'une voix grave, inci-
sive. Cette voix, qui ne manquait pas de plusieurs belles cordes ; son geste rare, mais noble ; ses traits, empreints d'une douleur calme et résignée, firent impression ; et, parmi ces seigneurs témoins des violences
brutales et des tyrannies causes de sa chute, bien des
souvenirs hésitèrent. Les leçons de Saarbar n'avaient
pas été sans profit. Hormisdas comprit ce mouvement
de réaction en sa faveur, et, pour ne pas distraire les
esprits de la pitié qu'il voulait émouvoir sur sa ruine,
il poursuivit son discours par des considérations prises
dans le cœur même des événements qui venaient de
s'accomplir : il parla des germes de mort que les divi-
sions et les haines semaient dans l'avenir des royaumes,

semblables à ces poisons mystérieux, mais incurables et corrosifs, qui, déposés par une main ennemie dans le sein de la victime, la brûlent sans trève, et tarissent les sources de la vie. Il montra aux Perses le danger qu'il y avait pour eux à soulever des révolutions dans le palais, à humilier la grandeur de leurs rois, insépa- rable de celle de l'empire. C'était un funeste spectacle que celui donné aux populations par de telles catastro- phes; car elles apprenaient le chemin du trône, et le livraient ainsi au premier ambitieux qui serait, comme Varame, assez hardi pour se dérober à la disgrâce de son maître, et, secouant le joug de l'obéissance, con- duirait à la révolte les troupes confiées à sa foi. Gouver- ner un grand peuple était une tâche laborieuse, ardue; il fallait un pilote courageux et prudent pour ne pas se perdre dans l'orageuse traversée; que les princes donc fussent long-temps préparés à ces devoirs; et puisque ceux qui avaient eu pour les éclairer les leçons de leurs aïeux et celles de leur propre expérience voyaient la tempête arracher le gouvernail de leurs mains, qu'ar- riverait-il à de nouveaux venus dont la présomption n'avait d'égale que l'incapacité? Il était père : sans doute ses entrailles parlaient en faveur de son fils; pourtant la raison et la justice parlaient plus haut en faveur de la Perse; c'était une vérité douloureuse, mais il la devait, il la dirait. Hé bien! le souverain qu'on venait de choisir ferait regretter son prédécesseur : Chosroës serait un maître détestable. Son avarice, son orgueil, son inhumanité, avaient malheureusement porté des fruits trop précoces pour espérer des vertus au sein de la puissance. Aucun regret du passé, aucun

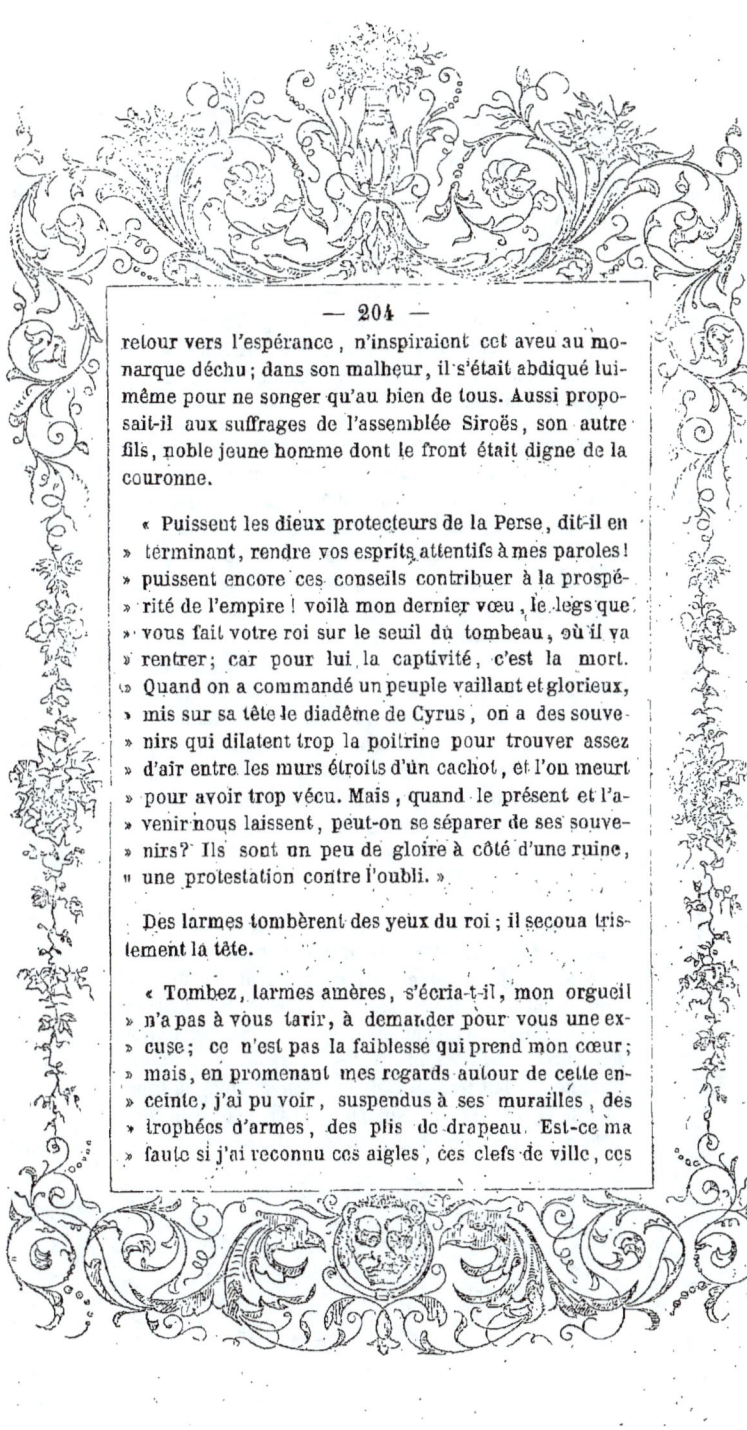

retour vers l'espérance, n'inspiraient cet aveu au monarque déchu; dans son malheur, il s'était abdiqué lui-même pour ne songer qu'au bien de tous. Aussi proposait-il aux suffrages de l'assemblée Siroës, son autre fils, noble jeune homme dont le front était digne de la couronne.

« Puissent les dieux protecteurs de la Perse, dit-il en
» terminant, rendre vos esprits attentifs à mes paroles!
» puissent encore ces conseils contribuer à la prospé-
» rité de l'empire! voilà mon dernier vœu, le legs que
» vous fait votre roi sur le seuil du tombeau, où il va
» rentrer; car pour lui la captivité, c'est la mort.
» Quand on a commandé un peuple vaillant et glorieux,
» mis sur sa tête le diadème de Cyrus, on a des souve-
» nirs qui dilatent trop la poitrine pour trouver assez
» d'air entre les murs étroits d'un cachot, et l'on meurt
» pour avoir trop vécu. Mais, quand le présent et l'a-
» venir nous laissent, peut-on se séparer de ses souve-
» nirs? Ils sont un peu de gloire à côté d'une ruine,
» une protestation contre l'oubli. »

Des larmes tombèrent des yeux du roi; il secoua tristement la tête.

« Tombez, larmes amères, s'écria-t-il, mon orgueil
» n'a pas à vous tarir, à demander pour vous une ex-
» cuse; ce n'est pas la faiblesse qui prend mon cœur;
» mais, en promenant mes regards autour de cette en-
» ceinte, j'ai pu voir, suspendus à ses murailles, des
» trophées d'armes, des plis de drapeau. Est-ce ma
» faute si j'ai reconnu ces aigles, ces clefs de ville, ces

» haches d'armes? nobles débouilles, précieux symbo-
» les! ils racontent la paix imposée aux Romains, la
» prise de Martyropolis, la soumission des Turcs ren-
» dus tributaires. »

Après ce discours, le silence continua à régner dans
l'assemblée : les émotions véritables sont graves et recueillies; celles qui venaient d'être excitées par Hormisdas étaient profondes. Le tableau des crimes du tyran ne s'offrait plus aux mémoires qu'avec des couleurs
affaiblies, des lignes vagues, presque effacées;
son infortune, au contraire, était là, visible,
étalée, palpable. Et puis, dans cette vie réprou-
vée, punie, tous les jours n'étaient pas sans gloire; il y
avait bien quelque chose qui se détachait en traits lu-
mineux sur ce front assombri, et le cri échappé à la
douleur du roi, cri jeté à la fin de son discours, comme
un appel à des souvenirs qui auraient dû le protéger,
comme un suprême adieu à une patrie qu'il ne laissait
déshéritée ni de sa puissance ni de sa grandeur, ce cri
avait fait vibrer bien des échos.

Bindoës se leva.

Son regard froidement implacable, rencontrant celui
d'Hormisdas, glaça-t-il l'espoir qui revivait en lui? ou
bien les passions émues qui débordaient les âmes et
semblaient flotter dans l'air firent-elles peser sur l'être
moral cette force magnétique, mystérieuse, qui, durant
les heures solennelles, presse les cœurs d'une commune
étreinte, les fait tressaillir de la même attente, ou trembler de la même peur? Nul ne le dira : mais son front
pâle parut blanchir encore, et son œil s'éteindre.

Le redoutable seigneur avait juré la mort du prince, il venait accomplir la sentence.

Il parla d'abord avec une modération que l'impatience de sa haine eût semblé rendre impossible : il fut grave, souple, mesuré; l'habile ennemi versait l'huile sur les charbons qu'il voulait embraser. A travers ce langage on avait bien compris se glisser quelques mots qui durent tomber sur le prince comme des gouttes de plomb fondu; mais le geste, mais le front, mais l'accent, ne trahissaient point de colère. Peu à peu les esprits furent saisis, dominés, entraînés; peu à peu aussi sa parole se fit âpre, ardente, inexorable : chaque phrase échappée de ses lèvres rappela une offense ou un crime; chaque mot fut un trait qui ranima le tableau du passé, fit revivre ses couleurs, accentua ses lignes; et, quand la peinture fut achevée, il la montra aux regards, si vive, si palpitante, que toutes les passions tressaillirent, tous les yeux s'allumèrent, un cri de réprobation sortit des poitrines. Il dit les exactions et les violences, les tortures honteuses réservées aux esclaves, infligées à des généraux, à des seigneurs; il compta les victimes égorgées sur les places de Ctésiphon, celles mises lâchement à mort dans les ténèbres du cachot, ou noyées dans le Tigre, et termina ainsi au milieu de l'indignation de l'assemblée :

« C'est là le règne pour lequel on demande grâce.
« A la vue de l'humiliation d'aujourd'hui, il était diffi-
« cile de ne pas faire un triste retour sur la grandeur
« d'hier; vous avez été émus, je l'ai été moi-même;

« et sous l'impression douloureuse qui m'a rempli, je
« n'aurais point fatigué vos âmes de nouvelles émo-
« tions ; mais est-il possible de laisser sans protestations
« consommer la ruine de son pays ? n'est-ce pas une
« chose trop contristante pour un cœur droit de laisser
« triompher le mensonge et l'hypocrisie ? La pitié est
» la douce providence du malheur; elle se tient à ses
» côtés, elle le protège, elle attendrit en sa faveur le dur
» égoïsme des hommes ; mais devant elle marchent
» deux sœurs inséparables : la vérité, qui révèle les
» causes de l'infortune, la justice qui ordonne de secou-
» rir la souffrance; la vérité qui fait vivre les sociétés,
» la justice qui les préserve. Oh ! que la pitié sauve ce-
» lui que la rude main de la destinée accable; mais que
» la vérité démasque l'imposture, que la justice châtie
» le crime. Honte et malédiction sur le misérable qui
» usurpe les droits du malheur ! il se rend indigne du
» pardon, il profane les sources sacrées de miséricorde.
» Voilà ce que j'ai senti au fond de ma conscience en
» écoutant les paroles sorties de la bouche d'Hormis-
» das : détestable mensonge, hypocrite sagesse, hon-
» teux plaidoyer qui défend mal une vie honteuse. Je
» m'en souviens : celui qui est là fut puissant ; le génie
» du mal a voulu qu'il étendît sur nos têtes un sceptre
» maudit. Il est tombé, je m'en réjouis, mais sans sur-
» prise, car les jours du méchant sont comptés. Ce qui
» m'étonne c'est l'audace du coupable en face de ses
» juges, c'est d'entendre évoquer pour sa défense des
» souvenirs qui le flétrissent A-t-il assez foulé la Perse
» comme un pays de conquête? a-t-il assez bu de sang,
» marché sur assez de cadavres? Il était roi ! vraiment

» notre maître et seigneur ; c'est là un argument royal
» qu'il eût été sage de faire pour le bien de l'empire.
» Eh ! oui, c'eût été beau, élevé au-dessus de tous, de
» pencher un front serein et béni vers ces populations
» vivantes à vos pieds, de recueillir leurs vœux de res-
» pect et d'amour ; c'eût été beau de tenir dans vos
» mains les destinées d'un noble peuple, d'entourer vo-
» tre trône de cités florissantes, de secourir le faible,
» d'effrayer le méchant, et, placé hors des atteintes de
» l'envie, parce que vous étiez le plus grand, d'apparaî-
» tre comme un gage de paix au milieu des colères
» humaines ; c'eût été bien, c'eût été beau ; vous ne
» l'avez pas voulu ! Que donc sur votre tête retombe
» cet arrêt d'une justice éternelle : le sang de la victime
» crie vengeance contre le meurtrier ; il ne sera lavé
» que par l'expiation. »

L'ouragan qui gronde sur la mer et fait bondir ses
vagues comme des cavales échevelées, ne soulève pas
de plus redoutables tempêtes que celle qui souleva l'assemblée sous le souffle de Bindoës. Ce ne sont que
cris de colère, que menaces, qu'imprécations. Le prince
essaie de parler, sa voix est étouffée dans le tumulte et
les clameurs. Sa cause est perdue, sa vie va être con-
damnée. Voilà que les portes de la salle viennent de
s'ouvrir ; une femme paraît : son visage, frappé de taches violettes, est contracté ; son œil aride lance des
jets de cette flamme vitrée que l'on trouve dans le regard de ceux dont la raison s'égare, et que produit encore le désespoir d'une douleur inconsolable ; elle court,
elle écarte violemment la foule pressée des satrapes et
des seigneurs et se jette au-devant d'Hormisdas.

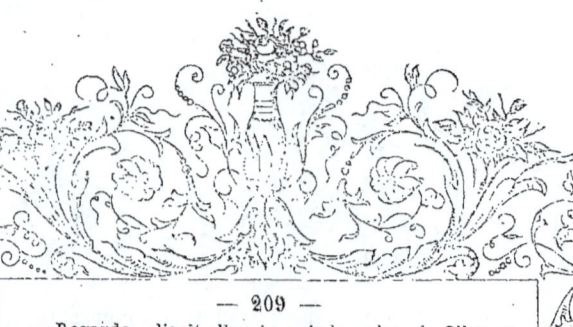

— Regarde , disait-elle ; je suis la mère de Silas et
de Baalah ! Qu'as-tu fait de mes deux enfants ?

Le roi, interdit , gardait le silence.

— Réponds-moi , où sont-ils ? Tu le sais , toi qui les
as fait arrêter , emprisonner. Qu'on me les rende ; je
suis vieille, je n'ai qu'eux à aimer. Si c'est de l'or que
l'on veut , j'apporte tout celui que j'ai pu amasser :
qu'on le prenne pour la rançon de Silas et de Baalah !

Le roi était toujours muet ; l'assemblée , silencieuse
maintenant , écoutait , regardait.

— Oui, messeigneurs , continua la pauvre mère en
se retournant vers les grands de l'empire, j'ai un fils ,
j'ai une fille ; ce sont mes seules joies , à moi , simple
femme , qui n'ai que bien peu de temps à les aimer ;
car, vous le voyez, l'âge a blanchi mes cheveux , at-
tiédi mon sang. Nikora, le seul qui me fût resté des
sept frères qui partagèrent avec moi l'amour de notre
mère , avait souvent demandé Baalah ; il voulait lui
donner ses richesses ; mais que me faisaient à moi des
trésors ? cette enfant n'était-elle pas le plus précieux ?
Et puis j'avais besoin de voir ses yeux , d'entendre sa
voix : je résistai aux prières du vieillard ; mais il s'af-
faiblit de plus en plus ; la mort apparut à son chevet :
sa voix , presque éteinte , redemanda ma fille. C'est
un acte impie de refuser un frère qui va mourir : je me
couvris le visage de mes deux mains , l'enfant partit.
Une crainte affreuse me serrait le cœur. Silas était assis,

muet et triste, à notre foyer ; je compris, et le laissai aller vers sa sœur. Depuis, chaque heure de mes tristes journées est tombée silencieusement dans le passé : aucune trace de lumière n'a éclairé ma demeure ; j'ai souffert dans l'ombre : on eût dit que le soleil ne se levait plus. Vingt jours écoulés, pas de nouvelles ! Un mal affreux me tenait ; chaque bruit remuait douloureusement mes entrailles. J'ai quitté l'Arménie, je suis venue chercher le bonheur de ma vieillesse. Pardonnez, messeigneurs, si je vous dis ces choses ; mais savez-vous ? je n'ai pu trouver ces enfants. On m'a dit que le roi les avait fait arrêter, on m'a dit que vous étiez assemblés pour que l'on rendît justice à tous, et je viens la demander : vous me ferez rendre Silas et Baalah, messeigneurs.

Et la femme s'arrêta : ses yeux paraissaient calmes, sa pose respirait l'attente. Une sourde rumeur montait au-dessus de l'assemblée. Hormisdas restait dans son attitude morne, silencieuse. L'Arménienne l'enveloppa d'un regard de haine, et, lui saisissant le bras, elle le secoua vivement :

— Tu n'as donc jamais rien aimé, que tu sois sourd à la voix d'une mère qui te demande ses enfants ?

Le tyran fit un geste d'impuissance.

— C'était donc vrai ! s'écria la malheureuse, dont l'instinct maternel interpréta vite la signification de ce mouvement. Deux larmes jaillirent de ses yeux, qui semblèrent s'éteindre. Un horrible sentiment de souffrance lui contracta la face et fit trembler ses lèvres,

— Il les a tués, dit-elle avec un accent étouffé et guttural, pareil au cri d'une hyène.

Il y eut un moment de silence; puis son regard se ralluma, ses membres tressaillirent comme sous un choc galvanique; elle se dressa terrible, folle de colère, de désespoir; de ses mains crispées elle saisit les vêtements d'Hormisdas; elle les tordit, les lacéra, et de sa poitrine, soulevée par de convulsifs efforts, sortaient des sons rauques, sauvages, stridents.

Cela fut un signal : l'assemblée se lève frémissante; on renverse les siéges, on se presse, on se rue; toutes ces indignations excitées, toutes ces vengeances contenues, toutes ces haines amassées, éclatent, tonnent, débordent; et ces hommes, l'élite de la nation, ces satrapes, ces seigneurs, ces mages, se livrent à une œuvre exécrable, hideuse, inouïe, digne d'avoir pour théâtre les grèves sanglantes de la Tauride, ou les savanes du désert. Tirons un voile sur une scène que l'histoire dira pour la honte de ce siècle : il est des spectacles qui souillent celui qui les regarde.

Ici le vieil Hémiar, interrompit son récit, leva les yeux au ciel, et s'écria :

— O mon Dieu ! vos jugements sont redoutables, et nul n'échappe à vos arrêts. Qui sondera la profondeur de vos desseins ? Vous avez permis ces choses, ô source de toute équité, et votre sagesse a su tirer le bien du mal lui-même.

Le vieillard sembla se recueillir après ces paroles.

Cependant des voix discrètes s'éveillaient parmi ceux qui l'avaient écouté; elles disaient :

— Vraiment! c'est une page honteuse : la fille outragée sous les regards du père et de la mère.

— La reine traînée par les cheveux à travers cette tempête, dépouillée, meurtrie, puis sciée entre deux planches.

— L'époux spectateur enchaîné de tout cela !

— Et quand ses yeux eurent pleuré toutes leurs larmes, on les creva avec des aiguilles ardentes.

— Afin qu'il fût pour jamais en face de la sanglante vision à laquelle il venait d'assister.

Or on avait jeté au foyer, dont les feux ne donnaient plus qu'un éclat amoindri, deux énormes rameaux de cèdre, et la flamme, excitée, s'élevait au milieu des voyageurs, vive, joyeuse, pétillante, Hémiar, arraché à ses pensées intimes par le bruit qui venait de se faire tout autour, reprit sa narration en ces termes :

Hormisdas avait été replongé dans son cachot, et tandis que son âme, grosse d'angoisses, restait suspendue sur la limite de la vie, pareille au fruit mûr que son poids détache du rameau qui l'a porté, Chosroës, élevé sur un trône, recevait les hommages et l'encens, s'enivrait des acclamations qui saluaient sa royauté.

Quand les adorations des grands eurent cessé ; quand les cris de la foule se furent éteints, il quitta son siége royal, il déposa sa couronne et descendit à la prison d'Hormisdas. Que se passa-t-il entre ces deux hommes ? quelles paroles trouva ce fils en face du père dont il venait de prendre la dépouille ? Des lèvres de ce père tomba-t-il une malédiction ou un pardon ? Nul ne l'a révélé ; Dieu seul fut le témoin de cette entrevue placée entre deux crimes comme un cœur entre deux pointes de poignards.

Trois jours après, Chosroës inaugurait son règne par un parricide.

Quel est cet homme que tous considèrent avec respect

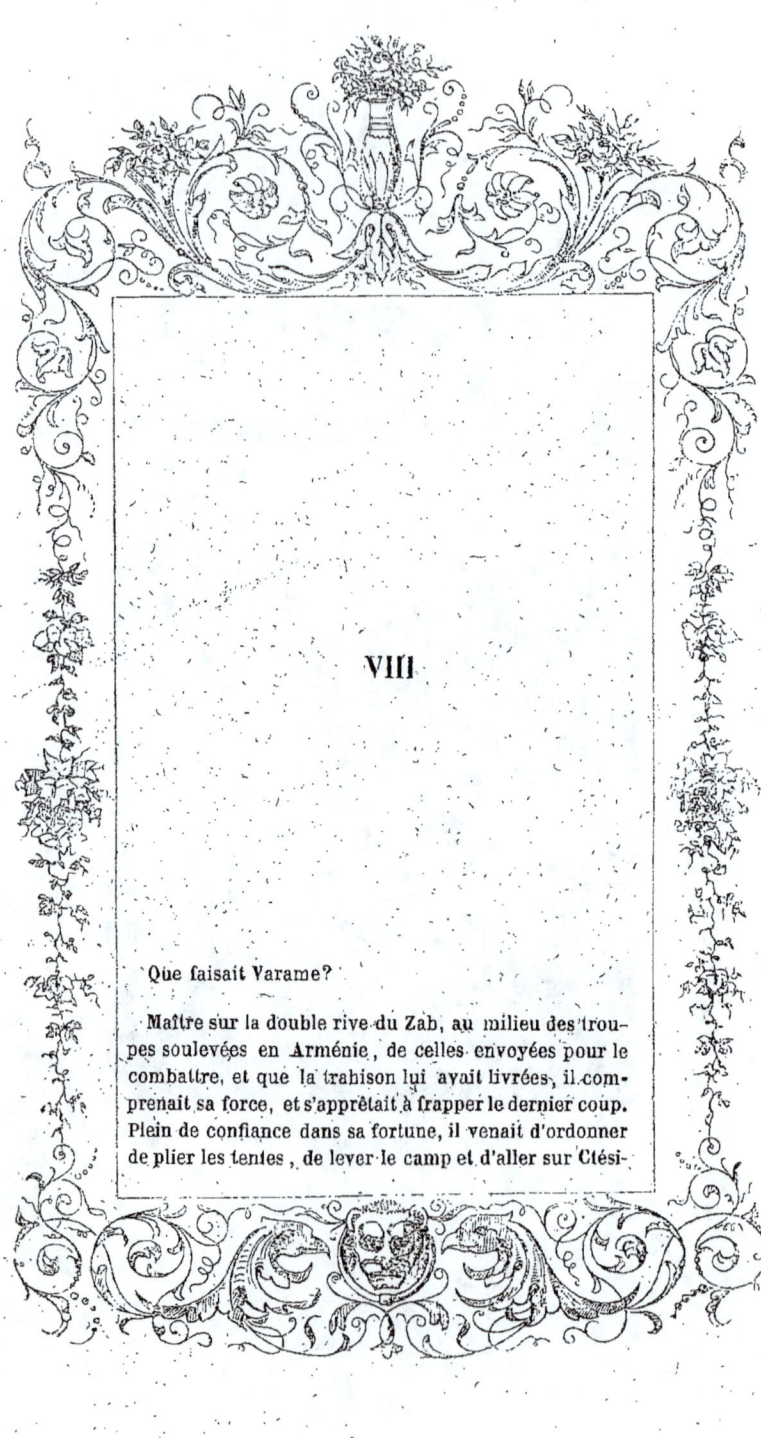

VIII

Que faisait Varame?

Maître sur la double rive du Zab, au milieu des troupes soulevées en Arménie, de celles envoyées pour le combattre, et que la trahison lui avait livrées, il comprenait sa force, et s'apprêtait à frapper le dernier coup. Plein de confiance dans sa fortune, il venait d'ordonner de plier les tentes, de lever le camp et d'aller sur Ctésiphon, dont il n'était plus qu'à sept marches. Le général avait hâte d'arriver sous les murs de la cité ; il fallait empêcher que Bindoës, dont il redoutait l'activité, exécutât seul la vengeance qui l'avait mené à lui, et que, libre dès-lors du contrat par lequel ces deux intérêts égoïstes et rivaux s'étaient unis, le noble seigneur séparât sa cause de celle de l'ambitieux, et plaçât sur la tête du fils la couronne arrachée au père : couronne bien convoitée, vers laquelle on gardait la main étendue. Déjà les légions, franchissant leurs retranchements, étendaient dans la plaine leurs lignes militaires, déjà un magnifique cheval de guerre, tenu par deux esclaves, indiquait à l'armée que son chef était prêt, lorsque Roxane et Améria parurent sur le seuil de sa tente.

Ce fut une heure pleine d'attendrissement que celle qui réunit la mère et le fils, le frère et la sœur. Tous trois heureux, palpitans, transportés, gardaient le silence, livrés au sentiment qui s'agitait en eux.

La langue n'avait pas d'expression pour le traduire, tant la surprise était grande, tant le cœur battait vite, tant les souvenirs ici restaient en mésaccord avec le présent. Ils se regardaient, et leurs larmes se parlaient, se comprenaient.

Enfin Varame tomba aux genoux de sa mère ; il couvrit ses mains de baisers et de pleurs. Roxane prit la tête de son fils, le contempla avec amour, et sa bouche frémit doucement comme à l'approche d'une parole, mais aucun son ne monta à ses lèvres. Après les angoisses du cachot, celles plus dures encore d'une séparation qui la privait de tout ce qu'elle aimait, elle était remplie des puissantes émotions de la maternité : devant elle, sous le même regard, elle embrassait ses deux enfants, inondée d'une joie sainte, immense, sublime ; une de ces joies que Dieu fait briller tout-à-coup à une existence désolée, comme un pur rayon dans la nuit, et qui changent en douce clarté l'obscurité la plus redoutable de l'âme.

Les bras du guerrier s'ouvrirent aussi pour Améria ; il l'attira vivement sur son sein, et l'y tint long-temps pressée. Et, lorsque le trop plein de son cœur se fut épanché dans ses élans impétueux, les premiers mots par lui prononcés furent ceux-ci :

— Ma mère ! ma sœur !

On s'en souvient : le fier Persan, si calme, durant le combat, à la vue des dangers et des morts frappés à ses côtés, si implacable pour une offense reçue, nourrissait dans sa poitrine de soldat deux affections ardentes, inquiètes, pleines de dévouement tendre et zélé ; cette heure enivrante du revoir exaltait tout ce que les affections avaient de puissance ; il oubliait ses rêves orgueilleux, il oubliait le sceptre dont la conquête armait sa main.

La lettre de Chosroës devait l'y ramener.

Il l'ouvrit avec un tressaillement secret. Le nouveau roi y parlait en ami plutôt qu'en maître ; il se félicitait de pouvoir lui rendre deux objets aussi chers que l'é-

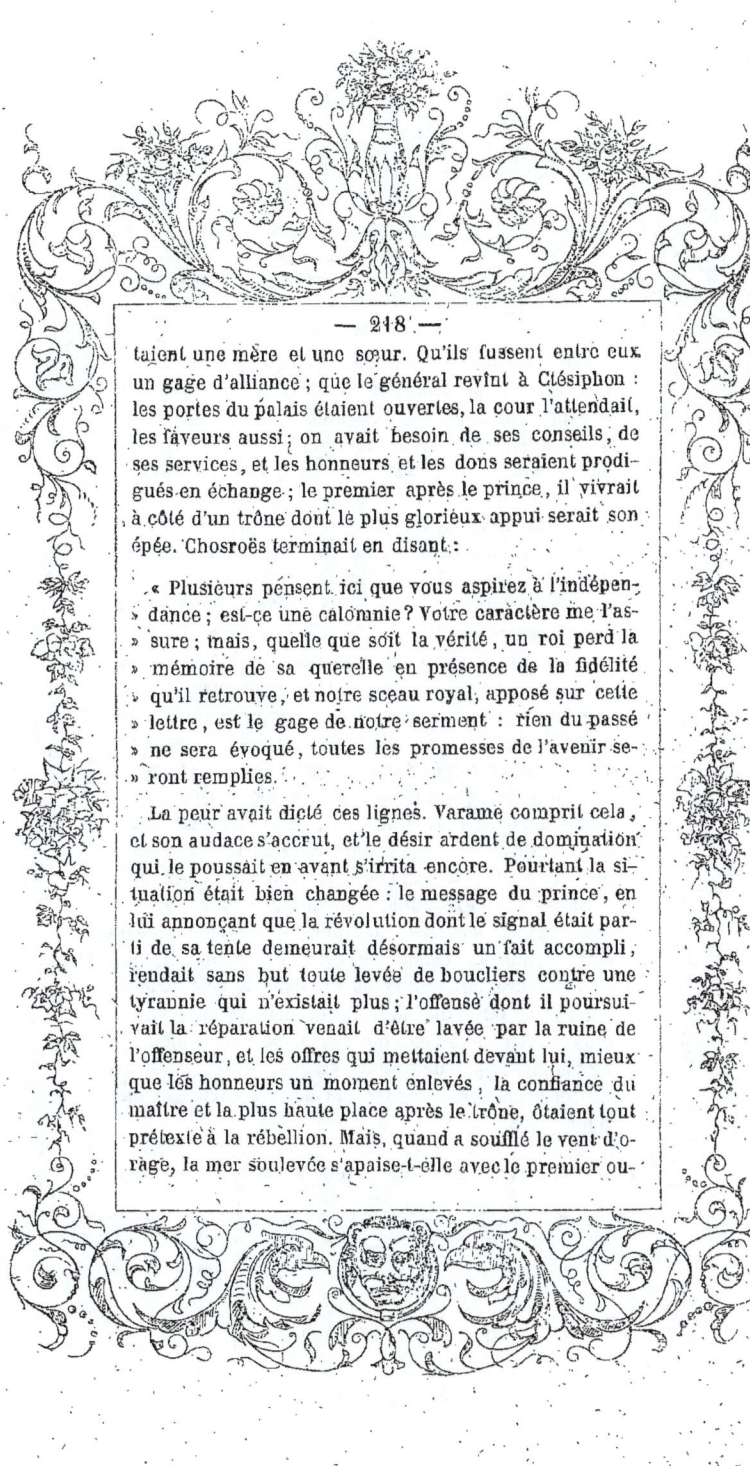

taient une mère et une sœur. Qu'ils fussent entre eux
un gage d'alliance ; que le général revînt à Ctésiphon :
les portes du palais étaient ouvertes, la cour l'attendait,
les faveurs aussi ; on avait besoin de ses conseils, de
ses services, et les honneurs et les dons seraient prodi-
gués en échange ; le premier après le prince, il vivrait
à côté d'un trône dont le plus glorieux appui serait son
épée. Chosroës terminait en disant :

« Plusieurs pensent ici que vous aspirez à l'indépen-
» dance ; est-ce une calomnie ? Votre caractère me l'as-
» sure ; mais, quelle que soit la vérité, un roi perd la
» mémoire de sa querelle en présence de la fidélité
» qu'il retrouve, et notre sceau royal, apposé sur cette
» lettre, est le gage de notre serment : rien du passé
» ne sera évoqué, toutes les promesses de l'avenir se-
» ront remplies.

La peur avait dicté ces lignes. Varame comprit cela,
et son audace s'accrut, et le désir ardent de domination
qui le poussait en avant s'irrita encore. Pourtant la si-
tuation était bien changée : le message du prince, en
lui annonçant que la révolution dont le signal était parti de sa tente demeurait désormais un fait accompli,
rendait sans but toute levée de boucliers contre une
tyrannie qui n'existait plus ; l'offense dont il poursuivait la réparation venait d'être lavée par la ruine de
l'offenseur, et les offres qui mettaient devant lui, mieux
que les honneurs un moment enlevés, la confiance du
maître et la plus haute place après le trône, ôtaient tout
prétexte à la rébellion. Mais, quand a soufflé le vent d'o-
rage, la mer soulevée s'apaise-t-elle avec le premier ou-

ragan qui a couru à sa surface et meurt sur les grèves ?
Les passions, ces tempêtes de l'âme, tombent-elles sous
le coup d'un syllogisme ? ou plutôt n'ont-elles pas à leur
usage la logique brutale des faits ? honte et malheur !
Le succès efface vite la réprobation que la morale écrit ;
il est le père de la plus odieuse des servitudes : l'idolâ-
trie de la force. Varame voulait être roi. Son orgueil
avait trouvé des paroles pour entraîner dans la sédition
l'armée et les chefs de l'armée, quand il avait fallu
venger son injure ; il sut trouver des raisons pour mo-
tiver la guerre qu'il allait faire à Chosroës, quand il
eut résolu une usurpation. Se poser en défenseur des
droits d'un prince coupable, il est vrai, mais légitime
souverain de la Perse ; protester contre toute royauté
nouvelle, tant que les grands de l'empire n'auraient pas
statué sur la destinée du monarque déchu, et cependant
s'avancer brusquement sur la capitale, l'envahir, et
jetant son épée dans la balance, forcer les résistances,
et saisir un diadème qu'il était assez fort pour mainte-
nir sur sa tête, était un plan trop facile à conduire pour
renoncer à son exécution. Sans doute demain la révélation complète des faits, dont une partie seulement a pu
être connue au camp, dénoncera l'ambitieux ; mais
l'armée aura fait un pas encore dans la voie de la révolte : une solidarité nouvelle et persévérante l'unira
plus étroitement à celui qui l'enchaîne à ses projets ; on
ne manquera pas de prétextes à fournir, d'or à répandre, de promesses à confier, et l'œuvre commencée sera
poursuivie.

Comme tous les hommes d'intelligence et d'action,

hommes complets qui savent le prix du temps et n'a-
journent point l'entreprise que leur génie a conçue,
Varame apprécia vite ses nouveaux éléments de succès,
et songea à s'en servir. Il écrivit à Chosroës. La
lettre, qui traversa les provinces, ne contenait que
ces mots :

« Une seule condition est posée : que celui qui ne
» craignit point de s'asseoir sur le trône qu'il ne sut
» pas défendre descende de ce siége, où sa présence
» est une honte et une impiété ; qu'il sorte du palais et
» quitte la Perse. Ses jours seront respectés en mémoi-
» re de Roxane et d'Améria ; mais qu'il craigne le ciel
» car le fils qui outrage son père est maudit. »

Cette réponse scellée avec la poignée de son épée,
il ordonna qu'un de ses cavaliers la portât sans retard.

— Courez à Ctéziphon, hâtez votre route, dit-il :
notre marche sera prompte ; j'ai besoin de trouver la
place vide pour me souvenir que je m'engage à leur
laisser la tête.

Ces paroles accusaient les desseins du général et trahissaient le but qu'il allait tenter. Ce fut une initiation
pour Roxane ; elle se dressa avec orgueil, et son regard,
plongeant dans celui de son fils, lui révéla l'approba-
tion de son cœur. La vieille mère idolâtre ne comprenait pas le pardon des persécutions et des injures ; sous
les verrous d'Hormisdas, en proie aux terreurs, aux

souffrances, elle avait, dans le secret de son âme, accueilli un espoir de représailles ; et puisque Varame
était assez puissant aujourd'hui pour se venger et punir, que sa colère éclatât sur ses ennemis.

Améria pensait autrement : l'épreuve des jours passés
venait d'être pour elle une leçon terrible. La timide
jeune fille s'effrayait en face des incertitudes de l'entreprise et des dangers de la lutte ; la chrétienne ne pouvait haïr. Pleine encore de la pensée des martyrs qu'elle avait vus se lever à un appel de mort, et dont la bouche n'avait su que prier, elle sentit son cœur se serrer
en entendant les paroles de son frère, et, lui prenant
les mains, qu'elle pressait dans les siennes, elle parla
de miséricorde et d'oubli. Mais l'implacable Persan,
abaissant sur elle un œil où vivait une résolution inflexible, la conduisit doucement au seuil de sa tente,
et, soulevant les draperies de l'entrée, il montra les lignes du camp presque désertes, la campagne au loin
sillonnée de longues colonnes de soldats, et le doigt
levé vers le ciel serein ; inondé des clartés d'un beau
soleil :

— Regarde, dit-il, là-bas tout est prêt, là-haut tout
est favorable. Dans sept jours, ces légions auront
franchi les remparts de la cité où tu as souffert, et dans
sept jours tu seras vengée.

— Frère, répondit Améria, la vengeance des hommes est impie ; ses fruits sont amers et portent malheur.

— Le malheur sera pour moi seul, répliqua Varame, se méprenant sur l'esprit qui inspirait ces mots à sa sœur : j'ai songé à vous, et, si je succombe, les deux affections qui me restent seront à l'abri de ma ruine.

— Ce n'est pas la crainte qui parle en moi, dit la chrétienne avec un accent doux et profond.

— Mais...

— C'est le devoir.

Les traits du général exprimèrent la surprise ; il parut se recueillir un moment, comme celui qui cherche le sens d'une parole mystérieuse., puis secouant la tête :

— C'est résolu. Et il rentra.

Durant ce court entretien, Roxane s'était avancée, et les prières de la jeune fille avaient été entendues.

— Bien, mon fils ! s'écria-t-elle, applaudissant à sa ferme volonté ; poursuis-les sans trève. Zoroastre n'a point condamné l'expiation infligée à ses persécuteurs.

— Mais Dieu la défend, répondit Améria.

— Oui, ton Galiléen, fit la vieille femme, dont une intention de mépris contracta les lèvres.

Ce nom produisit sur Varame l'effet d'un choc électrique.

— Que parle-t-on ici du Galiléen? demanda-t-il avec force et se retournant brusquement.

Roxane baissa la tête : elle avait regret du mot qui venait de lui échapper, car il provoquait un orage. Sans doute la païenne voyait avec douleur le culte de ses pères et de son pays déserté, mais la mère pardonnait à sa fille, et la captivité subie ensemble, les douleurs de la séparation, la rendaient encore plus aimée. Elle eût voulu arrêter son imprudente révélation : il était trop tard ; son silence ne put rien sauver.

— Qui invoque le Galiléen? répéta Varame.

— Hélas! soupira la pauvre femme, dont le regard, malgré elle, dénonça la jeune chrétienne.

— Adoration et respect pour ce nom, dit Améria ; car c'est le seul par qui nous puissions espérer ici-bas.

Le front de la jeune fille était levé plein de dignité et de noblesse; sa voix grave et ferme, son œil illuminé d'une clarté sereine; ses paroles, son attitude, devenaient un témoignage certain. Elle avait embrassé un culte étranger : n'était-ce pas un crime, une fatalité? Un homme qui déjà avait contre lui de n'être qu'un soldat et de n'avoir point de sang royal dans les veines pourrait-il s'asseoir sur le trône d'un pays où la caste sacerdotale dominait, pendant que la religion du peuple était abjurée dans sa famille? Voilà ce qui traversa comme un éclair l'esprit de Varame. Il pâlit à cette pensée et demeura muet, parcourant sa tente d'un pas rapide. Enfin le frère vint se placer en face de sa sœur, debout, immobile. Alors éclata une colère dont les transports ne se décrivent pas; une de ces fureurs où la prière est à côté de l'imprécation, les larmes, à côté des grincements de dents. L'ambitieux était frappé dans son rêve, dans ses espérances, dans ses désirs de toutes les heures. Après avoir exhalé sa douleur dans un flot de menaces et d'anathèmes, exaspéré, égaré, il s'écria :

— Mais sais-tu, malheureuse, que les tortures attendent ceux qui refusent l'hommage aux dieux de la Perse ? crois-tu que ces membres frêles braveront la dent des tenailles rougies, la pointe des ongles de fer, la griffe du tigre et du lion?

Et ses mains violentes écartaient, déchiraient les plis de la tunique de la jeune fille, et laissaient à nu ses épaules, comme pour la mettre en présence de sa faiblesse. Elles apparurent meurtries, frappées de larges sillons bleuâtres, sur lesquels le sang, en se figeant, avait laissé des taches noires : c'étaient des traces de la flagellation ordonnée par Hormisdas. A cet aspect, Varame s'arrêta épouvanté; un tressaillement d'horreur courut dans tout son être; ses traits, qu'animait la colère, se décomposèrent sous une lividité sépulcrale; un cri étouffé sortit de sa poitrine.

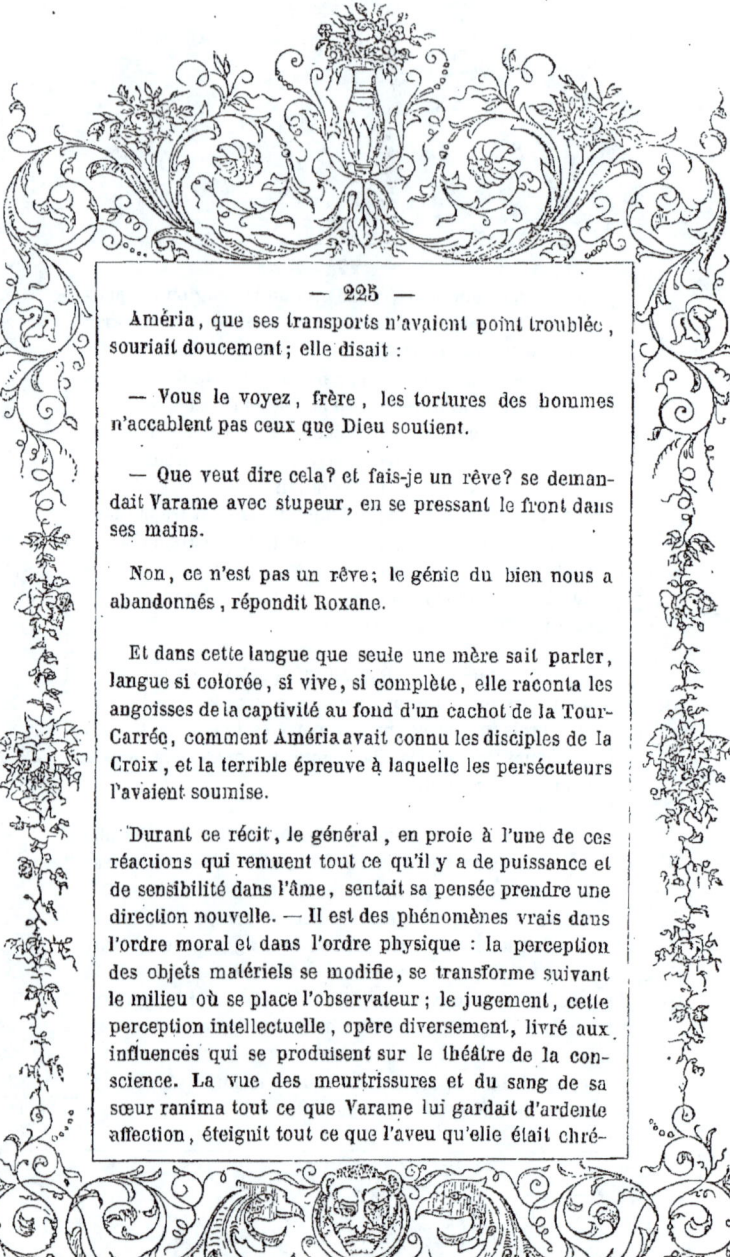

Améria, que ses transports n'avaient point troublée, souriait doucement ; elle disait :

— Vous le voyez, frère, les tortures des hommes n'accablent pas ceux que Dieu soutient.

— Que veut dire cela? et fais-je un rêve? se demandait Varame avec stupeur, en se pressant le front dans ses mains.

Non, ce n'est pas un rêve; le génie du bien nous a abandonnés, répondit Roxane.

Et dans cette langue que seule une mère sait parler, langue si colorée, si vive, si complète, elle raconta les angoisses de la captivité au fond d'un cachot de la Tour-Carrée, comment Améria avait connu les disciples de la Croix, et la terrible épreuve à laquelle les persécuteurs l'avaient soumise.

Durant ce récit, le général, en proie à l'une de ces réactions qui remuent tout ce qu'il y a de puissance et de sensibilité dans l'âme, sentait sa pensée prendre une direction nouvelle. — Il est des phénomènes vrais dans l'ordre moral et dans l'ordre physique : la perception des objets matériels se modifie, se transforme suivant le milieu où se place l'observateur ; le jugement, cette perception intellectuelle, opère diversement, livré aux influences qui se produisent sur le théâtre de la conscience. La vue des meurtrissures et du sang de sa sœur ranima tout ce que Varame lui gardait d'ardente affection, éteignit tout ce que l'aveu qu'elle était chré-

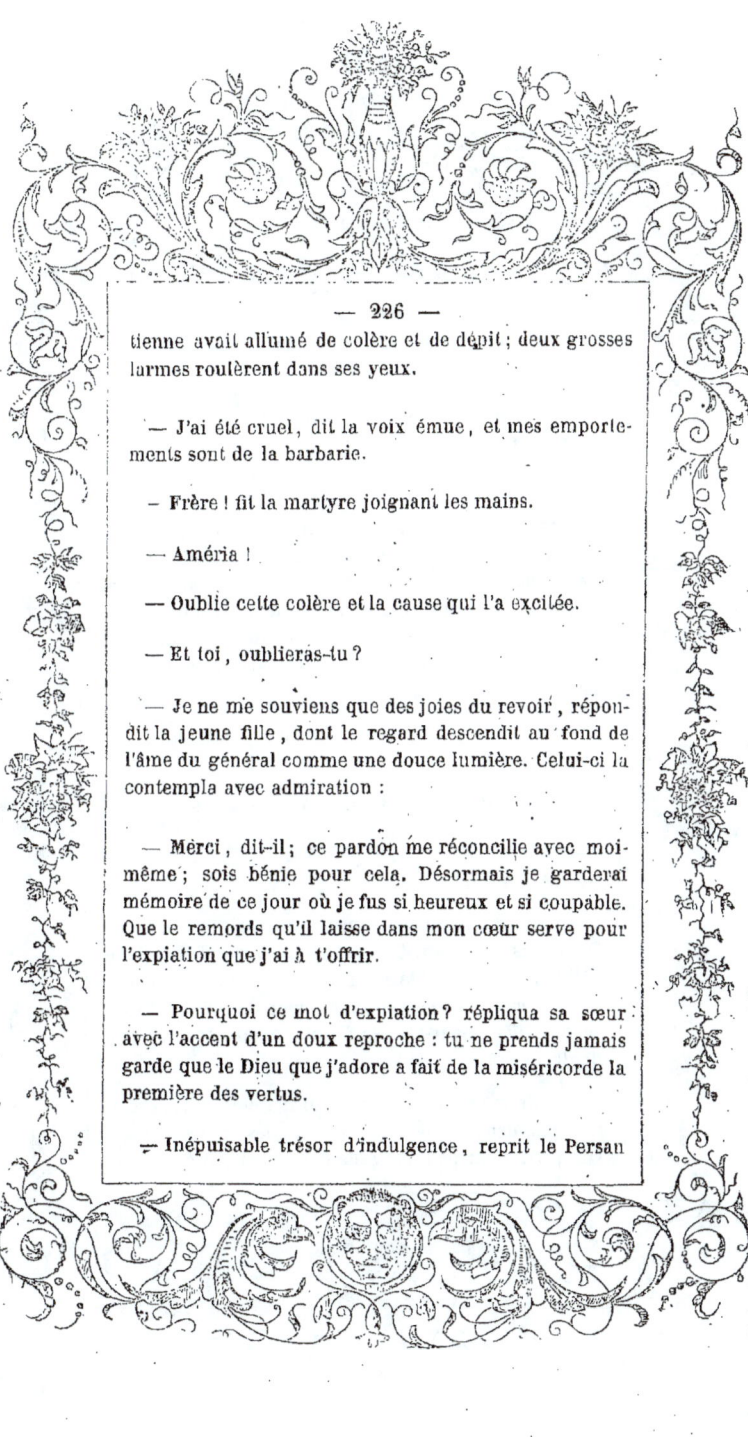

tienne avait allumé de colère et de dépit ; deux grosses larmes roulèrent dans ses yeux.

— J'ai été cruel, dit la voix émue, et mes emportements sont de la barbarie.

— Frère ! fit la martyre joignant les mains.

— Améria !

— Oublie cette colère et la cause qui l'a excitée.

— Et toi, oublieras-tu ?

— Je ne me souviens que des joies du revoir, répondit la jeune fille, dont le regard descendit au fond de l'âme du général comme une douce lumière. Celui-ci la contempla avec admiration :

— Merci, dit-il ; ce pardon me réconcilie avec moi-même ; sois bénie pour cela. Désormais je garderai mémoire de ce jour où je fus si heureux et si coupable. Que le remords qu'il laisse dans mon cœur serve pour l'expiation que j'ai à t'offrir.

— Pourquoi ce mot d'expiation ? répliqua sa sœur avec l'accent d'un doux reproche : tu ne prends jamais garde que le Dieu que j'adore a fait de la miséricorde la première des vertus.

— Inépuisable trésor d'indulgence, reprit le Persan

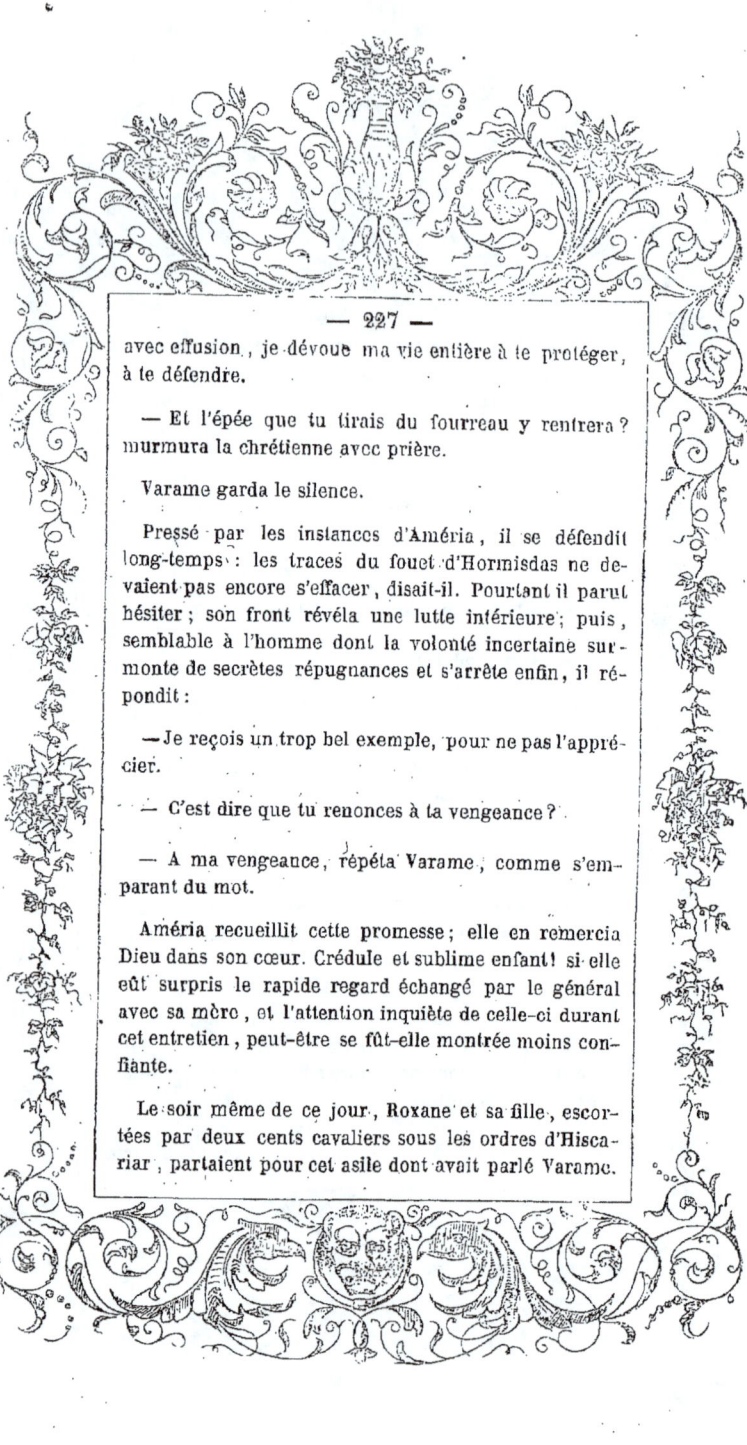

avec effusion., je dévoue ma vie entière à te protéger, à te défendre.

— Et l'épée que tu tirais du fourreau y rentrera ? murmura la chrétienne avec prière.

Varame garda le silence.

Pressé par les instances d'Améria, il se défendit long-temps : les traces du fouet d'Hormisdas ne devaient pas encore s'effacer, disait-il. Pourtant il parut hésiter ; son front révéla une lutte intérieure ; puis, semblable à l'homme dont la volonté incertaine surmonte de secrètes répugnances et s'arrête enfin, il répondit :

—Je reçois un trop bel exemple, pour ne pas l'apprécier.

— C'est dire que tu renonces à ta vengeance ?

— A ma vengeance, répéta Varame, comme s'emparant du mot.

Améria recueillit cette promesse ; elle en remercia Dieu dans son cœur. Crédule et sublime enfant! si elle eût surpris le rapide regard échangé par le général avec sa mère, et l'attention inquiète de celle-ci durant cet entretien, peut-être se fût-elle montrée moins confiante.

Le soir même de ce jour, Roxane et sa fille, escortées par deux cents cavaliers sous les ordres d'Hiscariar, partaient pour cet asile dont avait parlé Varame.

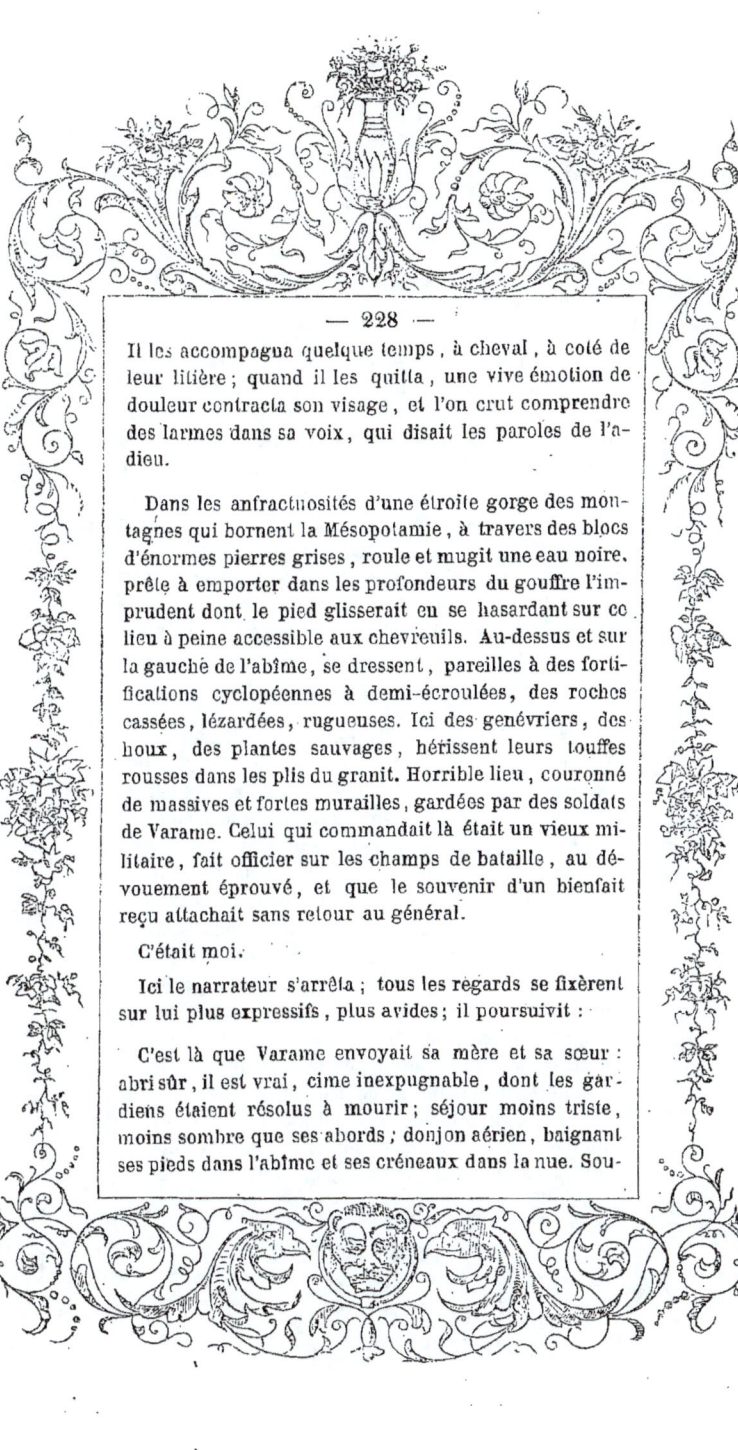

Il les accompagna quelque temps, à cheval, à côté de leur litière ; quand il les quitta, une vive émotion de douleur contracta son visage, et l'on crut comprendre des larmes dans sa voix, qui disait les paroles de l'adieu.

Dans les anfractuosités d'une étroite gorge des montagnes qui bornent la Mésopotamie, à travers des blocs d'énormes pierres grises, roule et mugit une eau noire, prête à emporter dans les profondeurs du gouffre l'imprudent dont le pied glisserait en se hasardant sur ce lieu à peine accessible aux chevreuils. Au-dessus et sur la gauche de l'abîme, se dressent, pareilles à des fortifications cyclopéennes à demi-écroulées, des roches cassées, lézardées, rugueuses. Ici des genévriers, des houx, des plantes sauvages, hérissent leurs touffes rousses dans les plis du granit. Horrible lieu, couronné de massives et fortes murailles, gardées par des soldats de Varame. Celui qui commandait là était un vieux militaire, fait officier sur les champs de bataille, au dévouement éprouvé, et que le souvenir d'un bienfait reçu attachait sans retour au général.

C'était moi.

Ici le narrateur s'arrêta ; tous les regards se fixèrent sur lui plus expressifs, plus avides ; il poursuivit :

C'est là que Varame envoyait sa mère et sa sœur : abri sûr, il est vrai, cime inexpugnable, dont les gardiens étaient résolus à mourir ; séjour moins triste, moins sombre que ses abords ; donjon aérien, baignant ses pieds dans l'abîme et ses créneaux dans la nue. Sou-

vent, durant nos longues , nos incertaines courses sur
des mers aux grèves inhospitalières, j'ai regretté ses
épais remparts et sa sûreté sauvage ; oui , lorsqu'après
nos courtes heures de halte aux plages désertes, nous
regagnons notre navire pour recommencer la fuite qui
nous sauve , pauvres proscrits que nous sommes , j'ai
parcouru souvent d'un regard attristé le rivage sur lequel s'alluma, la veille, le feu de notre bivouac, où fu-
ment quelques cendres encore , image des vains projets
et des illusions de la vie ; et, pensant à ma citadelle assise au haut du rocher, j'ai senti mon cœur se serrer au
souvenir de ses vastes salles , dont les murs , couverts
de boucliers et d'armures, protégent si bien.

Roxane et Améria arrivèrent le cinquième jour de
leur voyage, par une belle soirée. Le soleil, incliné à
l'horizon, allait toucher la crête des arbres ; et teignait
nos créneaux de ces rayons affaiblis, mélancoliques,
qui ressemblent au regard d'un ami à l'heure de l'adieu.
On eût dit que le torrent avait suspendu son bouillon-
uement plein d'écume et de bruit pour laisser monter
vers nous une harmonie étrange mais douce , pareille
à celle de la brise dans les algues marines : il y avait
fête dans mon âme, il y avait calme dans l'air. Quand,
debout sur le seuil de la forteresse, mon front s'inclina
respectueusement en présence de ces deux nobles femmes , je me réjouis dans la pensée de remplir un devoir,
d'acquitter une dette sacrée. Mon orgueil de frère d'armes tressaillit à la vue du dépôt qui m'était confié ; je
jurai de verser mon sang pour le défendre. Je dévouai
ma vie en mémoire du passé, et voilà qu'un bienfait

nouveau , un bienfait plus grand devait encore enchaî-
ner ma reconnaissance : la vérité et la foi entraient
avec Améria sous mon toit, que la Providence venait
de bénir : que d'éternelles grâces en soient rendues !

Mais , pendant que derrière ces remparts la jeune
fille , agenouillée , remercie le ciel de sa délivrance , et,
dans sa prière , se souvient du chrétien lié comme elle
au poteau sous le fouet des persécuteurs, Varame, qui
a poursuivi sa marche sur la capitale de la Perse , lève
le bras pour frapper le dernier coup.

Chosroës avait laissé détrôner son père; il parut cette
fois ne pas vouloir abandonner sans combat la couronne qu'on venait lui prendre. Il assembla des troupes, il
monta à cheval et s'avança pour couvrir sa ville royale.

La lutte ne fut pas longue.

Le roi descendait le Tigre vers la Mésopotamie. A mesure qu'il s'éloignait de la capitale , l'espérance l'aban-
donnait; il hésitait, il s'attristait : la cité ne s'était
point émue quand il était sorti du palais pour aller défendre sa puissance menacée; les troupes avaient imité
ce silence : pas un cri , pas une acclamation n'était
partie de leurs rangs. Quelques jours seulement avaient
donc suffi pour éteindre l'enthousiasme que naguère
éveillait sa puissance, et des nombreux seigneurs pressés hier autour de son trône, un seul était venu saluer
le prince laissé par la fortune : c'était Bindoës créé,
la veille , gouverneur de Ctésiphon. Mais à cette preuve

de fidélité il n'avait pas craint de mêler un peu de fiel en faisant entendre de dures paroles.

La révolte grandissait, se propageait, devançait son chef : sur les citadelles flottait son drapeau; dans l'armée plusieurs dévouements devenaient incertains.

Il fallait une sagesse éprouvée, Chosroës avait toute l'inexpérience d'un nouveau venu ; il fallait une prompte énergie, Chosroës ne montrait qu'indécision et faiblesse; il fallait un courage de lion, Chosroës tremblait à la pensée d'une bataille. Plus l'heure d'une rencontre approchait, plus sa marche devenait lente; son cœur se serrait, son front, pensif, se baissait, sa tête était malade. Il s'arrêta.

La lâcheté perd les meilleures causes. — Incapable d'une résolution hardie, trop amoureux de sa vie pour la risquer, l'épée à la main, dans le duel que le rebelle lui offrait, le prince parricide tourna ses amères tristesses contre des serviteurs; dans sa pensée, remplie des sombres images de la terreur, il crut qu'une trahison se tramait autour de lui : douze de ses officiers furent arrêtés et menés en sa présence, il les condamna sans les interroger; plusieurs voulurent se défendre, il ordonna qu'on leur mit un bâillon; plusieurs laissèrent voir dans l'expression de leurs traits, dans la hauteur de leur attitude, le mépris que le maître inspirait, il ordonna qu'ils fussent battus de verges avant le dernier supplice. La sentence fut exécutée : la tête des douze capitaines roula à ses pieds; mais, à la vue du sang qui rougissait la terre, à la vue des visages mor-

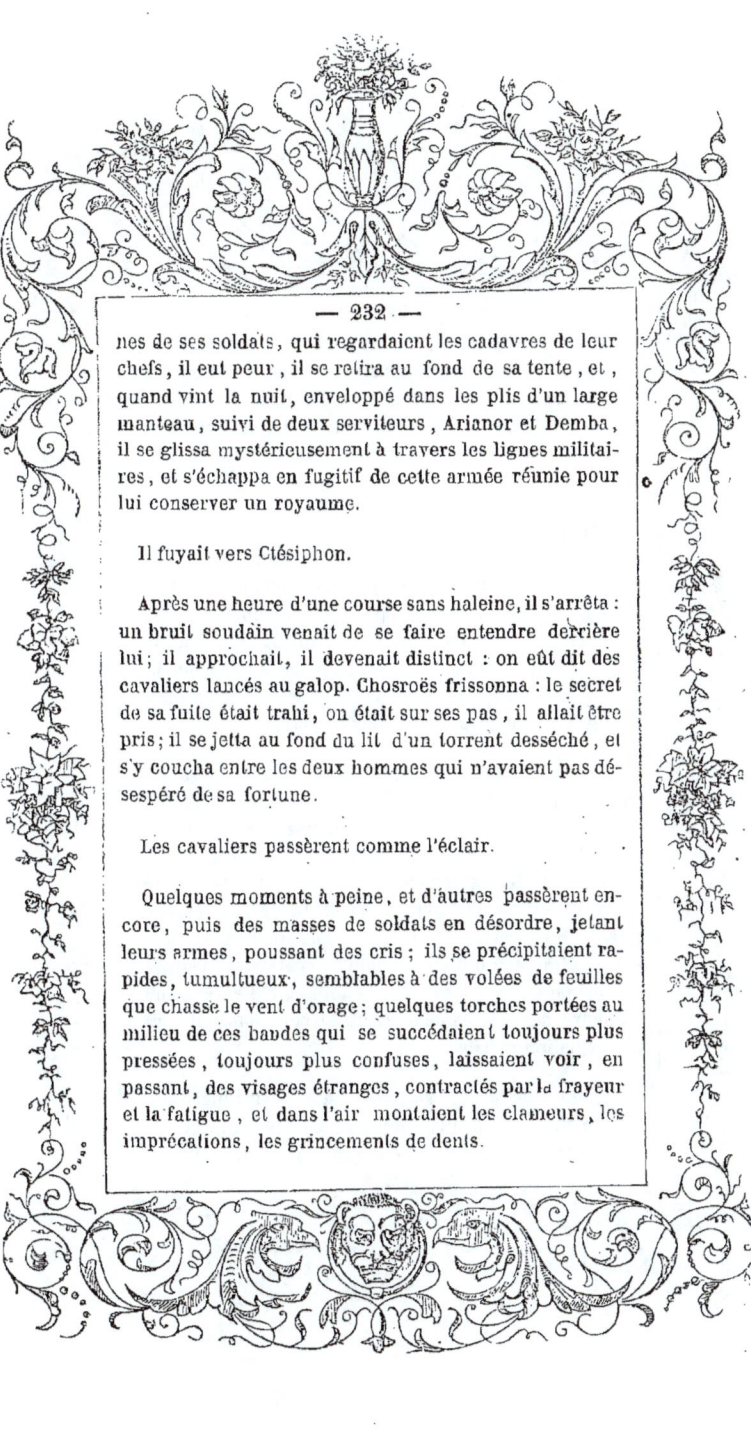

nes de ses soldats, qui regardaient les cadavres de leur chefs, il eut peur, il se retira au fond de sa tente, et, quand vint la nuit, enveloppé dans les plis d'un large manteau, suivi de deux serviteurs, Arianor et Demba, il se glissa mystérieusement à travers les lignes militaires, et s'échappa en fugitif de cette armée réunie pour lui conserver un royaume.

Il fuyait vers Ctésiphon.

Après une heure d'une course sans haleine, il s'arrêta : un bruit soudain venait de se faire entendre derrière lui ; il approchait, il devenait distinct : on eût dit des cavaliers lancés au galop. Chosroës frissonna : le secret de sa fuite était trahi, on était sur ses pas, il allait être pris ; il se jetta au fond du lit d'un torrent desséché, et s'y coucha entre les deux hommes qui n'avaient pas désespéré de sa fortune.

Les cavaliers passèrent comme l'éclair.

Quelques moments à peine, et d'autres passèrent encore, puis des masses de soldats en désordre, jetant leurs armes, poussant des cris ; ils se précipitaient rapides, tumultueux, semblables à des volées de feuilles que chasse le vent d'orage ; quelques torches portées au milieu de ces bandes qui se succédaient toujours plus pressées, toujours plus confuses, laissaient voir, en passant, des visages étranges, contractés par la frayeur et la fatigue, et dans l'air montaient les clameurs, les imprécations, les grincements de dents.

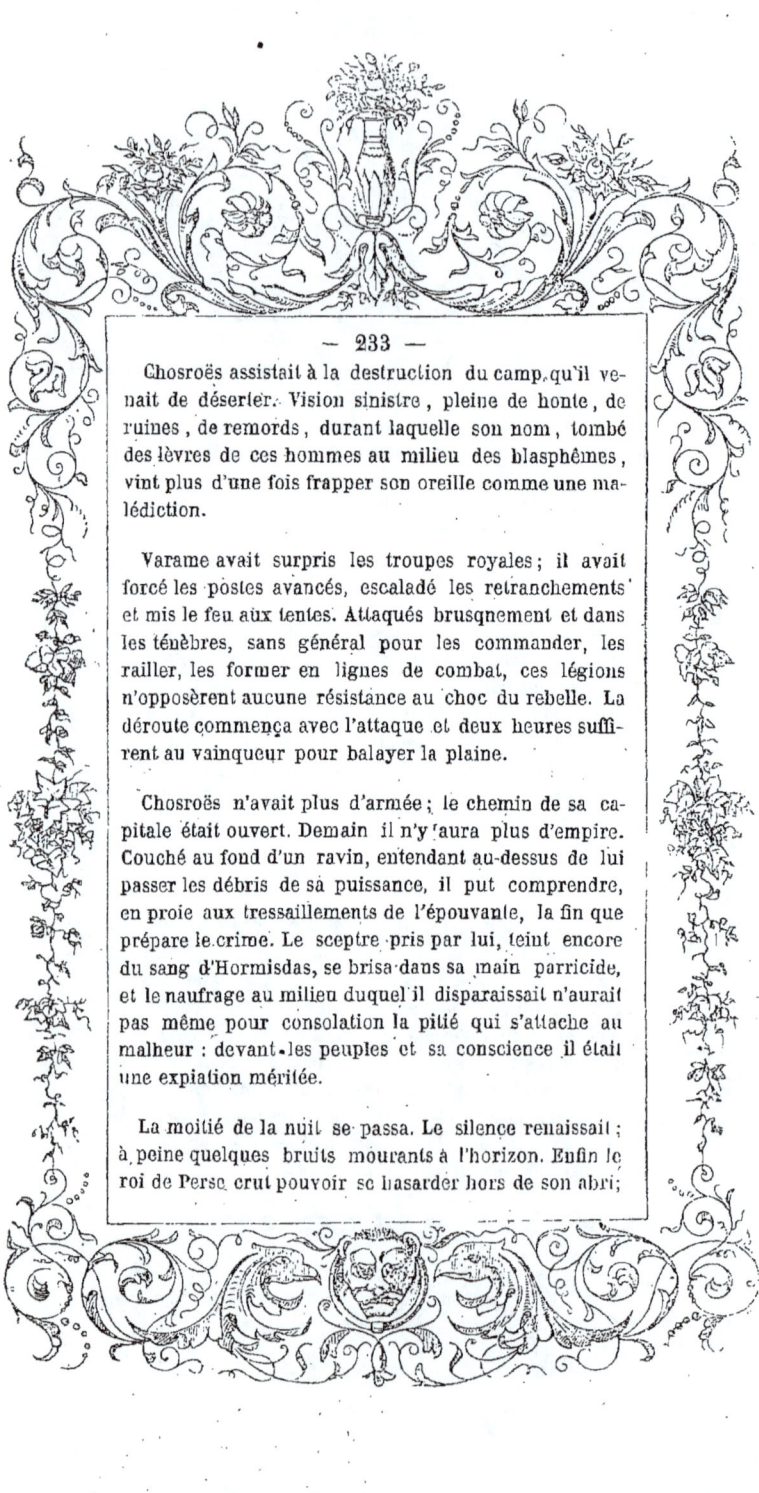

Chosroës assistait à la destruction du camp qu'il venait de déserter. Vision sinistre, pleine de honte, de ruines, de remords, durant laquelle son nom, tombé des lèvres de ces hommes au milieu des blasphêmes, vint plus d'une fois frapper son oreille comme une malédiction.

Varame avait surpris les troupes royales ; il avait forcé les postes avancés, escaladé les retranchements et mis le feu aux tentes. Attaqués brusquement et dans les ténèbres, sans général pour les commander, les railler, les former en lignes de combat, ces légions n'opposèrent aucune résistance au choc du rebelle. La déroute commença avec l'attaque et deux heures suffirent au vainqueur pour balayer la plaine.

Chosroës n'avait plus d'armée ; le chemin de sa capitale était ouvert. Demain il n'y aura plus d'empire. Couché au fond d'un ravin, entendant au-dessus de lui passer les débris de sa puissance, il put comprendre, en proie aux tressaillements de l'épouvante, la fin que prépare le crime. Le sceptre pris par lui, teint encore du sang d'Hormisdas, se brisa dans sa main parricide, et le naufrage au milieu duquel il disparaissait n'aurait pas même pour consolation la pitié qui s'attache au malheur : devant les peuples et sa conscience il était une expiation méritée.

La moitié de la nuit se passa. Le silence renaissait ; à peine quelques bruits mourants à l'horizon. Enfin le roi de Perse crut pouvoir se hasarder hors de son abri ;

il se leva. Où se retirer contre le jour, qui allait venir ; contre Varame dont les soldats allaient passer ? Un de ceux qui l'accompagnaient se souvint du château de Saës : il était situé à trois heures de marche, sur la rive opposée du Tigre. Ce n'était pas là une retraite sûre, mais on pourrait, sans trop de péril, y attendre la nuit prochaine ; on aurait un jour pour délibérer et prendre une résolution.

— Mon parti est arrêté, murmura Chosroës.

— Vous irez dans une de vos villes de guerre, et là vous réunirez des forces pour une lutte nouvelle, interpréta Demba

— Je fuirais ce pays que la trahison habite.

Une impression de mépris passa sur le front du Persan ; il répondit :

— Préparez votre fuite alors.

— Soit, fit le prince ; et ils se mirent en marche.

On dit que, lorsqu'il put respirer derrière les murailles de la forteresse, Chosroës hésita : se réfugierait-il chez les Turcs, soumis par son père ? irait-il implorer l'hospitalité des Romains ? La pensée de se trouver en présence de Siroës, ce frère chassé en son nom du palais d'Hormisdas, lui fit préférer l'ennemi au tributaire. Peut-être aussi la crainte ne fut pas étrangère à ce conseil ; peut-être le roi, dont la mémoire était pleine de

récits terribles sur ces peuplades barbares, n'osa pas
risquer son infortune parmi elles.

Seul, fugitif et mis à prix, il marcha, déguisé, vers
l'Euphrate, quêtant, le soir, un peu de repos et de pain
au seuil des cabanes, ou, s'il comprenait des bruits de
chevaux et d'hommes armés, s'enfonçant silencieusement au fond des bois, et passant le jour dans les antres,
la nuit sur les sentiers qui mènent à la frontière.

Cependant, de la plaine où il s'était reposé sous la
tente de Chosroës, Varame ne fit qu'un bond jusqu'à la
capitale de la Perse. A la tête de son armée victorieuse,
riche des dépouilles de celles envoyées pour le combattre, il frappa aux portes de Ctésiphon : elles s'ouvrirent, et l'orgueilleux général entra dans ses murs en
triomphateur.

Il marcha droit au palais que le fils d'Hormisdas avait
quitté cinq jours avant.

Quelles pensées émurent son âme quand il vit son bivouac échangé pour cette superbe demeure ! en parcourant les immenses galeries peuplées de colonnes et
de statues, les salles splendides où la lumière des flambeaux ruisselait à flots sur le marbre, le jaspe, le porphyre, sur les tentures de drap d'or et les lambris sculptés ; en entendant l'écho des voûtes répéter, en notes
joyeuses, triomphales, les éclats des fanfares que les
clairons et les trompettes de guerre faisaient retentir
sur les places de la cité, il se sentit enivré. Il était vain-

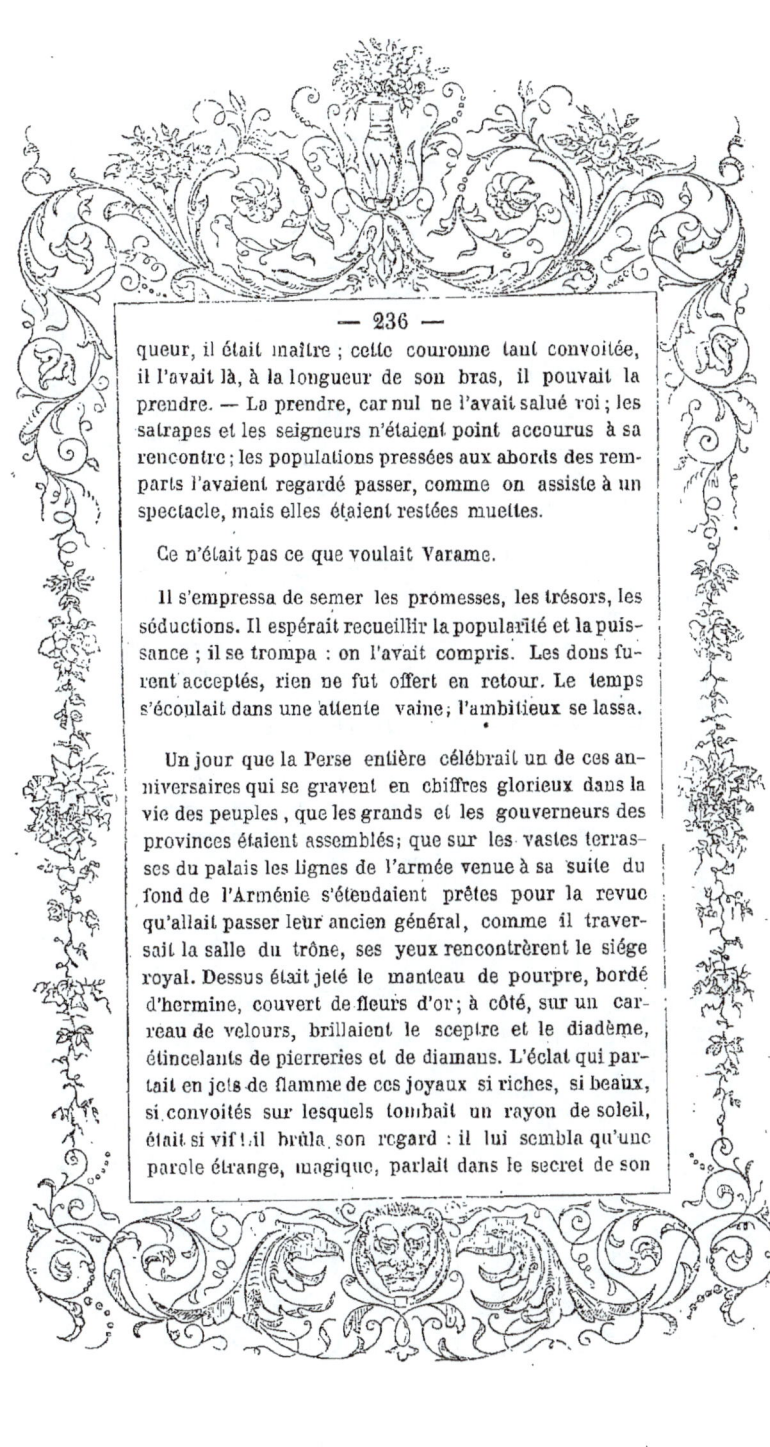

queur, il était maître ; cette couronne tant convoitée, il l'avait là, à la longueur de son bras, il pouvait la prendre. — La prendre, car nul ne l'avait salué roi ; les satrapes et les seigneurs n'étaient point accourus à sa rencontre ; les populations pressées aux abords des remparts l'avaient regardé passer, comme on assiste à un spectacle, mais elles étaient restées muettes.

Ce n'était pas ce que voulait Varame.

Il s'empressa de semer les promesses, les trésors, les séductions. Il espérait recueillir la popularité et la puissance ; il se trompa : on l'avait compris. Les dons furent acceptés, rien ne fut offert en retour. Le temps s'écoulait dans une attente vaine ; l'ambitieux se lassa.

Un jour que la Perse entière célébrait un de ces anniversaires qui se gravent en chiffres glorieux dans la vie des peuples , que les grands et les gouverneurs des provinces étaient assemblés ; que sur les vastes terrasses du palais les lignes de l'armée venue à sa suite du fond de l'Arménie s'étendaient prêtes pour la revue qu'allait passer leur ancien général, comme il traversait la salle du trône, ses yeux rencontrèrent le siége royal. Dessus était jeté le manteau de pourpre, bordé d'hermine, couvert de fleurs d'or ; à côté, sur un carreau de velours, brillaient le sceptre et le diadème, étincelants de pierreries et de diamans. L'éclat qui partait en jets de flamme de ces joyaux si riches, si beaux, si convoités sur lesquels tombait un rayon de soleil, était si vif ! il brûla son regard : il lui sembla qu'une parole étrange, magique, parlait dans le secret de son

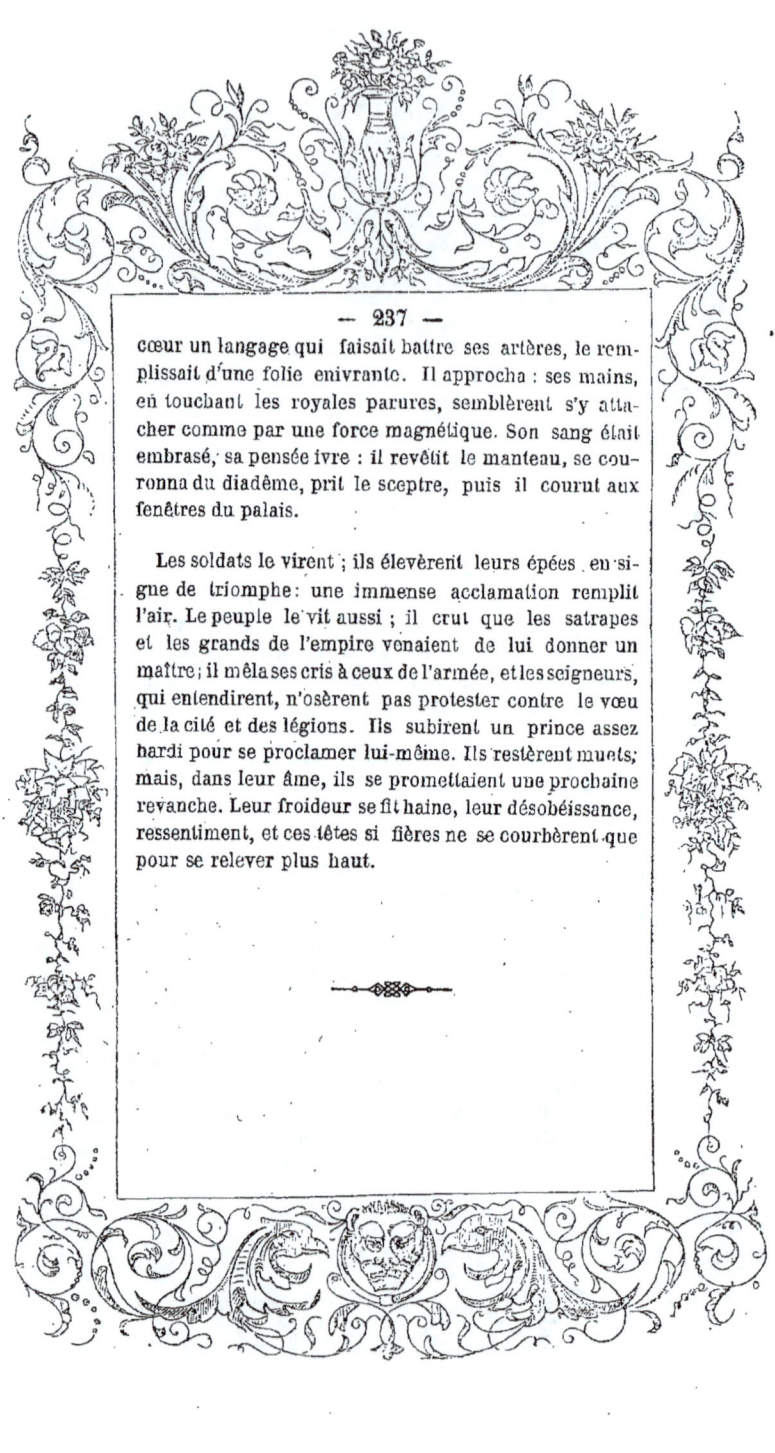

cœur un langage qui faisait battre ses artères, le remplissait d'une folie enivrante. Il approcha : ses mains,
en touchant les royales parures, semblèrent s'y attacher comme par une force magnétique. Son sang était
embrasé, sa pensée ivre : il revêtit le manteau, se cou-
ronna du diadême, prit le sceptre, puis il courut aux
fenêtres du palais.

Les soldats le virent ; ils élevèrent leurs épées en signe de triomphe: une immense acclamation remplit
l'air. Le peuple le vit aussi ; il crut que les satrapes
et les grands de l'empire venaient de lui donner un
maître; il mêla ses cris à ceux de l'armée, et les seigneurs,
qui entendirent, n'osèrent pas protester contre le vœu
de la cité et des légions. Ils subirent un prince assez
hardi pour se proclamer lui-même. Ils restèrent muets;
mais, dans leur âme, ils se promettaient une prochaine
revanche. Leur froideur se fit haine, leur désobéissance,
ressentiment, et ces têtes si fières ne se courbèrent que
pour se relever plus haut.

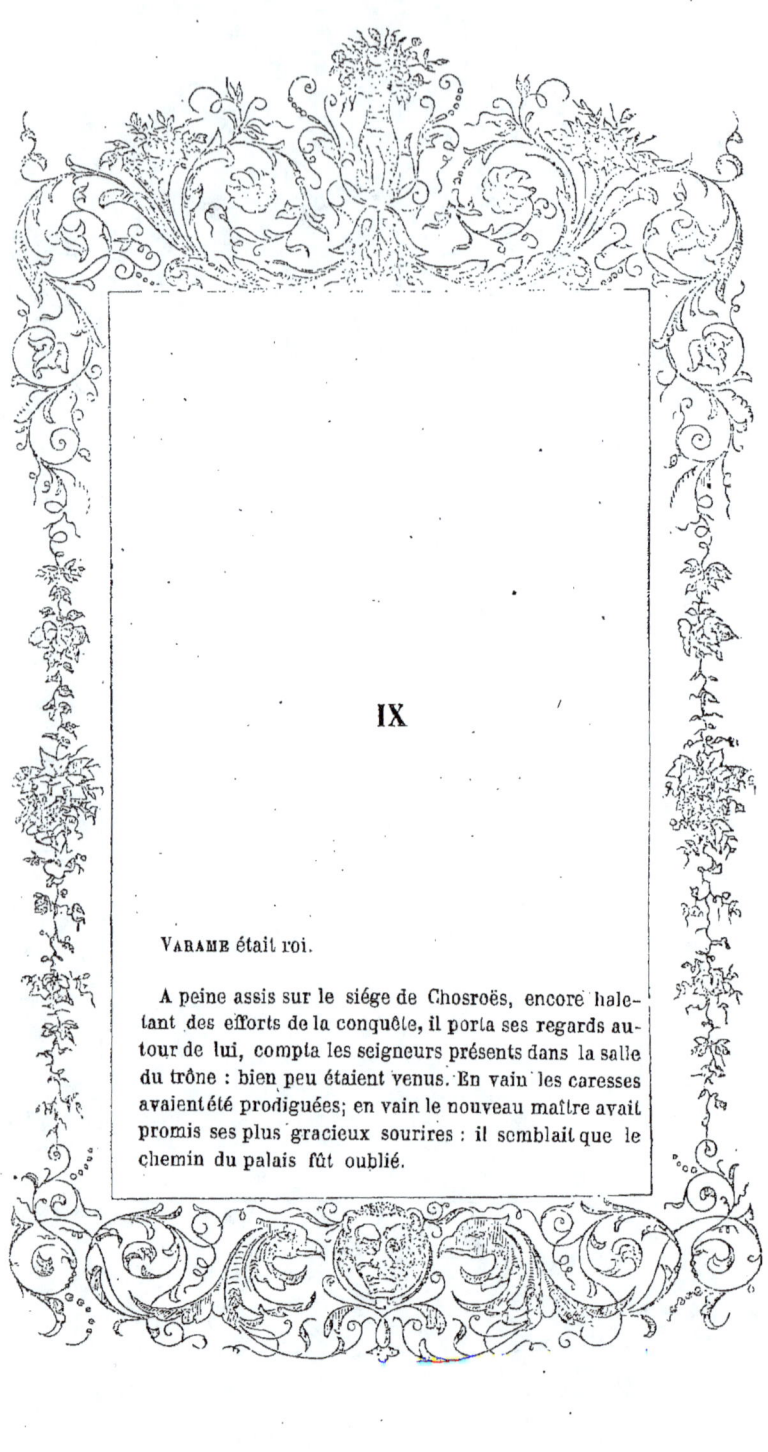

IX

VARAME était roi.

A peine assis sur le siége de Chosroës, encore haletant des efforts de la conquête, il porta ses regards autour de lui, compta les seigneurs présents dans la salle
du trône : bien peu étaient venus. En vain les caresses
avaient été prodiguées; en vain le nouveau maître avait
promis ses plus gracieux sourires : il semblait que le
chemin du palais fût oublié.

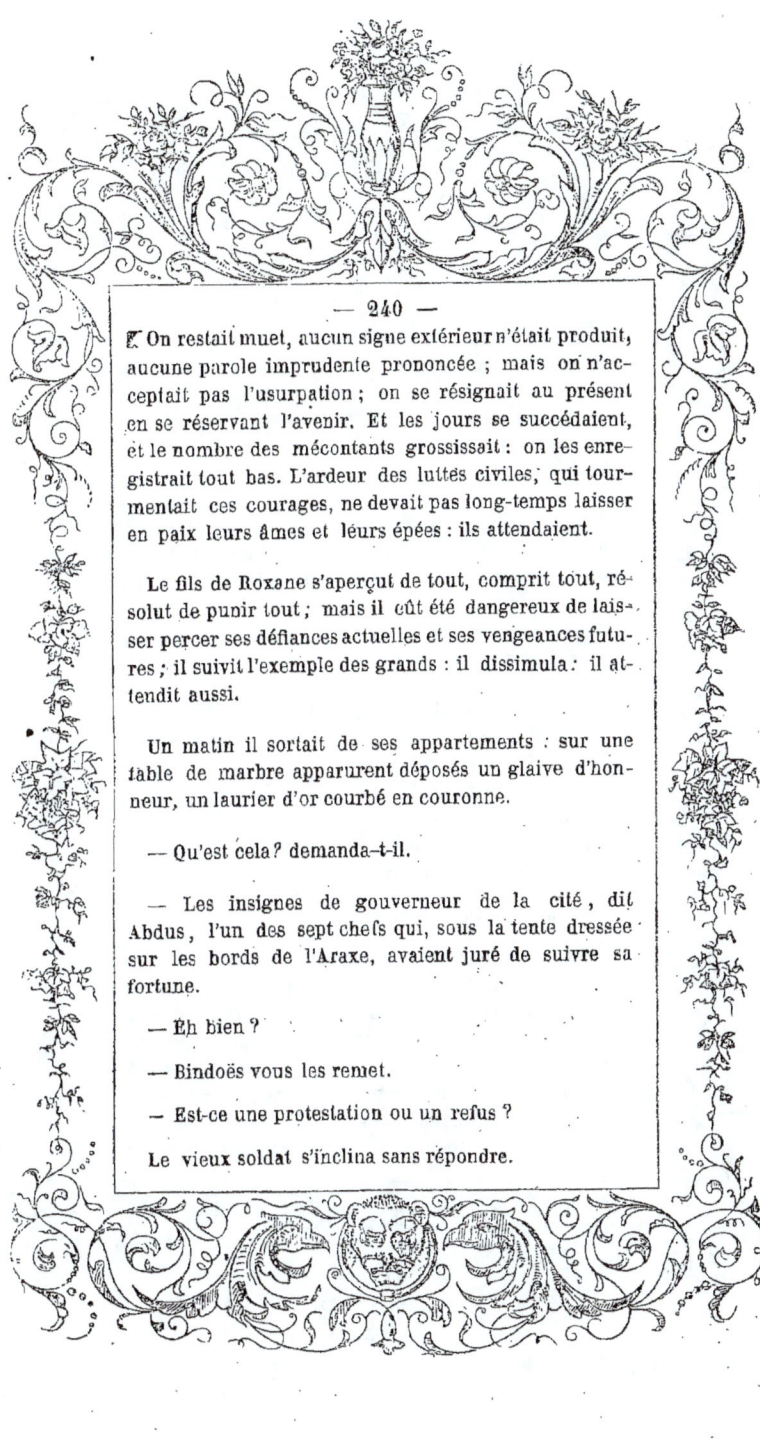

On restait muet, aucun signe extérieur n'était produit, aucune parole imprudente prononcée ; mais on n'acceptait pas l'usurpation ; on se résignait au présent en se réservant l'avenir. Et les jours se succédaient, et le nombre des mécontants grossissait : on les enregistrait tout bas. L'ardeur des luttes civiles, qui tourmentait ces courages, ne devait pas long-temps laisser en paix leurs âmes et leurs épées : ils attendaient.

Le fils de Roxane s'aperçut de tout, comprit tout, résolut de punir tout ; mais il eût été dangereux de laisser percer ses défiances actuelles et ses vengeances futures ; il suivit l'exemple des grands : il dissimula : il attendit aussi.

Un matin il sortait de ses appartements : sur une table de marbre apparurent déposés un glaive d'honneur, un laurier d'or courbé en couronne.

— Qu'est cela ? demanda-t-il.

— Les insignes de gouverneur de la cité, dit Abdus, l'un des sept chefs qui, sous la tente dressée sur les bords de l'Araxe, avaient juré de suivre sa fortune.

— Eh bien ?

— Bindoës vous les remet.

— Est-ce une protestation ou un refus ?

Le vieux soldat s'inclina sans répondre.

— Allons! pour toi, mon capitaine, fit Varame étendant les bras vers les symboles du pouvoir, prends ces marques de notre confiance ; elles n'auront jamais été dans une main plus brave.

Et il passa.

Mais alors lui revinrent en mémoire ces mots de l'époux de Zoöra, lorsqu'au milieu de son camp il était venu chercher un allié contre Hormisdas :

« Qu'il vous souvienne que le châtiment accompli, l'alliance est brisée. »

Cet homme a voulu nous prendre pour instrument, se dit-il ; il croit notre secours inutile, et les clauses du contrat remplies, il se sépare de nous. Volontiers je n'aurais pas pris garde que le lien était rompu ; je n'en aurais point dispersé les débris : puisqu'on daigne nous le rappeler, montrons que ce n'est pas la faiblesse qui nous rendait oublieux.

Il ne perdit pas de temps.

Parmi les dépouilles de Saarbar il avait trouvé les pièces du procès de Rizaël ; le tribunal institué pour le juger n'avait pas été dissous ; Varame se réjouit d'avoir une arme aussi facile pour frapper son ennemi, et l'ordre fut donné d'incarcérer le chrétien. De plus, faisant application des lois de l'empire, il décréta l'exil de son frère. Donc les soldats investirent la demeure de l'ancien ministre d'Hormisdas ; ils pénétrèrent sous son

toit : mais le proscrit avait été prévenu ; il se cachait ;
les recherches restèrent vaines. Pour Bindoës, il parut
se soumettre.

Ce Coriolan banni regarda quelque temps autour de
son pays à quel foyer il irait s'asseoir. Il se décida
pour les Turcs, et s'achemina vers ces barbares. — Le
noble seigneur présentait un terrible enseignement sur
l'instabilité des grandeurs humaines : cinq mois ne s'é-
taient pas encore écoulés depuis qu'il entrait en libérateur
dans la capitale, qu'il y déposait un roi, et que, sous le
nom du successeur qu'il avait couronné lui-même, il y
régnait respecté et fort. Maintenant il était exilé, fugitif,
et la main qui naguère frappait dans la sienne un traité
dicté par une commune haine le poussait hors de sa
patrie.

Parvenu sur les confins de la Barcanie, Bindoës s'arrêta : il espérait que Rizael pourrait l'y joindre et qu'ensemble ils passeraient la frontière. L'attente dura sept
jours ; rien ne venait. Sur le point de quitter la Perse,
il sentit son âme navrée ; ses tristes regards cherchaient
s'il ne restait pas encore quelque espérance debout
parmi ses espérances ruinées ; il retardait le moment
de l'exil sans rien attendre de précis ; mais dans son
sein s'agitait une pensée vague qui le retenait : était-ce
le sentiment invincible qui fait que le condamné tourne
la tête, du haut de l'échafaud, pour voir si tout est
vraiment fini ? était-ce le regret qui tourmente l'orgueil vaincu ? — Ses pressentiments ne le trompaient
pas : la sagacité de cet homme indomptable flairait un
complot.

Il eut avis que la haine inspirée par l'audacieuse élé-
vation de Varame avait fait germer dans les âmes un
projet de conjuration, que les hauteurs et les violences
de ce nouveau maître avaient mûri cette pensée, et que,
dans le mystère des nuits, de résolus seigneurs s'as-
semblaient pour en régler la prompte exécution : la
mort de l'usurpateur était jurée. Dès-lors il ne vit
plus l'exil, il ne vit plus le pays des Turcs ; il vit ce
que son cœur n'avait jamais su abandonner, une
vengeance, et, pour trophée, la tête d'un ennemi
roulant sur les dales. Il s'élança sur la cavale qui devait le porter à l'étranger, et s'enfonça de nouveau
dans la Perse.

On conspirait en effet.

Au moment où les conjurés réunis se préparaient à
marcher contre le palais, dont ils avaient acheté les
gardes ; comme ils attachaient leurs épées, et que chaque main pressait un poignard, un homme entra brusquement, et, jetant le manteau qui l'enveloppait tout
entier, il montra aux conspirateurs sa taille couverte
d'une armure dont l'acier ciselé jaillit en éclairs sous le
feu des torches, son visage pâle, sa ceinture, où pen-
dait une large dague.

— Bindoës ! firent ensemble trente voix.

— Oui ! Bindoës, qui revient des frontières de l'empire
pour s'associer à votre œuvre et délivrer une seconde
fois le pays.

On se regarda. La survenue de ce redoutable allié, sur lequel on ne comptait pas, exalta les courages. L'heure était sonnée. Les yeux se cherchèrent une fois encore afin d'unir, dans un commun regard, toutes les haines, toutes les colères : unanime protestation, muet serment où chacun se dévouait à tous en échange de la vie de tous. Puis on se divisa en cinq groupes, qui partirent par cinq voies différentes. Ils devaient se retrouver sous le grand cèdre qui croît sur la place du palais, et qui les couvrirait de ses ténèbres. C'était de là qu'ils s'élanceraient sur la demeure royale.

La nuit semblait favoriser les conjurés. Notre ciel d'Orient, si serein, si splendide, s'était voilé sous d'épais nuages ; pas une étoile ne brillait là-haut.

Ils vinrent donc.

Mais, alors que les trente seigneurs, après s'être serré la main une dernière fois, entraient sous le vestibule, dont la porte s'était ouverte devant eux, il sembla qu'un bruit étrange, sinistre par ce qu'il avait de pareil à un cliquetis d'armures, résonna sous les voûtes ; les mille fenêtres du palais s'illuminèrent soudain, comme sous l'action d'un pouvoir magique ; une triple haie de soldats dressa autour d'eux ses lances et ses glaives.

— Trahison ! crièrent les conspirateurs ; nous sommes vendus.

— Trahison ! répéta un homme apparaissant au milieu de l'immense galerie sur le seuil de laquelle le pied de Bindoës était posé déjà.

C'était Varame.

Le frère d'Améria était couvert de ses armes; à ses côtés se tenaient Abdus, Mardoès, Nizas, Adormane et Biaxare, ces anciens chefs de l'armée d'Arménie dont le bras s'était mis au service de l'usurpation. Ils étaient en habit de bataille, et leur œil, d'où s'échappaient des éclairs, dardait sur les conjurés un regard plein de défi et de menaces.

— Salut, messeigneurs, dit le roi après un silence et la main posée sur la garde de son épée; j'ai appris que vous veniez me voir, et j'aurais cru manquer de courtoisie en n'allant pas à votre rencontre. Votre visite est un peu tardive et faite à une heure qu'il n'est guère d'usage d'employer ainsi; sur cela, il nous serait permis de ne pas la trouver d'une convenance parfaite; mais je veux bien ne pas en tenir compte: on peut passer beaucoup à de vieux amis. Pourtant, je dois l'avouer, la vue de ces armures me laisse quelque doute sur les intentions qui ont inspiré votre dessein, et...

Ici les imprécations et les cris l'interrompirent; plusieurs lames tirées brillèrent au-dessus des têtes. Varame domina ces clameurs:

— Des poignards! s'écria-t-il. Par le ciel! puisque vous entriez ici en ennemis, puisque c'était ma vie qu'il vous fallait, il eût été bien, pour la prendre, de vous servir d'une arme plus noble; vous souvenant que la poitrine par vous menacée était celle d'un soldat vieilli sur les champs de bataille. Messeigneurs, votre coh-

duite dictera la mienne : vous avez choisi le fer du bandit, soyez, par droit de représailles, remis au bourreau ; au meurtrier qui se glisse ténébreux et voilé vers
sa proie, la peine du meurtre et le jour flétrissant de
l'échafaud. Ah ! vous aviez acheté mes gardes ! en conscience, vous n'aviez pas assez cher payé ; ah ! vous
aviez filé mon suaire ! allez dormir dans ses plis. J'a-
vais mieux à vous offrir, en vérité ; vous ne l'avez pas
voulu ; vous avez préféré le hasard des conspirations ;
on met sa tête pour enjeu quand on engage semblable
partie, et vous avez perdu. — Qu'on s'empare de ces
gens-là.

Les soldats serrèrent la ceinture vivante qu'ils formaient autour des conjurés ; mais les fiers Persans ne
se laissaient pas saisir ainsi : ils firent face à ces vétérans, et plusieurs jonchèrent aussitôt le sol. Le combat fut court mais terrible, l'attaque ardente, la résistance énergique, désespérée, comme on devait l'attendre d'hommes résolus à mourir. Vingt-deux seigneurs
périrent en se défendant ; trois tombèrent sous les coups
de Varame, qui ne voulut pas ne devoir sa victoire
qu'au courage de ses serviteurs ; les autres, blessés,
perdant leur force avec leur sang, restèrent sur les
dalles, où le vainqueur les ramassa parmi les morts :
on pansa leurs blessures ; on les jeta en prison. Le lendemain ils passaient au bourreau.

Du nombre de ces derniers fut Bindoës. Il parut
moins soucieux de la vie que la destinée qui l'acca-
blait n'était implacable ; il ne murmura pas, ne se
plaignit pas, et, lorsque l'exécuteur leva le bras pour

frapper sa tête, il la présenta résolument, avec calme, sans bravade, comme s'il ne l'avait portée cinquante ans sur ses épaules que pour la livrer ainsi.

Cela fait, Varame fit enlever les cadavres et laver le pavé, puis il revint s'asseoir confiant dans sa fortune, enivré des ovations d'une foule séduite par ses largesses. Il triomphait : il se crut plus puissant que le malheur ; il crut le sceptre à jamais affermi dans sa main; il crut que l'ébranlement par lui provoqué avait donné sa dernière secousse. Il se trompait ; quand l'âme et les sociétés humaines sont remuées, soulevées par un de ces souffles orageux, il en sort des choses que nul dessein ne saurait embrasser, et les révolutions ressemblent à ces grands fleuves du sol africain dont on n'a point encore connu les lignes certaines, dont les géologues n'ont point à la fois dit la source, les embouchures et la marche tout entière.

L'usurpateur se vit fort ; il se complut en lui-même, son orgueil monta jusqu'au ciel. De tous les crimes il n'en est pas qui l'offensent davantage : c'est l'orgueil qui souleva Satan ; il est le seul coupable qui n'ait point eu part à la miséricorde. Varame s'élevait, la main de Dieu le toucha. Dès-lors cette robuste virilité sembla s'affaisser. Ce qui frappera sans doute celui qui voudra un jour étudier cet homme c'est un abaissement, un déclin, qui se manifesta tout-à-coup dans sa conduite et ses facultés. Quelque jugement qu'il faille porter sur sa vie passée, toujours est-il qu'elle n'était pas sans gloire. Il y avait bien dans ce général quelques traits qui rappelaient les anciennes figures héroïques : c'é-

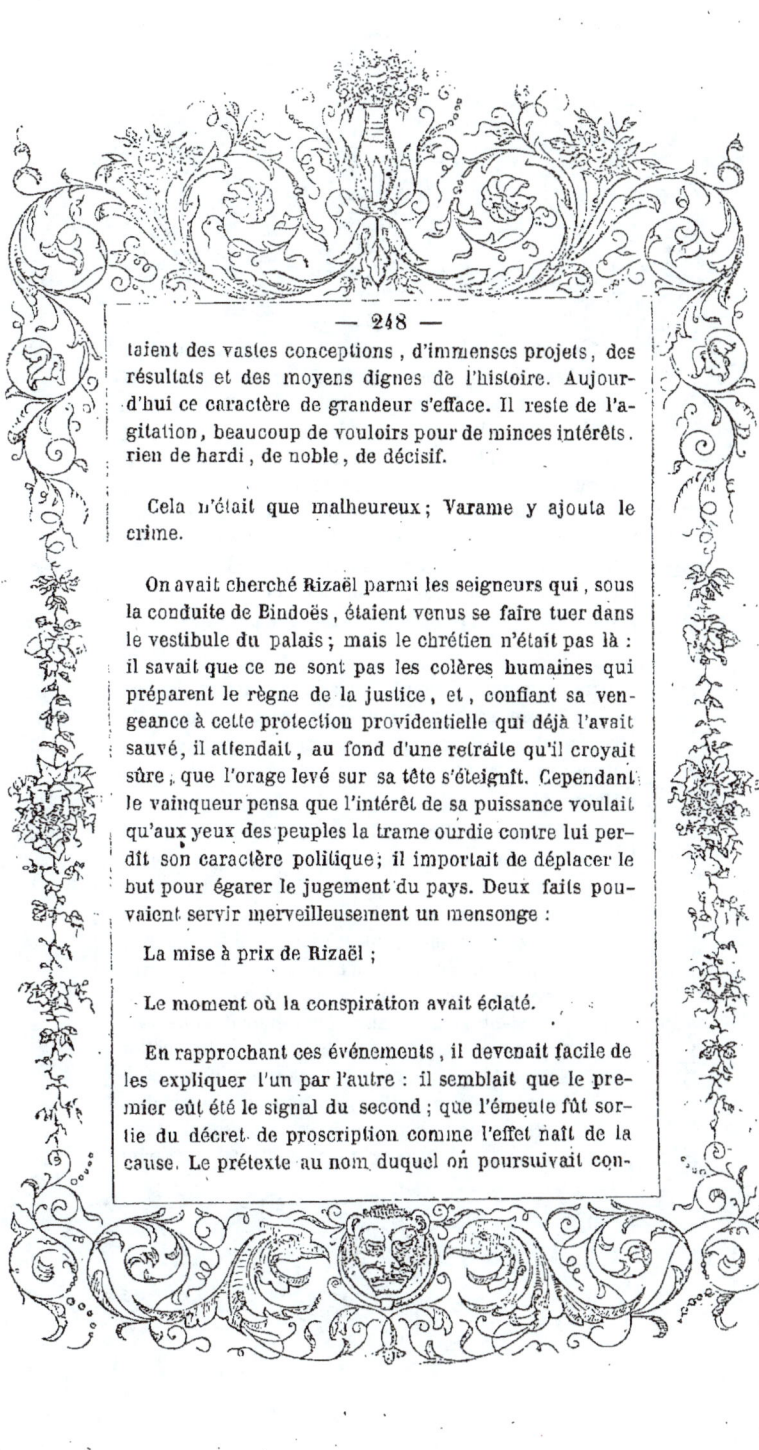

taient des vastes conceptions , d'immenses projets , des
résultats et des moyens dignes de l'histoire. Aujour-
d'hui ce caractère de grandeur s'efface. Il reste de l'a-
gitation, beaucoup de vouloirs pour de minces intérêts,
rien de hardi , de noble , de décisif.

Cela n'était que malheureux ; Varame y ajouta le
crime.

On avait cherché Rizaël parmi les seigneurs qui , sous
la conduite de Bindoës , étaient venus se faire tuer dans
le vestibule du palais ; mais le chrétien n'était pas là :
il savait que ce ne sont pas les colères humaines qui
préparent le règne de la justice , et , confiant sa vengeance à cette protection providentielle qui déjà l'avait
sauvé, il attendait , au fond d'une retraite qu'il croyait
sûre , que l'orage levé sur sa tête s'éteignît. Cependant
le vainqueur pensa que l'intérêt de sa puissance voulait
qu'aux yeux des peuples la trame ourdie contre lui per-
dît son caractère politique ; il importait de déplacer le
but pour égarer le jugement du pays. Deux faits pouvaient servir merveilleusement un mensonge :

La mise à prix de Rizaël ;

Le moment où la conspiration avait éclaté.

En rapprochant ces événements , il devenait facile de
les expliquer l'un par l'autre : il semblait que le premier eût été le signal du second ; que l'émeute fût sor-
tie du décret de proscription comme l'effet naît de la
cause. Le prétexte au nom duquel on poursuivait con-

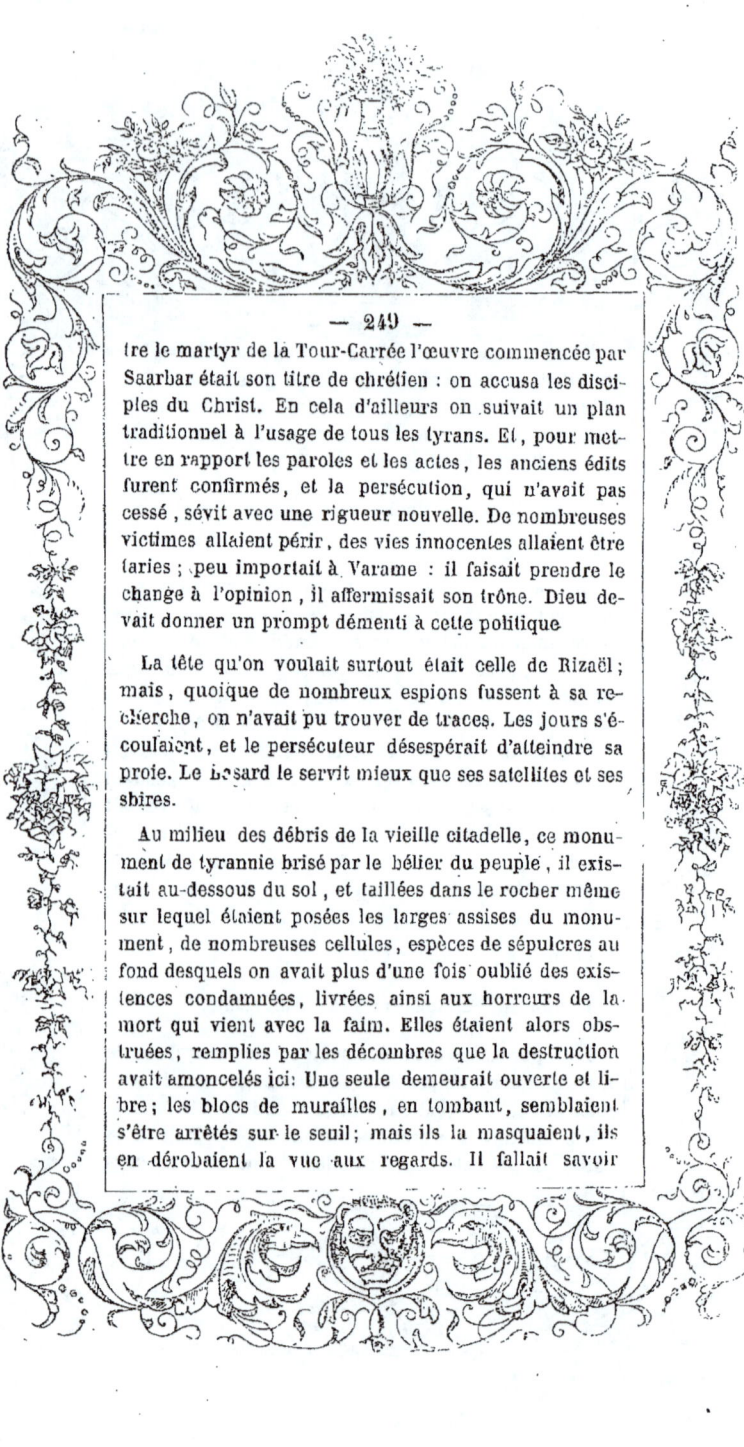

tre le martyr de la Tour-Carrée l'œuvre commencée par
Saarbar était son titre de chrétien : on accusa les disciples du Christ. En cela d'ailleurs on suivait un plan
traditionnel à l'usage de tous les tyrans. Et, pour mettre en rapport les paroles et les actes, les anciens édits
furent confirmés, et la persécution, qui n'avait pas
cessé, sévit avec une rigueur nouvelle. De nombreuses
victimes allaient périr, des vies innocentes allaient être
taries ; peu importait à Varame : il faisait prendre le
change à l'opinion, il affermissait son trône. Dieu devait donner un prompt démenti à cette politique.

La tête qu'on voulait surtout était celle de Rizaël ;
mais, quoique de nombreux espions fussent à sa re-
cherche, on n'avait pu trouver de traces. Les jours s'é-
coulaient, et le persécuteur désespérait d'atteindre sa
proie. Le hasard le servit mieux que ses satellites et ses
sbires.

Au milieu des débris de la vieille citadelle, ce monument de tyrannie brisé par le bélier du peuple, il existait au-dessous du sol, et taillées dans le rocher même
sur lequel étaient posées les larges assises du monument, de nombreuses cellules, espèces de sépulcres au
fond desquels on avait plus d'une fois oublié des existences condamnées, livrées ainsi aux horreurs de la
mort qui vient avec la faim. Elles étaient alors obs-
truées, remplies par les décombres que la destruction
avait amoncelés ici. Une seule demeurait ouverte et libre ; les blocs de murailles, en tombant, semblaient
s'être arrêtés sur le seuil ; mais ils la masquaient, ils
en dérobaient la vue aux regards. Il fallait savoir

qu'elle était là pour la découvrir à travers ces masses de granit, par un chemin que l'état des lieux ne rendait pas sans péril, chemin mystérieux où le pied qui passait ne laissait aucun vestige.

Recherché avec trop de persévérance et d'activité pour que la fuite fût possible, trop généreux pour accepter une hospitalité qu'il ne pouvait recevoir qu'en attirant la foudre sur le toit qui l'abriterait, Rizaël était venu demander un refuge à ce lieu : un esclave par lui initié au culte de la croix et affranchi l'avait indiqué. Chaque nuit le courageux serviteur venait y porter le pain du lendemain ; et les restes de la prison où le martyr avait souffert cachaient, protégeaient aujourd'hui sa tête proscrite.

Mais dans la cité si riche, si brillante, si remplie de monuments et de palais, le spectacle de ces ruines faisait tache ; il blessait la vue du nouveau prince. Chaque pierre de la tour détruite racontait la victoire du peuple : c'était une leçon étalée, vivante, qu'il était bon d'effacer. Varame ordonna d'enlever les décombres, de déblayer le terrain ; il voulait à la place se bâtir un palais.

Or se mit à l'œuvre ; et, comme le maître était pressé, de nombreux travailleurs la conduisirent avec rapidité. Dès-lors celui qui se cachait là dut quitter cette retraite. — Quand les ténèbres furent descendues sur la ville avec le silence, Rizaël se glissa hors de la cellule, et, passant au travers des quartiers de murailles brisées, il traversa rapidement la place qui s'étendait au-

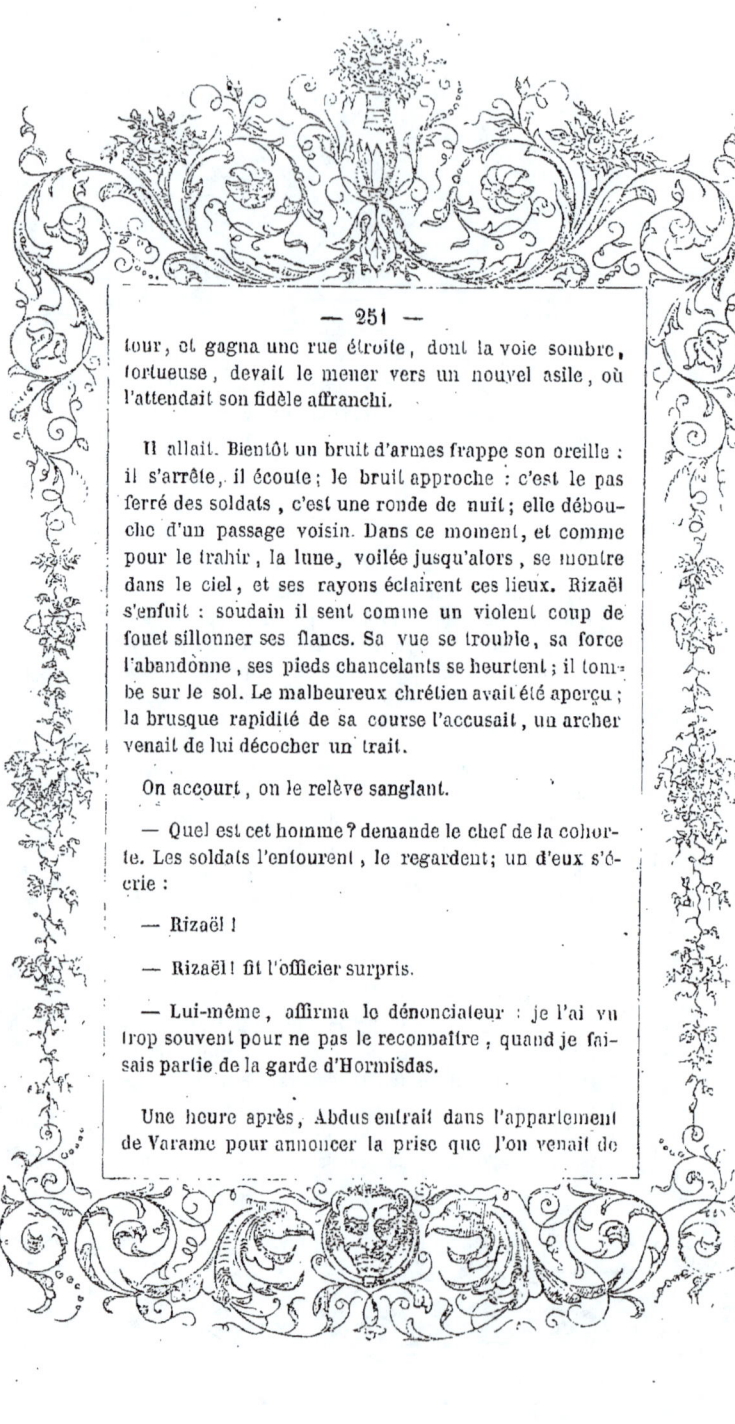

tour, et gagna une rue étroite, dont la voie sombre, tortueuse, devait le mener vers un nouvel asile, où l'attendait son fidèle affranchi.

Il allait. Bientôt un bruit d'armes frappe son oreille : il s'arrête, il écoute; le bruit approche : c'est le pas ferré des soldats, c'est une ronde de nuit; elle débouche d'un passage voisin. Dans ce moment, et comme pour le trahir, la lune, voilée jusqu'alors, se montre dans le ciel, et ses rayons éclairent ces lieux. Rizaël s'enfuit : soudain il sent comme un violent coup de fouet sillonner ses flancs. Sa vue se trouble, sa force l'abandonne, ses pieds chancelants se heurtent; il tombe sur le sol. Le malheureux chrétien avait été aperçu; la brusque rapidité de sa course l'accusait, un archer venait de lui décocher un trait.

On accourt, on le relève sanglant.

— Quel est cet homme? demande le chef de la cohorte. Les soldats l'entourent, le regardent; un d'eux s'écrie :

— Rizaël !

— Rizaël! fit l'officier surpris.

— Lui-même, affirma le dénonciateur : je l'ai vu trop souvent pour ne pas le reconnaître, quand je faisais partie de la garde d'Hormisdas.

Une heure après, Abdus entrait dans l'appartement de Varame pour annoncer la prise que l'on venait de

faire, lui remettre des tablettes échappées sans doute
de la ceinture du proscrit, et que les archers avaient
ramassées sur le pavé, à l'endroit même où il était
tombé. Le fils de Roxane se réjouit de la nouvelle, et
reçut les tablettes. Plusieurs gouttes d'un sang à peine
figé y étaient empreintes; cela parut faire impression
sur lui et provoquer dans ses traits un mouvement de
répulsion : ces taches s'offrirent-elles à sa pensée comme
un symbole? et le persécuteur, à cette vue, songea-t-il
à l'ineffaçable signe que le crime laisse imprimé sur le
front du coupable?

Il pressa le ressort du clavier; sa main tremblait. Les
tablettes s'ouvrirent : un papyrus s'en échappa et roula
à ses pieds ; il le prit et lut :

« Quand Moraxès, ton affranchi, te remettra cet écrit,
» j'aurai depuis un jour quitté Ctésiphon. Frère, imite-
» moi : ne lutte pas contre le malheur, en restant au
» milieu d'une cité où l'on prépare ta mort. Laisse là
» cette Améria impuissante à te protéger : c'est assez
» d'avoir subi la torture une fois. — Je t'attendrai sur
» la frontière ; par-delà nous trouverons la sûreté et
» Siroës. Zoora et mon fils sont hors d'atteinte; viens
» avec nous. La Perse n'est plus qu'une terre maudite ;
» l'air y manque pour ses plus nobles enfants. »

Ces lignes avaient profondément ému Varame. Ne se
trompait-il pas sur la valeur des mots qu'elles conte-
naient? Un second écrit allait répondre : c'était la lettre
de Rizaël à son frère ; cette lettre écrite sous les verrous
d'Hormisdas, et que le chrétien avait gardée comme

un gage du serment juré dans son cœur, un témoignage aussi qui rappellerait les dangers courrus dans la délivrance, afin que sa foi dans la Providence, qui l'avait sauvée, restât inébranlable et reconnaissant au milieu des douleurs des persécutions du présent.

Varame vit tout : ces pages furent un miroir où se reflétait l'âme de Rizaël. Il plongea son regard dans cette conscience ouverte devant lui; et, comprenant l'importance du secret qu'il venait de pénétrer, le parti immense qu'il pourrait en tirer, il résolut de le faire servir sans retard au profit de sa politique. Il ordonna que son prisonnier fût entouré de soins, et, dès le lendemain, il descendit au cachot où gémissait le blessé sur une dure couche : il y descendit seul, un flambeau à la main. En voyant ces clartés briller tout-à-coup dans les ténèbres de sa prison, et se dessiner sur le mur la silhouette du persécuteur, le captif se retourna sur son lit douloureux en disant :

— Une lumière ! qui va là ?

— Le roi de Perse, répondit une voix calme.

— Le roi de Perse ! répéta Rizaël avec hésitation.

Varame vint se placer aux pieds de la couche, et, debout, l'œil sur l'œil du prisonnier, les bras enveloppés dans les plis de son manteau, ramenés sur la poitrine, il le considéra quelque temps en silence ; puis

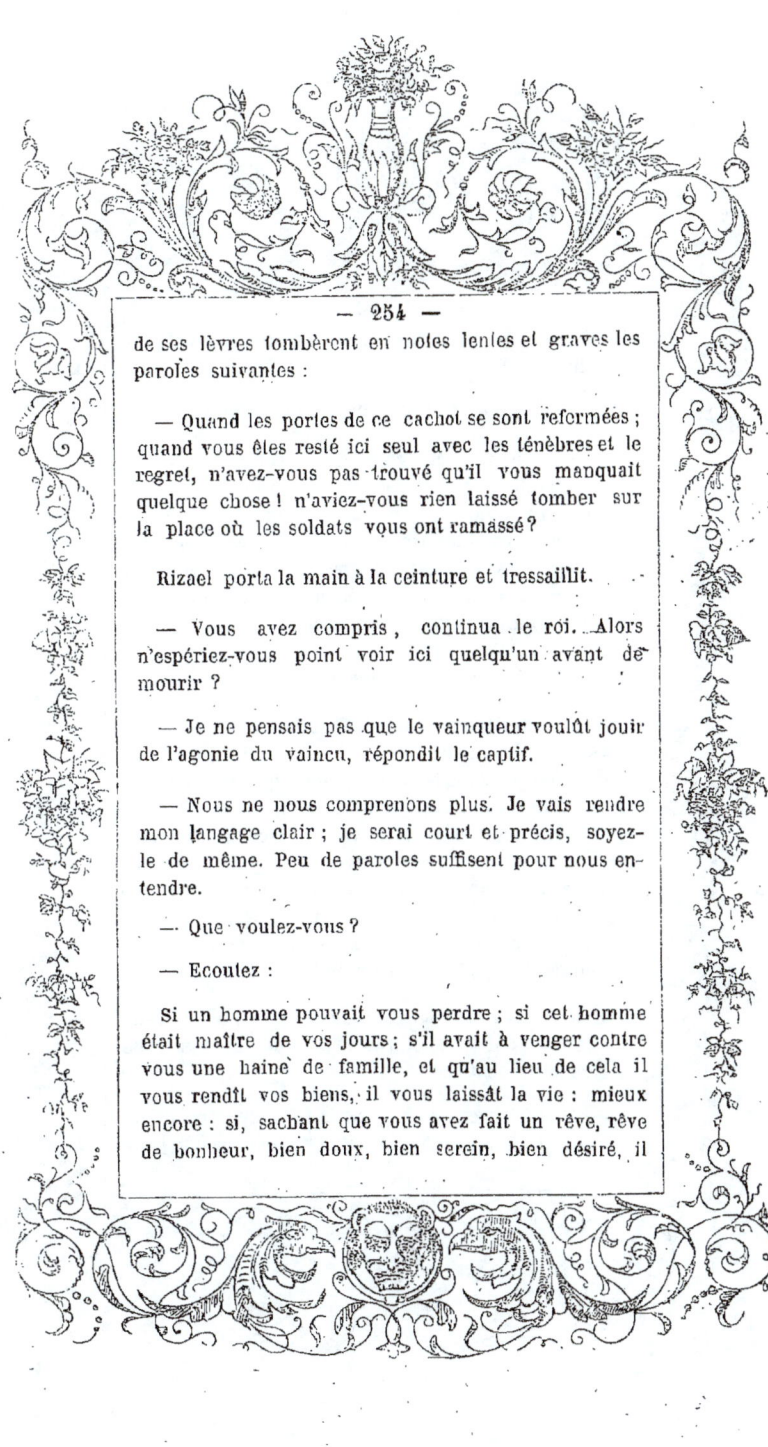

de ses lèvres tombèrent en notes lentes et graves les
paroles suivantes :

— Quand les portes de ce cachot se sont refermées ;
quand vous êtes resté ici seul avec les ténèbres et le
regret, n'avez-vous pas trouvé qu'il vous manquait
quelque chose ! n'aviez-vous rien laissé tomber sur
la place où les soldats vous ont ramassé ?

Rizael porta la main à la ceinture et tressaillit.

— Vous avez compris, continua le roi. Alors
n'espériez-vous point voir ici quelqu'un avant de
mourir ?

— Je ne pensais pas que le vainqueur voulût jouir
de l'agonie du vaincu, répondit le captif.

— Nous ne nous comprenons plus. Je vais rendre
mon langage clair ; je serai court et précis, soyez-
le de même. Peu de paroles suffisent pour nous entendre.

— Que voulez-vous ?

— Ecoutez :

Si un homme pouvait vous perdre ; si cet homme
était maître de vos jours ; s'il avait à venger contre
vous une haine de famille, et qu'au lieu de cela il
vous rendît vos biens, il vous laissât la vie : mieux
encore : si, sachant que vous avez fait un rêve, rêve
de bonheur, bien doux, bien serein, bien désiré, il

rendait ce rêve une réalité, ne feriez-vous rien pour cet homme ?

Il aurait à ma gratitude des droits sacrés.

— Hé bien! vous êtes captif, je vous apporte la liberté ; vous êtes proscrit, dépouillé, je vous apporte vos trésors, vos honneurs ; je puis autour de vous semer les splendeurs et les richesses. Vous avez choisi une compagne : Améria est ma sœur. Vos destinées vont être unies ; cette jeune chrétienne va devenir votre épouse. Que ferez-vous pour moi ?

— Ce que permettra la justice.

— Ses intérêts n'auront point à souffrir. Venez à nous, revenez au culte de la Perse. Oh ! ne vous dressez pas ainsi : je demande beaucoup moins que vous ne pensez. Votre cœur ne sera point le complice de vos actes extérieurs. Dans le secret de votre conscience, adressez vos adorations au Dieu nouveau par vous reconnu ; dans le secret de votre demeure, agenouillez-vous devant l'autel que vos mains auront élevé, qu'Améria partage ce culte et se prosterne à vos côtés ; nul ne pénètrera le mystère de votre toit.

Une généreuse indignation se peignait sur les traits du chrétien ; il semblait que la flamme les teignait de ses reflets ardents.

— Mon frère est mort, s'écria-t-il ; du fond de la retraite où je me cachais, je l'ai entendu passer pour

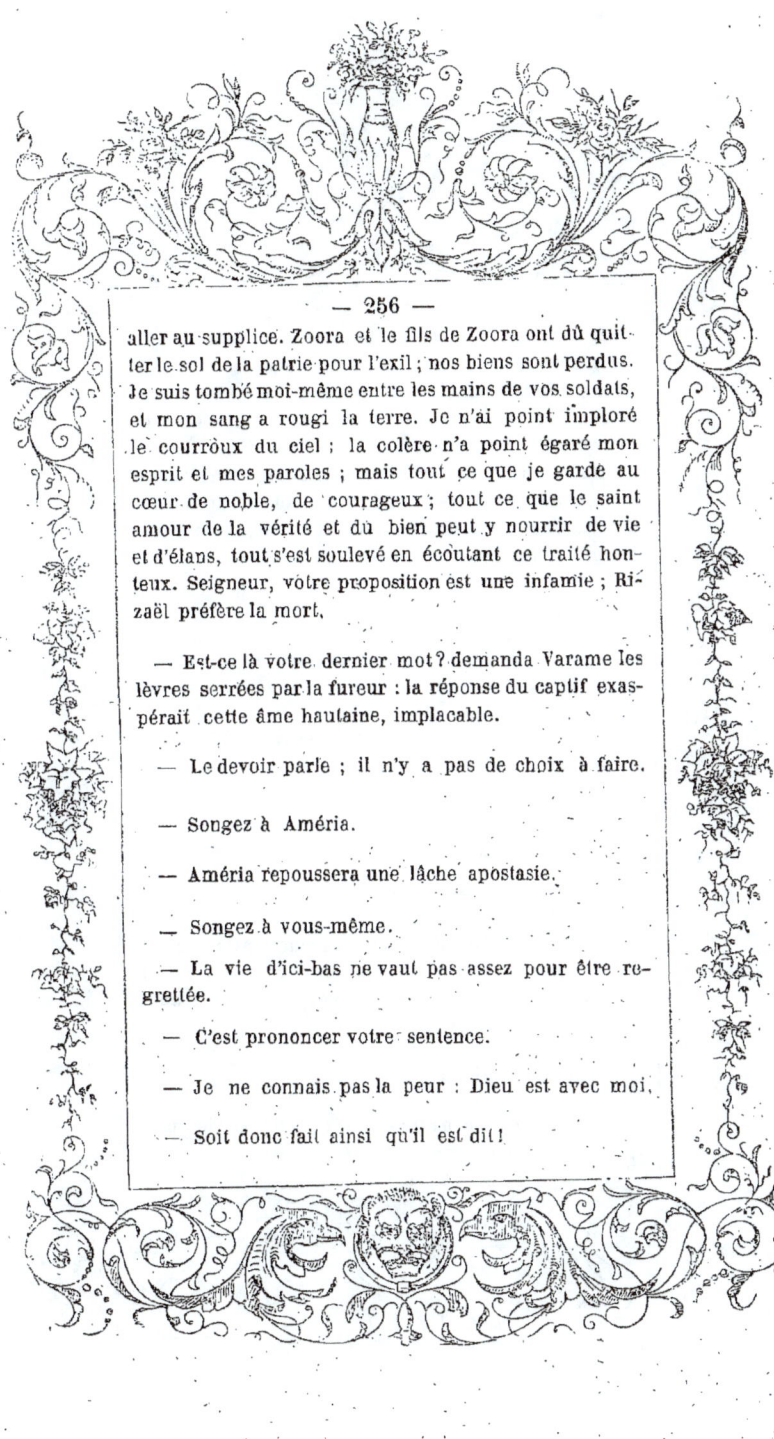

aller au supplice. Zoora et le fils de Zoora ont dû quitter le sol de la patrie pour l'exil ; nos biens sont perdus. Je suis tombé moi-même entre les mains de vos soldats, et mon sang a rougi la terre. Je n'ai point imploré le courroux du ciel ; la colère n'a point égaré mon esprit et mes paroles ; mais tout ce que je garde au cœur de noble, de courageux ; tout ce que le saint amour de la vérité et du bien peut y nourrir de vie et d'élans, tout s'est soulevé en écoutant ce traité honteux. Seigneur, votre proposition est une infamie ; Rizaël préfère la mort.

— Est-ce là votre dernier mot ? demanda Varame les lèvres serrées par la fureur : la réponse du captif exaspérait cette âme hautaine, implacable.

— Le devoir parle ; il n'y a pas de choix à faire.

— Songez à Améria.

— Améria repoussera une lâche apostasie.

— Songez à vous-même.

— La vie d'ici-bas ne vaut pas assez pour être regrettée.

— C'est prononcer votre sentence.

— Je ne connais pas la peur : Dieu est avec moi.

— Soit donc fait ainsi qu'il est dit !

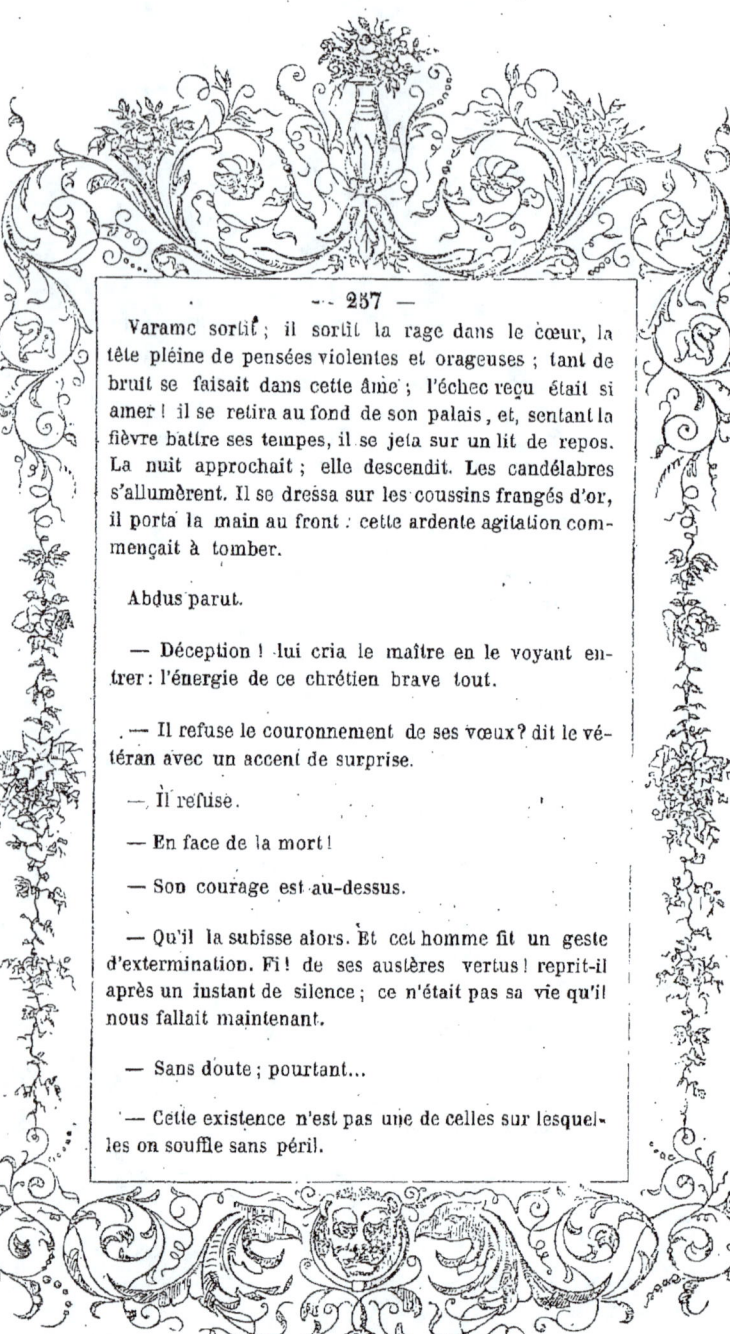

Varamc sortit ; il sortit la rage dans le cœur, la tête pleine de pensées violentes et orageuses ; tant de bruit se faisait dans cette âme ; l'échec reçu était si amer ! il se retira au fond de son palais, et, sentant la fièvre battre ses tempes, il se jeta sur un lit de repos. La nuit approchait ; elle descendit. Les candélabres s'allumèrent. Il se dressa sur les coussins frangés d'or, il porta la main au front : cette ardente agitation commençait à tomber.

Abdus parut.

— Déception ! lui cria le maître en le voyant entrer : l'énergie de ce chrétien brave tout.

— Il refuse le couronnement de ses vœux ? dit le vétéran avec un accent de surprise.

— Il refuse.

— En face de la mort !

— Son courage est au-dessus.

— Qu'il la subisse alors. Et cet homme fit un geste d'extermination. Fi ! de ses austères vertus ! reprit-il après un instant de silence ; ce n'était pas sa vie qu'il nous fallait maintenant.

— Sans doute ; pourtant...

— Cette existence n'est pas une de celles sur lesquelles on souffle sans péril.

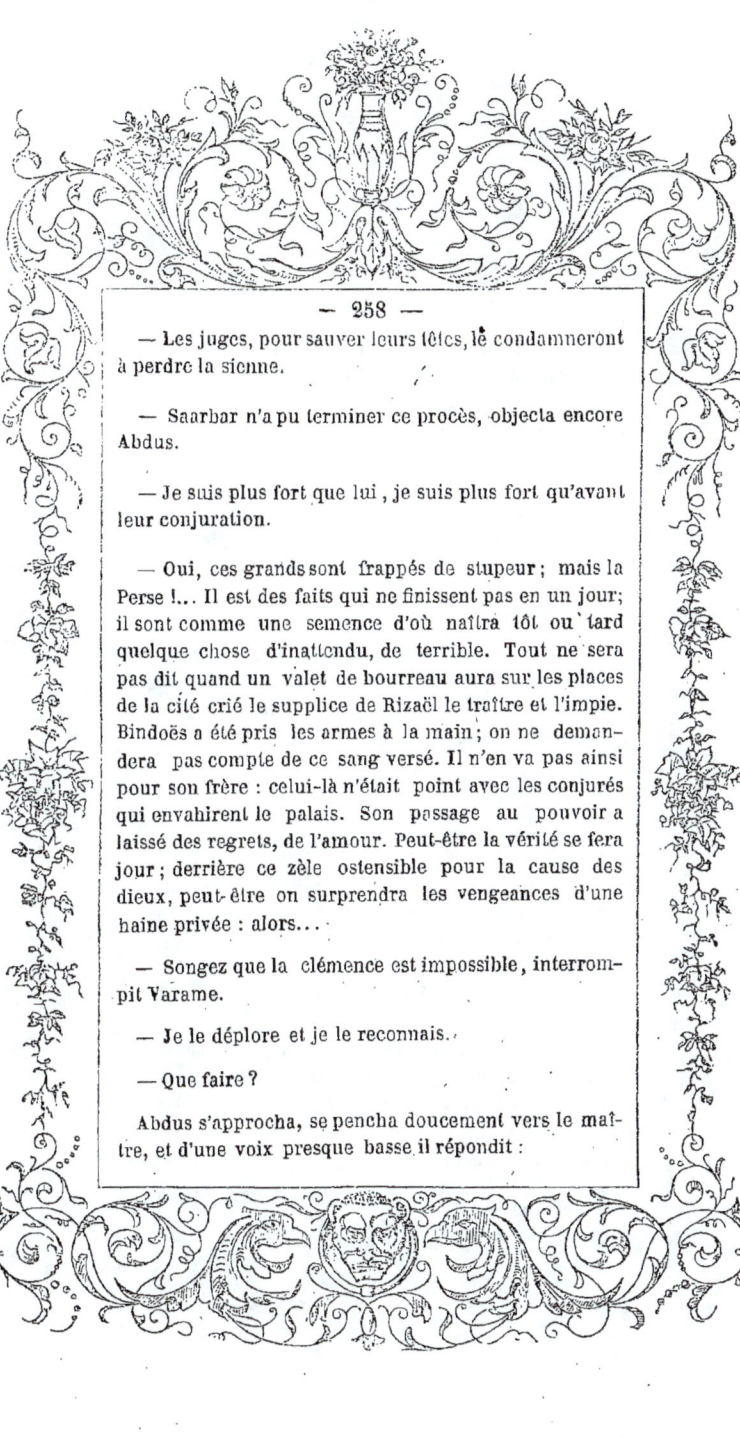

— Les juges, pour sauver leurs têtes, le condamneront à perdre la sienne.

— Saarbar n'a pu terminer ce procès, objecta encore Abdus.

— Je suis plus fort que lui, je suis plus fort qu'avant leur conjuration.

— Oui, ces grands sont frappés de stupeur ; mais la Perse !... Il est des faits qui ne finissent pas en un jour ; il sont comme une semence d'où naîtra tôt ou tard quelque chose d'inattendu, de terrible. Tout ne sera pas dit quand un valet de bourreau aura sur les places de la cité crié le supplice de Rizaël le traître et l'impie. Bindoës a été pris les armes à la main ; on ne demandera pas compte de ce sang versé. Il n'en va pas ainsi pour son frère : celui-là n'était point avec les conjurés qui envahirent le palais. Son passage au pouvoir a laissé des regrets, de l'amour. Peut-être la vérité se fera jour ; derrière ce zèle ostensible pour la cause des dieux, peut-être on surprendra les vengeances d'une haine privée : alors...

— Songez que la clémence est impossible, interrompit Varame.

— Je le déplore et je le reconnais.

— Que faire ?

Abdus s'approcha, se pencha doucement vers le maître, et d'une voix presque basse il répondit :

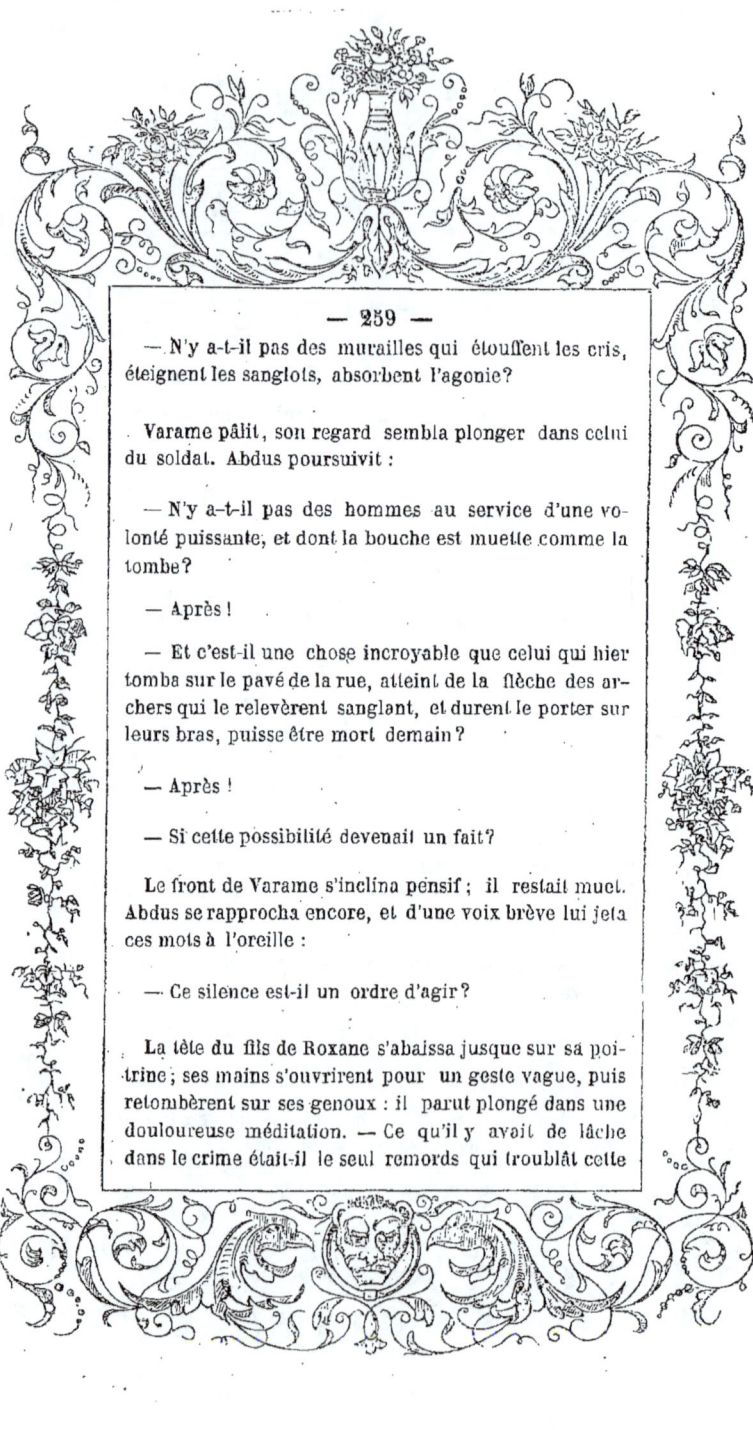

— N'y a-t-il pas des murailles qui étouffent les cris, éteignent les sanglots, absorbent l'agonie?

Varame pâlit, son regard sembla plonger dans celui du soldat. Abdus poursuivit :

— N'y a-t-il pas des hommes au service d'une volonté puissante, et dont la bouche est muette comme la tombe?

— Après !

— Et c'est-il une chose incroyable que celui qui hier tomba sur le pavé de la rue, atteint de la flèche des archers qui le relevèrent sanglant, et durent le porter sur leurs bras, puisse être mort demain?

— Après !

— Si cette possibilité devenait un fait?

Le front de Varame s'inclina pensif ; il restait muet. Abdus se rapprocha encore, et d'une voix brève lui jeta ces mots à l'oreille :

— Ce silence est-il un ordre d'agir?

La tête du fils de Roxane s'abaissa jusque sur sa poitrine ; ses mains s'ouvrirent pour un geste vague, puis retombèrent sur ses genoux : il parut plongé dans une douloureuse méditation. — Ce qu'il y avait de lâche dans le crime était-il le seul remords qui troublât cette

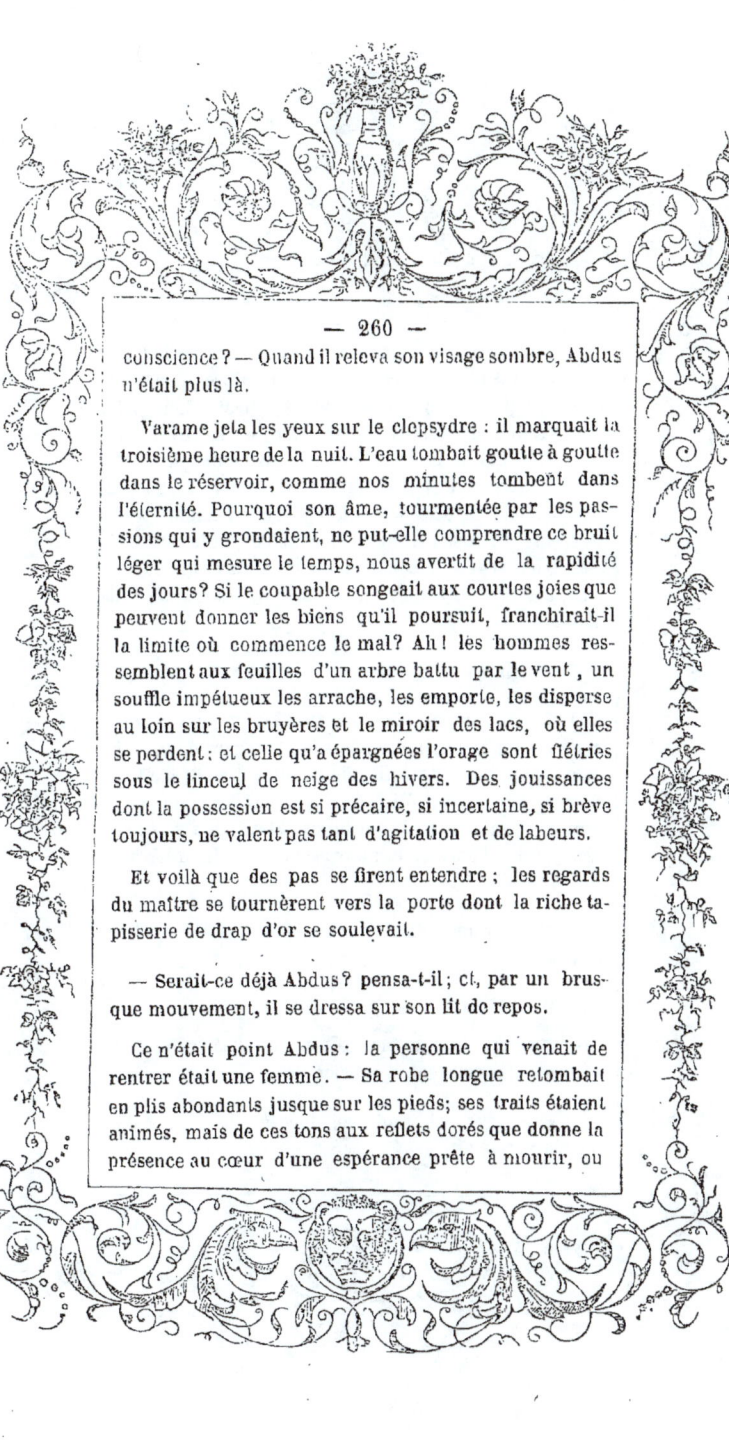

conscience ? — Quand il releva son visage sombre, Abdus n'était plus là.

Varame jeta les yeux sur le clepsydre : il marquait la troisième heure de la nuit. L'eau tombait goutte à goutte dans le réservoir, comme nos minutes tombent dans l'éternité. Pourquoi son âme, tourmentée par les passions qui y grondaient, ne put-elle comprendre ce bruit léger qui mesure le temps, nous avertit de la rapidité des jours? Si le coupable songeait aux courtes joies que peuvent donner les biens qu'il poursuit, franchirait-il la limite où commence le mal? Ah! les hommes ressemblent aux feuilles d'un arbre battu par le vent , un souffle impétueux les arrache, les emporte, les disperse au loin sur les bruyères et le miroir des lacs, où elles se perdent : et celle qu'a épargnées l'orage sont flétries sous le linceul de neige des hivers. Des jouissances dont la possession est si précaire, si incertaine, si brève toujours, ne valent pas tant d'agitation et de labeurs.

Et voilà que des pas se firent entendre ; les regards du maître se tournèrent vers la porte dont la riche tapisserie de drap d'or se soulevait.

— Serait-ce déjà Abdus? pensa-t-il ; et, par un brusque mouvement, il se dressa sur son lit de repos.

Ce n'était point Abdus : la personne qui venait de rentrer était une femme. — Sa robe longue retombait en plis abondants jusque sur les pieds; ses traits étaient animés, mais de ces tons aux reflets dorés que donne la présence au cœur d'une espérance prête à mourir, ou

la lutte contre une force ennemie ; son œil brillait sous
ses sourcils noirs, mais de cet éclat indice de douloureuse exaltation, qui ressemble à l'éclair d'un glaive
sortant du fourreau. On comprenait, en la voyant, que
ce n'était pas un intérêt vulgaire qui l'amenait au palais. Tout en elle était émotion : on sentait là quelque
chose de noble, de solennel, qui portait à l'âme un secret
respect ; et sur son front, remarquable par la pureté de
ses lignes et la blancheur mate du marbre, on eût cru
voir passer tour à tour les ombres de la crainte et de
l'attente.

Cette femme était Améria.

A sa vue, un cri s'échappa des lèvres de Varame ;
puis il resta muet, immobile, sous le regard de la jeune
fille, l'apparition de cette sœur, qu'il aimait, était devenue un remords. Elle s'avança jusqu'à lui, et d'une
voix qui semblait avoir perdu ses notes fraîches, argen-
tées pleines d'harmonie, pour prendre un timbre grave,
solennel, elle dit :

— Ma survenue n'était pas dans tes prévisions, n'est-
ce pas ?

— Il est vrai,

— J'étais si loin, si bien séparée du théâtre des événements qui devaient m'appeler ici !

— Et tu as franchi seule ces longues distances ? demanda Varame.

Un triste sourire glissa sur les lèvres de la chrétienne :

— Non pas seule : le vieux soldat à qui tu m'avais confiée était trop dévoué pour abandonner ainsi la sœur de son ancien général ; le chrétien ne pouvait abdiquer ses devoirs de reconnaissance : Hémiar m'a accompagnée. Tu peux écrire ce nom sur tes listes de mort : il adore aujourd'hui la croix.

Les traits du persécuteur blanchirent : il sembla que la vie s'en retirât sous le choc de ces paroles. Alors seulement il vit le costume que portait la jeune fille, et son cœur fut serré par une horrible crainte, en reconnaissant sur elle une tunique, symbole de deuil.

— Ma mère! cria-t-il avec un accent étouffé.

Améria montra le ciel.

— Au milieu de tes grandeurs, dit-elle avec amertume, tu n'avais pas songé que le malheur viendrait sitôt s'asseoir à ton foyer. Tu te complaisais dans ta victoire; la main chargée des dépouilles de ton ennemi, tu agitais au soleil ces joyaux d'or ; tu aimais à t'éblouir de l'éclat qui en jaillissait, pareil à une pluie d'étincelles; tu remplissais ton oreille de paroles qui célébraient ta puissance, et tu ne songeais pas que l'ange de la mort planait sur les tours où s'abritait ta mère.

— Pitié! fit Varame joignant les mains.

— Elle est morte, continua la jeune fille ; mais ma douleur ne sera pas comme celle de ceux qui n'ont pas d'espérance ; Dieu n'a pas dédaigné la prière de sa ser-servante, et sur le front déjà glacé de Roxane l'eau de la rédemption a coulé.

— Chrétienne aussi, murmura le malheureux dont les idées se perdaient.

— Je l'apporte son dernier vœu.

— Quel est-il ? Il sera rempli.

— Fais cesser la persécution décrétée contre nos frères.

— Elle cessera.

— Brise le glaive levé sur les adorateurs du Christ.
— Il sera brisé.

— Ouvre les portes des cachots, fermées sur tant de proscrits ; rends les biens que tu leur as pris.

— Varame ne répondait plus, Améria interpréta ce silence :

— Hésiterais-tu quand la prière de Roxane mourante a parlé ? ou ta justice aurait-elle deux mesures ? Ce n'est pas avec de stériles promesses qu'on apaise la cendre des morts ; ce n'est pas avec tant de menteuses réparations qu'on satisfait aux lois éternelles de l'équité : liberté pour tous, délivrance pour tous !

— Je ne puis laisser préparer ma ruine, dit Varame.

— En passant à travers les provinces et la cité, un nom plus d'une fois a frappé mon oreille. Frère, disent-ils vrai ceux qui racontent que les archers ont arrêté la nuit, un noble seigneur, qu'ils l'ont jeté meurtri et sanglant sous tes verrous, et que son supplice est préparé.

Un éclair rapide illumina le front du persécuteur.

— Est-il vrai que ce Persan condamné se nomme Rizaël ? poursuivit Améria.

— La ville entière le sait comme moi, répondit Varame avec une intention étrange dans la voix.

— Est-ce là l'ennemi que tu ne peux absoudre ?

— Lui-même.

— Prends-y garde : toucher à cet homme est un crime ; plus encore : un crime dangereux.

— Je connais un danger plus grand : pardonner à ceux qui trament dans l'ombre et sèment les piéges sous nos pas. Mais cela serait me détruire de mes propres mains ; battre avec le bélier le rempart laborieusement édifié la veille.

Une vive émotion courut sur les traits d'Améria. Son regard s'attacha sur son frère, plein d'une douloureuse pitié :

— Hommes aveugles, s'écria-t-elle, pourquoi fermer votre œil à la vérité? Est-ce le Seigneur qui vous a maudits sans retour, et le sang des martyrs qui monte et s'épaissit devant vous comme un ténébreux rideau pour vous cacher la lumière? Frère, ce ne sont pas les chrétiens que tu as à redouter: nul jamais n'a fait pacte avec la sédition, avec de mystérieux complots. Leurs mains sont pures, leurs cœurs aussi; de leur bouche ne monte qu'une prière de miséricorde. Ce qu'il faut craindre, c'est le Dieu qu'ils servent: Dieu jaloux, Dieu juste, qui venge ses serviteurs par la ruine de leurs ennemis: qui renverse les forts, qui brise contre terre la tête des superbes. Souviens-toi d'hier: le siége où tu te lèves en roi, un autre y était assis; le palais où tu étales ta victoire, un autre le remplissait de son orgueil et de sa richesse; mais, pendant qu'il s'endormait derrière ses murs de marbre et sous ses lambris d'or, les chrétiens gémissaient dans les prisons, ils mouraient sur les places. Et cependant sur ce tableau était ouvert un œil qui voit tout; une main que nul n'évite écrivait la sentence du coupable: il est tombé; sa chute épouvantera les générations. Veux-tu placer ton nom à côté du sien? veux-tu que le tonnerre une fois descendu sur ce toit le frappe encore? Crois-moi, le sang ne porte pas bonheur; les soupirs qui du fond des cachots montent vers le ciel n'appellent pas de prospérité.

— Suis-je comptable du châtiment écrit dans les lois de la Perse? murmura Varame.

— Des lois tracées avec la pointe d'un glaive

trempée dans du sang ! répliqua la jeune fille avec force.

— Ma main ne les grava point sur les tables.

— Ta main doit les en effacer.

— Cela n'est pas l'ouvrage d'un jour.

— Le droit de grâce est aussi dans la loi ; ce droit t'appartient : qu'il soit une égide sainte, une large réparation ; qu'il s'étende sur les têtes menacées et les préserve.

— Surtout celle de Rizaël ! fit Varame avec amertume.

— La sienne et celle de tous les chrétiens, de tous les innocents.

— C'est trop défendre un ennemi de ton frère, Améria.

— Rizaël ne peut être l'ennemi de personne.

— Partagerais-tu ses projets? demanda l'usurpateur, dont l'œil plein de soupçon sembla s'attacher à celui de la jeune fille et vouloir pénétrer jusques à son âme.

— Ses projets ? répéta celle-ci étonnée.

— Une même espérance vivrait-elle en vous ?

— Une seule espérance habite mon cœur : celle de le sauver, celle de t'épargner un crime.

Des pas se firent entendre.

— Délivrance pour tous, délivrance pour lui ; et la chrétienne joignit les mains.

— Il est trop tard.

Varame baissa la tête ; Abdus venait de paraître·

A la vue de ces fronts ténébreux, de ces deux hommes autour de qui semblaient flotter des ombres funèbres, Améria comprit l'œuvre détestable qui venait d'être consommée ; ses yeux se levèrent vers le ciel ; elle tomba à genoux.

— Seigneur, dit-elle, quand le premier juste fut immolé, votre voix retentit dans les airs terrible comme le tonnerre ; elle éclata sur le fratricide et le condamna à l'exil ; une tache sanglante marqua son front livide Il s'enfuit loin de la demeure des hommes, et chacun, en le voyant passer, le montrait avec terreur en disant : Voilà le maudit! La mort, en frappant cette existence damnée, n'effaça point le sceau vengeur : la réprobation est venue s'asseoir sur sa tombe; on l'appelle encore le maudit! Mais, ô source de justice! quand l'inexorable sentence fut portée, l'heure du pardon n'avait pas sonné, le monde coupable et proscrit n'avait pas reçu de Rédempteur, et, sur les cimes du Golgotha, celui qui aima jusqu'à la mort n'avait pas prié, n'avait pas

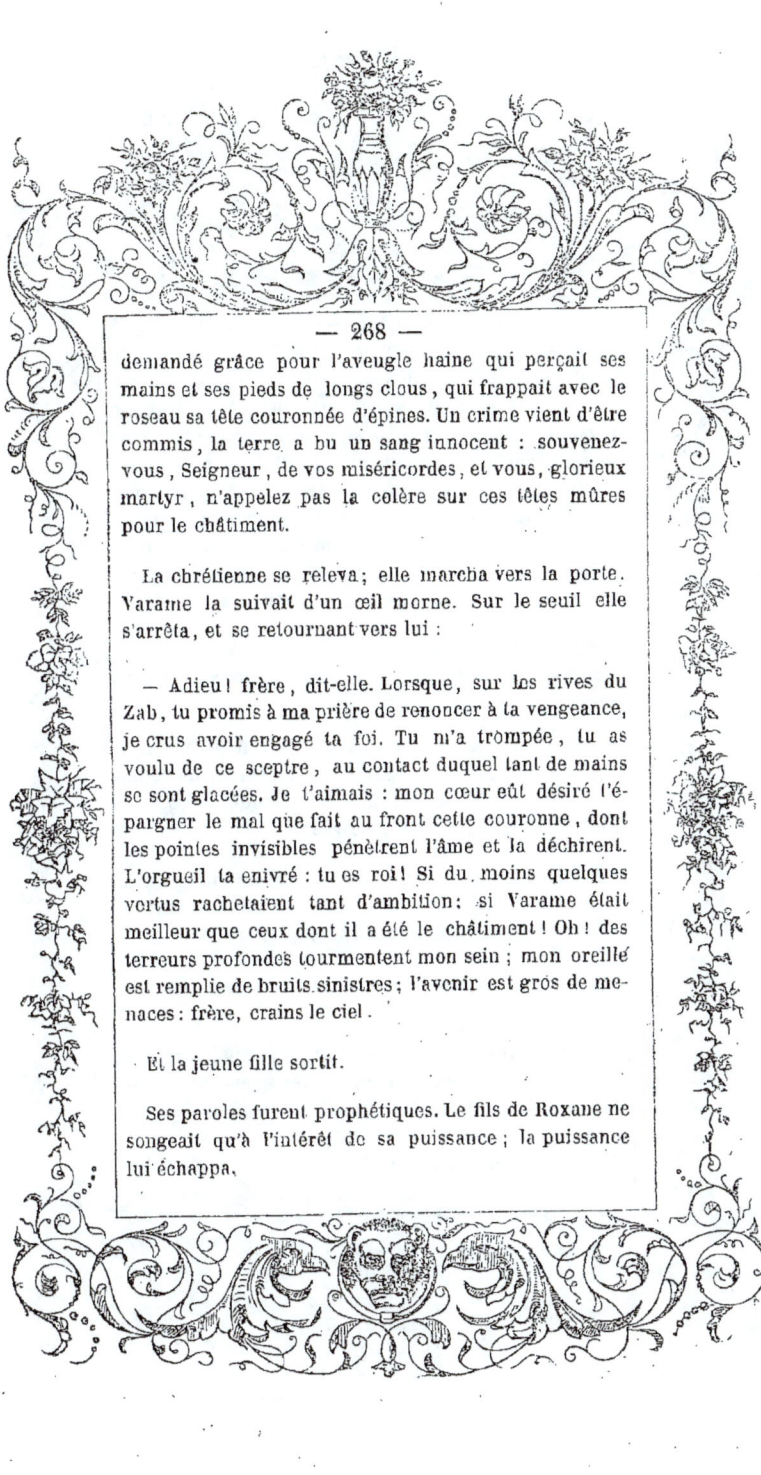

demandé grâce pour l'aveugle haine qui perçait ses mains et ses pieds de longs clous, qui frappait avec le roseau sa tête couronnée d'épines. Un crime vient d'être commis, la terre a bu un sang innocent : souvenez-vous, Seigneur, de vos miséricordes, et vous, glorieux martyr, n'appelez pas la colère sur ces têtes mûres pour le châtiment.

La chrétienne se releva; elle marcha vers la porte. Varame la suivait d'un œil morne. Sur le seuil elle s'arrêta, et se retournant vers lui :

— Adieu! frère, dit-elle. Lorsque, sur les rives du Zab, tu promis à ma prière de renoncer à ta vengeance, je crus avoir engagé ta foi. Tu m'a trompée, tu as voulu de ce sceptre, au contact duquel tant de mains se sont glacées. Je t'aimais : mon cœur eût désiré l'épargner le mal que fait au front cette couronne, dont les pointes invisibles pénètrent l'âme et la déchirent. L'orgueil t'a enivré : tu es roi! Si du moins quelques vertus rachetaient tant d'ambition; si Varame était meilleur que ceux dont il a été le châtiment! Oh! des terreurs profondes tourmentent mon sein; mon oreille est remplie de bruits sinistres; l'avenir est gros de menaces : frère, crains le ciel.

Et la jeune fille sortit.

Ses paroles furent prophétiques. Le fils de Roxane ne songeait qu'à l'intérêt de sa puissance; la puissance lui échappa.

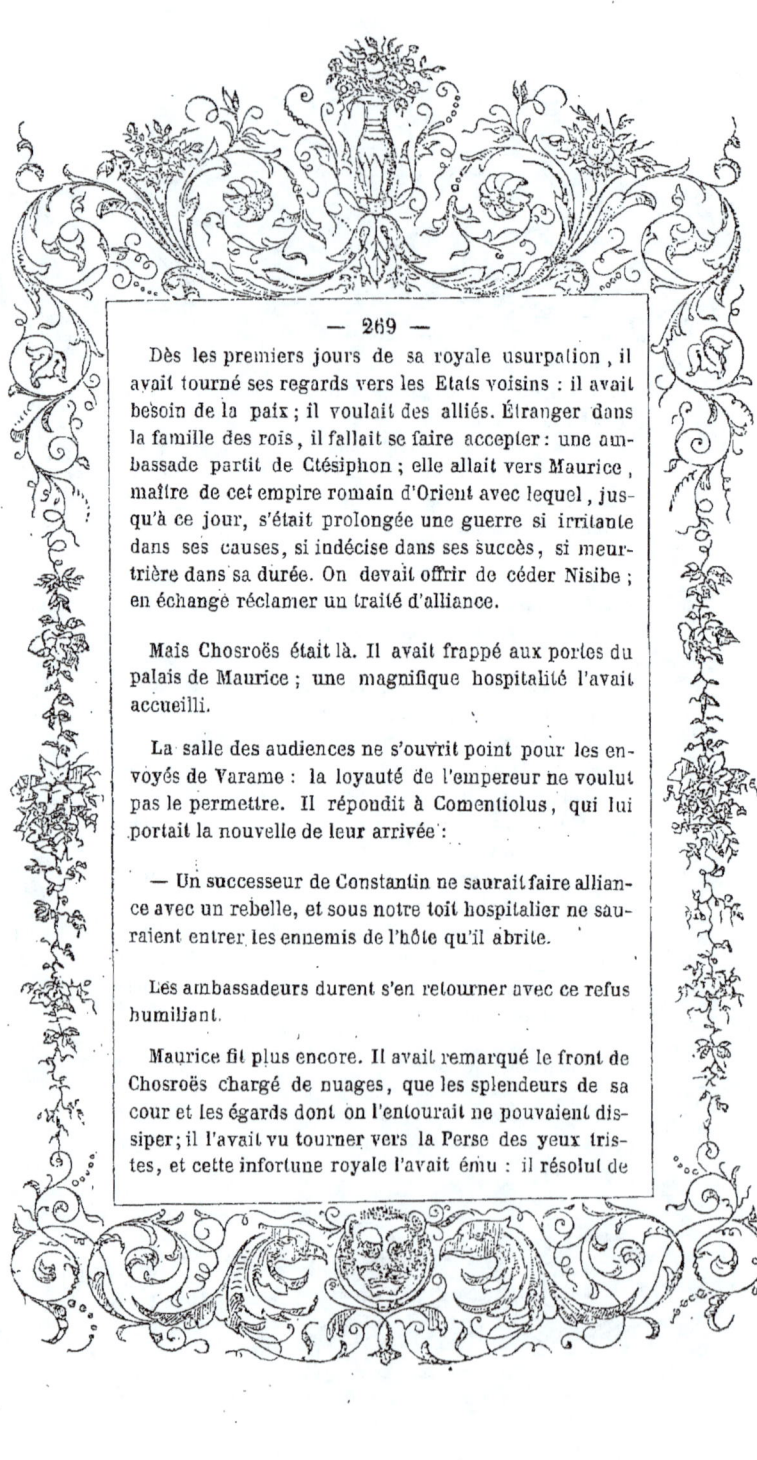

Dès les premiers jours de sa royale usurpation, il avait tourné ses regards vers les États voisins : il avait besoin de la paix ; il voulait des alliés. Étranger dans la famille des rois, il fallait se faire accepter : une ambassade partit de Ctésiphon ; elle allait vers Maurice, maître de cet empire romain d'Orient avec lequel, jusqu'à ce jour, s'était prolongée une guerre si irritante dans ses causes, si indécise dans ses succès, si meurtrière dans sa durée. On devait offrir de céder Nisibe ; en échange réclamer un traité d'alliance.

Mais Chosroës était là. Il avait frappé aux portes du palais de Maurice ; une magnifique hospitalité l'avait accueilli.

La salle des audiences ne s'ouvrit point pour les envoyés de Varame : la loyauté de l'empereur ne voulut pas le permettre. Il répondit à Comentiolus, qui lui portait la nouvelle de leur arrivée :

— Un successeur de Constantin ne saurait faire alliance avec un rebelle, et sous notre toit hospitalier ne sauraient entrer les ennemis de l'hôte qu'il abrite.

Les ambassadeurs durent s'en retourner avec ce refus humiliant.

Maurice fit plus encore. Il avait remarqué le front de Chosroës chargé de nuages, que les splendeurs de sa cour et les égards dont on l'entourait ne pouvaient dissiper ; il l'avait vu tourner vers la Perse des yeux tristes, et cette infortune royale l'avait ému : il résolut de

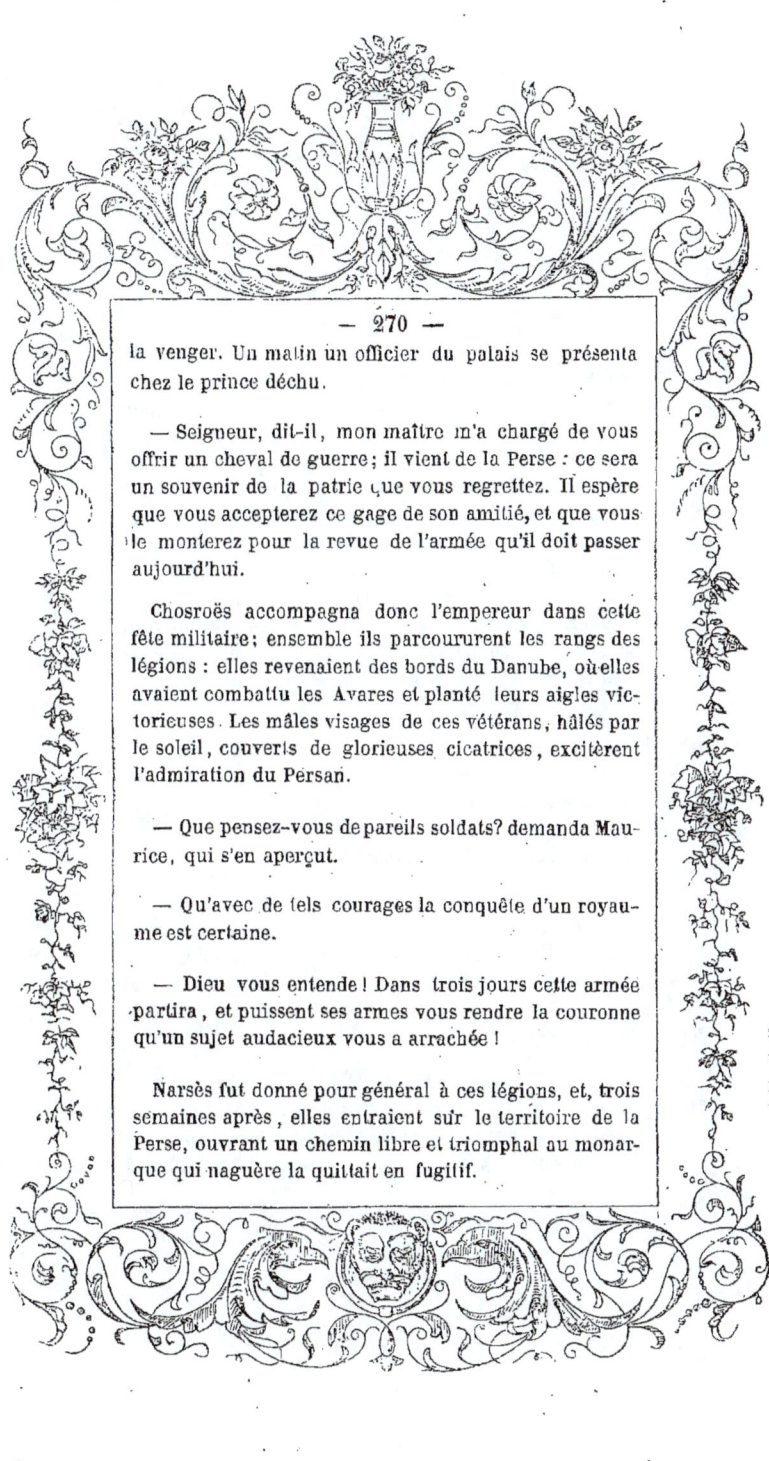

la venger. Un matin un officier du palais se présenta
chez le prince déchu.

— Seigneur, dit-il, mon maître m'a chargé de vous
offrir un cheval de guerre; il vient de la Perse : ce sera
un souvenir de la patrie que vous regrettez. Il espère
que vous accepterez ce gage de son amitié, et que vous
le monterez pour la revue de l'armée qu'il doit passer
aujourd'hui.

Chosroës accompagna donc l'empereur dans cette
fête militaire; ensemble ils parcoururent les rangs des
légions : elles revenaient des bords du Danube, où elles
avaient combattu les Avares et planté leurs aigles vic-
torieuses. Les mâles visages de ces vétérans, hâlés par
le soleil, couverts de glorieuses cicatrices, excitèrent
l'admiration du Persan.

— Que pensez-vous de pareils soldats? demanda Maurice, qui s'en aperçut.

— Qu'avec de tels courages la conquête d'un royaume est certaine.

— Dieu vous entende ! Dans trois jours cette armée
partira, et puissent ses armes vous rendre la couronne
qu'un sujet audacieux vous a arrachée !

Narsès fut donné pour général à ces légions, et, trois
semaines après, elles entraient sur le territoire de la
Perse, ouvrant un chemin libre et triomphal au monarque qui naguère la quittait en fugitif.

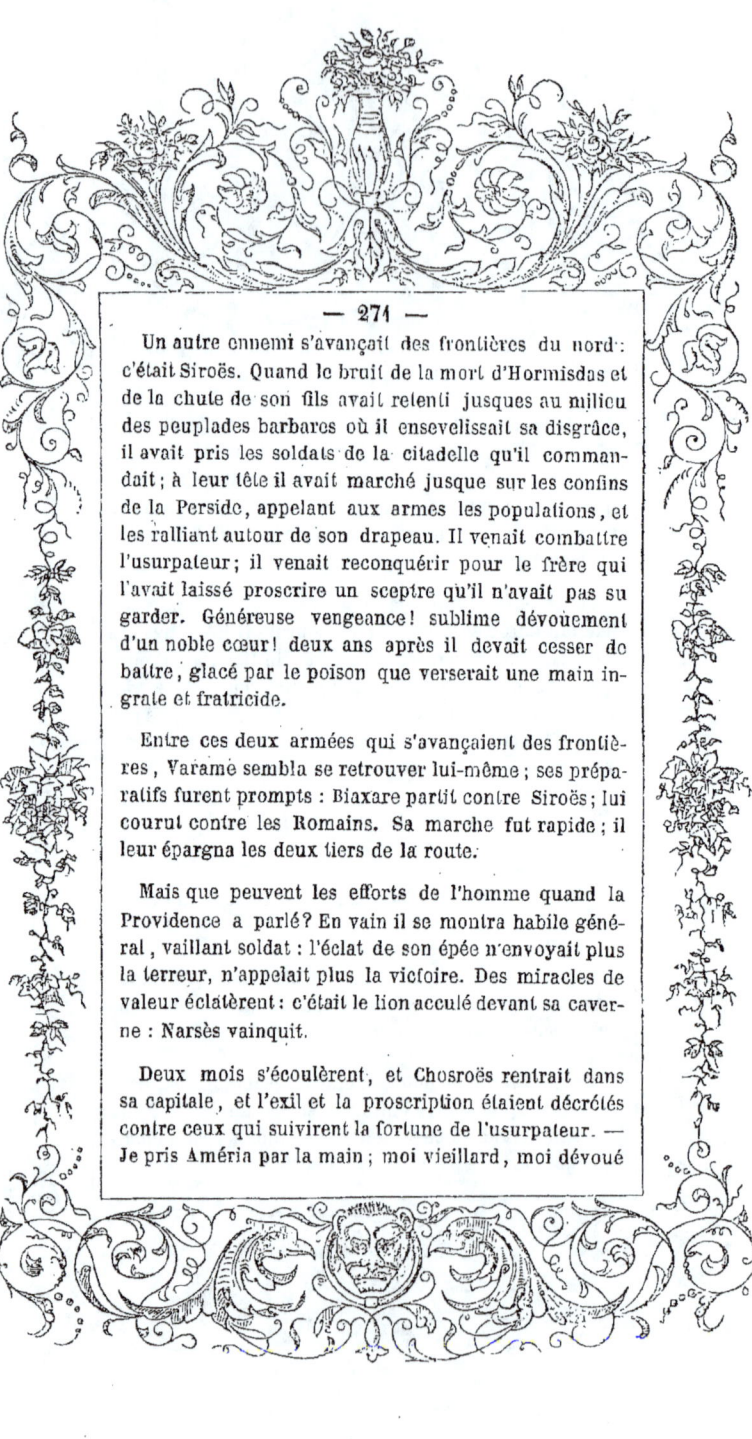

Un autre ennemi s'avançait des frontières du nord:
c'était Siroës. Quand le bruit de la mort d'Hormisdas et
de la chute de son fils avait retenti jusques au milieu
des peuplades barbares où il ensevelissait sa disgrâce,
il avait pris les soldats de la citadelle qu'il commandait; à leur tête il avait marché jusque sur les confins
de la Perside, appelant aux armes les populations, et
les ralliant autour de son drapeau. Il venait combattre
l'usurpateur; il venait reconquérir pour le frère qui
l'avait laissé proscrire un sceptre qu'il n'avait pas su
garder. Généreuse vengeance! sublime dévouement
d'un noble cœur! deux ans après il devait cesser de
battre, glacé par le poison que verserait une main ingrate et fratricide.

Entre ces deux armées qui s'avançaient des frontières, Varamè sembla se retrouver lui-même; ses préparatifs furent prompts: Biaxare partit contre Siroës; lui
courut contre les Romains. Sa marche fut rapide; il
leur épargna les deux tiers de la route.

Mais que peuvent les efforts de l'homme quand la
Providence a parlé? En vain il se montra habile général, vaillant soldat: l'éclat de son épée n'envoyait plus
la terreur, n'appelait plus la victoire. Des miracles de
valeur éclatèrent: c'était le lion acculé devant sa caver-
ne: Narsès vainquit.

Deux mois s'écoulèrent, et Chosroës rentrait dans
sa capitale, et l'exil et la proscription étaient décrétés
contre ceux qui suivirent la fortune de l'usurpateur. —
Je pris Améria par la main; moi vieillard, moi dévoué

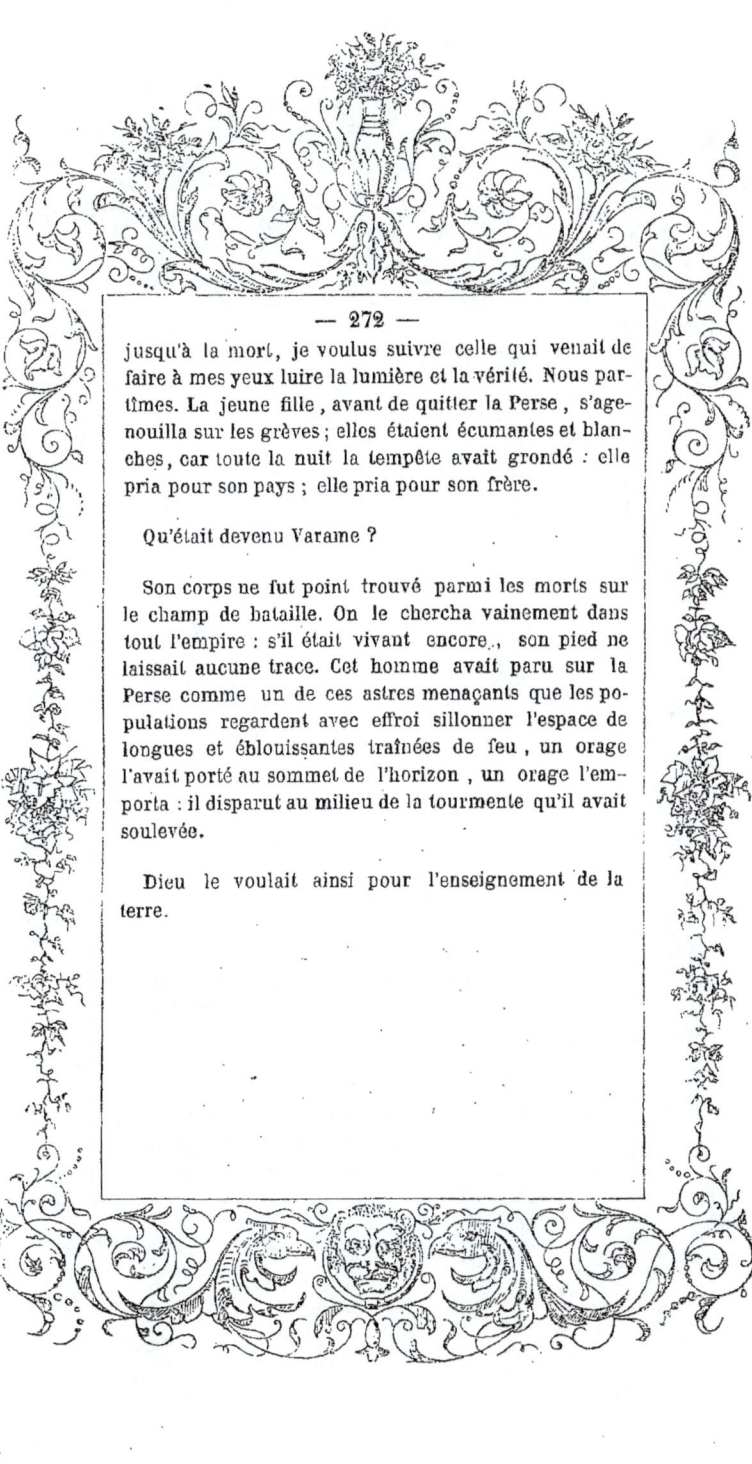

jusqu'à la mort, je voulus suivre celle qui venait de faire à mes yeux luire la lumière et la vérité. Nous partîmes. La jeune fille, avant de quitter la Perse, s'agenouilla sur les grèves ; elles étaient écumantes et blanches, car toute la nuit la tempête avait grondé : elle pria pour son pays ; elle pria pour son frère.

Qu'était devenu Varame ?

Son corps ne fut point trouvé parmi les morts sur le champ de bataille. On le chercha vainement dans tout l'empire : s'il était vivant encore., son pied ne laissait aucune trace. Cet homme avait paru sur la Perse comme un de ces astres menaçants que les populations regardent avec effroi sillonner l'espace de longues et éblouissantes traînées de feu, un orage l'avait porté au sommet de l'horizon, un orage l'emporta : il disparut au milieu de la tourmente qu'il avait soulevée.

Dieu le voulait ainsi pour l'enseignement de la terre.

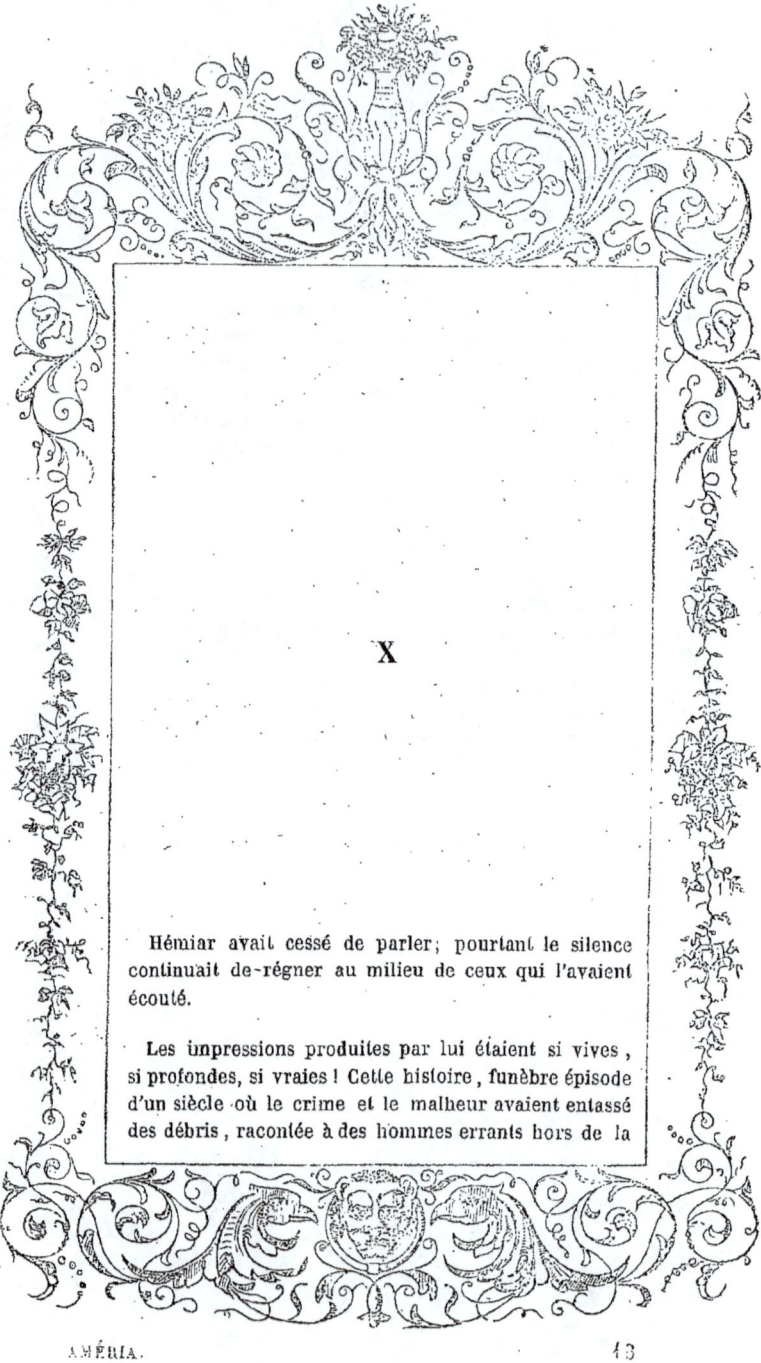

X

Hémiar avait cessé de parler; pourtant le silence continuait de-régner au milieu de ceux qui l'avaient écouté.

Les impressions produites par lui étaient si vives, si profondes, si vraies! Cette histoire, funèbre épisode d'un siècle où le crime et le malheur avaient entassé des débris, racontée à des hommes errants hors de la

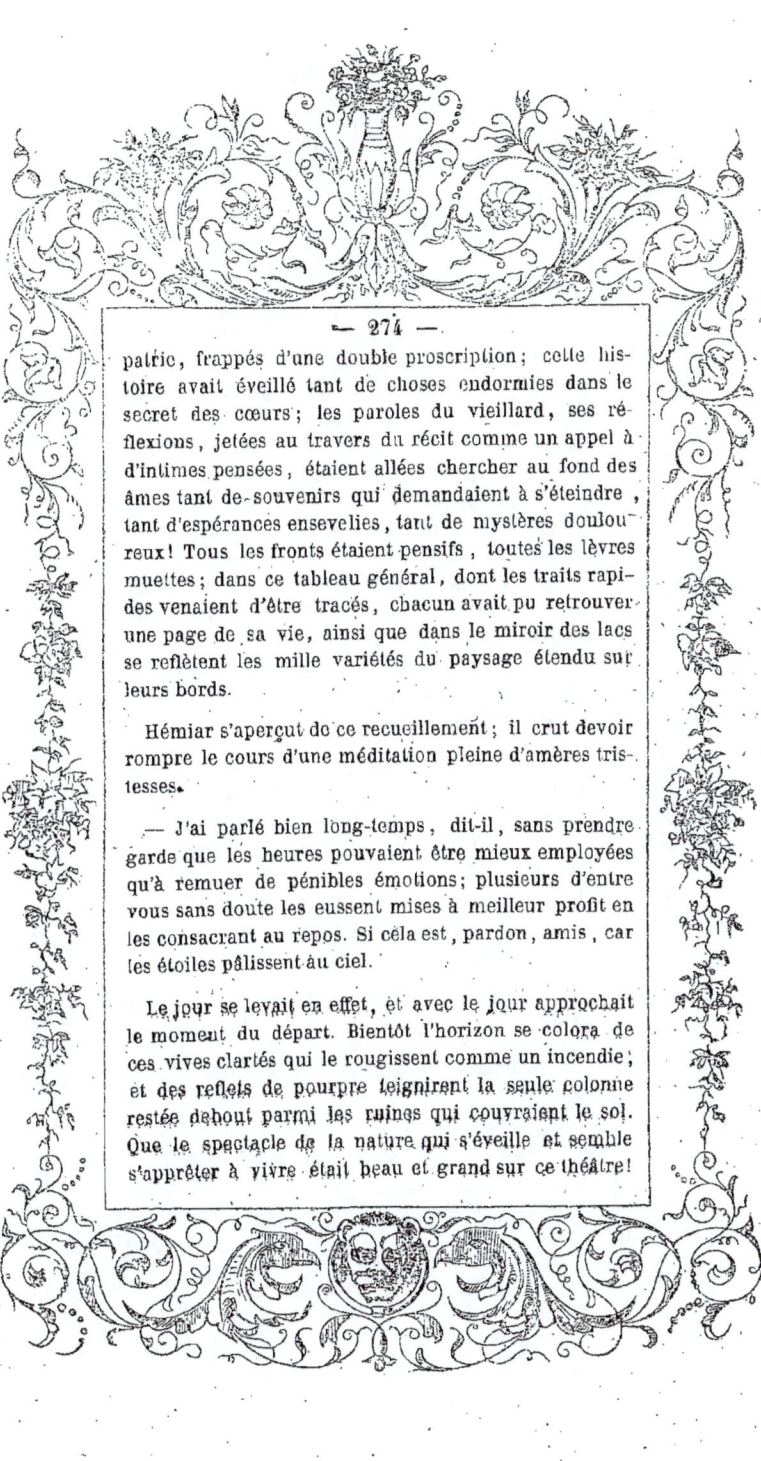

patrie, frappés d'une double proscription; cette histoire avait éveillé tant de choses endormies dans le
secret des cœurs; les paroles du vieillard, ses réflexions, jetées au travers du récit comme un appel à
d'intimes pensées, étaient allées chercher au fond des
âmes tant de souvenirs qui demandaient à s'éteindre,
tant d'espérances ensevelies, tant de mystères douloureux! Tous les fronts étaient pensifs, toutes les lèvres
muettes; dans ce tableau général, dont les traits rapides venaient d'être tracés, chacun avait pu retrouver
une page de sa vie, ainsi que dans le miroir des lacs
se reflètent les mille variétés du paysage étendu sur
leurs bords.

Hémiar s'aperçut de ce recueillement; il crut devoir
rompre le cours d'une méditation pleine d'amères tristesses.

— J'ai parlé bien long-temps, dit-il, sans prendre
garde que les heures pouvaient être mieux employées
qu'à remuer de pénibles émotions; plusieurs d'entre
vous sans doute les eussent mises à meilleur profit en
les consacrant au repos. Si cela est, pardon, amis, car
les étoiles pâlissent au ciel.

Le jour se levait en effet, et avec le jour approchait
le moment du départ. Bientôt l'horizon se colora de
ces vives clartés qui le rougissent comme un incendie;
et des reflets de pourpre teignirent la seule colonne
restée debout parmi les ruines qui couvraient le sol.
Que le spectacle de la nature qui s'éveille et semble
s'apprêter à vivre était beau et grand sur ce théâtre!

Rien de capricieux comme ce rivage! il mêle le sable
à la verdure, l'algue vile au velours d'une végétation
toute fleurie, tout émaillée; il se festonne, il se
creuse; il se nivelle, il s'élance vers la haute mer
en promontoire hardi, brusquement coupé par des
rochers qui baignent leurs larges assises dans les flots:
immense borne plantée par la main divine, et contre
laquelle se brise la vague blanche d'écume. Ici est
complet ce chœur mystérieux qui chante incessam-
ment autour de l'homme, et dit les merveilles de
Dieu par toutes les voix de l'univers; cette mélopée
multiple que forment les mille bruits échappés à la
création donne tous ses sons, toutes ses harmonies:
l'Océan et la terre sont là.

Hémiar se pencha vers le jeune homme endormi à
sa droite: le sommeil ne l'avait point quitté; mais son
visage pâle et mélancolique paraissait alors s'éclairer
d'une de ces impressions qui viennent de l'âme et passent sur les traits comme y passerait un rayon. Le
vieillard posa doucement la main sur son épaule; à ce
contact, un frisson léger parcourut ses membres, il ouvrit les yeux.

— Le soleil va paraître, fit l'ancien capitaine montrant le levant enflammé des feux de l'aurore.

— Le jeune homme regarda, puis il répondit doucement:

— C'est dire qu'il faut partir, n'est-ce pas, mon
vieil ami? Partir! voilà le mot qui m'éveille chaque
matin.

— Il n'est pas d'asile pour nous !

— Que sont heureux ceux qui peuvent asseoir leur vie, habiter le toit de leurs pères sur des plages libres, où l'on respire le parfum des fleurs ! non pas nous, tristes exilés, perdus, sur un abri flottant, au milieu de la vaste mer et de ses tempêtes.

— Dieu l'a voulu, murmura le vieillard.

— Oui, Dieu. Et le jeune homme parut se recueillir. Puis élevant ses yeux sur le soldat de Varame : Je rêvais si bien, reprit-il, et de si chères images passaient dans ce rêve !

Un douloureux intérêt se montra dans le regard d'Hémiar ; sur ses lèvres glissa un sourire plein d'une tristesse résignée ; il ne répondit pas.

Cependant les mâts du vaisseau se pavoisaient, et ses voiles se gonflaient, s'arrondissaient, ouvertes à la brise qui venait du rivage, fraîche et parfumée. Le gracieux navire, doucement balancé sur les flots calmes, ressemblait à un coureur qui essaie la force et la souplesse de ses muscles avant d'entrer dans la carrière : il était prêt.

On marcha vers la grève. Hémiar, en passant, cueillit une fleur et la présenta à son jeune ami : c'était une de ces fleurs des champs si fines de formes, si suaves de tons, si frêles, si élancées de tige ; au milieu de sa corolle bleue, on eût dit qu'une perle d'or était tombée ; elle était née entre les plis de cette dentelle de pierre

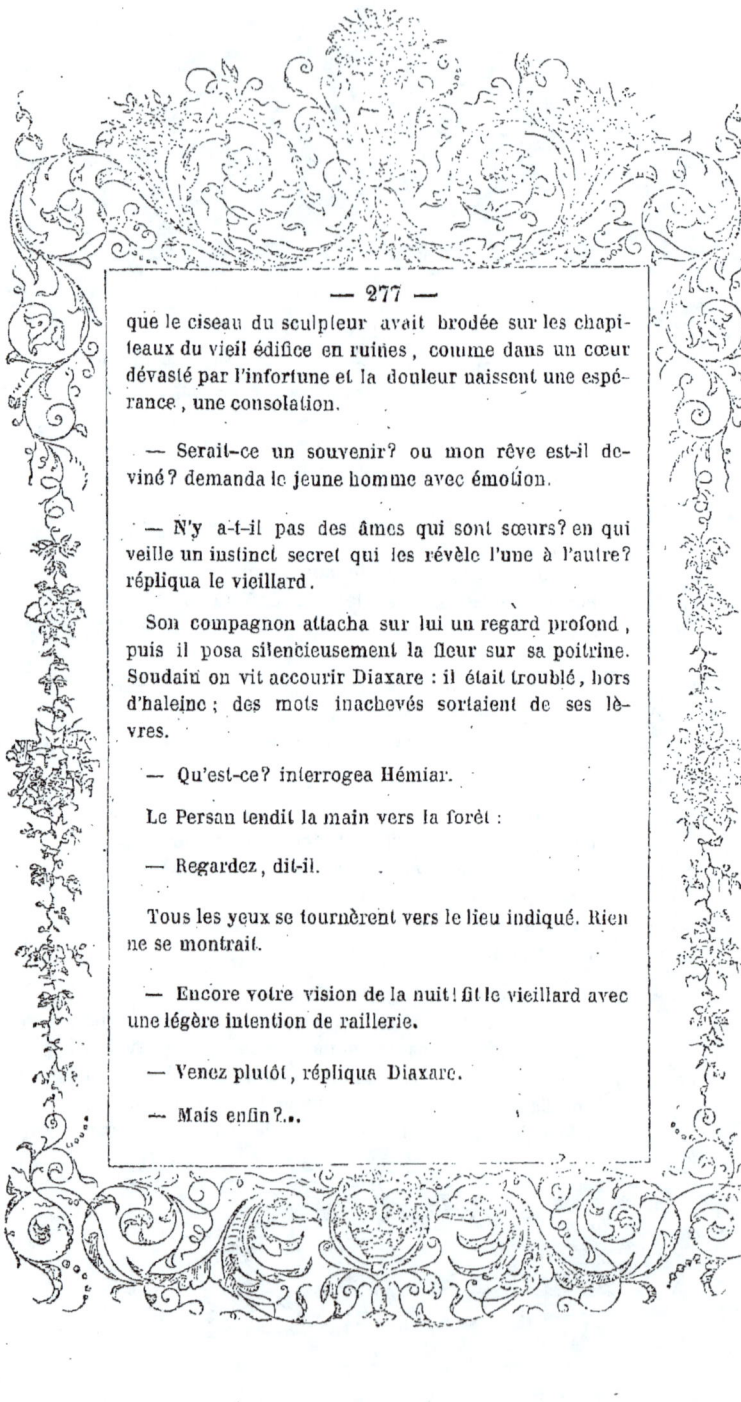

que le ciseau du sculpteur avait brodée sur les chapiteaux du vieil édifice en ruines, comme dans un cœur dévasté par l'infortune et la douleur naissent une espérance, une consolation.

— Serait-ce un souvenir? ou mon rêve est-il deviné? demanda le jeune homme avec émotion.

— N'y a-t-il pas des âmes qui sont sœurs? en qui veille un instinct secret qui les révèle l'une à l'autre? répliqua le vieillard.

Son compagnon attacha sur lui un regard profond, puis il posa silencieusement la fleur sur sa poitrine. Soudain on vit accourir Diaxare : il était troublé, hors d'haleine ; des mots inachevés sortaient de ses lèvres.

— Qu'est-ce? interrogea Hémiar.

Le Persan tendit la main vers la forêt :

— Regardez, dit-il.

Tous les yeux se tournèrent vers le lieu indiqué. Rien ne se montrait.

— Encore votre vision de la nuit! fit le vieillard avec une légère intention de raillerie.

— Venez plutôt, répliqua Diaxare.

— Mais enfin?...

— Venez.

— Allons! que ce mystère soit éclairci.

Et plusieurs jetèrent leur hache sur l'épaule et marchèrent vers le bois de cèdres : l'attente ne fut pas longue.

A travers les grands arbres se montra une apparition étrange; bientôt elle franchit la lisière de la forêt, et s'avança dans la vallée. C'était un homme : des vêtements en lambeaux, un manteau blanc déchiré par les ronces, couvraient mal ses membres amaigris, et son visage, dont les traits restaient beaux malgré ce désordre, et rappelaient ceux d'une statue antique, annonçait la misère et la faim.

A cet aspect chacun s'arrête. Hémiar surtout, qui s'était porté en avant à la tête de ses compagnons, paraît frappé comme le serait celui qui, dans les ténèbres et le silence, verrait un spectre soulever sa pierre sépulcrale.

— Serait-il vrai, grand Dieu! murmurait-il.

L'homme sorti de la forêt avançait toujours.

— Hémiar!... je ne m'étais pas trompé, s'écria-t-il tout-à-coup. D'un pas rapide il franchit la distance, et se trouva en face de l'ancien soldat. Il prit dans ses mains osseuses et blêmes les mains tremblantes du vieillard :

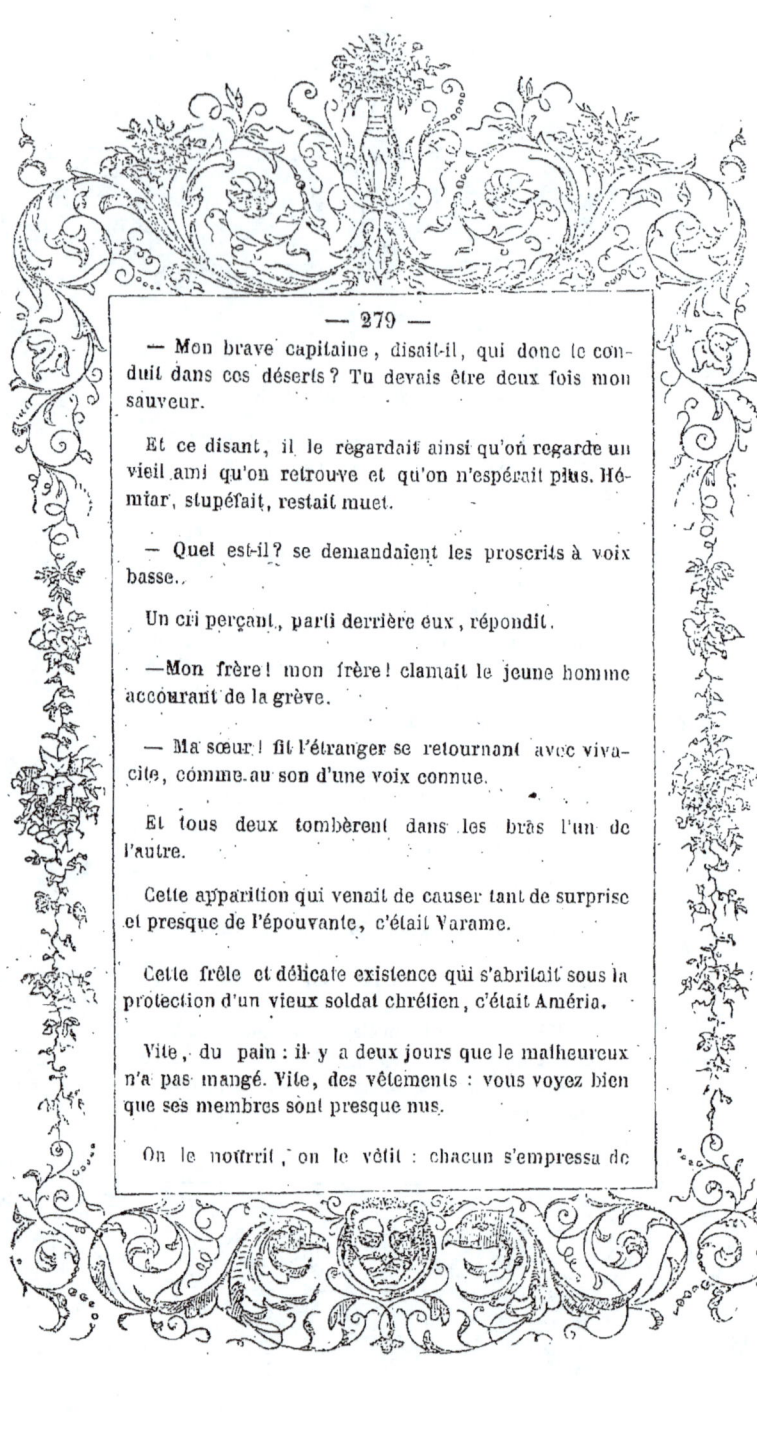

— Mon brave capitaine, disait-il, qui donc te conduit dans ces déserts? Tu devais être deux fois mon
sauveur.

Et ce disant, il le regardait ainsi qu'on regarde un
vieil ami qu'on retrouve et qu'on n'espérait plus. Hémiar, stupéfait, restait muet.

— Quel est-il? se demandaient les proscrits à voix
basse.

Un cri perçant, parti derrière eux, répondit.

—Mon frère! mon frère! clamait le jeune homme
accourant de la grève.

— Ma sœur! fit l'étranger se retournant avec vivacité, comme au son d'une voix connue.

Et tous deux tombèrent dans les bras l'un de
l'autre.

Cette apparition qui venait de causer tant de surprise
et presque de l'épouvante, c'était Varame.

Cette frêle et délicate existence qui s'abritait sous la
protection d'un vieux soldat chrétien, c'était Améria.

Vite, du pain : il y a deux jours que le malheureux
n'a pas mangé. Vite, des vêtements : vous voyez bien
que ses membres sont presque nus.

On le nourrit, on le vêtit : chacun s'empressa de

donner des soins à celui dont l'ambition avait causé
l'exil de tous.

— Merci, leur disait Varame. Je devrai mon salut à
ceux que j'ai perdus. Ma sœur, tu avais bien dit : les
jours du châtiment sont venus : vaincu, chassé, pauvre et sans serviteurs, j'ai dû quitter la Perse ; il n'y
avait plus de place pour moi ; car un roi, Améria, est
dans un royaume comme ton Dieu dans le ciel : il n'y
peut souffrir de tête rivale. — A travers mille périls,
je franchis en fugitif les provinces que j'avais parcou-
rues en vainqueur, je passai la frontière, entrai sur les
terres des peuplades voisines, et, retiré, au bord de
la mer, dans la cabane d'un pêcheur, je crus avoir
enseveli ma vie dans un impénétrable mystère ; mais
l'expiation n'eût pas été complète : mon asile fut révélé ; l'or de Chosroës acheta une trahison de l'hospitalité ; des hommes armés furent dirigés sur ma retraite. —
La nuit était descendue ; le pêcheur, à peine de retour,
venait de tendre ses filets et préparait un poisson pour
notre repas ; la flamme de quelques feuilles, jetées au
foyer, éclairait seule l'intérieur de notre hutte. Au moment où les soldats parurent sur le seuil, ces pâles
clartés tombèrent tout-à-coup : on eût dit qu'un souffle
mystérieux les eût éteintes. Cette obscurité me sauva.
Pendant que l'étroite demeure envahie retentissait
d'imprécations et de menaces, nous nous glissâmes
furtifs, silencieux, hors de la cabane : une barque était
amarrée au rivage ; nous nous y jetâmes ; et, quand
notre fuite fut connue, je n'avais plus à craindre.
Quelques flèches lancées contre nous tombèrent dans

le sillage de la nacelle. Mon compagnon, hardi et vigoureux marinier, déployait toutes ses forces, et courbé sur la rame, faisait courir sa barque avec la rapidité de l'oiseau de mer. Nous gagnâmes le large; nous nous crûmes sauvés; soudain un brusque coup de vent passa comme une rafale sur nos têtes. Je vis pâlir le rameur: — La tempête! la tempête! s'écria-t-il. — En effet, le ciel se voila comme si une main invisible eût tiré là-haut un immense rideau noir; les vagues blanchirent, et, sur la vague convulsive, nos efforts devinrent impuissants à guider notre barque: elle était emportée à travers les lames. En évitant le glaive des hommes, n'avais-je fait que changer de tombe? cet orage allait-il m'engloutir? Il dura deux jours. Quand la tourmente s'apaisa, nous avions en vue ce rivage. L'aspect de la terre fit battre nos cœurs, ranima nos courages épuisés; nous abordâmes. C'était un désert. Des plantes sauvages furent notre nourriture, ces ruines notre abri. Nous étions si las, si brisés! nous tombâmes sur le sol, et aussitôt un lourd sommeil appesantit nos membres. Au réveil, j'appelai en vain le pêcheur, étendu roide à mes côtés; il ne devait plus répondre à aucune voix humaine: je le touchai; il était froid. La dent du jaguar ne l'avait point déchiré, un trait ennemi ne l'avait point percé; son corps ne portait la trace d'aucune blessure. Une mystérieuse mort l'avait frappé. Glacé, terrifié, je courus au rivage, j'avais hâte de fuir de ce lieu funeste. Amis, le ciel m'avait maudit: la barque n'était plus là; les flots l'avaient emportée!

Je m'assis sur les grèves, la mort dans l'âme. Mes yeux erraient sur cette immense plaine qui me séparait des vivants et me condamnait au désert. Je ne pleurai pas, je ne blasphémai pas; je restai morne, silencieux, absorbé dans une méditation étrange. La journée passa ainsi. Quand vint le soir, je me levai; je ne pensais plus, je ne sentais plus; j'allais sans comprendre où tendaient mes pas. Le malheur, qui me poursuivait, les guida vers le lieu où gisait mon compagnon. Le cadavre m'apparut déchiré, mutilé, souillé de sang : les bêtes de la forêt avaient commencé d'en faire leur pâture. A cette vue, je me sentis frappé comme d'un choc terrible; mon front se rejeta en arrière; l'horreur étreignit mon cœur, plia mes genoux. — Mais ces lambeaux flétris avaient été un homme; je compris qu'il me restait un devoir à remplir envers celui qui s'était dévoué pour moi : mes mains creusèrent une fosse pour ses restes. Il dort là, sous ce petit tertre que vous voyez au coin de ce mur renversé : je restai seul sur cette plage. — Je ne vous dirai pas mon désespoir; je ne vous dirai pas mes jours, mes nuits plus terribles encore au milieu de ce désert : tant de misères se sont accumulées sur moi! Combien sont redoutables ces voix de la solitude pour le cœur habité par le souvenir du crime! comme on est horriblement seul, petit, misérable et perdu au sein de cette vaste création! comme certaines plaies de l'âme sont plus terribles que les tourments du corps, même la faim!

Ces paroles de Yarame étaient de celles que l'on ne commente pas : on les avait écoutées avec recueille-

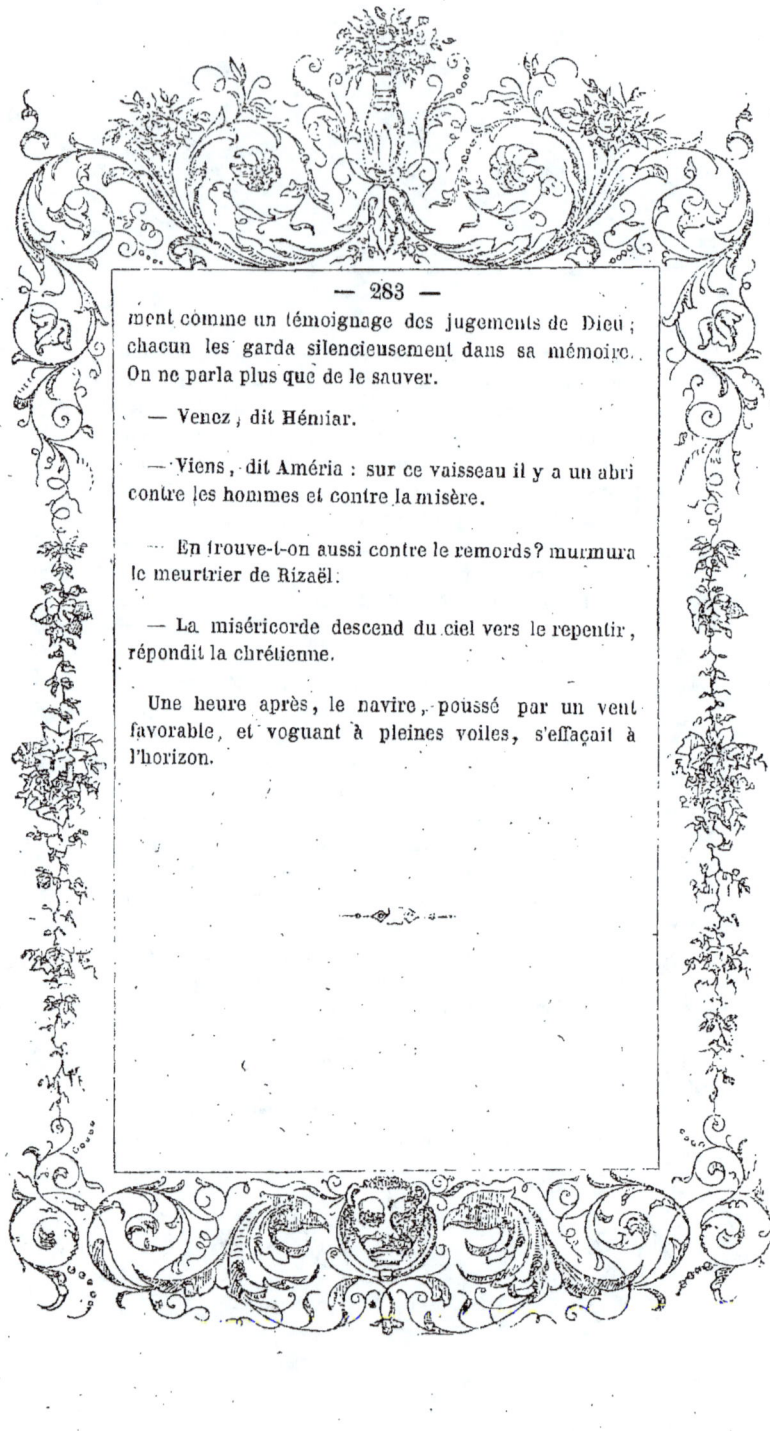

ment comme un témoignage des jugements de Dieu ; chacun les garda silencieusement dans sa mémoire. On ne parla plus que de le sauver.

— Venez, dit Hémiar.

— Viens, dit Améria : sur ce vaisseau il y a un abri contre les hommes et contre la misère.

— En trouve-t-on aussi contre le remords ? murmura le meurtrier de Rizaël.

— La miséricorde descend du ciel vers le repentir, répondit la chrétienne.

Une heure après, le navire, poussé par un vent favorable, et voguant à pleines voiles, s'effaçait à l'horizon.

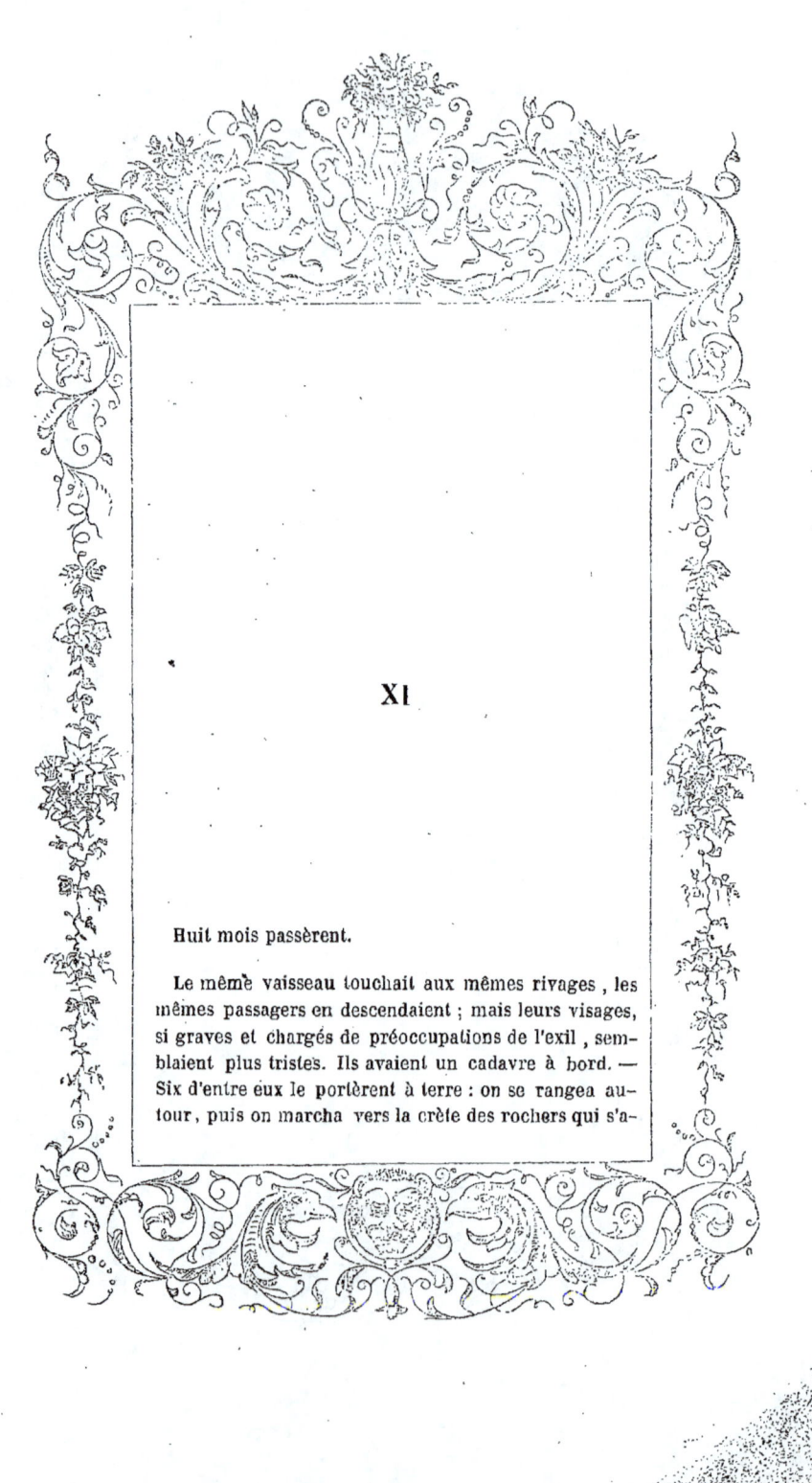

XI

Huit mois passèrent.

Le même vaisseau touchait aux mêmes rivages, les mêmes passagers en descendaient ; mais leurs visages, si graves et chargés de préoccupations de l'exil, semblaient plus tristes. Ils avaient un cadavre à bord. — Six d'entre eux le portèrent à terre : on se rangea autour, puis on marcha vers la crête des rochers qui s'avancent ou promontoir dans la mer. — Le dernier vœu de Varame le voulait. Ils creusèrent une fosse dans la roche vive ; ils y déposèrent le corps ; puis , avec les débris du vieux temple, qui jonchaient le sol , leur main éleva un tombeau.

Améria priait, agenouillée aux pieds du funèbre monument.

Hémiar priait aussi.

Deux jours furent consacrés à remplir ces pieux devoirs que l'on doit aux morts , puis le vaisseau repartit.

Mais à peine avait-il pris la mer que le ciel devint noir, la mer grosse ; le tonnerre gronda. Soudain un éclat terrible retentit. Améria , les yeux tournés vers le rivage, vit une longue traînée de feu sillonner l'air : la foudre venait d'abattre le mausolée érigé sur le cercueil de Varame !

Celui qui s'était élevé, celui qui dans son cœur avait nourri des pensées d'orgueil et de vengeance ne put avoir même un tombeau : tout, dans l'histoire de cet homme, devait être un enseignement.

La pensée de cette justice qui poursuivait le coupable jusque dans la mort fit tressaillir Améria.

— Pitié ! Seigneur, s'écria-t-elle tombant à genoux. Et, songeant que les douleurs offertes ici-bas servent

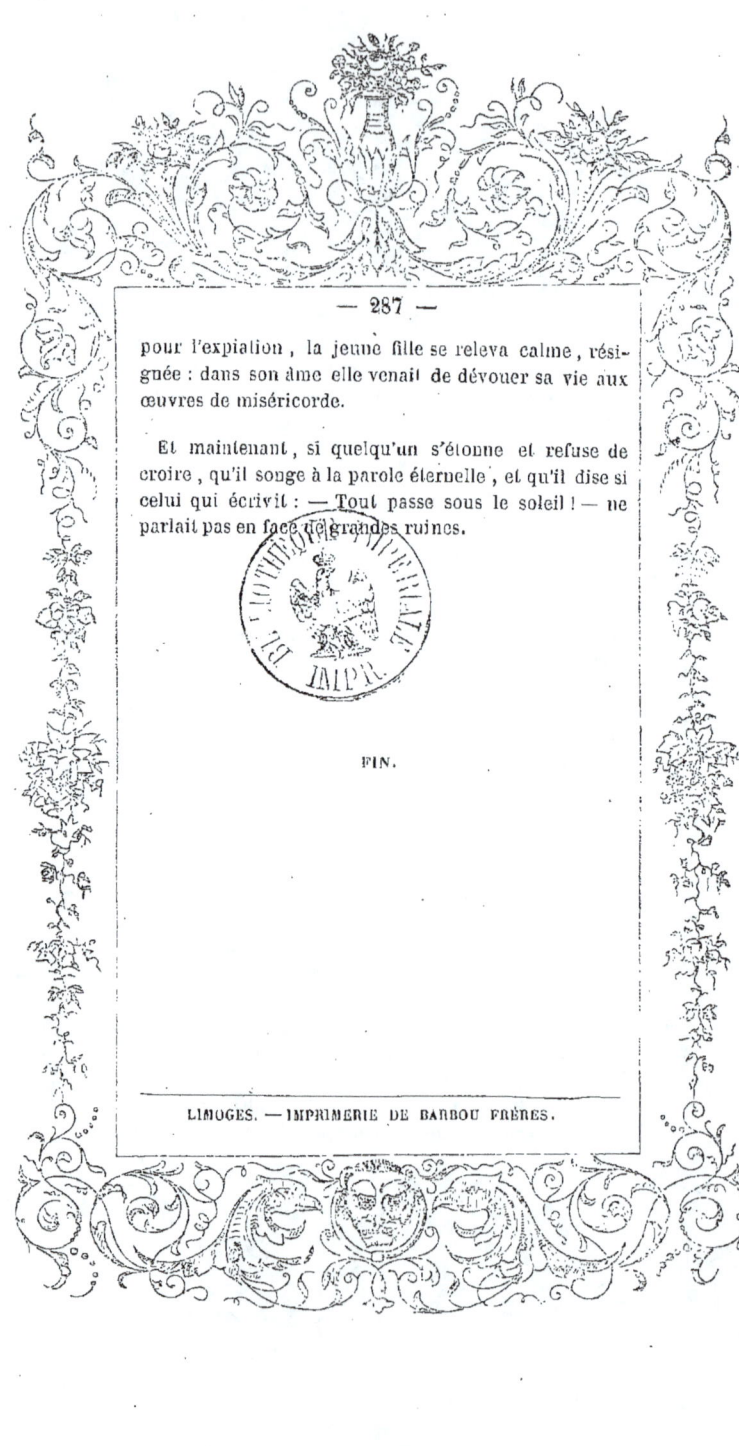

pour l'expiation, la jeune fille se releva calme, résignée : dans son âme elle venait de dévouer sa vie aux œuvres de miséricorde.

Et maintenant, si quelqu'un s'étonne et refuse de croire, qu'il songe à la parole éternelle, et qu'il dise si celui qui écrivit : — Tout passe sous le soleil ! — ne parlait pas en face de grandes ruines.

FIN.

LIMOGES. — IMPRIMERIE DE BARBOU FRÈRES.

www.ingramcontent.com/pod-product-compliance
Lightning Source LLC
Chambersburg PA
CBHW071903020726
47502CB00003B/879